公文写作实务丛书
GONGWEN XIEZUO SHIWU CONGSHU

岳海翔／丛书主编

领导干部值得一读的
精彩演讲词解析

李树春／编著

范文经典　涵盖面广

立论精彩　可供借鉴

为各级领导量身定制

中国纺织出版社

内 容 提 要

演讲词是领导者的综合素质、领导艺术特别是语言艺术的重要体现。为帮助读者掌握演讲词的艺术，《领导干部值得一读的精彩演讲词解析》一书精选了古今中外 50 篇领导者的演讲词，从演讲词的内涵、特点、类型、作用，阅读演讲词经典范文及了解演讲词作者经历、演讲背景、成文技巧等角度，介绍了演讲词的基本理论知识和写作技巧。《领导干部值得一读的精彩演讲词解析》一书具有新颖、实用、全面、经典等特点，是领导干部、文秘人员值得一读的参考书。

图书在版编目（ＣＩＰ）数据

领导干部值得一读的精彩演讲词解析 / 李树春编著. —北京：中国纺织出版社，2012.8
（公文写作实务丛书）
ISBN 978-7-5064-8799-3

Ⅰ. ①领… Ⅱ. ①李… Ⅲ. ①演讲—世界—选集
Ⅳ. ① I16

中国版本图书馆 CIP 数据核字 (2012) 第 144610 号

策划编辑：姜 冰 特约编辑：董友年 责任印制：陈 涛

中国纺织出版社出版发行
地址：北京东直门南大街 6 号 邮政编码：100027
邮购电话：010 — 64168110 传真：010 — 64168231
http://www. c-textilep.com
E-mail: faxing @ c-textilep.com
三河市华丰印刷厂印刷 各地新华书店经销
2012 年 8 月第 1 版第 1 次印刷
开本：710 × 1000 1/16 印张：18.5
字数：314 千字 定价：33.80 元

总 序

中国公文写作研究会会长

陕西省人大常委会秘书长　　桂维民

经中国纺织出版社提议并与中国公文写作研究会共同策划，决定在 2010 年编写"公文写作速成培训丛书"（全套 9 册）的基础上，于 2012 年继续合作，编写出版"公文写作实务丛书"，作为中国公文写作研究会 2012 年的重点科研项目。经反复磋商，全套丛书总共分为 8 册，包括《领导干部值得一读的精彩演讲词解析》、《领导干部值得一读的实用讲话稿写作规范与例文》、《领导干部值得一读的调研类文章写作规范与例文》、《领导干部值得一读的常用文书写作规范与例文》、《文秘人员工作必备的行政公文写作规范与例文》、《文秘人员工作必备的规范制度类文书写作规范与例文》、《文秘人员工作必备的先进经验典型材料文书写作规范与例文》、《文秘人员工作必备的公关文案写作规范与例文》。从题目中不难看到，这套丛书的读者群既有各级领导者，也有广大办公室文秘工作者。在编写过程中贯穿始终的一个总的指导思想是每种图书要针对具体的潜在读者群的需要设计所选文种，不必求全、求多，但必须是这部分读者在工作中最常用的文种。每个文种的具体细分种类要全，例文要规范、全面、新颖，所涉及的内容要与时俱进，能够为读者提供写作借鉴和参考。从总体上看，这套丛书较好地体现出了编写的初衷，主要有如下几个方面的特色：

一是论述的准确性和精炼性。这是全套丛书的最突出特色。近年来，有关公文写作方面的书籍竞相出版问世，其中有相当多的书籍对有关公文写作知识的讲述不够准确，存在很多谬误，概念不清，误导读者。如某出版社出版的《公务员公文写作与处理读本》，其内容就十分陈旧，讲文种还都是 1993 年的规定，里面有大量的常识性错误；讲公文格式，说"国家行政机关公文格式的具体结构由两条红色反线分割成三部分：眉首、主体和版记。"这纯属杜撰乱造。还有些书籍甚至随意篡改中央文件和国务院文件，如此难以宽恕的"硬伤"无疑会以讹传讹，祸患无穷。再有就是有些书籍对公文写作知识的介绍过于烦琐，片面追求完整全面，从文种收集到内容阐述都给人以拼凑堆砌之嫌。本套丛书在编写过程中，把准确性放在首位，无论是对公文写作基本技法的讲述，还是对具体文种写作技法的介绍，均做到"言必有据"，准确无误。在此基础上，遴选各级领导干部和广大办公室文秘工作者在具体行文实践中迫切需要了解和掌握的内容来写，取精用宏，不搞全面铺开，以彰显"精讲"的特色。

二是鲜明的前沿性和新颖性。这是本套丛书的又一特色。如前所述，近些年出版的不少公文写作书籍，对有关内容的阐述过于陈旧，对党和国家最新公文法规的规定精神缺乏及时了解和把握，用旧的规定去套解新的内容，坐井观天，"不知有汉，无论魏晋"。例如"抄报"的提法早已废弃，但至今有的教材和著述仍然不厌其烦地在讲；"意见"早已成为法定公文种类，但至今仍然有的著述和教材将其名为"实施意见"列入事务性文书的范畴，与"实施方案"混为一谈；甚至有相当多的书籍对党政机关公文之间的区别不分，混淆讲述，对纷繁复杂的公文工作实践和丰富多彩的公文学研究现状缺乏了解，显得过于滞后和陈旧。本套丛书在这方面全力加以规避，对有关内容的阐述和介绍注重以党和国家最新公文法规规定为依据，体现最新规定精神和公文学研究的最新成果，突出前沿性和新颖性，贴近实践，给人以别开生面之感。

三是阐释的实用性和指导性。当今社会，具备相应的公文写作能力，通晓公文运转规则，是每一位领导干部和办公室文秘工作人员必备的一项基本功。了解和掌握公文写作方面的基本知识，不断提高公文写作的质量和水平，是对我们每一位领导干部和文秘工作者的基本素质要求，它是我们做好工作的重要基础和必备条件之一。不具备一定的公文写作能力，就不能做好机关的工作。特别是在当今已经进入信息社会和网络时代的新形势下，每一位领导干部和文秘工作者要想胜任本职工作，更好地履行岗位职责，就必须具备各种各样相应的能力，而公文写作能力则是其中非常重要的一项。那么，如何才能提高我们的公文写作能力呢？

本套丛书即力求在这方面给各级领导干部和广大文秘工作者以具体的引路指导。由于公文写作是一种复杂的精神生产劳动，写作能力的培养非一日之功，不是看几本书、听几次讲座就能够解决的问题。但我们至少可以引领一种思路，划定一个框架，明确基本写作规范和要领，在较短时间内力求取得一些进展。因此，本书着眼于领导干部和广大文秘工作者在日常工作中最常用的一些公文基本知识和写作技法，通过通俗易懂的阐释，突出实用性和指导性，真正能够做到"学以致用"，读有所获。

这套丛书以各级领导干部特别是广大办公室文秘工作者为读者对象，以切实提高其公文写作水平为宗旨，紧紧围绕机关、团体和企事业单位在公务活动实践中遇到的有关公文写作方面的问题，从最常用的文种入手，进行画龙点睛般地阐述和讲解。8个分册，各有侧重、精彩纷呈。对每一文种的介绍，都先从名称解释和文种特征入手，辅以精要的结构模式讲解，画龙点睛地提示写作要点，然后再附以最新的范文，使读者朋友从中可以清晰地了解和把握各种公文的基本特性、应当怎样撰写、写到何种程度才算符合规范化的要求，从而有效地提高公文写作的质量和水平。当然，编写初衷与实际效果是否合拍，需要接受读者和实践的检验。

我们热切地期望，通过这套丛书的出版问世，能够切实对各级领导干部和广大文秘工作者做好本职工作特别是公文写作能力的提高有所裨益，从而共同为我国公文写作与处理的规范化和科学化建设作出应有的贡献。

2012 年春于西安

目 录

绪篇　演讲词概述

一、演讲词的内涵

演讲与演讲词是两个既有联系又有区别的概念。演讲是演讲者进行演讲时的活动，演讲词是演讲者为了进行演讲事先准备的演讲稿。一般来说，每次演讲者的演讲都应该准备好演讲稿。演讲稿是为演讲者演讲服务的工具。

演讲又叫讲演或演说，是指演讲者在公众场所，以有声语言为主要手段，以体态语言为辅助手段，针对某个具体问题，鲜明、完整地发表自己的见解和主张，阐明事理或抒发情感，进行宣传鼓动的一种语言交际活动。而演讲词是进行演讲必备的工具。

演讲词也叫演讲辞、演讲稿、讲话稿，是指演讲者在重要场合或群众集会上发表讲话，用以交流思想，表达感情，发表建议和主张，提出号召和倡议的文稿。通过它，讲话的人可以把自己的主张、观点、见解以及思想感情传达给与会者，从而产生一定的作用和影响，达到宣传和教育的作用。演讲词属于议论文的范畴，但它一般不讲求说理的严密性和思维的逻辑性，而总是以某一种精神鼓舞人，以真切的感情打动人。

二、演讲词的特点

1. **针对性**　所谓演讲词的针对性，一是指演讲的主题具有针对性，也就是说，演讲的主题和内容应是众所周知的问题，演讲的题目应与现实紧密结合，所提出的问题应是听众所关注的事情。二是要注意听众的年龄、身份、文化程度等。演讲词要考虑听众的需要，所讲内容的深浅也应符合听众的接受水平。三是要注意环境气氛，既要注意当时的时代气氛，又要了解演讲的具体场合：是庄严的会议或重大集会，还是同志间的座谈和讨论问题；是欢迎国宾，还是一般的友人聚会。不同的场合，演讲有不同的内容、不同的讲法。

2. **鲜明性**　演讲的内容不能只是客观地叙述事情，还必须表明自己的主张，阐明自己的见解。赞成什么，反对什么，表扬什么，批评什么，均应做到立场鲜明、态度明确，不能含糊。好的演讲总是以其精密的思想启发听众，以鲜明的观点影响听众，给听众以鼓舞和教育。

3．条理性　要使讲话易被听众听清、听懂，演讲者就要思维缜密，语言条理，层次分明，结构清楚。否则，所讲内容虽丰富、深刻，但散乱如麻，缺乏逻辑性，亦会影响讲话效果。

4．通俗性　演讲的语言，总的说来应该是通俗易懂，明白晓畅。要做到这一步，关键是句子不要太长，修饰不要太多，不宜咬文嚼字，要合乎口语习惯，具有说话的特点。同时，也应该讲究文采，以便雅俗共赏。

5．感染性　演讲者要有鲜明的观点、自己独到的见解和看法以及深刻的思想等，要善于用流畅生动、深刻风趣的语言和恰当的修辞打动听众。既要冷静地分析即晓之以理，又要有诚挚热烈的感情即动之以情，使讲话既有说服力，又有鼓动性。

6．艺术性　演讲是优于一切现实的口语表现形式，它要求演讲者去除一般讲话中的杂乱、松散、平板的因素，以一种集中、凝练、富有创造色彩的面貌出现，这就是演讲的艺术性。

7．社会性　演讲活动发生在社会成员之间，它是一个社会成员对其他社会成员进行宣传鼓动活动的口语表达形式。因此，演讲不只是个体行为，还具有很强的社会性。

8．综合性　演讲只是发生在一定时间内的活动，而为这一活动，演讲者要经过各方面的充分准备，同时，还需要大量的组织工作与之配合。这就是演讲的综合性。

9．鼓动性　鼓动性是演讲成功与否的一个标志。没有鼓动性，就不成为演讲。政治演讲也好，学术演讲也好，都必须具备强烈的鼓动性。

10．目的性　每次演讲都要有一个或几个既定目的，整个演讲过程就是实现既定目的的过程。所以事先应围绕既定目的做好充分的准备，以便条理清晰地、完整地体现这个目的。

三、演讲词的类型

演讲词按照不同的划分标准可以有不同的类型。

（一）就演讲词的表现形式划分的类型

1．叙事型 即以叙述为主要表达方式，辅以适当议论说明和抒情。叙事演讲词通过对人物、事件、景物的记叙描述，表达演讲者的思想感情，反映社会生活的本质和规律。如蔡朝东的《理解万岁》就是比较典型的叙事型演讲词。

2．说理型 即以议论为主要表达方式，它具有正确深刻的论点，使用确凿充足具有说服力的论据，进行富有逻辑性的论证。这一类的演讲词比较常见，如冯玉祥的《国难中女青年的责任》、陈独秀的《五四运动之精神》等。

3．抒情型 即以抒情为主要表达方式，在演讲中抒发演讲者爱恨悲喜等强烈感情，对听众动之以情，以"情"这把钥匙来开启听众的心灵。如李燕杰的《国家、民族与正气》

（二）就演讲词的内容划分的类型

1．政论演讲词 是针对国内外重大政治事件和政治问题，阐述演讲者的政治立场和观点，政党的路线、方针和国家政策的一种宣言式的演讲。如毛泽东的《愚公移山》、列宁的《苏维埃政权的任务》等。

2．学术演讲词 是指国家领导人、科学研究工作者和实际工作者，就某一科学领域的某一问题，进行探索和研究，向听众表述科学研究成果，传授科学知识和学术观点的演讲。如袁隆平的《研发杂交水稻，保障粮食安全》、丁肇中的《应有格物致知精神》等。

3．礼仪演讲词 是指在各种社会交往和人际交往过程中，为更好地进行联系、协调和沟通而在一定礼仪仪式上所发表的演讲。如尼克松的《1972年首次访华答谢词》、国民党主席连战的《访问大陆答谢词》、国家残奥会主席克雷文《在北京残奥会开幕式上的致词》等。

（三）就演讲词的演讲方式划分的类型

1．照读式演讲 即演讲者按照事先准备好的演讲稿，登台向听众逐字逐句宣读一遍。其优点是，由于有充分的准备，内容经过反复推敲，结构经过精心安排，一般不会出现问题，适于在比较重要的庄严的场合运用。如邓小平的《中国共产党第十二次全国代表大会开幕词》、国家残奥会主席克雷文在《北京残奥会开幕式上的致词》等。

2．背诵式演讲　即演讲者事先将演讲稿写好后，熟练地背记在心，演讲时，在台上当众把演讲稿背诵一遍。这种演讲不仅具备照读式演讲的优点，还具有能够根据现场听众的情绪进行互动，同时适当发挥有声语言和动作手势作用的优势，从而收到较好的效果。

3．提纲式演讲　即演讲者根据所讲的内容，事先已经拟定了一个比较系统的演讲提纲，演讲时，根据听众的情绪、演讲时会场情况和自己对内容的进一步理解，即时再进行遣词造句的一种创造性的演讲。其优点是，可以避免照读式演讲和背诵式演讲的刻板，能够灵活地表达演讲的内容。

4．即兴式演讲　即演讲者事先没有对所讲的内容进行准备，而是根据当时的感受和需要，临时产生动意所进行的演讲。这样的演讲往往难度较大，要求较高，但由于即兴发挥，只要演讲者平时具有演讲的基础，效果一般较好。例如鲁迅在中山大学开学典礼上的讲演《读书与革命》。

（四）就演讲词的来源划分的类型

1．会议讲话　即演讲者在召开的会议上就某一问题所发表的讲话。这类演讲占演讲词中的绝大多数。如宋庆龄的《中国的自由与反战斗争》。

2．会议报告　为演讲者在会议上就某一问题所作的报告。如周培源在纪念伟大的科学家爱因斯坦诞辰100周年大会上的报告《举世景仰的科学巨匠》。

3．会议开幕词和闭幕词　即在重要会议或重大活动开始时或结束时，会议主持人或主要领导人讲话所使用的文稿。如邓小平的《中国共产党第十二次全国代表大会开幕词》。

4．谈话　即演讲者在各种场合，应某一方面的要求，就某一问题所发表的讲话。如李岚清的《关于音乐的感想》。

5．演说　即演讲者临时被要求对某一方面的问题进行回答。如鲁迅在中山大学开学典礼上的讲演《读书与革命》。

6．答记者问　为领导干部在与媒体打交道时的讲话，也是演讲词的重要来源之一。例如朱镕基的《一往无前，义无反顾，鞠躬尽瘁，死而后已》答记者问。

四、演讲词的作用

（一）宣传政治主张的有力武器

演讲历来是政治家发表政见、阐明观点、批驳政敌、争取盟友的有力武器，特别是在社会处于激烈变革的年代，这种社会作用就显得更为突出。人类社会的文明史，就是真、善、美与假、丑、恶的斗争史。这种斗争不管多么曲折和复杂，最后总是以真、善、美的胜利而告终。这种斗争的主要武器之一就有演讲。古今中外一切正义的政治家，他们都是拿着演讲这个工具和武器，宣传真理、捍卫真理，向一切丑恶的势力进行着艰苦卓绝的斗争，从而唤醒民众，启迪人们获得知识，认识真理，掌握真理，形成正确的舆论以扶正祛邪，把人类社会推向最理想的境界。1984年6月22日、23日，邓小平发表了《一个国家，两种制度》的重要谈话。明确指出：我们的政策是实行"一个国家，两种制度"，具体说，就是在中华人民共和国内，十亿人口的大陆实行社会主义制度，香港、台湾实行资本主义制度。"一个国家，两种制度"的构想是我们根据中国自己的情况提出来的，邓小平关于《一个国家，两种制度》的重要谈话，成为邓小平理论的重要组成部分，不仅丰富和发展了马克思主义国家学说，符合中国的实际，也为解决国际争端和世界遗留问题提供了新的思路、新的途径和新的范例。

正因为演讲与政治活动联系密切，具有极大的组织、鼓动、激励、批判和推动作用，所以，人们不仅利用演讲来为特定的政治目的服务，同时广泛关心各国政界、军界和知名人士的演讲，也可以从中了解和研究其演讲所透露的信息，预测今后的发展趋势，制定相应的对策。

（二）探索经济规律的理想方式

经济与政治关系密切，政治动态常常直接或间接影响经济的发展。因而，从事经济工作的人，常常能从演讲，特别是各国领导人的演讲内容中，捕捉到有关经济信息，从而预测经济发展动向，以便采取相应的措施，调整对策。同时，在经济活动中，企业或事业的领导人也常常运用演讲，把企业活动的奋斗目标、方针、措施向本部门的职工传达，使领导的决心变成职工的具体行动，从而推动企业各项工作的全面开展。在我国经济学家中，于光远是最早认识到社会主义可以实行市场经济的经济学家之一。1959年他在《关于社会主义制度下商品生产问题的讨论》一文中，对于否定社会主义经济是商品经济的观点提出不同的意见。改革开放后，他在1984年党的十二届三中全会后逐步形成了"社会主义市场经济主体论"思想。1986年6月他在美国美因兹大学演讲《计划经济与市场经济》时认为，"要解决社会主义制度下计划经济与商品经济或市场经济间的理论问题，就一定要改变传统的关于计划经济和市场经济的观念"。同年 7 月 1 日在瑞士圣加仑大学演讲《社会主义的"有计划的"市场经济能不能成立》中明确指出,"我认为'社会主义的市场经济'这个概念是可以成立的","我认为'有计划的市场经济也是能够成立的'"。同年 7 月 3 日他在瑞士伯尔尼大学演讲《中国的经济改革与社会主义学说》中明确认为:"中国在改革中要实行的是社会主义的市场经济,中国实行市场经济并没有离开社会主义道路"。于光远等经济学家对社会主义可以实行市场经济的认识,以及他的演讲,对于我国经济体制改革具有重要的理论探索意义和实践意义。这不仅说明了演讲的重要,为世人所瞩目,而且也表明,演讲本身也像商品一样进入了经济活动的市场。

(三) 鼓舞革命士气的战斗号角

演讲也常常是军事家用以动员部队、鼓舞士气、激励斗志的战斗号角。战争开始前的组织发动,激烈战斗中的添力鼓劲,战争结束后的祝捷庆功,指战员总要发表简洁而极富鼓动力的演讲,一字千钧,震撼人心。古今中外,这样的事例不胜枚举。例如 1944 年 6 月,盟军司令官蒙哥马利元帅在诺曼底登陆中对担负突击任务的士兵发表的演讲,对士兵产生了极大的鼓舞。他说:"你们在干一件无与伦比的大事业。世界将通过你们完全变一番模样,历史将为你们树立一座丰碑,写上: 你们是迄今最优秀的军人! 这场世界上从未有过的拔河比赛,这些即将开辟第二战场的军人们所负的责任是成功地执行自己的任务,并最后作为一个自豪的人,回到家里同亲人团聚。"他的话顿时激发了士兵们无畏的战斗精神,士兵们高呼:"元帅的贝雷帽和演讲给了我们扑向死神的力量。"在军事活动中,演讲不仅在冲锋陷阵方面发挥作用,而且军政首脑关于战争形势、任务、战略、战术和军队建设的分析,以及军队内部的政治活动,诸如战斗英雄事迹报告和战斗经验报告等,也都广泛运用演讲作为手段。

(四) 传播科学精神的有效途径

演讲是高级的、完善的口语表达形式,能最大限度地发挥语言在传授知识、探讨学问、宣传成果、交流经验方面的作用。当今,尽管科学技术高度发展,知识传播的途径增多,但作为直接运用语言进行传播的演讲,由于现场的作用,能对人体感受进行多重的综合刺激,高度调动人们的注意力,促进思维活动,并且使听众在情绪、情感、意志等方面同时受到影响,从而加深对演讲所传播的科学知识的理解，增强学习效果，因而它始终是传播科学文化知识，提高文化素养的有效途径。袁隆平在上海世博会第三场主题论坛上的演讲，《研发杂交水稻，保障粮食安全》，丁肇中在北京人民大会堂举行的"情系中华"大会上的演讲《应有格物致知精神》，布鲁诺《在接受宗教裁判所审判时的演说》等，无一不对科学精神的传播发挥了巨大的推动作用。

（五）进行思想教育的最佳形式

社会的发展从各个方面以各种不同方式影响着人们的心理状态和精神面貌。特别是青年，受时代的影响表现得更为明显。当代青年兴趣广泛，思想活跃，乐于探索，勤于思考，勇于进取，也敢于标新立异，且十分自尊、自信，不喜欢空洞的说教和粗暴的训斥。演讲的魅力正在于"晓之以理，动之以情，授之以知，导之以美，明之以实，联之以身"。因此，对群众，特别是对青年一代进行前途、理想、道德、纪律的教育，演讲是最理想的形式。李燕杰、曲啸、张海迪、蔡朝东等人的卓有成效的演讲，以睿智的理性思辨，生动活泼的语言，火一般的激情，融理论、历史、文艺和社会现实于一体，讲述理想、道德、情操，激发起人们满腔的政治热情，真正起到了鼓动和说服的作用，产生了极大的社会效益，受到全社会极高的赞誉，被称为善于打开人们心灵的专家。同时，广泛开展的群众演讲活动，演讲者从产生演讲动机、组织演讲材料，到当众演讲的整个过程，也就是自我教育、提高认识的过程。

（六）提高干部能力的重要内容

各级领导干部在被要求提高科学决策能力和执行能力的同时，现在又被要求增加一项新的能力，那就是同媒体打交道的能力。中央政治局常委李长春在出席全国宣传部长会议时，强调国际国内形势发生了新的复杂变化，各级党委要适应时代发展要求，努力提高与媒体打交道的能力，切实做到善待媒体、善用媒体、善管媒体，充分发挥媒体凝聚力量、推动工作的积极作用。

语言是思维的外壳，是思维的手段。没有丰富的思想、敏捷的思维，何来精彩的演讲？研究表明，思维具有独立性、广阔性、层次性、探索性和实践性等五个方面的主要品质。由于演讲本身在内容方面和形式方面的特殊要求，可以有意识地通过演讲实践来训练人们的思维能力、观察能力、分析能力、应变能力和口语表达能力。演讲活动是以语言为手段来表达思维的活动，它可以使思维的五个方面的品质得到全面的训练和发展。同时，演讲还可以使大脑的各个功能区域，诸如感受区域、判断区域、贮存区域和想象区域等处于良好的活动状态，运转协调，促使思维力、观察力、分析力、表达力、应变力都得到发展。因而，演讲是培养领导干部思维能力、开拓智力的最佳形式。

第一篇 政论演讲词

一、政论演讲词概述

（一）政论演讲词的内涵

政论演讲词是演讲者针对国内外重大政治事件和政治问题，阐述其政治立场和观点，政党的路线、方针和国家政策的一种宣言式的演讲。如列宁的《苏维埃政权的任务》、毛泽东的《中国人民站起来了》等。政论演讲在社会生活中最为常见，凡是从政治角度，即一定的政治立场、观点，政治路线、方针、政策和任务出发，对政治、经济、科技、文化、军事、外交等领域中的重大问题和重大事项发表看法、阐述观点的演讲，都属于政论演讲。例如党和国家领导人的报告、讲话、谈话，代表人物在群众集会上发表的讲话，对媒体发表的谈话等。

（二）政论演讲词的特点

1．**议论性** 政论演讲词以逻辑推理为主要方式来阐明事理、发表见解和主张。如列宁的《苏维埃政权的任务》。

2．**说服性** 政论演讲词通过演讲者的演讲，能够说服别人改变他们的感受、信仰或行为，从而接受演讲者的观点和主张。如孙中山的《三民主义与中国前途》。

3．**针对性** 演讲者的演讲所提出的问题应是听众所关注的事情，所讲内容的深浅也应符合听众的接受水平。如胡锦涛的《改革开放的中国与站在新的历史起点上的中日关系》，其主题是改革开放的中国与中日关系，听众主体是日本早稻田大学的师生。

（三）政论演讲词的类型

政论演讲词一般可分为两类。

1．**论证演讲词** 是演讲者通过事实材料及逻辑推理从正面直接阐发道理、见解和主张的一种演讲词。例如列宁的《苏维埃政权的任务》、孙中山的《三民主义与中国前途》等。

2. 论辩演讲词 是演讲者以有力论据反驳对方的观点，从而使自己的观点得到承认的一种演讲。如戴高乐的《谁说败局已定》。

（四）政论演讲词的作用

政论演讲词的作用，旨在表明演讲者的政治立场、观点和主张。所谓政治立场和观点，是指演讲者在观察和处理政治问题时所处的地位和所持的态度。政治立场是指演讲者观察、分析和处理各种问题的根本立足点。政治主张是指演讲者对某种行动提出的见解。演讲者通过演讲，对某个重大问题、某个重大事件，旗帜鲜明地表明自己的态度和见解。例如邓小平的《中国共产党第十二次全国代表大会开幕词》。

二、政论演讲词的写作艺术

◎模块一：
（一）阅读政论演讲词的经典范文

【范例1】

苏维埃政权的任务
〔俄国〕列宁
(1917年11月7日)

同志们！布尔什维克始终认为必要的工农革命，已经成功了。

这个工农革命的意义是什么？这个革命的意义首先在于我们将拥有一个苏维埃政府，一个绝无资产阶级参加的我们自己的政权机关。被压迫的群众将亲自建立政权。旧的国家机构将被彻底打碎，而新的管理机构即苏维埃组织将建立起来。俄国历史的新时期从此开始了，这第三次俄国革命终将导致社会主义的胜利。我们当前的任务之一，就是必须立刻结束战争。

可是大家都清楚，要结束同现在的资本主义制度密切联系着的这场战争，就必须打倒资本本身。在意大利、英国和德国已经逐渐展开的世界工人运动一定会在这方面帮助我们。我们向国际民主派提出的立即缔结公正和约的建议,一定会得到国际无产阶级群众的热烈响应。为了增强无产阶级的这种信任,必须立刻公布一切秘密条约。

在国内,农民中很大一部分人都说:我们不再跟资本家打交道了,我们要同工人一道干。我们只要颁布一项废除地主所有制的法令,就可以赢得农民的信任,农民会懂得,只有同工人结成联盟,他们才能得救。我们要对生产实行真正的工人监督。现在我们已学会了齐心协力地工作。刚刚发生的革命就证实了这一点。我们拥有群众组织的力量,它定能战胜一切,并把无产阶级引向世界革命。

在俄国,我们现在应该着手建设无产阶级的社会主义国家。全世界社会主义革命万岁!

(二)作者简介

列宁(1870～1924年),原名弗拉基米尔·伊里奇·乌里扬诺夫,列宁是他的笔名。布尔什维克党创立者,苏联共产党的创始人,苏维埃社会主义共和国联盟的缔造者和第一位领导人,马克思和恩格斯事业和学说的继承人,形成了列宁主义理论。被全世界共产主义者广泛认同为全世界无产阶级和劳动人民的伟大革命导师和领袖。他是无产阶级革命家、政治家、理论家,也是一位天才的演说家,被美国《展示》杂志列为近百年来具有说服力的演说家,一生发表过许许多多极富逻辑力量和鼓动色彩的演讲。

1917年11月(俄历十月),在列宁的领导下,俄国人民终于取得了十月社会主义革命的胜利,史称十月革命胜利。革命胜利后,列宁当选为第一届苏维埃政府主席。他领导人民粉碎了帝国主义的三次武装进攻和国内的叛乱,使苏俄的经济建设逐步走上了正轨。

1924年1月21日,列宁不幸与世长辞,终年54岁。列宁的全部著述达55卷,是一位多产的作家。

(三)演讲背景

本文是列宁在彼得格勒工兵代表苏维埃举行特别会议上的讲话。

第一次世界大战爆发后,列宁提出了"变帝国主义战争为国内战争"的口号,阐明了社会主义可以在一国或数国首先胜利的理论。1917年3月,沙皇政府被推翻。听到沙皇垮台的消息以后,列宁立即返回俄国,积极准备发动武装起义。1917

年11月6日（俄历十月二十四日），列宁秘密来到起义总指挥部——斯莫尔尼宫，亲自领导武装起义。从11月6日夜到11月7日上午，二十多万革命士兵和起义工人迅速占领了彼得格勒的各个战略要地。当起义队伍开始围攻冬宫之际，彼得格勒工兵代表苏维埃革命军事委员会即于11月7日（俄历十月二十五日）上午10时发布宣言：临时政府已被推翻。国家政权已转到彼得格勒工兵代表苏维埃的机关，即领导彼得格勒无产阶级和卫戍部队的军事革命委员会手中。俄历十月二十五日下午2时，彼得格勒工兵代表苏维埃举行特别会议。会议在听取军事革命委员会关于革命胜利进展的汇报后，列宁在会上作了这篇演讲。

（四）成文技巧

十月革命是经列宁领导下的布尔什维克领导的武装起义，建立了人类历史上第三个无产阶级政权——苏维埃政权和由马克思主义政党领导的第一个社会主义国家（第一个是巴黎公社无产阶级政权，第二个是匈牙利苏维埃共和国）。革命推翻了以克伦斯基为领导的资产阶级俄国临时政府，为1918～1920年的俄国内战和1922年苏联成立奠定了基础。这篇演讲是在十月革命刚刚胜利的时候诞生的，它不是在祝贺十月革命的胜利，而是要回答这场革命的意义是什么，革命后的任务是什么，已经完成任务的基本条件是什么。因此，这篇演讲词的最大特点是针对性很强。在回答十月革命的意义时，列宁指出，这个革命的意义首先在于我们将拥有一个苏维埃政府，一个绝无资产阶级参加的我们自己的政权机关，被压迫的群众将亲自建立政权。所以，革命后的首要任务是，必须立刻结束战争，着手建设无产阶级的社会主义国家。那么，是否具备了完成这一任务的条件呢？列宁提出了两个条件：一是国际上，意大利、英国和德国已经逐渐展开的世界工人运动一定会帮助我们。我们向国际民主派提出的立即缔结公正和约的建议，一定会得到国际无产阶级群众的热烈响应。二是就国内来说，布尔什维克不仅拥有了工人阶级作为无产阶级的主力军，同时也得到了农民中很大一部分人的支持和参加，只要拥有工农联盟，拥有群众组织的力量，就一定能够战胜一切。演讲词的第二个特点是言简意赅。这样一个重大的历史性的演讲词，中文仅仅用了542个字，就说得明明白白、清清楚楚，实在是短小精悍。第三个特点是本文的开头与结尾具有鼓动性。开头的呼语和结尾的口号，能够极大地激发听众的热情。

◎模块二：

（一）阅读政论演讲词的经典范文

【范例2】

三民主义与中国前途

〔中国〕孙中山

（1906年12月2日）

　　诸君：今天诸君踊跃来此，兄弟想来，不是徒为高兴，定然有一番大用意。今天这会，是祝《民报》的纪元节。《民报》所讲的是中国民族前途的问题，诸君今天到来，一定是把中国民族前途的问题横在心上，要趁这会子大家研究的。兄弟想《民报》发刊以来已经一年，所讲的是三大主义：第一是民族主义，第二是民权主义，第三是民生主义。

　　那民族主义，却不必要什么研究才会晓得的。譬如一个人，见着父母总是认得，绝不会把他当做路人，也绝不会把路人当做父母；民族主义也是这样，这是从种性发出来，都是一样的。满洲入关到如今已有二百六十多年，我们汉人就是小孩子，见着满人也是认得，总不会把来当做汉人。这就是民族主义的根本。

　　但是有最要紧一层不可不知：民族主义，并非是遇着不同族的人便要排斥他，是不许那不同族的人来夺我民族的政权。因为我汉人有政权才是有国，假如政权被不同族的人所把持，那就虽是有国，却已经不是我汉人的国了。我们想一想，现在国在哪里？政权在哪里？我们已经成了亡国之民了！地球上人数不过一千几百兆，我们汉人有四百兆，占了四分之一，算得地球上最大的民族，而且是地球上最老最文明的民族；到了今天，却成为亡国之民，这不是大可怪的吗？那非洲诸国不过二十多万人，英国去灭他，尚且相争至三年之久；菲律宾岛不过数百万人，美国去灭他，尚且相持数岁；难道我们汉人，就甘心于亡国！想起我汉族亡国时代，我们祖宗是不肯服从满洲的。闭眼想想历史上我们祖宗流血成河、伏尸蔽野的光景，我们祖宗很对得住子孙，所难过的，就是我们做子孙的人。再思想亡国以后满洲政府愚民时代，我们汉人面子上从他，心里还是不愿的，所以有几回的起义。到了今日，我们汉人民族革命的风潮，一日千丈。那满洲人也提倡排汉主义，他们的口头话是说他的祖宗有团结力、有武力，故此制服汉人；他们要长保这力量，以便永居人上。他们这几句话本是不错，然而还有一个最大的原因，是汉人无团体。我们汉人有了团体，这力量定比他大几千万倍，民族革命的事不怕不成功。

唯是兄弟曾听见人说，民族革命是要尽灭满洲民族，这话大错。民族革命的缘故，是不甘心满洲人灭我们的国，主我们的政，定要扑灭他的政府，光复我们民族的国家。这样看来，我们并不是恨满洲人，是恨害汉人的满洲人。假如我们实行革命的时候，那满洲人不来阻害我们，绝无寻仇之理。他当初灭汉族的时候，攻城破了，还要大杀10日才肯封刀，这不是人类所为，我们决不如此。唯有他来阻害我们，那就尽力惩治，不能与他并立。照现在看起来，满洲政府要实行排汉主义，谋中央集权，拿宪法做愚民的器具。他的心事，真是一天毒一天。然而他所以死命把持政权的缘故，未必不是怕我汉人要剿绝他，故此骑虎难下。所以我们总要把民族革命的目的认得清楚，如果满人始终执迷，仍然要把持政权，制驭汉族，那就汉族一日不死，一日不能坐视的！想来诸君亦同此意。民族革命的大要如此。

至于民权主义，就是政治革命的根本。将来民族革命实行以后，现在的恶劣政治固然可以一扫而尽，却是还有那恶劣政治的根本，不可不去。中国数千年来都是君主专制政体。这种政体，不是平等自由的国民所堪受的。要去这政体，不是专靠民族革命可以成功。试想明太祖驱除蒙古，恢复中国，民族革命已经做成，他的政治却不过依然同汉、唐、宋相近。故此三百年后，复被外人侵入，这是政体不好的缘故，不是（做）政治革命是断断不行的。研究政治革命的工夫，熬费经营。至于着手的时候，却是同民族革命并行。我们推倒满洲政府，从驱除满人那一面说是民族革命，从颠覆君主政体那一面说是政治革命，并不是分作两次去做。讲到那政治革命的结果，是建立民主立宪政体。照现在这样的政治论起来，就算汉人为君主，也不能不革命。法兰西大革命及俄罗斯革命，本没有种族问题，却纯是政治问题；法兰西民主政治（体）已经成立，俄罗斯虚无党也终要达这目的。中国革命之后，这种政体最为相宜，这也是人人晓得的。

唯尚有一层最要紧的话，因为凡是革命的人，如果存有一些皇帝思想，就会弄到亡国。因为中国从来当国家做私人的财产，所以凡有草莽英雄崛起，一定彼此相争，争不到手，宁可各据一方，定不相下，往往弄到分裂一二百年，还没有定局。今日中国，正是万国眈眈虎视的时候，如果革命家自己相争，四分五裂，岂不是自亡其国？近来志士都怕外人瓜分中国，兄弟的见解却是两样。外人断不能瓜分我中国，只怕中国人自己瓜分起来，那就不可救了！所以我们定要由平民革命，建国民政府。这不只是我们革命之目的，并且是我们革命的时候所万不可少的。

说到民生主义，因这里头千条万绪，成为一种科学，不是十分研究不得清楚。并且社会问题隐患在将来，不像民族、民权两问题是燃眉之急，所以少人去理会他。虽然如此，人的眼光要看得远。凡是大灾大祸没有发生的时候，要防止他是容易的；到了发生之后，要扑灭他却是极难。社会问题在欧美是积重难返，在中国却还在幼稚时代，但是将来总会发生的。到那时候收拾不来，又要弄成大革命了。革命的事情是万不得已才用，不可频频伤国民的元气。我们实行民族革命、政治革命的时候，须同时想法子改良社会经济组织，防止后来的社会革命，这真是最大的责任。

于今先说民生主义所以要发生的缘故。这民生主义，是到19世纪之下半期才盛行的。以前所以没有盛行民生主义的原因，总由于文明没有发达。文明越发达，社会问题越着紧。这个道理，很觉费解，却可以拿浅近的事情来作譬喻。大凡文明进步，个人用体力的时候少，用天然力的时候多，那电力、汽力比起人的体力要快千倍。举一例来说，古代一人耕田，劳身焦思，所得谷米至多不过供数人之食。近世农学发达，一人所耕，千人食之不尽，因为他不是专用手足，是借机械的力去帮助人功，自然事半功倍。故此古代重农工，因他的生产刚够人的用度，故他不得不专注重生产。近代却是两样。农工所生产的物品，不愁不足，只愁有余，故此更重商业，要将货物输出别国，好谋利益，这是欧美各国大概一样的。照这样说来，似乎欧美各国应该家给人足、乐享幸福，古代所万不能及的。然而试看各国的现象，与刚才所说正是反比例。统计上，英国财富多于前代不止数千倍，人民的贫穷甚于前代也不止数千倍，并且富者极少，贫者极多。这是人力不能与资本力相抗的缘故。古代农工诸业都是靠人力去做成，现时天然力发达，人力万万不能追及，因此农工诸业都在资本家手里。资本越大，利用天然力越厚，贫民怎能同他相争，自然弄到无立足地了。社会党所以倡民生主义，就是因贫富不均，想要设法挽救；这种人日兴月盛，遂变为一种很繁博的科学。其中流派极多，有主张废资本家归诸国有的，有主张均分于贫民的，有主张归诸公有的，议论纷纷。凡有见识的人，皆知道社会革命，欧美是决不能免的。

这真是前车可鉴，将来中国要到这步田地，才去讲民生主义，已经迟了。这种现象，中国现在虽还没有，但我们虽或者看不见，我们子孙总看得见的。与其将来弄到无可如何，才去想大破坏，不如今日预筹个防止的法子。况且中国今日如果实行民生主义，总较欧美易得许多。因为社会问题是文明进步所致，文明程度不高，那社会问题也就不大。举一例来说，今日中国贫民，还有砍柴割禾去谋生活的，欧美却早已绝迹。因一切谋生利益尽被资本家吸收，贫民虽有力量，却无权利去做，就算得些蝇头微利，也决不能生存。故此社会党常言，文明不利于贫民，不如复古。这也是矫枉过正的话。况且文明进步是自然所致，不能逃避的。文明有善果，也有恶果，须要取那善果。欧美各国，善果被富人享尽，贫民反食恶果，总由少数人把持文明幸福，故成此不平等的世界。我们这回革命，不但要做国民的国家，而且要做社会的国家，这绝是欧美所不能及的。

欧美为甚不能解决社会问题？因为没有解决土地问题。大凡文明进步，地价日涨。譬如英国一百年前，人数已有一千余万，本地之粮供给有余；到了今日，人数不过加三倍，粮米已不够二月之用，民食专靠外国之粟。故英国要注重海军，保护海权，防粮运不继。因英国富人把耕地改做牧地，或变猎场，所获较丰，且征收容易，故农业渐废，并非土地不足。贫民无田可耕，都靠做工糊口，工业却全归资本家所握，工厂偶然停歇，贫民立时饥饿。只就伦敦一城算计，每年冬间工人失业的常有六七十万人，全国更可知。英国大地主威斯敏士打公爵有封地在伦敦西偏，后来因扩张伦敦城，把那地统圈进去，他一家的地租占伦敦地租四分之一，富与国家相等。贫富不均竟到这地步，"平等"二字已成口头空话了！

大凡社会现象，总不能全听其自然，好像树木由他自然生长，定然枝蔓，社会问题亦是如此。中国现在资本家还没有出世，所以几千年地价从来没有加增，这是与各国不同的。但是革命之后，却不能照前一样。比方现在香港、上海地价比内地高至数百倍，因为文明发达，交通便利，故此涨到这样。假如他日全国改良，那地价一定是跟着文明日日涨高的。到那时候，以前值一万银子的地，必涨至数十万、数百万。上海五十年前，黄浦滩边的地本无甚价值，近来竟加至每亩百数十万元，这就是最显明的证据了。就这样看来，将来富者日富，贫者日贫，十年之后，社会问题便一天紧似一天了。这种流弊，想也是知道的，不过眼前还没有这现象，所以容易忽略过去。然而眼前忽略，到日后却不可收拾。故此，今日要筹个解决的法子，这是我们同志应该留意的。

闻得有人说，民生主义是要杀四万万人之半，夺富人之田为己有；这是他未知其中道理，随口说去，那不必去管他。解决的法子，社会学者所见不一，兄弟所最信的是定地价的法。比方地主有地价值一千元，可定价为一千，或多至两千，就算那地将来因交通发达价涨至一万，地主应得两千，已属有益无损，盈利八千，当归国家。这于国计民生，皆有大益。少数富人把持垄断的弊窦自然永绝，这是最简便易行之法。欧美各国地价已涨至极点，就算要定地价，苦于没有标准，故此难行。至于地价未涨的地方，恰好急行此法，所以德国在胶州湾、荷兰在爪哇已有实效。中国内地文明没有进步，地价没有增长，倘若仿行起来，一定容易。兄弟刚才所说社会革命，在外国难，在中国易，就是为此。行了这法之后，文明越进，国家越富，一切财政问题断不至难办。现今苛捐尽数皆除，物价也渐便宜了，人民也渐富足了。把几千年捐输的弊政永远断绝，漫说中国从前所没有，就欧美日本虽说富强，究竟人民负担租税未免太重。中国行了社会革命之后，私人永远不用纳税，但收地租一项，已成地球上最富的国。这社会的国家，决非他国所能及的。我们做事，要在人前，不要落人后。这社会革命的事业，定为文明各国将来所取法的了。

总之，我们革命的目的是为众生谋幸福，因不愿少数满洲人专利，故要民族革命；不愿君主一人专利，故要政治革命；不愿少数富人专利，故要社会革命。这三样有一样做不到，也不是我们的本意。达了这三样目的之后，我们中国当成为至完美的国家。

尚有一问，我们应邀研究的，就是将来中华民国的宪法。宪法二字，近时人人乐道，便是满洲政府也晓得派些奴才出洋考察政治，弄些预备立宪的上谕，自誉自扰。那中华民国的宪法，更是要讲求的，不用说了。兄弟历观各国的宪法，有文宪法，是美国最好；无文宪法，是英国最好。英是不能学的，美是不必学的。英的宪法，所谓三权分立，行政权、立法权、裁判权各不相统，这是从六七百年前由渐而生，成了习惯，但界限还没有清楚。后来法国孟德斯鸠将英国制度作为根本，参合自己的理想成为一家之学。美国宪法又将孟氏学说作为根本，把那三权界限更分得清楚，在一百年前，算是最完美的了。一百二十年以来，虽数次修改，那大体仍然是未变的。但是这百余年间，美国文明日日进步，土地财产也是增加不已，当时的宪法，现在已经是不适用了。兄弟的意思，将来中华民国的宪法，是要创一种新主义，叫做"五权宪法"。

那五权除刚才所说的三权之外，尚有两权：一是考选权。平等自由，原是国民的权利，但官吏却是国民公仆。美国官吏，有由选举得来的，有由委任得来的。从来本无考试的制度，所以无论是选举，是委任，皆有很大的流弊。就选举上说，那些略有口才的人，便去巴结国民，运动选举；那些学问思想高尚的，反都因讷于口才，没人去物色他，所以美国代表院中，往往有愚蠢无知的夹杂在内，那历史实在可笑。就委任上说，凡是委任官，都是跟着大统领进退。美国共和党、民主党，向来是迭相兴废，遇着换了大统领，由内阁至邮政局长，不下六七万人，同时俱换。所以美国政治腐败散漫，是各国所没有的。这样看来，都是考选制度不发达的缘故。考选本是中国始创的，可惜那制度不好，却被外国学去，改良之后，成了美制。英国首先仿行考选制度，美国也渐取法，大凡下级官吏，必要考试合格，方得委任。自从行了此制，美国政治方有起色。但是他只能用于下级官吏，并且考选之权仍然在行政部之下，虽少有补救，也是不完全的。所以将来中华民国宪法，必要设独立机关专掌考选权，大小官吏必须考试，定了他的资格，无论那官吏是由选举的，抑或由委任的，必须合格之人，方得有效。这法可以除却盲从滥举及任用私人的流弊。中国向来铨选，最重资格，这本是美意；但是在君主专制国中，黜陟人才，悉凭君主一人的喜怒，所以难讲资格，也是虚文。至于社会共和的政体，这资格的法子，正是合用，因为那官吏不是君主的私人，是国民的公仆，必须十分称职，方可任用；但是这考选权如果属于行政部，那权限未免太广，流弊反多，所以必须成了独立的机关，才得妥当。

一为纠察权，专管监督弹劾的事。这机关是无论何国皆必有的。其理为人所见晓。但是中华民国宪法，这机关定要独立。中国从古以来，本有御史台主持风宪，然亦不过君主的奴仆，没有中用的道理。就是现在立宪各国，没有不是立法机关兼有监督的权限；那权限虽然有强有弱，总是不能独立，因此生出无数弊病。比方美国纠察权归议院掌握，往往擅用此权，挟制行政机关，使他不得不俯首听命，因此常常成为议院专制，除非有雄才大略的大总统，如林肯、麦坚尼、罗斯福等才能达行政独立之目的。况且照正理上说，裁判人民的机关已经独立，裁判官吏的机关却仍在别的机关之下，这也是理论上说不过去的，故此这机关也要独立。

合上四权，共成为无权分立，这不但是各国制度上所未有，便是学说上也不多见，可谓破天荒的政体，兄弟如今发明这基础。至于那详细的条理，完全的结构，更望大众同志尽力研究，匡所不逮，以成将来中华民国的宪法。这便是民族的国家、国民的国家、社会的国家，皆得完全无缺的治理。这是我汉族四万万人最大的幸福了。想诸君必肯担任，共成此举，是兄弟所最希望的。

（据《民报》第十号，东京一九〇六年十二月二十日出版，民意（胡汉民）《记十二月二日本报纪元节庆祝大会事及演说词》见《孙中山选集》）

（二）作者简介

孙中山（1866～1925年），幼名帝象，学名文，字载之，号日新，后改号逸仙，1897年在日本化名中山樵，遂以中山名世。广东香山（今中山市）人。孙中山先生是中国伟大的民主革命先行者，中国国父。早年先后求学于檀香山、广州、香港，行医于澳门、广州。1894年5月，上书李鸿章，主张变法自强，遭到冷遇，遂赴檀香山创建中国第一个资产阶级革命团体兴中会。次年，在香港成立兴中会总部，策划广州起义，失败后流亡海外，继续宣传革命。1896年在伦敦被清朝驻英公使馆诱捕，脱险后曾留居英伦，研究西方政治经济理论，寻求救国真理。次年经加拿大抵日本，在旅日华侨中宣传革命，发展兴中会组织。1900年发动惠州起义，因粮饷不济而遭失败。1905年8月在日本东京领导成立中国同盟会，被推为总理，制定"驱除鞑虏，恢复中华，建立民国，平均地权"的资产阶级革命纲领，并创办《民报》，提出"民族、民权、民生"三民主义，同改良派围绕革命与保皇问题展开激烈论战。同时积极在国内外发展同盟会组织，联络华侨、会党和新军，在两广、云南等地发动一系列反清武装起义。

1911年10月，听闻武昌起义爆发，孙中山即离美赴欧进行外交活动。1911年12月25日回到上海，被十七省代表会议推选为中华民国临时大总统。1912年1月1日在南京宣誓就职，建立中华民国临时政府，组成临时参议院，颁布《中华民国临时约法》。由于立宪派与其他势力对袁世凯的支持及革命党人的妥协，被迫于4月1日辞去临时大总统职。同年8月，同盟会改组为国民党，被推为理事长。1913年，因"宋教仁案"，发动"二次革命"讨伐袁世凯，宣告失败。1914年，在日本创建中华革命党，重举革命旗帜。1915年发表《讨袁宣言》，进行反对袁世凯称帝的斗争。1917年，为反对段祺瑞拒绝恢复临时约法和国会，南下广州召开国会非常会议，组成护法军政府，史称"护法运动"。被推为海陆军大元帅，誓师北伐。翌年，因受桂系军阀挟制，被迫去职，赴上海著书立说，撰述《建国方略》。

1919年将中华革命党改组为中国国民党，任总理。1920年重返广东，次年就任中华民国非常大总统，再揭护法旗帜，组织大本营，准备北伐。1922年因陈炯明武装叛乱，中止北伐，被迫退居上海。在中国共产党和苏俄共产党、列宁的帮助下，他毅然决定改组国民党，进行反帝反封建的民主主义革命。1923年再回广州，重建大元帅府。1924年1月，在广州召开中国国民党第一次全国代表大会，提出"联俄、联共、扶助农工"三大政策，把旧三民主义发展成为新三民主义，促成实现第一次国共合作。后创办黄埔军校，指挥平定广州商团叛乱。同年11月，应北京政府邀请，扶病北上讨论国事，提出召开国民会议和废除不平等条约，以谋中国的统一与建设的主张，同帝国主义和国内军阀势力作不懈斗争。1925年3月12日在北京逝世。遗著辑为《中山全书》《总理全集》《孙中山全集》等刊行。

（三）演讲背景

《三民主义与中国前途》是孙中山先生在东京《民报》创刊周年庆祝大会上的演说，第一次系统陈述他的建国思想。《民报》是近代政论杂志，中国同盟会的机关报，在日本东京创刊。大型月刊《民报》是革命派在海外的主要宣传阵地，创办于辛亥革命时期的1905年（光绪三十一年）11月26日。其前身为宋教仁在东京创办的《二十世纪支那》，于1905年6月创刊。第二期因载《日本政客之经营中国谈》等文，尚未发行即遭日本政府没收，杂志被查封。同盟会成立后，将其改为《民报》并作为会刊。孙中山为其撰写发刊词，提出了"三民主义"，即"民族主义、民权主义、民生主义"。该报的创办及其宣传壮大了革命派的声势，也壮大了同盟会的队伍，成为进步舆论的中心。该报最高发行量达到1.7万份，第6至第24期由章太炎主编。1906年12月2日，《民报》在东京神田锦辉馆召开周年纪念大会，出席读者达6000人之多。会场内外水泄不通。会议由黄兴主持，章炳麟读祝词，孙中山作《三民主义与中国前途》的演说。章炳麟、日人池亨吉、北一辉、萱野长知、宫崎寅藏等先后演说。

（四）成文技巧

在如何实行民主政治方面，孙中山在演讲中提出了"五权分立"的思想。孙中山是一位有相当远见的革命者，对欧美工业发达以后，贫富日益悬殊的社会问题也看得十分透彻。他认为，问题根本在于没有解决土地问题，文明进步、地价日涨造成富者日富、贫者日贫。因此，他设想民生主义的具体内容，就是核定地价，增价归公。解决的法子，社会学者所见不一，兄弟所最信的是定地价的法。比如地主有地价值一千元，可定价为一千，或者多至两千，就算那地将来因交通发达涨至一万，地主应得两千，已属有益无损，盈利八千，当归国家。这于国计民生，皆有大益。少数富人把持垄断的弊窦自然永绝，这是最简便易行之法。欧美各国地价已涨至极点，就算要定地价，苦于没有标准，故此难行。至于地价未涨的地方，恰好急行此法。虽然孙中山在这时已详细论述了自己的三大主义，但并未出现"三民主义"这一词汇。当年12月，香港《中国日报》代售《民报》广告，时任中国日报社长的冯自由感觉在广告上登载"提倡民族主义民权主义民生主义"一语太过冗长，于是简称"三民主义"代之。第二年，《中国日报》悼念陈天华的大会上，冯自由在挽联中写"誓覆满酋政府，实践三民"。随后得到孙中山的认可，"三民主义"由此确立。

"三民主义"和"五权宪法"构成了孙中山完整的思想体系。它们的提出，使革命派有了比较完整的理论基础，而且深深地影响了此后半个多世纪中国的命运。

◎模块三：
（一）阅读政论演讲词的经典范文

【范例3】
中国人民站起来了
〔中国〕毛泽东
(1949年9月21日)

诸位代表先生们，全国人民所渴望的政治协商会议现在开幕了。

我们的会议包括六百多位代表，代表着全中国所有的民主党派，人民团体，人民解放军，各地区，各民族和国外华侨。这就说明，我们的会议是一个全国人民大团结的会议。

这种全国人民大团结之所以能够成功，是因为我们战胜了美国帝国主义所援助的国民党反动政府。在三年多的时间内，英勇的世界上少有的中国人民解放军，战胜了美国援助的国民党反动政府所有的数百万军队的进攻，并使自己转入反攻和进攻。现在，数百万人民解放军的野战军已经打到接近台湾，广东，广西，贵州，四川和新疆的地区去了，中国人民的大多数已经获得了解放。在三年多的时间内，全国人民团结起来，援助人民解放军，反对了自己的敌人，取得了基本的胜利。在这个基础上，召开了今天的人民政治协商会议。

我们的会议之所以称为政治协商会议，是因为三年以前我们曾和蒋介石国民党一道开过一次政治协商会议。那次会议的结果是被蒋介石国民党及其帮凶们破坏了，但是已在人民中留下了不可磨灭的印象。那次会议证明，和帝国主义的走狗蒋介石国民党及其帮凶们一道是不能解决任何有利于人民的任务的。即使勉强地做了决议也是无益的，一待时机成熟他们就要撕毁一切决议，并以残酷的战争反对人民。那次会议的唯一收获是给了人民以深刻的教育，使人民懂得：和帝国主义的走狗蒋介石国民党及其帮凶们决无妥协的余地，或者是推翻这些敌人，或者被这些敌人所屠杀和压迫，二者必居其一，其他的道路是没有的。中国人民在中国共产党的领导之下，在三年多的时间内，很快地觉悟起来，并且把自己组织起来，形成了全国规模的反对帝国主义、封建主义、官僚资本主义及其集中的代表者国民党反动政府的统一战线，援助人民解放战争，基本上打倒了国民党反动政府，推翻了帝国主义在中国的统治，恢复了政治协商会议。

现在的中国人民政治协商会议是在完全新的基础上召开的，它且有代表全国人民的性质，它获得全国人民的信任和拥护。因此，中国人民政治协商会议宣布自己执行全国人民代表大会的职权。中国人民政治协商会议在自己的议程中将要制定中国人民政治协商会议的组织法，制定中华人民共和国中央人民政府的组织法，制定中国人民政治协商会议的共同纲领，选举中国人民政治协商会议的全国委员会，选举中华人民共和国中央人民政府委员会，制定中华人民共和国的国旗和国徽，决定中华人民共和国国都的所在地以及采取和世界大多数国家一样的年号。

诸位代表先生们，我们有一个共同的感觉，这就是我们的工作将写在人类的历史上，它将表明：占人类总数四分之一的中国人从此站立起来了。中国人从来就是一个伟大的通用性的勤劳的民族，只是在近代落伍了。这种落伍，完全是被外国帝国主义和本国反动政府所压迫和剥削的结果。一百多年以来，我们的先人以不屈不挠的斗争反对内外压迫者，从来没有停止过，其中包括伟大的中国革命先行者孙中山先生所领导的辛亥革命在内。我们的先人指示我们，叫我们完成他们的遗志。我们现在是这样做了。我们团结起来，以人民解放战争和人民大革命打倒了内外压迫者，宣布中华人民共和国的成立了。我们的民族将从此列入爱好和平自由的世界各民族的大家庭，以通用性而勤劳的姿态工作着，创造自己的文明和幸福，同时也促进世界的和平和自由。我们的民族将再也不是一个被人侮辱的民族了，我们已经站起来了。我们的革命已经获得全世界广大人民的同情和欢呼，我们的朋友遍于全世界。

我们的革命工作还没有完结，人民解放战争和人民革命运动还在向前发展，我们还要继续努力。帝国主义者和国内反动派决不甘心于他们的失败，他们还要作最后的挣扎。在全国平定以后，他们也还会以各种方式从事破坏和捣乱，他们将每日每时企图在中国复辟。这是必然的，毫无疑义的，我们务必不要松懈自己的警惕性。

我们的人民民主专政的国家制度是保障人民革命的胜利成果和反对内外敌人的复辟阴谋的有力的武器，我们必须牢牢地掌握这个武器。在国际上，我们必须和一切爱好和平自由的国家和人民团结在一起，首先是和苏联及各新民主国家团结在一起，使我们的保障人民革命胜利成果和反对内外敌人复辟阴谋的斗争不致于孤立地位。只要我们坚持人民民主专政和团结国际友人，我们就会是永远胜利的。

人民民主专政和团结国际友人，将使人们的建设工作获得迅速的成功。全国规模的经济建设工作业已摆在我们面前。我们的极好条件是有4.75亿的人口和960万平方公里的国土。我们面前的困难是有的，而且是很多的，但是我们确信：一切困难都将被全国人民的英勇奋斗所战胜。中国人民已经具有战胜困难的极其丰富的经验。如果我们的先人和我们自己能够渡过长期的极端艰难的岁月，战胜了强大的内外反动派，为什么不能在胜利以后建设一个繁荣昌盛的国家呢？只要我们仍然保持艰苦奋斗的作风，只要我们团结一致，只要我们坚持人民民主专政和团结国际友人，我们就能在经济战线上迅速地获得胜利。

随着经济建设的高潮的到来，不可避免地将要出现一个文化建设的高潮。中国人被人认为不文明的时代已经过去了，我们将以一个具有高度文化的民族出现于世界。

我们的国防将获得巩固，不允许任何帝国主义者再来侵略我们的国土。在英勇的经过了考验的人民解放军的基础上，我们的人民武装力量必须保存和发展起来。我们将不但有一个强大的陆军，而且有一个强大的空军和一个强大的海军。

让那些内外的反动派在我们面前发抖罢，让他们去说我们这也不行那也不行罢，中国人民的不屈不挠的努力必将稳步地达到自己的目的。

在人民解放战争和人民革命中牺牲的人民英雄永垂不朽！

庆贺人民解放战争和人民革命的胜利！

庆贺中华人民共和国的成立！

庆贺中国人民政治协商会议的成功！

（二）作者简介

毛泽东（1893～1976年），湖南湘潭人。伟大的马克思主义者，无产阶级革命家、战略家和理论家，中国共产党、中国人民解放军和中华人民共和国的主要缔造者和领导人。毛泽东同志和他的战友们领导全民族绝大多数人共同奋斗了 28 年，终于推翻了"三座大山"，在 1949 年建立了新中国。

新中国成立后，以毛泽东同志为核心的党中央领导全国人民，实现了社会主义改造，社会主义制度的全面确立，积极探索中国自己的建设社会主义的道路。开始全面进行大规模建设，建立起独立的比较完整的工业体系和国民经济体系。1966 年，由于对国内阶级斗争形势作出了极端的估计，他发动了"文化大革命"运动，这个运动因受林彪、"四人帮"两个反革命集团操纵而变得特别狂暴，大大超出了他的预计和他的控制，以至延续十年之久，使中国许多方面受到严重的破坏和损失。在"文化大革命"中，毛泽东也制止和纠正过一些具体错误。他领导了粉碎林彪反革命集团的斗争，不让江青、张春桥等夺取最高领导权的野心得逞。在对外政策方面，他提出"三个世界"划分的战略和中国永远不称霸的重要思想，并且开始打开对外工作的新局面，为中国进行现代化建设创造了有利的国际条件。1976 年 9 月 9 日，毛泽东在北京逝世。他的主要著作收入《毛泽东选集》（四卷）、《毛泽东文集》（八卷）。

（三）演讲背景

1945 年抗日战争胜利后，中国共产党和国民党在重庆谈判，决定为组建新政府而召开政治协商会议。1946 年 1 月 10 日，政治协商会议在重庆召开，参加这次会议的有中国国民党、中国共产党、中国民主同盟、中国青年党和社会贤达五个方面的代表。同年 11 月，国民党撕毁政治协商会议决议，单方面宣布召开"国民大会"，遂使政治协商会议即旧政协解体。

1948 年 4 月 30 日，中共中央发布纪念"五一"国际劳动节的口号，提出召开新的政治协商会议，成立民主联合政府的号召，各民主党派、各人民团体、无党派民主人士及国外华侨积极响应，参加筹备新政治协商会议。

1949 年 1 月 30 日，北平宣布和平解放。6 月 15 日，新政治协商会议筹备会在北平开幕，参加会议的有 23 个单位的代表共 134 人。9 月 17 日，新政治协商会议筹备会第二次全体会议正式决定将新政治协商会议定名为"中国人民政治协商会议"。

1949 年 9 月 21 日，中国人民政治协商会议第一届全体会议在北平隆重举行，宣告中国人民政治协商会议正式成立。参加会议的有 46 个单位的代表共 662 人。这次会议上，毛泽东所作的开幕词，是非同寻常的历史性文献。毛泽东向全国、全世界庄严宣布："中国人民站起来了！"

（四）成文技巧

毛泽东的这篇演讲，或叙述，或阐释；或加以告诫，或提出期望；或回顾历史，或展望未来。其主要特点有以下几点：

首先，历史回顾道出了召开人民政治协商会议的历史必然性，阐述了人民政治协商会议的性质与职能。然后，向全世界庄严宣布："占人类总数四分之一的中国人从此站立起来了。"这是历史性的伟大转折，缅怀先烈，既深感胜利来之不易，又有无比的信心，相信人民能够创造更加辉煌的未来。在对未来的展望中，开幕词又指明了全国人民需要注意的问题和未来努力的方向。无论是回顾历史还是展望未来，都观点鲜明、态度坚决，充满着无比的自豪、无比的自信，处处洋溢着中国人民胜利的喜悦和豪迈的革命情怀。

其次，观点鲜明，态度坚决，不容置疑。首先是因为大量判断句的使用。如在第二段里，先就代表的组成成分进行了说明，然后得出结论："这就指明，我们的会议是一个全国人民大团结的会议。"对人民政治协商会议的性质作了判定，给人一种掷地有声、不容置疑的感觉。接下来是"这种全国人民大团结之所以能够成功，是因为我们战胜了美国帝国主义所援助的国民党反动政府"，这句话强调了胜利来之不易。其他还有："那次会议证明，和帝国主义的走狗蒋介石国民党及其帮凶们一道是不能解决任何有利于人民的任务的"、"这种落伍，完全是被外国帝国主义和本国反动政府所压迫和剥削的结果"、"我们的民族将再也不是一个被人侮辱的民族了，我们已经站起来了"。判断句就是得出结论，就是明白无误地给事物直接定性。因此，大量判断句的使用，给人一种斩钉截铁、毫不拖泥带水之感。

三是大量运用了表示强调的词语和句式，诸如"决无""必然""从来"等。如"和帝国主义的走狗蒋介石国民党及其帮凶们决无妥协的余地，或者是推翻这些敌人，或者是被这些敌人所屠杀和压迫，二者必居其一，其他的道路是没有的。""中国人从来就是一个伟大的通用性的勤劳的民族。""这是必然的，毫无疑义的，我们务必不要松懈自己的警惕性。""我们确信：一切困难都将被全国人民的英勇奋斗所战胜。"这些强调性的词语，或是涵盖一切情况与事件，如"决无""一切"等，或是涵盖一切可能，如"必然""必将"等，都给人确凿无疑的感觉。强调性的句式主要是"是……的"句式，如："或者推翻这些敌人，或者被这些敌人所屠杀和压迫，二者必居其一，其他的道路是没有的。"如果将"其他的道路是没有的"改为"没有其他的道路",则变为一般的陈述,判断与强调的意味尽失。还有"之所以……,是因为……"句式,如:"这种全国人民大团结之所以能够成功,是因为我们战胜了美国帝国主义所援助的国民党反动政府。"把"因为……,所以……"关联词语颠倒过来,用做"之所以……,是因为……"本身就是为了强调后面的原因,强调"全国人民大团结"的来之不易。另外,还有强调前提条件的"只要……就……"句式,也给人一种充满信心与希望的意味。从逻辑学上讲,"只要……就……"属于充分条件假言判断,即有了这一个条件,就一定会有后面的结果。这与"只有……才……"不一样,"只有"的条件是必需的,却是不充分的,给人一种不得不的强迫之感。文中"只要我们坚持人民民主专政和团结国际友人,我们就会是永远胜利的"和"只要我们仍然保持艰苦奋斗的作风,只要我们团结一致,只要我们坚持人民民主专政和团结国际友人,我们就能在经济战线上迅速地获得胜利"两句,使用了这种充分条件的判断句,非常自信,给人以无限的鼓舞。

◎模块四:

(一)阅读政论演讲词的经典范文

【范例4】

中国共产党第十二次全国代表大会开幕词

〔中国〕邓小平

(1982年9月1日)

同志们:

中国共产党第十二次全国代表大会现在开幕。

我们这次代表大会的主要议程有三项:(一)审议第十一届中央委员会的报告,确定党为全面开创社会主义现代化建设新局面而奋斗的纲领;(二)审议和通过新的《中国共产党章程》;(三)按照新的党章的规定,选举新的中央委员会、中央顾问委员会和中央纪律检查委员会。

完成这次代表大会的任务,我们党对于社会主义现代化建设的指导思想就会更加明确,党的建设就能够更加适合新的历史时期的需要,党的最高领导层就能够实现新老合作和交替,成为更加朝气蓬勃的战斗指挥部。

回顾党的历史,这次代表大会将是党的第七次全国代表大会以来的一次最重要的会议。

1945年在毛泽东同志主持下召开的党的第七次全国代表大会，是建党以后民主革命时期我们党最重要的一次代表大会。那次大会总结了我国民主革命二十多年曲折发展的历史经验，制定了正确的纲领和策略，克服了党内的错误思想，使全党的认识在马克思列宁主义、毛泽东思想的基础上统一起来，达到了全党的空前团结。那次代表大会，为新民主主义革命在全国的胜利奠定了基础。

1956年召开的党的第八次全国代表大会，分析了生产资料私有制的社会主义改造基本完成以后的形势，提出了全面开展社会主义建设的任务。八大的路线是正确的。但是，由于当时党对于全面建设社会主义的思想准备不足，八大提出的路线和许多正确意见没有能够在实践中坚持下去。八大以后，我们取得了社会主义建设的许多成就，同时也遭到了严重挫折。

现在这次代表大会和八大时的情况有了很大的不同。正如七大以前，民主革命二十多年的曲折发展，教育全党掌握了我国民主革命的规律一样，八大以后社会主义革命和建设二十多年的曲折发展也深刻地教育了全党。从十一届三中全会以来，我们党在经济、政治、文化等各方面的工作中恢复了正确的政策，并且研究新情况、新经验，制定了一系列新的正确政策。和八大的时候比较，现在我们党对我国社会主义建设规律的认识深刻得多了，经验丰富得多了，贯彻执行我们的正确方针的自觉性和坚定性大大加强了。我们有充分的根据相信，这次代表大会制定的正确的纲领，一定能够全面开创社会主义现代化建设的新局面，使我们党兴旺发达，使我们的社会主义事业兴旺发达，使我们的国家和各民族兴旺发达。

我们的现代化建设，必须从中国的实际出发。无论是革命还是建设，都要注意学习和借鉴外国经验。但是，照抄照搬别国经验、别国模式，从来不能得到成功。这方面我们有过不少教训。把马克思主义的普遍真理同我国的具体实际结合起来，走自己的道路，建设有中国特色的社会主义，这就是我们总结长期历史经验得出的基本结论。

中国的事情要按照中国的情况来办，要依靠中国人自己的力量来办。独立自主，自力更生，无论过去、现在和将来，都是我们的立足点。中国人民珍惜同其他国家和人民的友谊和合作，更加珍惜自己经过长期奋斗而得来的独立自主权利。任何外国不要指望中国做他们的附庸，不要指望中国会吞下损害我国利益的苦果。我们坚定不移地实行对外开放政策，在平等互利的基础上积极扩大对外交流。同时，我们保持清醒的头脑，坚决抵制外来腐朽思想的侵蚀，决不允许资产阶级生活方式在我国泛滥。中国人民有自己的民族自尊心和自豪感，以热爱祖国、贡献全部力量建设社会主义祖国为最大光荣，以损害社会主义祖国利益、尊严和荣誉为最大耻辱。

80年代是我们党和国家历史发展上的重要年代。加紧社会主义现代化建设，争取实现包括台湾在内的祖国统一，反对霸权主义、维护世界和平，是我国人民在80年代的三大任务。这三大任务中，核心是经济建设，它是解决国际国内问题的基础。今后一个长时期，至少是到本世纪末的近二十年内，我们要抓紧四件工作：进行机构改革和经济体制改革，实现干部队伍的革命化、年轻化、知识化、专业化；建设社会主义精神文明；打击经济领域和其他领域内破坏社会主义的犯罪活动；在认真学习新党章的基础上，整顿党的作风和组织。这是我们坚持社会主义道路，集中力量进行现代化建设的最重要的保证。

我们党现在已经是一个拥有3900万党员、领导着全国政权的大党。但在全国人民中，共产党员始终只占少数。我们党提出的各项重大任务，没有一项不是依靠广大人民的艰苦努力来完成的。在这里，我代表我们党，向在社会主义现代化建设中辛勤劳动的全国工人、农民和知识分子，致以崇高的敬意。向保卫祖国安全和社会主义建设的钢铁长城中国人民解放军，致以崇高的敬意。

我国各民主党派在民主革命时期同我们党共同奋斗，在社会主义时期同我们党一道前进，一道经受考验。在今后的建设中，我们党还要同所有的爱国民主党派和爱国民主人士长期合作。在这里，我代表我们党，向各民主党派和无党派的朋友们，表示衷心的感谢。

我们党的事业得到了全世界进步人士和友好国家的支持和援助。在这里，我代表我们党，向他们表示衷心的感谢。

我们一定要兢兢业业地做好自己的工作，加强同全国各族人民的团结，加强同全世界人民的团结，为把我国建设成为现代化的、高度文明、高度民主的社会主义国家，为反对霸权主义，维护世界和平，推进人类进步事业，而努力奋斗。

（二）作者简介

邓小平（1904～1997年），四川广安人。伟大的马克思主义者，无产阶级革命家、政治家、军事家、外交家，中国共产党、中国人民解放军、中华人民共和国的主要领导人之一，中国社会主义改革开放和现代化建设的总设计师，邓小平理论的创立者。邓小平同志自少年时代起就立志匡扶社稷，救国救民。他早年赴欧洲勤工俭学，并在那里成为中国共产党党员，开始了自己的革命生涯。归国后，他全身心地投入党领导的争取民族独立和人民解放的革命斗争。从土地革命、抗日战争到解放战争，邓小平同志作为毛泽东同志的亲密战友，始终坚持正确路线，始终充满革命热情，不畏艰险，勇挑重担，先后担任党和军队的许多重要领导职务，以超人的胆识和卓著的战功，为党中央一系列重大战略决策的实施，为新民主主义革命的胜利和新中国的诞生，建立了赫赫功勋，成为中华人民共和国的开国元勋。

新中国成立后，邓小平同志领导了西南全区的政权建设、社会改造和经济恢复，不久就参加中央领导工作，先后担任中共中央秘书长、中共中央政治局委员。在党的八届一中全会上，他当选为中共中央政治局常务委员会委员、中共中央总书记，成为以毛泽东同志为核心的党的第一代中央领导集体的重要成员，为社会主义制度的建立和社会主义建设的展开，为党的建设的加强和改进，作出了重大贡献。"文化大革命"中，邓小平同志受到错误批判和斗争，被停止一切职务。他于1973年复出，1975年担任中共中央副主席、国务院副总理、中央军委副主席、中国人民解放军总参谋长，主持党、国家和军队的日常工作。不久，由于同"四人帮"进行针锋相对的斗争，他再次被错误地撤职、批判。

粉碎"四人帮"、结束"文化大革命"后，他旗帜鲜明地反对"两个凡是"的错误观点，支持和领导开展真理标准问题的讨论。在邓小平同志指导下，1978年12月召开的党的十一届三中全会，重新确立了解放思想、实事求是的思想路线，确定把党和国家的工作重点转移到社会主义现代化建设上来，作出实行改革开放的重大决策。党的十一届三中全会，标志着邓小平同志成为党的第二代中央领导集体的核心。邓小平同志响亮地提出了走自己的路、建设有中国特色的社会主义的伟大号召，领导我们党在新中国成立以来革命和建设实践的基础上，成功地走出了一条建设中国特色社会主义的新道路。

（三）演讲背景

《中国共产党第十二次全国代表大会开幕词》是邓小平1982年9月1日在中国共产党第十二次全国代表大会上的讲话。自从1976年10月粉碎"四人帮"以来，特别是1978年12月党的十一届三中全会以来，经过全党全军全国各族人民的艰苦努力，中国共产党已经在指导思想上完成了拨乱反正的艰巨任务，并且在各条战线的实际工作中取得了拨乱反正的重大胜利，实现了历史性的转折。为了进一步消除十年内乱所遗留的消极后果，总结过去六年来的历史性胜利，全面开创社会主义现代化建设的新局面，确定继续前进的正确道路、战略步骤和方针政策，中国共产党召开了第十二次全国代表大会。邓小平主持了大会开幕式，并致开幕词。他在总结了新中国成立以来的历史经验的基础上，第一次明确提出了"建设有中国特色的社会主义"的新命题，要求全党把马克思主义的普遍真理同我国的具体实际结合起来，走自己的道路，建设有中国特色的社会主义。党的第十二次全国代表大会的胜利召开，标志着党成功地实现了具有重大历史性意义的伟大转变。它开始把中国带入建设有中国特色的社会主义的新的政治轨道，并以全面开创社会主义现代化建设的新局面而载入史册。

（四）成文技巧

邓小平的开幕词，主要内容有四个方面：

一是明确提出了党的十二大的历史任务，高度评价了大会的历史地位。十二大的历史任务有三项：第一，审议第十一届中央委员会的报告，确定党为全面开创社会主义现代化建设新局面而奋斗的纲领；第二，审议和通过新的《中国共产党章程》；第三，按照新的党章的规定，选举新的中央委员会、中央顾问委员会和中央纪律检查委员会。

二是科学地总结了社会主义革命和建设的历史经验，深刻地阐明了中国特色的社会主义建设道路。中国的现代化建设，必须从中国实际出发，把马列主义普遍真理同中国的具体实际结合起来，走自己的道路，建设有中国特色的社会主义。邓小平强调，这是总结了长期历史经验得出的基本结论。无论是革命还是建设，都要注意学习和借鉴外国经验。但照抄照搬别国经验、别国模式，从来不能得到成功。中国是一个地域辽阔、情况复杂、八亿农民的大国。按照中国的国情办事，应当是建设有中国特色的社会主义的基本出发点。中国的事情要按照中国的情况来办，要依靠中国人自己的力量来办。独立自主，自力更生，无论过去、现在和将来，都是我们的立足点。进行现代化建设，必须坚持自力更生为主，争取外援为辅的方针，实行对外开放的政策，尽量争取外资，引进外国先进技术和设备，作为发展社会生产力的补充，以便加速中国社会主义现代化建设的步伐。

三是指出加紧社会主义现代化建设，争取实现包括台湾在内的祖国统一，反对霸权主义，维护世界和平，是中国人民在 20 世纪 80 年代的三大任务。三大任务的核心是搞好国内的事情，这是基础。今后一个长时期、至少是到 20 世纪末的近20年内，要保证抓好四项工作：进行机构改革和经济体制改革，实现干部队伍的革命化、年轻化、知识化、专业化；建设社会主义精神文明；打击经济领域和其他领域内破坏社会主义的犯罪活动；在认真学习新党章的基础上，整顿党的作风和组织，这是坚持社会主义道路，集中力量进行现代化建设的最重要的保证。

四是强调调动党内外一切积极因素，把中国建设成为高度文明高度民主的社会主义国家。

这篇开幕词，深刻地阐述了党的十二大的历史地位、重要任务和如何建设有中国特色的社会主义等一系列重大理论问题和实际问题，具有极其重要的意义。

◎模块五：

（一）阅读政论演讲词的经典范文

【范例5】

改革开放的中国与站在新的历史起点上的中日关系
——在日本早稻田大学的演讲
〔中国〕胡锦涛
（2008年5月8日，日本东京）

尊敬的白井克彦校长，尊敬的河野洋平先生，老师们、同学们、朋友们：

首先，我感谢白井克彦校长的邀请。有机会来到著名学府早稻田大学，同青年朋友和老师们相聚一堂，我感到十分高兴。我代表中国人民，向在座各位朋友，向日本人民，表示诚挚问候和良好祝愿！

早稻田大学是中国人民熟悉的学府，与中国有着很深的渊源。早在上世纪初，早稻田大学就招收了数以千计的中国留学生。在中国近代史上有着重要影响的廖仲恺、李大钊、陈独秀、彭湃等曾在这里负笈求学。今天，早稻田大学同中国许多大学和研究机构保持着良好关系、开展着广泛的学术交流，为推动两国人文交流发挥了积极作用。

来到这里，我不禁想起我认识的几位日本朋友，他们是竹下登、海部俊树、小渊惠三、森喜朗、福田康夫、河野洋平先生等。他们都是贵校的校友，为日本发展作出了贡献，也为中日友好事业作出了贡献。在去年早稻田大学建校125周年时，你们提出要建设"培养世界人的世界性大学"、"挑战21世纪的开放大学"。这符合时代要求。我衷心祝愿贵校培养出更多英才，为日本经济社会发展、为人类进步事业作出更大贡献。

中日是一衣带水的邻邦，两国关系正站在新的历史起点上，面临进一步发展的新机遇。我这次来贵国访问，怀着中国人民对日本人民的友好情谊，带着中国人民对发展中日关系的真诚期待。中国政府和人民真诚希望，同日本政府和人民一道努力，增进互信，加强友谊，深化合作，规划未来，开创中日战略互惠关系全面发展新局面。

老师们、同学们、朋友们！

"世界的道路通向早稻田"，这是早稻田大学的一句名言。我们要推动中日关系长期健康稳定发展、实现两国人民世代友好，就要不断增进两国人民的相互了解。这里，我想从历史和现实的视角谈一谈中国，希望有助于大家更加深入地认识中国。

中国是一个具有悠久历史的国家，也是一个正在发生深刻变革的国家。在五千多年文明发展的漫长进程中，中华民族以勤劳智慧的民族品格、不懈进取的创造活力、自强不息的奋斗精神创造了辉煌的中华文明，为人类文明进步作出了重大贡献。同时，中国也走过了艰难曲折的发展道路。特别是1840年鸦片战争以后，由于封建统治的腐朽没落和帝国主义列强的侵略蹂躏，中国饱经磨难、历经沧桑。为改变受人欺凌、积贫积弱的境遇，实现民族复兴的理想，中国人民奋起抗争、前仆后继、发愤图强。1911年辛亥革命推翻统治中国几千年的君主专制制度以来，中国的发展历程大致可以分为3个阶段。从1911年到1949年，中国人民经过长期浴血奋斗，实现了民族独立和人民解放，建立了人民当家做主的新中国，为实现中国发展繁荣创造了根本条件。从1949年到1978年，中国建立了社会主义制度，实现了历史上最深刻的社会变革，中国人民经过艰辛努力取得了国家建设的巨大成就。从1978年到现在，中国人民毅然决然地踏上改革开放的伟大征程，开始了新的历史条件下新的伟大革命。

今年是中国改革开放30周年，对中国和中国人民来说是一个具有特殊意义的年份。30年来，中国成功实现了从高度集中的计划经济体制到充满活力的社会主义市场经济体制、从封闭半封闭到全方位开放的伟大历史转折，中国经济总量从世界第十一位跃至世界第四位，中国成为世界第三大贸易国，中国人民的生活水平从温饱不足发展到总体小康，中国的面貌发生了历史性变化。

在改革开放的伟大实践中，我们深刻认识到，在当今世界日趋激烈的竞争中，一个国家、一个民族要发展起来，必须锐意改革、着力发展、坚持开放、以人为本、促进和谐。锐意改革，就是要跟上时代潮流，勇于变革、勇于创新，坚决冲破一切妨碍发展的思想观念，坚决改变一切束缚发展的规定和做法，坚决革除一切影响发展的体制弊端，为社会发展进步提供强大动力。着力发展，就是要始终把发展作为第一要务，坚持科学发展，着力把握发展规律、创新发展理念、转变发展方式、破解发展难题，不断解放和发展社会生产力，实现经济社会又好又快发展。坚持开放，就是要打开国门来搞建设，在互利共赢的基础上同所有国家开展经济技术合作，吸收和借鉴人类社会创造的一切优秀文明成果，既通过维护世界和平发展自己，又通过自身发展维护世界和平。以人为本，就是要坚持发展为了人民、发展依靠人民、发展成果由人民共享，尊重人民主体地位，发挥人民首创精神，始终把人民呼声作为第一信号，把人民利益放在第一位置，不断提高人民物质文化生活水平，促进人的全面发展。促进和谐，就是要以解决人民最关心、最直接、最现实的利益问题为重点，着力促进社会公平正义、增强社会创造活力，最大限度增加和谐因素，最大限度减少不和谐因素，确保人民安居乐业、社会安定有序、国家长治久安。

"苟日新，日日新，又日新。""天行健，君子以自强不息。"这既是中华民族的先哲通过观察宇宙万物提出的重要思想，也深刻揭示了中华民族自强不息的民族精神，因此成为中国的千年传世格言。今天中国人民秉持的价值观念，既来自自己在当今时代的丰富实践，也源于中华文明的深厚根基，成为激励中国人民变革创新、与时俱进的强大精神力量。

总结中国改革开放的历程，中国人民得出了一个不可动摇的结论，这就是：中国过去30年的快速发展，靠的是改革开放。中国未来的发展，也必须靠改革开放。改革开放是决定当代中国命运的关键抉择，也是13亿中国人民的共同抉择。

我们清醒地认识到，尽管取得了前所未有的发展成就，但中国仍然是世界上最大的发展中国家。中国人口多、底子薄、发展很不平衡，在发展中遇到的矛盾和问题，无论是规模还是复杂性，都是世所罕见的。中国要建成惠及十几亿人口的更高水平的小康社会，要实现现代化、实现全体人民共同富裕，还有很长的路要走，必须持之以恒地艰苦奋斗。

中国将继续沿着中国特色社会主义道路前进。我们将以邓小平理论和"三个代表"重要思想为指导，深入贯彻落实科学发展观，统筹城乡发展、区域发展、经济社会发展、人与自然和谐发展、国内发展和对外开放，更加注重解决民生问题，更加注重增强发展协调性，全面推进经济建设、政治建设、文化建设、社会建设，努力构建生产发展、生活富裕、生态良好的文明发展格局。

中国将始终不渝走和平发展道路。这是中国政府和人民作出的战略抉择。这个战略抉择，立足中国国情，顺应时代潮流，体现了中国对内政策与对外政策的统一、中国人民根本利益与各国人民共同利益的统一，是实现中华民族伟大复兴的必由之路。中国坚定不移地奉行独立自主的和平外交政策，坚定不移地奉行互利共赢的开放战略，致力于推进国际关系民主化，推动经济全球化朝着均衡、普惠、共赢方向发展，促进人类文明交流互鉴，呵护人类赖以生存的地球家园，同世界各国一起分享发展机遇、共同应对风险挑战，推动建设持久和平、共同繁荣的和谐世界。中国奉行防御性的国防政策，不搞军备竞赛，不对任何国家构成军事威胁，永远不称霸，永远不搞扩张。

老师们、同学们、朋友们！

中日两国人民的友好交往绵延两千多年，堪称世界民族交往史上的奇迹。在漫长的历史进程中，中日两国人民相互学习、相互借鉴、相互交融，促进了各自国家发展进步，丰富了东亚文明和世界文明宝库。

到了近代，由于日本军国主义对中国发动侵略战争，两国友好关系受到严重破坏。这段不幸历史，给中华民族造成深重灾难，也使日本人民深受其害。历史是最富哲理的教科书。我们强调牢记历史并不是要延续仇恨，而是要以史为鉴、面向未来，珍爱和平、维护和平，让中日两国人民世世代代友好下去，让各国人民永享太平。

1972年，中日实现邦交正常化，揭开了两国关系新篇章。从那时以来，中日关系在各个领域都取得长足发展。双边贸易额由实现邦交正常化时的11亿美元增加到去年的2360亿美元。截至去年年底，两国友好城市达到236对，人员往来达到544万人次。中日关系的改善和发展，给两国和两国人民带来了实实在在的利益，为促进亚洲和世界的和平与发展作出了重要贡献。

今年是中日和平友好条约缔结30周年。在重温中日和平友好条约重大历史意义的时刻，我们深切缅怀那些为中日友好事业呕心沥血、辛勤耕耘的老一辈领导人和各界有识之士，更加感到今天中日友好合作的局面来之不易，值得倍加珍惜。

中日关系正站在新的历史起点上，面临进一步发展的新机遇。随着经济全球化深入发展，中日两国的共同利益不断拓展、合作空间不断扩大，在国际和地区事务中肩负的责任也不断加重。我昨天同福田首相举行了富有成果的会谈。我们就全面深化中日战略互惠关系达成广泛共识，确定了两国关系长期健康稳定发展的总体框架。我们一致同意，双方要共同努力，增进战略互信，深化互利合作，扩大人文交流，推动亚洲振兴，应对全球挑战，共同推进中日战略互惠关系。我愿就这几个问题谈些看法。

第一，增进战略互信。人与人要成为朋友，前提是互信；国与国关系要稳定，基础也在于互信。中日两国都是亚洲和世界的重要国家，双方应该客观认识和正确对待对方发展，相互视为合作双赢的伙伴，而不是零和竞争的对手；相互支持对方和平发展，视对方发展为机遇，而不是威胁；相互尊重对方的重大关切和核心利益，坚持通过对话协商解决分歧。

第二，深化互利合作。中日互为最重要的经贸伙伴。双方应该珍视长期以来两国经贸合作形成的良好格局，充分利用两国经济互补性强、合作潜力大的优越条件，加强两国节能、环保、金融、信息、知识产权保护等重点领域的合作，不断把两国经贸合作提升到更高层次，巩固两国关系的物质基础。

第三，扩大人文交流。人员交往是增进两国人民相互了解的桥梁，文化交流是沟通两国人民感情的渠道。我们应该持之以恒地开展两国人文交流，着力建立两国青少年交流长效机制，夯实中日世代友好的社会基础。

第四，推动亚洲振兴。亚洲振兴离不开中日两国的协调和合作。我们愿同日方及亚洲各国一道努力，推进多种形式的区域、次区域合作，加强共同安全，维护东北亚和平稳定，推进东亚合作进程和东亚共同体建设，在促进亚洲振兴中实现中日共同发展。

第五，应对全球挑战。当今世界面临的共同挑战日益增多，恐怖主义、气候变化、能源安全、粮食安全、金融风险、严重自然灾害、重大传染性疾病、大规模杀伤性武器扩散等影响各国发展和稳定，需要各国携手应对。中国愿同日本一道，积极参与各领域的国际合作，提高协作应对各种挑战的能力，共同推进人类和平与发展的崇高事业。

老师们、同学们、朋友们！

中日友好是两国人民的共同事业，需要两国人民为之不懈努力。通过同日本人民的广泛接触，我深深感到，发展中日友好在日本有着深厚的社会基础。长期以来，日本人民、社会各界和对华友好团体积极推进中日交流，友好合作始终是两国关系发展的主流。在中国现代化建设的进程中，日本政府向中国提供了日元贷款合作，支持中国的基础设施建设、环境保护、能源开发、科技发展，为促进中国现代化建设发挥了积极作用。日本各界友人以不同形式对中国现代化建设提供了热情帮助。对日本众多友好人士为中日友好事业倾注的心血，中国人民将永远铭记。

日本人民善于学习、善于创造，勤劳智慧、奋发向上。远在一千四百多年前，日本就先后二十多次向中国派出遣隋使、遣唐使，借鉴中国的制度、典章、律令，引入佛教、汉字、技术，结合自己的实际形成了独具特色的日本文化。明治维新以后，日本人民努力学习吸收世界先进文明成果，逐步发展成为亚洲第一个现代化国家。日本人民以有限的国土资源创造出举世瞩目的发展成就，日本在制造业、信息、金融、物流等领域位居世界前列，拥有世界一流的节能环保技术。这是日本人民的骄傲，也值得中国人民学习。

这里，我要对两国青年朋友说几句话。曾在贵校学习过的李大钊先生说过，为世界进文明，为人类造幸福，以青春之我，创建青春之人类。两国青年是中日友好的生力军，中日友好的未来要靠你们开创。我曾多年从事青年工作，对青年朋友有着特殊感情。我喜欢同青年朋友们在一起，感受青春的活力，感受生命的火红。1984年，中国政府邀请3000名日本青年访华，举行规模盛大的中日青年友好联欢活动，我全程参加了那次活动，同日本青年朝夕相处，建立了深厚友谊。去年6月，我们邀请参加1984年中日青年友好联欢活动的日本朋友访华，大家再次欢聚，百感交集。我在致辞中表示："岁月可以改变人们的容颜，但改变不了人间的友情。"这样的经历告诉我，青年时代播下的友谊种子，将永远伴随着我们的人生。我们要共同努力，让中日友好的种子广泛播撒，让中日友好的旗帜代代相传。

今年是中日青少年友好交流年。双方将开展一系列内容丰富、形式多样的友好交流活动。在这里，我愿宣布，中国政府决定邀请100名早稻田大学学生访华。希望在座的青年学生能够加入这一计划，到中国去看一看。

老师们、同学们、朋友们！

再过三个月，第二十九届夏季奥运会将在北京举行。福田首相曾对我谈及日本人民对1964年东京奥运会的真挚情感，闻后感同身受。中国人民真诚希望办好北京奥运会。我们提出"同一个世界，同一个梦想"的口号，就是要通过北京奥运会，光大团结、友谊、和平的奥林匹克精神，增进世界各国人民的相互了解和友谊。借此机会，我愿感谢日本政府和各界人士对北京奥运会筹办的支持，欢迎日本各界朋友到北京观看奥运会，预祝日本体育健儿在北京奥运会上创造佳绩。

老师们、同学们、朋友们！

　　早稻田戏剧博物馆门楼上嵌刻着莎士比亚的名言"世界是一个大舞台"。古往今来，世界大舞台上演出的所有戏剧，主角始终都是各国人民。我衷心期望，中日两国人民手牵手、肩并肩，在中日合作的大舞台上，在振兴亚洲、促进世界和平与发展的大舞台上，共同创造中日关系更加美好的明天，共同创造世界更加美好的明天！

　　谢谢大家。

（二）作者简介

　　胡锦涛，男，汉族，1942年12月生，安徽绩溪人，1964年4月加入中国共产党，1965年7月参加工作，清华大学水利工程系河川枢纽电站专业毕业，大学学历，工程师。现任中国共产党中央委员会总书记，中华人民共和国主席，中共中央军事委员会主席，中华人民共和国中央军事委员会主席。十六届、十七届中央委员，十四届、十五届中央政治局委员、常委、中央书记处书记，十六届、十七届中央政治局委员、常委、中央委员会总书记。十五届四中全会增补为中央军事委员会副主席。第九届全国人大第一次会议当选为中华人民共和国副主席。第九届全国人大常委会第十二次会议任命为中华人民共和国中央军事委员会副主席。第十届全国人大第一次会议当选为中华人民共和国主席。十六届四中全会任中央军事委员会主席。第十届全国人大第三次会议当选为中华人民共和国中央军事委员会主席。十七届一中全会任中央军事委员会主席。第十一届全国人大第一次会议当选为中华人民共和国主席、中华人民共和国中央军事委员会主席。第六届全国政协常务委员。

（三）演讲背景

　　2008年鲜花盛开的季节，中国国家主席胡锦涛应邀对日本进行国事访问。这是胡主席在十一届全国人大连任国家主席之后的第一次出访，也是中国国家主席时隔10年对日本进行的国事访问。10年来，中日政治关系的发展经历曲折。由于当时的日本主政者在事关中日关系政治基础的历史问题上一再制造困难，致使中日关系一度降到邦交正常化以来的最低点。直到2006年安倍晋三出任新首相，中日关系才出现转机。从安倍首相当年10月的"破冰之旅"，到温家宝总理次年4月的"融冰之旅"，再到福田康夫首相2007年12月的"迎春之旅"，中日关系一路走向恢复并有所发展。提出了建立日中"创造性的合作伙伴关系"，并且表示，决心使 2008 年成为日中关系的"飞跃发展之年"。

正是在中日关系呈现良好的发展态势，并面临进一步发展的重要机遇的情势下，胡主席出访日本，不仅对落实两国领导人达成的共识，使 2008 年真正成为中日关系"飞跃发展之年"具有重要作用，而且从战略高度，以长远眼光，与日方共同规划两国关系未来发展蓝图，明确新形势下两国关系发展的重要指导原则，确立两国中长期务实合作的方向和重点领域，为中日关系构筑长期稳定发展的框架也具有重要作用。

早稻田大学是日本著名的综合性私立大学之一，创立于 1882 年，是日本最早接受中国留学生的大学，多年来同中国教育机构保持密切的交流合作。目前，约有千名中国留学人员在早稻田大学学习。

胡主席这次访日恰逢中日和平友好条约缔结 30 周年，是共同回顾 30 年来中日关系的发展历程、总结经验教训的好机会。选择这样的时间和这样的地点进行演讲是非常有意义的。

胡锦涛 5 月 8 日在日本东京的早稻田大学发表重要演讲。演讲会在早稻田大学大隈讲堂举行。容纳千人的讲堂座无虚席，主席台上鲜花吐艳。当地时间 15 时 30 分左右，胡锦涛在早稻田大学校长白井克彦、日本众议院议长河野洋平的陪同下步入讲堂，全体起立，热烈鼓掌欢迎。

在热烈的掌声中，胡锦涛发表了这篇重要演讲。

（四）成文技巧

从演讲的背景我们已经知道，胡锦涛在日本东京的早稻田大学发表的演讲是何等的重要。正因为如此，演讲词有以下特点。

1．**具有政治性**　即从历史和现实的视角谈中国，目的在于让大家更加深入地认识和了解中国。这体现在三个方面。一是回顾了中国发展的曲折历史；二是宣传了改革开放以来，中国在各个方面各个领域所取得的成就；三是阐述了中国当前对内对外的政策，即对内将继续沿着中国特色社会主义道路前进，对外将始终不渝地走和平发展道路。

2．**具有现实性**　到另外一个国家访问，又是对那个国家的国民演讲，势必要谈到两国的关系。而中日关系无论如何回避不了那段不堪回首的历史。胡锦涛在谈到中日关系问题时，一是不回避，明确指出，由于日本军国主义对中国发动侵略战争，两国友好关系受到严重破坏。这段不幸历史，给中华民族造成深重灾难，也使日本人民深受其害。二是不纠缠。胡锦涛并没有就中日关系上的历史问题纠缠不休，而是点到为止。三是具有建设性。胡锦涛的演讲并没有说大话、套话、空话，而是提出了富有针对性和可行性的五点建议，使演讲到这里上升到一个新的高度。让听众不能不承认中国领导人的智慧和真诚。

3．具有艺术性   胡锦涛的演讲谈古论今，旁征博引。因为，日本与中国在文化上的渊源，他们对于汉文化的了解、兴趣，是有一定的基础的。所以，胡锦涛引用了《礼记·大学》"苟日新，日日新，又日新"和《周易》"天行健，君子以自强不息"等一些使日本国民可以了解、可以接受和能够感兴趣的古文名句，拉近了中国领导人与日本人民的距离。

4．具有亲和性   胡锦涛指出，发展中日友好在日本有着深厚的社会基础。长期以来，日本人民、社会各界和对华友好团体积极推进中日交流，友好合作始终是两国关系发展的主流。在中国现代化建设的进程中，日本政府向中国提供了日元贷款合作，支持中国的基础设施建设、环境保护、能源开发、科技发展，为促进中国现代化建设发挥了积极作用。日本各界友人以不同形式对中国现代化建设提供了热情帮助。对日本众多友好人士为中日友好事业倾注的心血，中国人民将永远铭记。不仅如此，胡锦涛还特别提到竹下登、海部俊树、小渊惠三、森喜朗、福田康夫、河野洋平先生不仅是我的朋友，并且还是贵校的校友，为日本发展作出了贡献，也为中日友好事业作出了贡献，让大家感到富有亲近感。

第二篇　宣传演讲词

一、宣传演讲词概述

（一）宣传演讲词的内涵

宣传演讲词，是演讲者通过演讲，传播一定的观念以影响人们的思想、行动和社会行为的一种演讲词。宣传演讲词是一种有目的的社会活动，宣传演讲词的倾向性带有强烈的阶级烙印，代表不同的国家、不同的意识形态和价值观，对社会历史的发展有不同的影响和作用。一般来说，在进步阶级的发展壮大过程中，总是伴随着积极的宣传演讲活动。进步阶级代表着社会发展方向，因而总能有效地利用宣传演讲达到推动社会历史前进的目的。无论是资产阶级革命的历史，还是无产阶级解放的奋斗历程，都雄辩地证明了宣传演讲词的这一积极作用。与此相反，宣传演讲同样也是没落阶级用以阻挡社会历史前进的手段。

（二）宣传演讲词的特点

尽管宣传演讲词可以划分为各种形式和不同层次，但它们具有共同的特点。

1．**目的性**　所有宣传演讲都旨在影响受众，力图使受众接受宣传演讲者的观点、意图和行动。

2．**倾向性**　作为意识形态领域的宣传手段，宣传演讲词的倾向性不仅表现在不同利益集团的宣传演讲者所宣传的内容上，同时也表现在他们所运用的手法上。

3．**社会性**　一般来说，宣传演讲词都要面向社会各阶级、各阶层，以求影响最大多数的受众。

4．**现实性**　现实性表现在宣传演讲词的目标、宣传演讲词的材料和宣传演讲词的效果等方面。没有具有现实性的宣传演讲词的目标和宣传演讲词的材料，就不能获得现实的宣传效果。

（三）宣传演讲词的类型

1．按内容分 按宣传演讲词的内容分，有政治宣传演讲词、军事宣传演讲词、文化宣传演讲词、科技宣传演讲词等。

2．按需要分 宣传演讲词按需要划分为不同的层次，如灌输性宣传演讲词、鼓动性宣传演讲词、教育性宣传演讲词、劝说性宣传演讲词、诱导性宣传演讲词、批判性宣传演讲词等。灌输性宣传演讲词是通过演讲，将思想理论、价值观念系统地输入人们的头脑并不断强化，理性和系统性是其特色。鼓动性宣传演讲词是强调用具体事实和集中的论点激励人们，使之受到强烈震动和有所觉悟。教育性宣传演讲词、劝说性宣传演讲词、诱导性宣传演讲词为情理并重。批判性宣传演讲词则严词厉色，目的是使受宣传者改变态度，使其思想和行为向宣传演讲者所需求的方向转化和发展。

（四）宣传演讲词的作用

宣传演讲词的目的告诉我们，宣传演讲词具有激励、鼓舞、劝服、引导、批判等多种功能。其基本功能是劝服，即通过宣传演讲词的内容和形式，阐明某种观点，使人们相信并跟着行动。无产阶级革命导师恩格斯、列宁等都高度重视宣传演讲词的作用，他们利用一切机会，运用宣传演讲的形式，积极参与宣传活动，把宣传演讲和组织联系起来，创立了无产阶级的宣传理论和宣传形式，从而推动了无产阶级政党的建设，促进了人类进步和社会主义事业。

二、宣传演讲词的写作艺术

◎模块一：

（一）阅读宣传演讲词的经典范文

【范例6】

庶民的胜利

〔中国〕李大钊

(1918 年 11 月 15 日)

这几天庆祝战胜，实在是热闹得很。可是战胜的，究竟是那一个？我们庆祝，究竟是为那个庆祝？我老老实实讲一句话，这回战胜的，不是联合国的武力，是世界人类的新精神。不是那一国的军阀或资本家的政府，是全世界的庶民。我们庆祝，不是为那一国或那一国的一部分人庆祝，是为全世界的庶民庆祝。不是为打败德国人庆祝，是为打败世界的军国主义庆祝。

这回大战，有两个结果：一个是政治的，一个是社会的。

政治的结果，是"大……主义"失败，民主主义战胜。我们记得这回战争的起因，全在"大……主义"的冲突。当时我们所听见的，有什么"大日耳曼主义"咧，"大斯拉夫主义"咧，"大塞尔维亚主义"咧，"大……主义"咧。我们东方，也有"大亚细亚主义"、"大日本主义"等等名词出现。我们中国也有"大北方主义"、"大西南主义"等等名词出现。"大北方主义"、"大西南主义"的范围以内，又都有"大……主义"等等名词出现。这样推演下去，人之欲大，谁不如我，于是两大的中间有了冲突，于是一大与众小的中间有了冲突，所以境内境外战争迭起，连年不休。

"大……主义"就是专制的隐语，就是仗着自己的强力蹂躏他人欺压他人的主义。有了这种主义，人类社会就不安宁了。大家为抵抗这种强暴势力的横行，乃靠着互助的精神，提倡一种平等自由的道理。这等道理，表现在政治上，叫做民主主义，恰恰与"大……主义"相反。欧洲的战争，是"大……主义"与民主主义的战争。我们国内的战争，也是"大……主义"与民主主义的战争。结果都是民主主义战胜，"大……主义"失败。民主主义战胜，就是庶民的胜利。社会的结果，是资本主义失败，劳工主义战胜。原来这回战争的真因，乃在资本主义的发展。国家的界限以内，不能涵容他的生产力，所以资本家的政府想靠着大战，把国家界限打破，拿自己的国家做中心，建一世界的大帝国，成一个经济组织，为自己国内资本家一阶级谋利益。俄、德等国的劳工社会，首先看破他们的野心，不惜在大战的时候，起了社会革命，防遏这资本家政府的战争。联合国的劳工社会，也都要求和平，渐有和他们的异国的同胞取同一行动的趋势。这亘古未有的大战，就是这样告终。这新纪元的世界改造，就是这样开始。资本主义就是这样失败，劳工主义就是这样战胜。世间资本家占最少数，从事劳工的人占最多数。因为资本家的资产，不是靠着家族制度的继袭，就是靠着资本主义经济组织的垄断，才能据有。这劳工的能力，是人人都有的，劳工的事情，是人人都可以作的，所以劳工主义的战胜，也是庶民的胜利。

民主主义劳工主义既然占了胜利，今后世界的人人都成了庶民，也就都成了工人。我们对于这等世界的新潮流，应该有几个觉悟：第一，须知一个新生命的诞生，必经一番苦痛，必冒许多危险。有了母亲诞孕的劳苦痛楚，才能有儿子的生命。这新纪元的创造，也是一样的艰难。这等艰难，是进化途中所必须经过的，不要恐怕，不要逃避的。第二，须知这种潮流，是只能迎，不可拒的。我们应该准备怎么能适应这个潮流，不可抵抗这个潮流。人类的历史，是共同心理表现的记录。一个人心的变动，是全世界人心变动的征兆。一个事件的发生，是世界风云发生的先兆。1789年的法国革命，是19世纪中各国革命的先声。1917年的俄国革命，是20世纪中世界革命的先声。第三，须知此次平和会议中，断不许持"大……主义"的阴谋政治家在那里发言，断不许有带"大……主义"臭味，或伏"大……主义"根蒂的条件成立。即或有之，那种人的提议和那种条件，断归无效。这场会议，恐怕必须有主张公道破除国界的人士占列席的多数，才开得成。第四，须知今后的世界，变成劳工的世界。我们应该用此潮流为使一切人人变成工人的机会，不该用此潮流为使一切人人变成强盗的机会。凡是不作工吃干饭的人，都是强盗。强盗和强盗夺不正的资产，也是一种的强盗，没有什么差异。我们中国人贪惰性成，不是强盗，便是乞丐，总是希图自己不作工，抢人家的饭吃，讨人家的饭吃。到了世界成一大工厂，有工大家作，有饭大家吃的时候，如何能有我们这样贪惰的民族立足之地呢？照此说来，我们要想在世界上当一个庶民，应该在世界上当一个工人。诸位呀！快去工作呵！

（原载1918年10月15日《新青年》5卷5号）

（二）作者简介

李大钊（1889～1927年），字守常，河北乐亭人。李大钊是中国早期马克思主义者，中国共产党的创始人之一。他少年读乡塾，1905年考入永平府中学，1907年考入天津北洋法政专门学校。1913年东渡日本，次年考入早稻田大学政治本科。1916年5月回国，任北京《晨报》总编辑、《甲寅》日刊编辑。1918年1月任北京大学图书馆主任。6月与王光祈等发起组织少年中国学会，任《少年中国》编辑主任。不久又担任《国民杂志》社指导、《新潮》社顾问。他在北京大学发起组织马克思学说研究会。1927年被军阀张作霖逮捕杀害。

（三）演讲背景

1918年第一次世界大战结束，德国被协约国打败。同时俄国十月革命也获得了成功。1918年11月27日《北大日刊》头版头条刊载《本校特别启事》，谓"本月二十八日至三十日为庆祝协约国战胜日期，本校拟于每日下午开演说大会（地点在中央公园内外，俟择定后再行通告），各科教职员及学生有愿出席演说者，望即选定演题，通知文牍处，以便先行刊印，散布听众。"李大钊11月28日在中央公园（即中山公园）召开的演讲大会上发表了这个题为《庶民的胜利》的著名的演讲。

（四）成文技巧

李大钊在第一次世界大战协约国战胜德国后，看到了世界人民的新精神。在他看来，这回大战，政治的结果是"大……主义"的失败，民主主义战胜，就是庶民的胜利；社会的结果，是资本主义的失败，劳工主义战胜，也是庶民的胜利。非常富有逻辑地突出了演讲的主题。他号召民众应该有几个觉悟：第一，须知一个新生命的诞生，必经一番苦痛，必冒许多危险。第二，须知这种潮流，是只能迎，不可拒的。第三，须知此次和平会议中，断不许持"大……主义"的阴谋政治家在那里发言，……第四，须知今后的世界，变成劳工的世界。也就是在这个时期，开始倡导"劳工神圣"。

在演讲中，他用了四个"不是……是……"的排比句，我们庆祝"不是那一国的军阀或资本家的政府，是全世界的庶民"，"不是为那一国或那一国的一部分庆祝，是为全世界的庶民庆祝"……而在四个须知中，强调了世界的潮流，引出了1789年的法国大革命，1917年的俄国革命，是世界革命的先声。同时，我们应该用此潮流为使一切人人变成工人的机会，不该用此潮流为使一切人人变成强盗的机会。进而批判军阀的言论，凡是不做工吃干饭的人，都是强盗。强盗和强盗争夺不正资产，也是一种强盗。最后得出结论：我们要想在世界上当一个庶民，应该在世界上当一个工人。

◎模块二：

（一）阅读宣传演讲词的经典范文

【范例7】

五四运动之精神

〔中国〕陈独秀

（1920 年 4 月 22 日）

如若有人问五四运动的精神是什么？大概的答词必然是爱国救国。我以为五四运动的发生，是受了日本和本国政府的两种压迫而成的，自然不能说不是爱国运动。但是我们的爱国运动，远史不必说，即以近代而论，前清末年，也曾发生过爱国运动，而且上海有爱国学社和爱国女学校。十年前就有标榜爱国主义的运动。何以社会上对于五四运动无论是赞美、反对或不满足，都有一种新的和前者爱国运动不同的感想呢？他们所以感想不同的缘故，是五四运动的精神，的确比前者爱国运动有不同的地方。这不同的地方，就是五四运动特有的精神。这种精神就是（一）直接行动，（二）牺牲的精神。

直接行动，就是人民对于社会、国家的黑暗，由人民直接行动，加以制裁，不诉诸法律，不利用特殊势力，不依赖代表。因为法律是强权的护符，特殊势力是民权的仇敌，代议员是欺骗者，决不能代表公众的意见。清末革命的时候，人人都以为从此安宁了，不料袁世凯秉政结果，反而不好。袁世凯死的时候，人人又以为从此可以安宁了，不料现在的段祺瑞、徐世昌执政，国事更加不好。这个时候，中国人因为对于各方面的失望，大有坐以待毙的现象。自从德国大败、俄国革命以后，世界上的人思想多一变。于是，中国人也受了两个教训：一是无论南北，凡军阀都不应当存在；一是人民有直接行动的希望。五四运动遂应运而生。一般工商界所以信仰学生，所以对于五四运动有新的和前次爱国运动不同的感想，就是因为学生运动是直接行动，不是依赖特殊势力和代议员的卑劣运动呵！

中国人最大的病根，是人人都想用很小的努力牺牲，得很大的效果。这病不改，中国永远没有希望。社会上对于五四运动，与以前的爱国运动的感想不同，也是因为有无牺牲的精神的缘故。然而我以为五四运动的结果，还不甚好。为什么呢？因为牺牲小而结果大，不是一种好现象。在青年的精神上说起来，必定要牺牲大而结果小，才是好现象。此时学生牺牲的精神，若是不如去年，而希望的结果，却还要比去年的大，那更不是好的现象了。

以上这两种精神，就是五四运动重要的精神。我希望诸君努力发挥这两种精神，不但特殊势力和代议员不是好东西，就是工商界也不可依赖。不但工商界不可依赖，就是学界之中，都不可依赖。最后只有自己可靠，只好依赖自己。

（原载1920年4月22日《时报》）

（二）作者简介

陈独秀（1879～1942年），字仲甫，安徽怀宁（今属安庆市）人。新文化运动的倡导者之一，中国共产党早期的主要领导人。1915年9月，在上海创办并主编《青年杂志》（一年后改名《新青年》）。1917年初受聘为北京大学文科学长。1918年12月与李大钊等创办《每周评论》。这期间，他以《新青年》《每周评论》和北京大学为主要阵地，积极提倡民主与科学，提倡文学革命，反对封建的旧思想、旧文化、旧礼教，成为新文化运动的倡导者和主要领导人之一。1919年五四运动后期，开始接受和宣传马克思主义。1920年初潜往上海，在共产国际的帮助下，首先成立上海的共产党早期组织，同时与其他各地的先进分子联系，发起成立中国共产党，成为主要创始人之一。1921年7月在上海举行的中共第一次全国代表大会上，他虽然没有出席，但被选为中央局书记。从"一大"到"五大"，均被选为中央委员，先后任中央局书记、中央局执行委员会委员长、中央总书记等职务，是中国共产党早期的主要领导人。

在大革命后期，中央政治局改组，他离开中央领导岗位。1929年11月，因为他在中东路问题上发表对中共中央的公开信，被开除党籍。1932年10月，在上海被国民党政府逮捕，判刑后囚禁于南京。

抗战爆发后，他于1937年8月出狱，先后住在武汉、重庆，最后长期居住于四川江津。1942年5月27日，陈独秀于四川江津病逝。主要著作收入《独秀文存》《陈独秀文章选编》等。

（三）演讲背景

1915年9月15日，陈独秀主撰的《青年杂志》创刊，1916年9月1日，更名为《新青年》。由于《新青年》以科学与民主的思想惊醒了长期被束缚于封建桎梏中的一代青年，因而成为新文化运动的阵地，点燃了思想解放的火炬，陈独秀也被毛泽东誉为"五四运动时期的总司令"（《毛泽东文集》第3卷第294页，人民出版社 1996 年 8 月出版）。陈独秀在五四运动期间最先起草并亲自散发了著名的《告北京市民宣言》，提出了取消对日密约、罢免卖国官吏、保障市民集会言论自由等"最后最低之要求"。6月11日夜，陈独秀在前门外新世界游艺场五层楼上向游客抛撒传单，当即被北京警察厅巡警和步军统领衙门密探逮捕。消息传出，全国舆论沸腾。各社会团体、名流、学者、青年学生纷纷通电发函营救。7月14日，毛泽东在他主办的《湘江评论》创刊号上撰写了《陈独秀之被捕及营救》一文，指出陈独秀是"思想界的明星"；今日中国最需要的是科学与民主，而"陈君平日所标揭的，就是这两样"。

本文是陈独秀在中国公学第二次演讲会上的讲演。

（四）成文技巧

五四运动爆发后，如何看待五四运动的精神在当时是一个热门话题，许多学者都发表了自己的见解。1919 年 5 月 26 日，《每周评论》发表署名"毅"的文章《五四运动的精神》，文中首次将 5 月 4 日北京爱国学潮称为"五四运动"，赞誉其为中国学生的创举、中国教育界的创举和中国国民的创举，并将五四运动的精神概括为"学生牺牲的精神""社会制裁的精神"和"民族自决的精神"。作为五四运动的参与者和领导者，陈独秀对此却有不同的看法。所以，他把演讲的题目明确为《五四运动之精神》。并且开篇点题："如若有人问五四运动的精神是什么？大概的答词必然是爱国救国。"1920 年 4 月，正是五四运动一周年的前夕，社会上对五四精神究竟是什么尚不甚清楚，这个问题的提出，使听众一下子就对演讲的内容产生了极大的兴趣。

接着，他明确指出五四运动发生的原因是"受了日本和本国政府的两种压迫"，这就指出了五四运动反帝反封建的性质。同时，他还认为，把五四运动仅仅理解为是一场爱国运动是远远不够的，因为这种爱国运动前清末年已经发生。但这次的五四运动具有特有的精神，这种精神标志着中国反帝反封建的资产阶级民主革命已经发展到了一个新阶段，发生了变化，这就是五四运动的意义，它的特有精神就是（一）直接行动，（二）牺牲的精神。在他看来，新文化运动是"人"的运动，是注重"创造的精神"的运动；五四运动的精神则是"直接的行动"和"牺牲的精神"两个要素。这两个要素的产生是现实的教训和俄国十月革命影响的结果。陈独秀认为，这两种精神是中国变革的希望所在，因此他号召青年们要"努力发挥这两种精神"。陈独秀之所以在五四运动一周年前夕并且选择了中国公学这所具有革命传统的学校讲演，是有其现实意义的。

本演说词在中国现代史上，对五四运动作了充分肯定，并对五四运动精神作了首次概括，具有重大意义。以后社会各界对五四精神的概括，大抵是相通的。1939 年 5 月 4 日，毛泽东在延安青年群众举行的五四运动 20 周年纪念会上讲演时说，五四运动的一个重要的意义就是，它表明中国反对帝国主义和封建主义的人民民主革命进入了一个转变点。

◎模块三：

（一）阅读宣传演讲词的经典范文

【范例8】

中国改革开放以来的发展变化及未来中国的走向
——在英国皇家学会的演讲
〔中国〕温家宝
（2011 年 6 月 27 日，伦敦）

尊敬的纳斯会长，各位会员、各位使节，女士们、先生们：

今天，我应邀访问久负盛名的英国皇家学会，深感荣幸。刚才，英国皇家学会授予我"查理二世国王奖"。这不仅是我个人的荣誉，也是对中国科技进步的肯定，同时也是中英两国科技界友谊与合作的象征。对此，我向你们表示衷心的感谢！

英国皇家学会，是英国最高科学学术机构，也是世界上历史最悠久的科学学会。牛顿、达尔文、爱因斯坦、霍金等科学巨匠，为人类科技事业发展作出过划时代的贡献。在座的各位会员，同样以自己的杰出成就造福社会。我向你们表示崇高的敬意！

担任中国总理以来，这是我第四次访问贵国。这一次和上一次时隔两年，感觉大不相同。2009 年初，贵国遭受一场罕见的大雪，同时也经历着国际金融危机的煎熬。我从达沃斯到伦敦一路走来，感受到一种忧郁不安的气氛。我当时说，"信心比货币和黄金更宝贵"。如今仲夏的伦敦，人们又恢复了往日的从容和自信。我对贵国应对危机所作的努力和可喜进展，表示由衷的钦佩！

我要告诉朋友们的是，经过这场国际金融危机的洗礼，中国前进的步伐更加稳健了。在这里，我想说一件事。

2008年5月12日，中国西南部发生毁灭性的特大地震。当时，我站在震中汶川的废墟上，对前来采访的中外记者说，"过三年再来，一个新的汶川会拔地而起"。三年过去了，我们一边应对国际金融危机的冲击，一边举全国之力进行灾后重建。上个月，我第十次来到震区，欣喜地看到：灾区最漂亮的是住房，最坚固的是学校，最现代的是医院，最满意的是居民。我邀请在座各位朋友，有机会到中国汶川走一走、看一看。如果你们身临其境，一定会为这里发生的奇迹感到震撼，也会从中真实地感受到中国的生机和活力。

对中国改革开放以来的发展变化，世界上有各种各样的解读；对未来中国的走向，人们也非常关注。我愿意借今天这个机会，谈谈我的看法。

上世纪80年代初，中国改革开放的总设计师邓小平，曾提出我国现代化进程分"三步走"的战略构想。第一步，基本解决温饱问题；第二步，全面建设小康社会；第三步，到本世纪中叶，基本实现现代化，达到世界中等发达国家水平。2010年到2020年，是中国全面建设小康社会的关键阶段。"三步走"战略的核心和本质，都是坚持以人为本，增进全体中国人的福祉。沿着这条社会主义现代化道路前进，中国必将会有一个更加光明的未来。

未来的中国，将是一个经济发达、人民富裕的国家。集中精力发展经济，不断改善人民生活，始终是中国政府的第一要务。我们将坚持科学发展，着力转变经济发展方式，走绿色、低碳、可持续的发展道路。我们将扩大国内需求特别是消费需求，进一步释放城乡居民消费潜力，使消费成为拉动经济增长的根本动力。我们将更加注重改善民生，努力扩大就业，优先发展教育、卫生等公共事业，深化收入分配制度改革，增加城乡居民收入，加快建立覆盖城乡居民的社会保障体系，让各族人民共享发展成果。

中国经济的振兴和可持续发展，根本靠科技。中国政府已经制定并组织实施了国家中长期科技发展规划。我们持续增加科技投入，近五年，中央财政共投入近1000亿美元，年均增长22.7%。从今年开始实施的"十二五"规划，我们力争把研究开发投入占国内生产总值的比重从现在的1.75%提高到2.2%。同时，我们将加快培育和发展战略性新兴产业。现阶段重点培育和发展节能环保、新一代信息技术、生物、高端设备制造、新能源、新材料、新能源汽车等产业。所有这些，都将促进当前发展并为长期发展提供有力支撑。

从世界范围看，克服国际金融危机，保证经济的稳定、平衡和可持续发展，根本也要靠科技。当今世界正处于新科技革命的前夜，新技术革命和产业革命初现端倪，诸多领域正酝酿着激动人心的重大突破。这场新科技革命，必将进一步深化我们对宇宙自然和人类自身的认识，必将开辟生产力发展的新空间，创造新的社会需求，必将深刻影响人类的生产方式、生活方式和思维方式，从而从根本上改变21世纪人类社会发展进程。科技无国界。让我们共同迎接这一伟大时代的到来！

未来的中国，将是一个充分实现民主法治、公平正义的国家。在人类历史上，在反对封建专制斗争中形成的民主、法治、自由、平等、人权等观念，是人类精神的一次大解放。只是不同社会、不同国家，实现的途径和形式有所不同。人民民主是社会主义的生命，没有民主就没有社会主义。真正的民主离不开自由。真正的自由离不开经济权利和政治权利的保障。坦率地说，目前中国社会还存在着贪污腐败、分配不公以及损害人民群众权益的种种弊端。解决这些问题的根本途径，是坚定不移地推进政治体制改革，建设社会主义民主法治国家。

我们要尊重和保障人权，依法保障全体社会成员平等参与、平等发展的权利。我们要健全对政府权力的制约和监督机制，保证人民赋予的权力真正为人民谋福利。中国曾经是封建主义影响很深的国家，新中国成立后曾经历十年"文革"的浩劫，在开放的环境下又出现一些新的情况和问题。发扬民主，健全法制，加强对权力的有效监督，仍然是一项长期而艰巨的任务。我们要创造条件让人民监督和批评政府，使政府不敢懈怠、避免产生腐败。人民的责任感和民主精神，将带动社会的进步。人民参与社会管理和公共事务越多，推动社会进步的能量就越大。

近些年来，我们在深化经济体制改革的同时，积极稳妥地推进政治体制改革。在推进政府决策科学化、民主化，加强人民对政府的监督等方面，也有许多进步。例如，实行政务公开，政府预算公开，推行电子政务、听证制度和专家咨询制度等。我已连续三年在作《政府工作报告》之前，在网上同网民交流。今年春，我在新华网在线交流时，收到网民来帖40多万条，手机信息11万多条，页面访问量近3亿人次。同这些普通民众的交流，是心对心的交流，可以直接体察人民的喜怒哀乐和对政府的诉求，有利于改进政府工作。

未来的中国，将是一个更加开放包容、文明和谐的国家。一个国家、一个民族，只有开放包容，才能发展进步。唯有开放，先进和有用的东西才能进得来；唯有包容，吸收借鉴优秀文化，才能使自己充实和强大起来。

我们不仅要在经济领域、科技领域继续扩大对外开放，而且在文化建设、社会管理等领域也要大胆博采众长。中国在推进现代化过程中遇到的诸多问题，如能源问题、环境问题、贫富差距问题、司法公正问题和廉政问题等，许多发达国家都曾经遇到过。对各国的成功经验，我们要认真借鉴；对别人走过的弯路，我们不应重复；对世界面临的难题，我们要同国际社会一道来破解。

我们要创造更加良好的政治环境和更加自由的学术氛围，让人民追求真理、崇尚理性、尊重科学，探索自然的奥秘、社会的法则和人生的真谛。做学问、搞科研，尤其需要倡导"独立之精神，自由之思想"。正因为有了充分的学术自由，像牛顿这样在人类历史上具有伟大影响的科学家，才能够思潮奔腾、才华迸发，敢于思考前人从未思考过的问题，敢于踏进前人从未涉足的领域。不久前，我同中国科学家交流时提出，要大力营造敢于创造、敢冒风险、敢于批判和宽容失败的环境，鼓励自由探索，提倡学术争鸣。

我们历来主张尊重世界文明的多样性，倡导不同文明之间的对话、交流与合作。我国已故著名社会学家费孝通先生，上世纪30年代曾就读于伦敦政治经济学院并获得博士学位，一生饱经沧桑。他在晚年提出："各美其美，美人之美，美美与共，世界大同。"费老先生的这一人生感悟，生动反映了当代中国人开放包容的胸怀。

未来的中国，将是一个坚持和平发展、勇于担当的国家。走和平发展道路，是中国政府和人民根据时代潮流和自身利益作出的战略抉择，是中国积极参与经济全球化、最终实现现代化的必由之路。中国的和平发展，对世界不是威胁，而是机遇。中国已经成为世界经济增长的重要引擎，近五年对世界经济增长的贡献率在20%以上。自2001年中国加入世界贸易组织以来，年均进口近7500亿美元商品，为相关国家和地区创造了1400多万个就业岗位。未来五年，中国进口规模累计有望超过8万亿美元，将给世界各国带来更多商机。

21世纪应是合作的世纪，而不是冲突和争霸的世纪。中国是世界和平的坚定维护者。我们一贯主张和平解决国际争端，反对使用武力。中国将同国际社会一道，共担责任、共迎挑战，继续推动国际体系朝着更加公平、公正、包容的方向发展。

女士们、先生们：

建设有中国特色的社会主义，是13亿中国人民的庄严选择。中国三十多年的变化，得益于改革开放；中国未来的发展，仍然要靠改革开放。改革开放，要贯穿中国现代化建设的始终。倒退没有出路，停滞也没有出路。只有坚定信心、继续前进，中国才能建设成为富强、民主、文明、和谐的社会主义现代化国家，中国人民才能更加普遍和以更高水准过上有尊严的幸福生活。尽管前进的道路上还会有这样那样的艰难险阻，但这一历史进程不可逆转！

女士们、先生们：

英国是世界上最早实现工业化的发达国家，在高科技、高等教育、金融服务、医疗卫生、低碳经济等领域，都具有中国所需要的技术和管理经验。中国广阔的市场、丰富的人力资源和巨大的发展潜力，可以为英国经济发展提供有力的支持。中国政府积极推进大型企业、研究型大学和科研机构同英国的合作，鼓励双方高端人才的交流和合作研究。

英国伟大思想家培根说过，"智者创造机会，而不是等待机会"。富有思想和智慧的中英两国人民，一定能创造更多的机会，推动两国合作迈上新的台阶！我对中英关系的明天充满信心，更充满期待！

谢谢大家！

（二）作者简介

温家宝，男，汉族，1942年9月生，天津市人，1965年4月加入中国共产党，1967年9月参加工作，北京地质学院地质构造专业毕业，研究生学历，工程师。现任中共中央政治局常委，国务院总理、党组书记。中共第十三届、十四届、十五届、十六届、十七届中央委员，十三届中央书记处候补书记，十四届中央政治局候补委员、中央书记处书记，十五届中央政治局委员、中央书记处书记，十六届、十七届中央政治局委员、常委。

（三）演讲背景

英国皇家学会，是英国最高科学学术机构，也是世界上历史最悠久的科学学会。皇家学会是英国国家科学院，在国内、国际上代表英国科学界。许多年来，学会已和很多国内及世界各地的科学组织建立了互利的合作关系。学会是国际科学联合会（ISCU）的创始成员国之一，并一直在欧洲科学基金会中（ESF）发挥积极作用。皇家学会还与无数的其他国际组织保持着紧密的联系，为推进世界科学进步作出自己的贡献。牛顿、达尔文等著名科学家都曾是该学会会员。

2011年6月27日，正在英国访问的中国国务院总理温家宝在英国皇家学会发表演讲，他以"中国改革开放以来的发展变化及未来中国的走向"为主题，发表了其看法。温家宝的演讲结束后，在座嘉宾长时间地热烈鼓掌。在演讲开始之前，英国皇家学会会长纳斯爵士代表该学会授予温家宝"查理二世国王奖"，以表彰其对中国科技事业发展所作的贡献。

（四）成文技巧

温家宝此次的演讲，与以往出国访问时的礼节性致辞不一样，说得明确一点，是利用在英国皇家学会发表演讲的机会，阐述中国的方针政策。但是，如何找到能够让在英国皇家学会听讲的人，与温家宝的演讲产生一个共同点，接受宣传，这是不容易的，特别是在阐述中国的方针政策时，能够让具有西方思维方式的人听进去同样也不容易。但是，本文却处理得非常自然而贴切。

1. 寻找共点　先是把中英两国在共同渡过经济危机的可喜局面做了真诚的揭示，如今仲夏的伦敦，人们又恢复了往日的从容和自信。同样，经过这场国际金融危机的洗礼，中国前进的步伐更加稳健了。这就是温家宝演讲与英国皇家学会听众的共同点，是中英两国科学界的共同点，也是中英两国的共同点。这个共同点契合得非常巧妙，既不使人有牵强附会之感，也符合当时中英两国的实际。

2. 举例说明　真诚地用事实说明中国人民一边应对国际金融危机的冲击，一边举全国之力进行灾后重建工作，邀请在座各位朋友有机会到中国汶川走一走、看一看，从中真实地感受到中国的生机和活力，表现了中国人民的自信和自强。

3. 过渡自然　用"对中国改革开放以来的发展变化，世界上有各种各样的解读；对未来中国的走向，人们也非常关注。我愿意借今天这个机会，谈谈我的看法"过渡，接着用了"未来的中国，将是一个经济发达、人民富裕的国家；未来的中国，将是一个充分实现民主法治、公平正义的国家；未来的中国，将是一个更加开放包容、文明和谐的国家；未来的中国，将是一个坚持和平发展、勇于担当的国家"这样四个具有排比性质的段落，详细阐述了中国在经济、政治、文明和对外关系方面的政策。既没有强加于人的观点，也没有空发议论之嫌，说得明白、实在。

4. 真诚表达　在演讲的最后，温家宝再次找到了两国的共同点，英国是世界上最早实现工业化的发达国家，在高科技、高等教育、金融服务、医疗卫生、低碳经济等领域，都具有中国所需要的技术和管理经验。中国广阔的市场、丰富的人力资源和巨大的发展潜力，可以为英国经济发展提供有力的支持。中国政府积极推进大型企业、研究型大学和科研机构同英国的合作，鼓励双方高端人才的交流和合作研究。

5．**引用巧妙** 演讲词的最后，温家宝用英国伟大思想家培根的话"智者创造机会，而不是等待机会"，将两国的共同点保持到最后，可谓水到渠成。

◎模块四：
（一）阅读宣传演讲词的经典范文

【范例9】

在联合国大会第二十六届会议全体会议上的发言

〔中国〕乔冠华

（1971年11月15日）

主席先生，各位代表先生：

首先，请允许我以中华人民共和国代表团的名义，感谢主席先生和许多国家的代表对我们表示的欢迎。

许多朋友发表了热情洋溢的讲话，表达了对中国人民的信任、鼓励和兄弟般的情谊，这使我们深受感动。我们将把这些转达给全体中国人民。

今天，我们中华人民共和国代表团来到这里，出席联合国大会第二十六届会议，同大家一道参加联合国的工作，感到高兴。

大家都知道，中国是联合国的创始国之一。1949年，中国人民推翻了蒋介石集团的反动统治，建立了中华人民共和国。从那时起，中国在联合国的合法权利，理所当然地就应属于中华人民共和国。只是由于美国政府的阻挠，中华人民共和国在联合国的合法权利才被长期剥夺，早被中国人民唾弃的蒋介石集团才得以窃据中国在联合国的合法席位。这是对中国内政的粗暴干涉，也是对联合国宪章的恣意践踏。现在，这种不合理的局面终于改变过来了。

1971年10月25日，本届联合国大会以压倒多数通过决议，决定恢复中华人民共和国在联合国的一切合法权利，并立即把蒋介石集团的代表从联合国及其所属一切机构中驱逐出去。这是敌视、孤立和封锁中国人民的政策的破产。这是美国政府伙同日本佐藤政府妄图在联合国制造"两个中国"的计划的失败。这是毛泽东主席的革命外交路线的胜利。这是全世界人民的共同胜利。

阿尔巴尼亚、阿尔及利亚、缅甸、锡兰、古巴、赤道几内亚、几内亚、伊拉克、马里、毛里塔尼亚、尼泊尔、巴基斯坦、也门民主人民共和国、刚果人民共和国、罗马尼亚、塞拉勒窝内、索马里、苏丹、叙利亚、坦桑尼亚联合共和国、阿拉伯也门共和国、南斯拉夫、赞比亚等23个提案国，坚持原则，主持正义，为恢复我国在联合国的合法权利进行了不懈的卓有成效的努力；支持这一提案的许多友好国家，也都为此作出了贡献。还有一些国家也以不同方式对我国表示了同情。我代表中国政府和中国人民对所有这些国家的政府和人民表示衷心的感谢。

联合国成立到现在，已经26年了。在人类历史上，26年只是短暂的一瞬，但在这个期间，世界局势却发生了深刻的变化。联合国成立之初，成员国只有51个，现在已经增加到131个。在新增加的80个成员国中，绝大多数是二次大战后取得独立的国家。二十多年来，亚洲、非洲和拉丁美洲各国人民为争取和维护民族独立，反对外来侵略和压迫，进行了顽强不屈的斗争。欧洲、北美、大洋洲也兴起了要求改变现状的群众运动和社会潮流。越来越多的中、小国家正在联合起来，反对一两个超级大国的霸权主义和强权政治，争取独立自主地解决本国事务的权利和在国际关系中的平等地位。国家要独立，民族要解放，人民要革命，这已成为不可抗拒的历史潮流。

人类社会总是不断进步的。这种进步总是要通过无数的革命和变革才能取得的。就拿联合国总部所在地美国来说，正是由于1776年华盛顿领导的革命战争的胜利，美国人民才赢得了独立。正是由于1789年的大革命，法国人民才摆脱了封建主义的枷锁。人类进入20世纪以后，伟大列宁领导的1917年俄国十月社会主义革命的胜利，为全世界被压迫民族和被压迫人民的自由解放开辟了广阔的道路。对历史的发展和社会的进步，世界各国人民感到欢欣鼓舞，一小撮腐朽反动的力量则是惶恐不安，极力进行垂死挣扎。他们武装侵略别的国家，颠覆别国的合法政府，干涉别国的内政，在政治、军事、经济上对别的国家进行控制，任意欺负别的国家。第二次世界大战后，新的世界大战没有发生，但是局部战争从未停止。现在，新的世界大战的危险依然存在，但是，当前世界的主要倾向是革命。人民的斗争是有曲折、有反复的，但是反对人民和反对进步的逆流，终究不能阻止人类社会继续发展的主流。世界一定要走向进步，走向光明，而决不是走向反动，走向黑暗。

主席先生和代表先生们，中国人民受尽了帝国主义压迫的苦痛。一百多年来，帝国主义曾经对中国发动过多次侵略战争，强迫中国签订了许多不平等条约。他们在中国划分势力范围，掠夺中国资源，剥削中国人民。中国人民过去的贫困和不自由的程度，是人所共知的。为了争取民族的独立、自由和解放，中国人民前赴后继，不屈不挠，对帝国主义及其走狗进行了长期的英勇斗争，终于在伟大领袖毛泽东主席和中国共产党的领导下，取得了革命的胜利。中华人民共和国成立后，中国人民无视帝国主义的重重封锁，顶住了外来的巨大压力，独立自主，自力更生，把我国建成了一个初步繁荣昌盛的社会主义国家。事实证明，我们中华民族完全有自立于世界民族之林的能力。

台湾是中国的一个省，居住在台湾的1400万人民是中国人民的骨肉同胞。根据开罗宣言和波茨坦公告，台湾在第二次世界大战后已经归还祖国，台湾同胞已经回到祖国的怀抱。美国政府在1949年和1950年一再正式确认了这一事实，并且公开声明，台湾问题是中国的内政，美国政府无意干涉。只是由于朝鲜战争的发生，美国政府才违背自己的诺言，派遣武装力量侵占中国的台湾和台湾海峡，至今仍然留在那里未走。现在有些地方散布所谓"台湾地位未定"的谬论，是在策划"台湾独立"的阴谋，继续制造"一中一台"，实际上也就是"两个中国"。我代表中华人民共和国政府在这里重申：台湾是中国领土不可分割的一部分，美国用武力侵占中国的台湾和台湾海峡，丝毫不能改变中华人民共和国对台湾的主权；美国的一切武装力量一定要从台湾和台湾海峡撤走；任何企图把台湾从祖国分割出去的阴谋，都是我们坚决反对的。中国人民一定要解放台湾，这是任何力量也阻挡不了的。

主席先生和代表先生们，长期遭受帝国主义侵略和压迫的中国人民，一贯反对帝国主义的侵略政策和战争政策，支持一切被压迫人民和被压迫民族争取自由解放、反对外来干涉、掌握自己命运的正义斗争。中国政府和中国人民的这一立场，符合世界人民的根本利益，也符合联合国宪章的精神。

美国政府武装侵略越南、柬埔寨和老挝，践踏这三个国家的领土完整和主权，加剧了远东的紧张局势，遭到了包括美国人民在内的全世界人民的强烈反对。中国政府和中国人民坚决支持印度支那三国人民的抗美救国战争；坚决支持印度支那人民最高级会议的联合声明和越南南方共和临时革命政府的七点和平倡议。美国政府立即无条件地全部从印度支那三国撤出美国及其仆从的一切武装力量，让印度支那三国人民在没有外来干涉的情况下，独立自主地解决他们自己的问题，这是缓和远东紧张局势的关键。

朝鲜至今仍处于分裂状态。中国人民志愿军早就从朝鲜撤走了，但是美国军队至今还继续留在南朝鲜。和平统一祖国，是全体朝鲜人民的共同愿望。中国政府和中国人民坚决支持朝鲜民主主义人民共和国今年四月提出的和平统一祖国的八点纲领；坚决支持它提出的废除联合国关于朝鲜问题的一切非法决议和解散"联合国韩国统一复兴委员会"的正义要求。

中东问题的实质是以色列犹太复国主义在超级大国的支持和纵容下对巴勒斯坦人民和阿拉伯人民的侵略。中国政府和中国人民坚决支持巴勒斯坦人民和阿拉伯各国人民反对侵略的正义斗争，并且相信，英勇的巴勒斯坦人民和阿拉伯各国人民坚持斗争，坚持团结，一定能够收复阿拉伯国家的失地，恢复巴勒斯坦人民的民族权利。中国政府认为，全世界一切爱好和平和主持正义的国家和人民有义务支援巴勒斯坦人民和阿拉伯各国人民的斗争；任何人也无权背着他们，拿他们的生存权利和民族利益进行政治交易。

各种表现形式的殖民主义的继续存在，是对世界各国人民的挑战。中国政府和中国人民坚决支持莫桑比克、安哥拉、几内亚（比绍）等地区的人民争取民族解放的斗争；坚决支持阿扎尼亚、津巴布韦、纳米比亚人民反对白人殖民统治和种族歧视的斗争。他们的斗争是正义的，正义的事业是一定要胜利的。

没有经济上的独立，一个国家的独立是不完全的。亚、非、拉国家在经济上的落后，是帝国主义的掠夺造成的。反对经济掠夺，保护国家资源，是独立国家不可剥夺的主权。中国仍然是一个经济上落后的国家，也是一个正在发展中的国家。中国与绝大多数亚、非、拉国家一样，是属于第三世界的。中国政府和中国人民坚决支持拉丁美洲国家和人民带头兴起的捍卫二百海里领海权、保护本国资源的斗争；坚决支持亚、非、拉石油输出国以及其他各种区域性和专业性组织展开的维护民族权益、反对经济掠夺的斗争。

我们一贯主张，国家不论大小，应该一律平等，和平共处五项原则应该成为国与国之间的关系准则。各国人民有权按照自己的意愿，选择本国的社会制度，有权维护本国独立、主权和领土完整，任何国家都无权对另一个国家进行侵略、颠覆、控制、干涉和欺负。我们反对大国优越于小国，小国依附于大国的帝国主义和殖民主义的理论。我们反对大国欺侮小国、强国欺侮弱国的强权政治和霸权主义。我们主张，任何一个国家的事，要由这个国家的人民自己来管；全世界的事，要由世界各国来管；联合国的事，要由参加联合国的所有国家共同来管，不允许超级大国操纵和垄断。超级大国就是要超人一等，骑在别人头上称王称霸。中国现在不做、将来也永远不做侵略、颠覆、控制、干涉和欺负别人的超级大国。

一两个超级大国加紧扩军备战，大力发展核武器，严重地威胁国际和平。世界人民渴望裁军，尤其是核裁军，是可以理解的。他们要求解散军事集团、撤走外国军队、取消外国军事基地，是正当的。但是，超级大国口头上天天讲裁军，实际上是天天在扩军。他们搞的所谓核裁军，完全是为了垄断核武器，进行核威胁和核讹诈。中国决不会背着无核国家参加核大国的所谓核裁军谈判。中国的核武器还处于试验阶段。中国发展核武器完全是为了防御，为了打破核垄断，最终消灭核武器和核战争。中国政府一贯主张全面禁止和彻底销毁核武器，并倡议召开世界各国首脑会议来讨论这个问题，作为第一步，首先就不使用核武器达成协议。中国政府曾多次声明，现在我代表中国政府再一次郑重声明，中国在任何时候、任何情况下，都不首先使用核武器。美国和苏联如果真想裁军，就应该承担不首先使用核武器的义务。这并不是一件难于做到的事。能不能做到这一点，是对他们是否真正具有裁军愿望的严峻考验。

我们一向认为，各国人民的正义斗争都是互相支持的。我国的社会主义革命和社会主义建设一贯得到各国人民的同情和支持。支持各国人民的正义斗争是我们应尽的义务。为了支持各国人民的斗争，帮助他们独立自主地发展本国经济，我们向一些友好国家提供了援助。我们提供援助，从来严格尊重受援国家的主权，不附加任何条件，不要求任何特权。对于正在进行反侵略斗争的国家和人民，我们提供无偿的军事援助，我们永远不做军火商。我们坚决反对有的国家以"援助"为手段，企图控制和掠夺受援国家。但是，由于我国经济还比较落后，我们提供的物质援助是很有限的，我们的支持主要的还是政治上和道义上的支持。中国有七亿人口，应该对人类进步作出较大的贡献。我们希望，今后能够逐步改变这种力不从心的状况。

主席先生和代表先生们，根据联合国宪章的宗旨，联合国应当在维护国际和平、反对侵略和干涉、发展各国之间的友好合作关系方面发挥应有的作用。但是，在过去长时间里，一两个超级大国利用联合国做了很多违背联合国宪章和各国人民意愿的事情。这种情况不应该继续下去。我们希望联合国宪章的精神能够得到真正的贯彻。我们将同一切爱好和平、主持正义的国家和人民站在一起，为维护各国的民族独立和国家主权，为维护国际和平、促进人类进步事业而共同努力。

(1971 年 11 月 17 日《人民日报》)

(二) 作者简介

乔冠华（1913～1983 年），江苏省建湖县庆丰镇东乔村人。他早年留学德国，获哲学博士学位。抗日战争时期，主要从事新闻工作，撰写国际评论文章。1942年秋到重庆《新华日报》主持《国际专栏》，直至抗战胜利。1946年初随周恩来到上海，参加中共代表团的工作，同年年底赴香港，担任新华社香港分社社长。中华人民共和国成立后，1950年10月，乔冠华作为顾问，陪同中华人民共和国特派代表伍修权出席联合国安理会，控诉美国对中国领土台湾的武装侵略。1951年7月，担任中国代表团团长李克农的主要顾问，参加板门店朝鲜停战谈判。1954年4月，随同周恩来总理出席日内瓦会议。1961年10月～1962年8月，陪同陈毅外长出席第二次日内瓦会议。20世纪70年代初，作为主管美国事务的外交部副部长、外交部长，协助周恩来为打开中美关系开展了一系列外交活动。1976年后，任中国人民对外友好协会顾问。

（三）演讲背景

1971年8月21日，第二十六届联大在美国纽约召开。大会辩论中国代表权问题达一周之久，八十多个国家代表发言，许多发展中国家代表发言批评美国长期以来的反华政策，反对在联合国制造"两个中国"。由阿尔巴尼亚等18国（后增至23国）共同提出了恢复中华人民共和国在联合国的一切合法权利，并立即把蒋介石集团的代表从联合国一切机构中驱逐出去的提案。10月18～26日，联大就恢复中国席位问题展开了激烈的辩论。10月25日，大会就中国代表权问题进行表决。大会以76票赞成、35票反对、17票弃权的压倒多数通过了"恢复中华人民共和国在联合国的一切合法权利和立即把国民党集团的代表从联合国及一切机构中驱逐出去"的2758号决议。联合国秘书长吴丹随即致电中国国务院总理周恩来，欢迎中国正式派遣代表团出席第二十六届联合国大会。

10月28日，中华人民共和国出席联合国第二十六届大会代表团组成。团长为乔冠华，副团长为黄华。11月15日，中华人民共和国代表团首次出席联合国大会的全体会议。在各国代表致欢迎词后，乔冠华在经久不息的掌声和欢呼声中登上联合国大会讲台，发表了这篇重要讲话。

（四）成文技巧

从1949年10月～1971年的22年间，作为联合国的创始国之一的中国，其在联合国的席位一直被美国所扶持的国民党政府所窃取。与此同时，在联合国内部，一些第三世界的小国、弱国一直在为争取中国重返联合国合法席位的不懈努力，终于有了可喜的结果。当中国代表团来到联合国的讲坛上时，不管是赞成还是反对中国重返联合国的国家的代表，有一点是共同的，就是都想听听中国代表团的代表讲些什么。为此，中国代表团的发言非同小可。乔冠华在联合国大会第二十六届会议全体会议上的发言果然不负众望，非同凡响。其主要特点有：

1. **语言简练** 全文仅四千五百多字，却全面、完整、准确地阐述了中国的立场、态度和对外政策。不仅谈到了联合国的过去、现在，也谈到了联合国的未来；不仅谈到了涉及中国内政的台湾问题，也谈到了国际问题和中国的外交政策；不仅谈到了亚洲、非洲和拉丁美洲的问题，也谈到了两个超级大国的问题；不仅谈到了政治问题，也谈到了军事问题，等等。其中所阐述的中国对外政策，有许多方面至今仍不过时。其中的"国家要独立，民族要解放，人民要革命，这已成为不可抗拒的历史潮流"成为当时流传久远的名句，至今令人记忆犹新。

2. **逻辑清晰** 全文共 20 个自然段，表达了感谢之情，回顾了历史过程，分析了当时形势，阐述了立场观点，提出了希望建议。各个部分和段落相互勾连，逻辑谨严，达到了有机统一。

3. **观点鲜明** 乔冠华的发言，通篇体现了有理有据、旗帜鲜明的特点。难怪乔冠华发言后，十分安静的会场爆发出热烈的掌声，出现了联合国少有的盛况。许多国家的代表走到中国代表团坐席，与他们握手，表示祝贺。不仅代表席，甚至走廊上都被挤得水泄不通。楼上旁听席也坐满了华侨。几十个国家的代表排着长队向中国祝贺。各国报纸在显著位置报道，路透社说，中国代表的发言震动了联合国大厦；斯拉夫报刊评论，中国对超级大国的谴责成为联合国的最强音。

◎模块五：

（一）阅读宣传演讲词的经典范文

【范例 10】

在重庆市纪念红军长征胜利 70 周年座谈会上的讲话

〔中国〕汪洋

（2006 年 10 月 23 日）

各位老红军、老领导，同志们：

昨天，是中国共产党领导红军将士胜利完成震惊世界的长征 70 周年的日子，中央在北京人民大会堂召开了隆重的纪念大会，胡锦涛同志发表了重要讲话。

他明确指出，我们纪念红军长征胜利，就是要激励全党全军全国各族人民在中国特色社会主义道路上继续奋勇前进。今天，市委、市政府在这里召开座谈会，学习和领会胡锦涛同志的重要讲话精神，重温红军长征那段波澜壮阔、可歌可泣的光辉历史，缅怀为民族独立和人民解放抛头颅、洒热血的革命先烈，进一步动员全市广大干部群众弘扬伟大的长征精神，奋力推进富民兴渝构建和谐重庆的宏伟事业。

刚才，听了老红军郭长波对长征的深情回忆，进一步加深了我们对工农红军的崇高理想、坚强意志、革命勇气的认识和理解。各界代表尤其是学生代表对伟大长征的回顾和缅怀，对伟大长征精神的赞颂和讴歌，对建设社会主义现代化新长征的决心和信心，更使我们感受到了长征精神的传承和延续。在这里，我代表市委、市政府和3100万重庆人民，向全市参加过长征和为长征胜利作出贡献的老战士、老同志，向当年红军战斗过的革命老区的人民，致以崇高的敬意！

70年前那场惊天地、泣鬼神的长征，是中国共产党和中国革命事业从挫折走向胜利的伟大转折点，是20世纪中国共产党人创造的壮丽史诗。在那个风雨如磐的年代，由于党内"左"倾教条主义的错误领导，中央革命根据地第五次反"围剿"失败，党和红军处于生死存亡的紧急关头，党领导红军被迫进行战略转移。从1934年10月开始，红军第一、第二、第四方面军和第二十五军先后离开原来的根据地进行长征。

在长征途中，党领导红军克服了以王明为代表的"左"倾教条主义和张国焘的分裂主义等错误，在前有堵军、后有追兵的情况下，以无与伦比的英雄气概，战胜了无数艰难险阻，创造了人类战争史上的奇迹。1936年红军三大主力会师陕北，宣告了长征胜利结束。这场惊心动魄的远征，从1934年10月始至1936年10月止，历时两年，纵横11省，长驱二万五千里，粉碎了国民党上百万军队的围追堵截。长征，创造了气吞山河的人间奇迹，抒写了一部惊天动地的英雄史诗，作为中国革命史上一座永不磨灭的丰碑，永远载入了民族复兴和人类文明的光辉史册。

长征，是中国共产党人的骄傲，是人民军队的光荣，是中华民族的自豪。红军长征，翻开了马克思列宁主义基本原理和中国革命具体实践相结合的崭新篇章，开创了中国革命转危为安的崭新局面。在红军长征的伟大历程中，培育了中国共产党和人民军队的崇高革命精神，形成了以毛泽东同志为代表的中国革命成熟的坚强领导核心。红军长征的胜利，充分展示了中国共产党人领导革命战争的卓越能力，充分体现了红军将士为民族独立和人民解放勇于牺牲、敢于胜利的大无畏气概，充分证明了人民革命战争的正义力量是不可战胜的。

"红军不怕远征难，万水千山只等闲"。红军长征，饱含着理想主义激情、英雄主义气概、集体主义思想、乐观主义情怀，铸就了伟大长征精神。长征精神，是把全国人民和中华民族的根本利益看得高于一切，坚定革命的理想和信念，坚信正义事业必然胜利的精神；是为了救国救民，不怕任何艰难险阻，不惜付出一切牺牲的精神；是坚持独立自主、自力更生，一切从实际出发的精神；是顾全大局、严守纪律、紧密团结的精神；是紧紧依靠人民群众，同人民群众生死相依、患难与共，艰苦奋斗的精神。长征精神，生动反映了中国共产党人和人民军队的革命风范，集中展示了中华民族自强不息的民族品格，成为以爱国主义为核心的民族精神的最高体现。长征精神光耀千秋，为中国革命和建设事业不断从胜利走向胜利提供了强大精神动力。

重庆这方英雄的土地和这片土地上英勇的人民，与红军长征的光辉历史紧密地联系在一起。在红军发展革命力量、突破敌人封锁、反击军阀围攻的艰难岁月中，党领导的三大主力红军先后在重庆地区活动，留下了光辉的足迹。红军在重庆广泛宣传中国共产党的土地革命政策、红军的任务和纪律，开展打土豪斗争，获得了人民群众的支持和拥护，为斗争的开展打下了良好的群众基础。红军还在重庆地区组建了多支革命游击队，分别到酉阳、秀山等地发动群众开辟根据地；在城口等地建立了苏维埃政府，设立了党的地方委员会，扩大了党的影响力，为红军在重庆休整和积蓄力量打下了基础。重庆地方党组织在极端艰难的条件下，广泛开展土地革命，发动武装斗争，积极配合红军作战，为革命根据地的开辟和苏维埃政权的创建发挥了重要作用。重庆地方党组织领导的川东游击军等相继汇入主力红军，参加了二万五千里长征。三大主力红军与重庆地方党组织相互策应的革命斗争，传播了革命真理，留下了革命火种，唤起了人民觉醒，为后来的革命斗争奠定了基础。

历史的脚步永不停歇，长征中那隆隆的炮声、震天的呐喊，已随着时间的流逝渐行渐远，但长征中孕育和迸发出来的伟大长征精神，却在历史的长河中沉淀下来，历久弥新，成为激励我们战胜困难、勇往直前的强大动力和宝贵财富。回顾往昔，是为了更好地把握现在，创造未来。70年前，重庆人民与全国人民一道，迎来了红军长征的胜利，开辟了取得革命和建设胜利的通途。今天，重庆人民又与全国人民一道，站在了新的历史起点上，创造着改革和发展的辉煌。在推进富民兴渝、构建和谐重庆新长征的征途上，我们一定要继承和发扬红军长征的光荣革命传统，继承和发扬光耀千秋的长征精神。

第一，继承和发扬长征精神，必须坚持崇高理想，始终如一地为人民的利益而奋斗。全心全意为人民服务始终是我们党的根本宗旨，在过去的艰难岁月中，红军之所以能够得到人民群众的拥护和支持，冲破一切艰难险阻，取得万里长征的胜利，就是因为他们有为人民幸福、民族独立和国家富强而不懈奋斗的理想信念。今天，在重庆加快发展新的历史进程中，我们必须始终牢记党的根本宗旨，坚持立党为公、执政为民，抓住发展这个第一要务，不断强化公仆意识和服务意识，牢固树立与"执政为民、服务发展"相适应的思想观念，切实消除影响和制约发展的各种障碍，不断改善和优化发展环境，在具体执政行为中真正做到发展为了人民、发展依靠人民、发展成果由人民共享，努力为广大人民群众谋取更多的实际利益，创造更加美好的幸福生活。

第二，继承和发扬长征精神，必须坚持开拓进取，勇于战胜前进道路上的艰难险阻。在长征中，红军将士凭着艰苦奋斗、一往无前的革命英雄主义精神，冲破了一个又一个包围圈，开拓出一个又一个根据地。当前，重庆的发展正处在爬坡上坎、负重前进的重要阶段，面对基础薄弱、发展滞后的客观现实，面对全国各地竞相发展的逼人态势，面对前进道路上层出不穷的新矛盾和新问题，没有自强不息的精神，我们就难以冲破制约发展的障碍，没有开拓进取的意志，我们就难以走出科学发展的新路。在重庆加快发展的新的历史进程中，我们必须大力弘扬长征精神，勇敢地战胜发展道路上的困难和挑战，敢闯敢拼，一往无前，不断拓展新兴直辖市建设和发展的新境界，力争实现新的突破、新的跨越。

第三，继承和发扬长征精神，必须坚持团结一心，更广泛地凝聚和谐奋进的智慧和力量。长征的胜利，是全党、全军紧密团结、共同奋斗的胜利。越是在困难的时刻，越是在紧要的关头，越需要团结的力量。今年，我们取得了抗御百年不遇特大旱灾的胜利，靠的就是全市干部群众团结一心、众志成城，这也正是长征精神在新时期的生动体现和最好诠释。当前，我们正在贯彻落实党的十六届六中全会精神，加快构建和谐重庆的步伐。我们必须不断解决人民群众的各种困难，不断化解各种社会矛盾，把一切可以团结的力量团结起来，把一切积极因素调动起来，让一切有利于社会发展进步的创造活力竞相迸发，让一切有利于创造社会财富的源泉充分涌流，为推进富民兴渝、构建和谐重庆注入强大的动力。

第四，继承和发扬长征精神，必须坚持实事求是，真正做到从实际出发来推进改革和发展。长征的胜利，是我们党坚持实事求是思想路线，适时进行战略转移，从实际出发正确指导革命和战争的结果。在新的历史条件下，我们要在重庆全面贯彻落实科学发展观，就必须立足重庆的特殊市情，充分发挥重庆的独特优势，在探索中突出重庆特色，使发展符合重庆实际。当前，我们打"库区牌"和"直辖牌"，就是市委、市政府按照科学发展观的本质要求，从现阶段重庆改革发展的实际出发，从"十一五"发展面临的宏观形势出发，作出的重大决策。我们一定要脚踏实地，出实招、用实功、求实效，扎扎实实打好"库区牌"和"直辖牌"，把科学发展观的要求落到实处，努力在西部地区走出一条具有重庆特色的科学发展新路子。

第五，继承和发扬长征精神，必须坚持党的领导，通过加强执政能力建设和先进性建设永葆党的生机与活力。坚持党的正确领导，维护党的集中统一，是取得长征胜利的首要条件，是长征精神的核心内容。在加快富民兴渝构建和谐重庆新的历程中，我们必须坚定不移地加强党的领导，加强全市党的先进性建设和执政能力建设。要积极探索和完善各级党委"总揽全局、协调各方"的方式和途径，努力提高各级领导干部执政水平和工作水平。切实加强党的基层组织建设，适应经济社会发展的新形势和新要求，及时调整完善基层党组织的功能，不断增强创造力、凝聚力和战斗力，使全市各级党组织成为加快重庆改革发展的坚强堡垒，为重庆的发展提供坚强的政治保障。广大共产党员尤其是党员领导干部，要学习红军长征中共产党员"吃苦在前、享受在后"的崇高风范，始终做到艰苦奋斗、艰苦创业，模范地实践以"八荣八耻"为主要内容的社会主义荣辱观，常修为政之德，常思贪欲之害，常怀律己之心，自觉抵制拜金主义、享乐主义、极端个人主义等消极腐朽文化思想的侵蚀，真正做到为民、务实、清廉，做无愧于革命先辈、无愧于伟大人民的共产党人。

"雄关漫道真如铁，而今迈步从头越。"重庆这片热土浸染着无数革命先烈的鲜血，留下了老红军、老同志奋斗的足迹。作为新一代共产党人，绝不能让先烈们的鲜血白流，绝不能辜负前辈们的希望。我们要更好地担当起执政为民、发展富民的历史重任，继承和发扬红军长征的光荣革命传统，团结奋斗，勇往直前，让党的组织更加坚强，让党的事业更加兴旺，让党的旗帜更加鲜艳。我们坚信，在推进富民兴渝构建和谐重庆新长征的征途上，在伟大长征精神的激励和鼓舞下，重庆一定会创造更多惊人的奇迹，创造更多辉煌的成就，创造更加美好的未来！

最后，祝各位老红军、老领导健康长寿！祝我们的事业兴旺发达！

（二）作者简介

汪洋，1955 年 3 月生，安徽宿州人。中共广东省委书记，中共第十六届中央候补委员，第十七届中央委员、中央政治局委员。

（三）演讲背景

2006 年 10 月 22 日，重庆市委、市政府召开座谈会，隆重纪念红军长征胜利 70 周年。会上，老红军代表、原重庆邮电学院党委书记郭长波，以及解放军代表、老区代表、社会各界人士代表、大学生代表先后发言。老同志、老红军代表，各民主党派、工商联、无党派人士代表，各界人士代表共一百二十余人参加了座谈会。本文是中共重庆市委书记、重庆市人大常委会主任汪洋在会上的讲话。

（四）成文技巧

2006 年 10 月 22 日，是中国工农红军长征胜利 70 周年纪念日。这一天全国的许多地方都举行各种纪念活动。北京人民大会堂隆重举行了纪念红军长征胜利 70 周年大会。中共中央总书记、国家主席、中央军委主席胡锦涛发表重要讲话。同一天，重庆市委、市政府召开座谈会，隆重纪念红军长征胜利 70 周年。在全国各地都召开相同内容座谈会的情况下，领导的讲话就非常有难度。如何讲出新意，就是一个课题。汪洋的讲话围绕着号召全市广大干部群众认真学习胡锦涛同志在纪念红军长征胜利 70 周年大会上的重要讲话精神，重温红军长征那段波澜壮阔、可歌可泣的光辉历史，缅怀为民族独立和人民解放抛头颅、洒热血的革命先烈，弘扬光耀千秋的伟大长征精神，在"富民兴渝构建和谐重庆新长征的征途上奋勇前进"这个主题做文章，突出讲了两个内容。

1. **高度概括了长征精神**　长征精神，是把全国人民和中华民族的根本利益看得高于一切，坚定革命的理想和信念，坚信正义事业必然胜利的精神；是为了救国救民，不怕任何艰难险阻，不惜付出一切牺牲的精神；是坚持独立自主、自力更生，一切从实际出发的精神；是顾全大局、严守纪律、紧密团结的精神；是紧紧依靠人民群众，同人民群众生死相依、患难与共，艰苦奋斗的精神。长征精神生动反映了中国共产党人和人民军队的革命风范，集中展示了中华民族自强不息的民族品格，成为以爱国主义为核心的民族精神的最高体现。长征精神光耀千秋，为中国革命和建设事业不断从胜利走向胜利提供了强大的精神动力。

2. **围绕继承和发扬长征精神，提出了五个必须**　即第一，继承和发扬长征精神，必须坚持崇高理想，始终如一地为人民的利益而奋斗。第二，继承和发扬长征精神，必须坚持开拓进取，勇于战胜前进道路上的艰难险阻。第三，继承和发扬长征精神，必须坚持团结一心，更广泛地凝聚和谐奋进的智慧和力量。第四，继承和发扬长征精神，必须坚持实事求是，真正做到从实际出发来推进改革和发展。第五，继承和发扬长征精神，必须坚持党的领导，通过加强执政能力建设和先进性建设永葆党的生机与活力。这样，不但突出了现阶段保持和发扬革命战争时期的那么一股劲、那么一股革命热情、那么一种拼命精神，沿着建设中国特色社会主义道路，继续把革命前辈开创的伟大事业推向前进这一主题，也结合了重庆市的实际，使老题目具有了新的内容，讲出了新意。

第三篇 号召性演讲词

一、号召性演讲词概述

（一）号召性演讲词的内涵

号召性演讲词是演讲者通过自己的演讲，向大众发出动员，说明做某事的积极意义，并要求他们踊跃去做好这件事的演讲词。如宋庆龄的《中国的自由与反战斗争》，冯玉祥在金陵女子大学的演讲《国难中女青年的责任》等。

（二）号召性演讲词的特点

1. **对象性**　这是对听取演讲的听众说的。演讲者所召唤的对象可以是确定的人，也可以是不确定的对象。但多数时候号召的对象往往是广泛的大众。如宋庆龄的《中国的自由与反战斗争》，召唤的对象是全国的民众；冯玉祥在金陵女子大学的演讲《国难中女青年的责任》，召唤的对象是国难中的女青年。

2. **目的性**　号召性演讲词的目的是非常明确的，就是要通过演讲者的演讲，向大众发出动员，说明做某事的积极意义，并要求他们踊跃去做好这件事。宋庆龄的《中国的自由与反战斗争》，召唤全国的民众在反对日本和其他帝国主义的斗争中团结一致！向那些背叛国家、把我们的国土出卖给帝国主义者的人们作斗争！用我们最大的力量来保卫中国工人和农民。

3. **凝聚性**　不是所有的人都可以成为号召性演讲词的演讲者。一般地说，能够向人民大众发出号召并且能够得到响应的演讲者，不是领导者就是德高望重的人，只有这样的人，才具有号召力，才能使他的号召一呼百应。

（三）号召性演讲词的类型

号召性演讲词的类型是多种多样的。

1. **从形式分**　从号召性演讲词的形式来说，可以分为直接号召演讲词和间接号召演讲词。

2．从内容分 从号召性演讲词的内容来说，有号召学习的演讲词，有号召工作的演讲词，有号召斗争的演讲词，有号召战斗的演讲词等等。

（四）号召性演讲词的作用

1．动员作用 演讲者通过号召性演讲词的演讲，达到激励和感召听众的目的。演讲者在演讲过程中，通过激昂的演讲词，和听众进行很好的感情交流，使两者能够实现共同思想、共同愿望、共同语言，当然也可以实现共同行动了。

2．激励作用 演讲者通过富有激情的语言，向听众发出呼吁、发出号召的演讲，能够造成一种气势，激发听众的情绪，使之达到高潮，甚至是热血沸腾的程度，可以给听众一种蓬勃向上的力量。

二、号召性演讲词的写作艺术

◎模块一：

（一）阅读号召性演讲词的经典范文

【范例 11】

中国的自由与反战斗争

〔中国〕宋庆龄

（1933 年 9 月 30 日）

同志们和朋友们：

如果没有帝国主义者和国民党当局的恐怖和干涉，而我们能够公开举行一个会议的话，那就会有成千上万的代表。为中国亿万被剥削人民发出他们的呼声。虽然出席这个会议的代表人数为了明显的理由不得不受限制，可是这个较小的集会仍然充分地代表劳苦大众的利益，代表着他们抗议日本以及其他帝国主义者对中国人民的屠杀战争。

我不想笼统地、全面地讲那日益增长的战争危险。可以说，中国早就在战争中，而且侵略中国的战争发展成为世界大战的烈火，只不过是短暂的时间问题了。

目前是资本主义制度垂死的时代。资本主义正在不顾一切地寻求出路，解决自身的矛盾。资本主义者面前的唯一出路，就是加重对人民的剥削和压迫，并准备进行重新瓜分世界市场的新战争。资本主义制度陷入混乱中，越陷越深。日趋衰亡的资本主义的全部特征是：经济制度崩溃，帝国主义对立尖锐化，法西斯主义抬头，民族沙文主义的最野蛮的表现登峰造极，对劳苦大众及其领导者施用了最残酷的压迫、酷刑和残杀，文化与生产的进步停滞。但是资本主义制度带来了毁灭它自己的阶级——无产阶级。无产阶级凭着它生产上所占的地位和明确的阶级利益，已经发展了自己的思想意识；而且今天已经取得了领导地位，领导着全世界被剥削和被压迫的人民——一切资本主义国家，殖民地和半殖民地国家里的工人和农民从事斗争。因此，目前的时代标志了一个新的社会制度——社会主义——的诞生。因为资产阶级和地主的阶级利益与阶级势力妨碍了社会向更高的形式和平地发展，因为如果生产与分配的工具仍然掌握在少数剥削者手里，群众便不能生活下去，所以无产阶级革命便成为我们这一时代最迫切的社会需要了。资本主义者在战争中寻求自己的生路，劳苦大众必须在革命中寻求自己的生路。

历史很明显地指示我们：战争的破坏性必然一次比一次厉害，战争所带来的灾难必然一次比一次惨重，战争中间相隔的时间必然一次比一次缩短。但同时战争并不能解决而只能加深资本主义制度的矛盾。随着一次次的战争，革命势力积聚了力量，壮大了自己，更加走近它们最后的胜利。1870~1871年的普法战争产生了巴黎公社；1904~1905年的日俄战争加速了俄国资产阶级民主革命的发展。1914~1918年的世界大战大大地推进了全世界的革命运动，而且使俄国工农革命获得胜利，奠定了大规模的社会主义建设的基础。

很明显的，以日本帝国主义为首的瓜分中国的运动，将加速整个亚洲、中国和整个资本主义世界的革命势力的发展。

我很想在这里说明我自己对于各种不同形式的战争的态度。战争是一种政治工具，是用以实施一种特定政策的工具。多数的战争是为了要征服土地和民族、占领新的市场以及夺取新的原料来源而发生的。所有这些战争都是反人民的。这些战争给终生勤劳的人民带来无穷的忧患和无比的苦痛。战争如不导向革命，便使工人农民遭受更深的奴役。这些战争以及战后的"和平条约"往往增加规模更大的新战争危机。因此，以自己全部的力量来反对这样的帝国主义战争，"把战争变成内战以推翻资产阶级"，以摧毁统治阶级的政权，便成为广大群众的任务了。

现在，帝国主义者为了克服那分裂它们日益尖锐化的矛盾，正竭力企图以重新分割中国和发动反苏的干涉战争来取得暂时的妥协。侵略并不从日本对中国的强盗战争开始。远在日本夺取台湾以前，其他帝国主义国家早已控制了中国的一切战略要地，强迫中国人民吸食鸦片，支配中国的财政经济政策，阻碍中国的经济发展并利用中国的军阀和其他反动分子作他们的爪牙，来达到各帝国主义不同的目标。

孙中山谋求中国独立的努力已经被地主和大资产阶级的国民党所破坏。国民党背叛了1925~1927年的群众运动，并且自那时起，一贯地采取屠杀工农、敌视苏联、向帝国主义摇尾乞怜的政策。正因为国民党采取了这个政策，才使日本帝国主义能够顺利无阻地侵略中国，夺取东北，深入控制华北，而且现在正野心勃勃地向南窥伺，图谋攫取全中国。

也正是这种政策，鼓励并帮助了英帝国主义者窥伺川西边界。也正是这种政策，帮助了法帝国主义蓄意侵略云南。也正是这种政策，帮助了美国在中国建立财政和政治霸权，帮助了国际联盟（英国和法国）更进一步实施帝国主义共管中国的恶毒计谋。目前还看不到侵略的终结。这还不过是帝国主义在国民党继续不断的卖国行为的帮助下，从事中国历史上最大规模的掠夺的开始而已。如果人民大众不起来阻止帝国主义列强和他们的国民党傀儡的罪恶行为，中国一定会全部被瓜分，中国人民也将遭受更惨重的奴役。不仅如此。帝国主义列强将来一定还要以中国人民为牺牲来从事彼此间的相互厮杀。战争将继续不断地发生，而在这些战争中，帝国主义列强将利用中国的人力和物力来实现他们自己的目的。今天，中国东北的人民已经在替日本帝国主义当炮灰了；将来，全中国的人民，在中国军阀、地主和资本家的帮助之下，将被迫给各帝国主义者充当炮灰。

日本帝国主义正在把东北建造成将来反苏战争的根据地。它并且在企图扩大它的根据地，想先控制黄河以北的土地，然后加以占领，再进一步侵略内蒙古和蒙古人民共和国，最后征服全中国。至于英帝国主义，它和美国有尖锐的矛盾，和日本帝国主义在亚洲的冲突也在增加，对印度革命怀着畏惧，并对苏联怀抱仇恨；它正在拼命设法组织欧洲帝国主义者的反苏集团，以图延缓帝国主义强盗间不可避免的战争。

这是目前局势的真相。希望从任何帝国主义者或国际联盟那里取得帮助是犯了叛国之罪。希望从国民党的政策中获得生路，简直是愚蠢。国民党今天正在更有意识地、缜密地计划着向日本帝国主义及其他帝国主义作全部的、无条件的投降。国民党的领袖只有一个要求和希望，那就是，希望帝国主义者允许他们继续执掌政权，以便分得一份由践踏和榨取中国人民而得来的利益。

只有从人民大众本身才能获得帮助和生路。中国的亿万民众——在工人阶级领导下的广大农民群众——如果联合起来为粮食和土地而与帝国主义及国民党作斗争，那是不可抗拒的。亿万工人和农民已经在进行这个斗争了。广大的苏维埃区域已经在中国存在了许多年，这个事实便是广大的中国人民将走上这同一条道路的希望、诺言和保证。

只有从这些斗争中才能发展出权力和力量，来解放中国，统一中国，驱逐帝国主义，收回东北和其他失地，给中国人民以土地、粮食和自由，并给各个民族以生存、发展的自由。

只有这些斗争，才能把中国从连年战争的无穷苦难与长期资本主义剥削的残暴行为之中解救出来。

只有实现无产阶级革命、土地革命与反帝革命，才可以建立使中国将来发展到社会主义的基础。

帝国主义的支持者问我们："你们既然反对帝国主义战争和白色恐怖，那么为什么不反对革命中使用武力呢？"

对于这一个问题，我们可以明白地回答，"革命阶级为反抗压迫而使用武力，是完全有理由的。被压迫人民为争取民族解放而使用武力，是完全正确的。在这两种情形之下，武装斗争是必需的。因为反动势力永远不会自动放弃它们的权力。"

帝国主义战争、军阀战争、干涉苏维埃中国或是干涉苏联的战争、对民众的压迫和恐怖行动，这一切都是为了反动的目的。反动的武力只能以革命的武力来对抗。只有在这样的立场上，我们才可以明了目前中国民族革命危机中我们的任务。我们并不是反对一切战争。如果是这样，那我们就会直接受帝国主义者的利用，帮助我们来解除中国人民在目前和将来的斗争中的武装。我们是拥护中国的武装人民反对帝国主义的民族革命战争的。

只有在人民千百万地奋起的时候，中国才能获得解放。法国人民在大革命中反对优势的外国侵略者的斗争，俄罗斯的工农击退一切帝国主义者的联合武力的斗争，这种历史的先例指示了中国人民的出路。现在有句很流行的问话是："中国被压迫的人民如何能够与这样强大的敌人作斗争而获得胜利呢？"可是，我们祖国的历史不是已经给我们一个回答了吗？北伐战争教导我们：革命的武力远胜于反动的武力，而且能够以寡胜众。中国的工农红军屡次与十倍于自己力量的军队作战，而且取得了胜利。

武装不是唯一的决定因素，思想意识也有其作用的。

当然，有力的革命意识和精良的武装配合在一起，是战胜帝国主义和反动势力的最好保证。很明显的，东北英勇的义勇军长期间的抗日斗争现在还在继续，假如不是惨遭反动政权罪恶地加以破坏，早就达到更高的程度了。除却蒋介石政府方面的破坏，还有另一个因素阻挠这运动的进展。抗日义勇军的领袖们畏惧群众，解除了群众的武装，只武装了以地主、豪绅和资本家的阶级观点看来认为"稳健"的分子。东北的工人农民不得不拿起武器来反对这些义勇军的领袖如马占山、李杜之流，同时与日本帝国主义者作战。在这样的情况之下，他们就不可能迅速成功了。中国人民在击败日本以及其他帝国主义的强大的军事机构之前，首先便要从中国的军阀、地主和资本家的枷锁下解放出来。

国民党还在削弱我们广大劳动群众的抵抗力。国民党对于群众进行抗日斗争的任何形式的运动，都予以镇压。国民党以最残酷的方法镇压工人、农民、学生以及在它的统治区域里的义勇军。国民党动员了一切可用的武力，来大规模地进攻苏区。国民党和日本帝国主义者商谈秘密条件，将东北和华北奉送给日本，而把其余的中国领土贬为帝国主义的殖民地。国民党向外国乞求援助：金钱、武器和子弹，来和中国的人民作战，因此就更加完全依赖帝国主义者。这不是生路，这是中国民族的死路。

我们在进行着反日反帝的民族革命战争的同时，必须为建立真正的中国人民政府而斗争。这样的政府只能由工人农民自己来组织。中华苏维埃共和国临时中央政府给中国劳动人民指示了出路，苏维埃政府和工农红军愿与任何军队订立军事协定，抵抗日本帝国主义（附加的条件是武装人民和给人民以民主权利），这提议指明苏维埃政府准备与帝国主义作战的认真态度。这些呼吁虽然获得了群众和兵士的同情，但至今还没有得到任何有效的响应。这表明各军事单位的长官要不是亲帝的、国民党的工具，便是没有进行真正斗争的勇气。

总而言之，我们反对帝国主义战争，但是我们拥护武装人民的民族革命战争。只有这样的战争才能把中国从帝国主义的统治下解放出来；也只有在民众从国民党统治下解放出来，建立了自己的工农政府之后（像中国有些地方已经做到的），民族革命战争才能胜利完成。

我们坚决反对中国的军阀战争。各派军阀不断地为争夺地盘进行战争。国民党内的各系派不顾民众的利益，不断地为争权夺利而动武。帝国主义各集团利用军阀来扩张自身的利益，并削弱中国。这些战争给中国广大人民和兵士带来了无比深重的灾害。很明显的，这些依附国民党和帝国主义者的中国军阀，必须消灭净尽。

最后，我们对全体中国人民，对劳苦大众还有一个呼吁，呼吁大家在反对日本和其他帝国主义的斗争中，即在争取中国统一、独立和领土完整的斗争中，团结一致！让我们团结起来，向那些背叛国家，把我们的国土一省一省地出卖给帝国主义者的人们作斗争！让我们团结起来，用我们最大的力量来保卫那已经由帝国主义统治和封建剥削的羁绊中解放出来的中国工人和农民，他们现在正受着国民党军队第五次而且是最大规模的进攻。这次的进攻直接受到美国贷与蒋介石政府的 5000 万美元中 1600 万美元的帮助，受到美国的飞机、炸弹和飞行教练的帮助，受到日、意、美、法的军舰对国民党的全力帮助（如最近的闽变），受到帝国主义各色各样物质的与精神的帮助。

让我们联合起来保卫苏联，反对干涉苏联的战争！让我们在整个远东，尤其在中国，发动一个强有力的运动，反对帝国主义战争。

（二）作者简介

宋庆龄（1893~1981 年），女，伟大的爱国主义、民主主义、国际主义和共产主义战士，举世闻名的 20 世纪的伟大女性。广东文昌人。中华人民共和国国家主要领导人之一，国家名誉主席。她青年时代追随孙中山，献身革命，在近七十年的革命生涯中，坚强不屈，矢志不移，英勇奋斗，始终坚定地和中国人民、中国共产党站在一起，为中国人民的解放事业，为妇女儿童的卫生保健和文化教育福利事业，为祖国统一以及保卫世界和平、促进人类的进步事业而殚精竭虑、鞠躬尽瘁，作出了不可磨灭的贡献，受到中国人民、海外华人华侨的景仰和爱戴，也赢得国际友人的赞誉和热爱，并享有崇高的威望。

（三）演讲背景

1931 年"九一八"事变后，宋庆龄从西欧回国，无情揭露蒋介石"欲攘外，必先安内"的不抵抗政策。1932 年初，日本帝国主义侵略上海，十九路军奋起反抗，宋庆龄高度评价十九路军抗日将士的爱国行动。1932 年 8 月 27~29 日，世界反对帝国主义战争大会在荷兰阿姆斯特丹召开。会上成立了世界反对帝国主义战争委员会（简称"世界反战委员会"，即国际反帝大同盟），罗曼·罗兰当选为委员会主席，巴比塞等人为副主席，宋庆龄等人为名誉主席。同年底，国际反帝大同盟决定于 1933 年在中国上海召开远东反战反法西斯大会（远东反战会议），并派出调查团调查日本侵略中国东北的情况。1933年8月，在远东会议上海筹备委员会主席宋庆龄直接参与下，成立上海各界欢迎巴比塞代表团委员会。8月18日，国际反帝大同盟巴比塞代表团（世界反对帝国主义战争委员会远东会议代表团）到达上海。9月30日上午8时，宋庆龄主持的远东反战反法西斯大会在霍山路85号三楼大空房秘密召开，成立远东反帝反战同盟中国分会，宋庆龄当选为大会执行主席，通过多项反对帝国主义战争的决议。会议于傍晚结束。本文是宋庆龄在这次会议上的演讲。

（四）成文技巧

时值"九一八"事变和日本帝国主义侵略上海，十九路军奋起反抗。但当时的人们还没有认识到日本帝国主义全面发动侵华战争的危险，对战争的性质和结果也认识不足，对国民党的政策和嘴脸认识不足。所以，在这样的情况下，毫无疑问，回答这些问题是当时最重要的工作之一。本文的主要内容有：

1. **深刻地揭示了战争的性质** 全面分析了日本帝国主义侵略战争的原因，是资本主义制度垂死的时代，资本主义解决自身的矛盾的结果。资本主义者面前的唯一出路，就是加重对人民的剥削和压迫，并准备进行重新瓜分世界市场的新战争。演讲词深刻地揭示了战争的性质，是日本以及其他帝国主义者对中国人民的屠杀战争。战争的发展趋势是，战争并不能解决而只能加深资本主义制度的矛盾。随着一次次的战争，革命势力即无产阶级积聚了力量，壮大了自己，更加走近最后的胜利。这是带有科学预见性的结论，后来的事实完全证明了宋庆龄对这场战争结果的预见。

2. **无情地揭露了国民党反动派对待战争的态度** 面对日本帝国主义的侵略，国民党反动派一贯采取屠杀工农、敌视苏联、向帝国主义摇尾乞怜的政策。正因为国民党采取了这个政策，才使日本帝国主义能够顺利无阻地侵略中国，夺取东北，深入控制华北，而且现在正野心勃勃地向南窥伺，图谋攫取全中国。而国民党反动派正在有意识地、缜密地计划着向日本帝国主义及其他帝国主义作全部的、无条件的投降。国民党的领袖只有一个要求和希望，那就是，希望帝国主义者允许他们继续执掌政权，以便分得一份由蹂躏和榨取中国人民而得来的利益。

3. **拥护并支持中国共产党对待战争的立场和态度** 大敌当前，中国共产党领导的中华苏维埃共和国临时中央政府给中国劳动人民指示了出路，那就是，苏维埃政府和工农红军愿与任何军队订立军事协定，抵抗日本帝国主义。这条道路才是中华民族争取独立、自由和民主的正确道路。

4. **中华民族对待战争的立场和态度** 提出上面的三个问题当然不是目的，所以，演讲词在阐述了以上三个问题以后，宋庆龄号召全国各族人民，拥护中国的武装人民反对帝国主义的民族革命战争。因为，只有在人民千百万地奋起的时候，中国才能获得解放。只有这样的战争才能把中国从帝国主义的统治下解放出来；也只有在民众从国民党统治下解放出来，建立了自己的工农政府之后，民族革命战争才能胜利完成。让我们联合起来保卫苏联，反对干涉苏联的战争！让我们在整个远东，尤其在中国，发动一个强有力的运动，反对帝国主义战争。

◎模块二：

（一）阅读号召性演讲词的经典范文

【范例 12】

读书与革命
——在中山大学开学典礼会上的讲演
〔中国〕鲁迅
（1927 年 3 月 1 日）

现在我因为职务上的关系，不能不说几句话，可是有许多好的话，以前几位先生已经讲完了，我再没有什么话可讲了。

我想中山大学，并不是今天开学的日子才起始的，三十年前已经有了。中山先生一生致力革命，宣传，运动，失败了又起来，失败了又起来，这就是他的讲义。他用这样的讲义教给学生，后来大家发表的成绩，即是现在的中华民国。中山先生给后人的遗嘱上说："革命尚未成功，同志仍须努力。"这中山大学就是"努力"的一部分。为要贯彻他的精神，在大学里，就得如那标语所说，"读书不忘革命，革命不忘读书"。因为大学是叫青年来读书的。

本来青年原应该都是革命的。因为在科学上已经证明：人类是进步的。以前有猿人，或者在五十万年以前吧——这是地质学上的事，我不大清楚，好在我们有地质学家（指朱家骅先生）在这里，问一问便知道，——后来才有了猿人。虽然慢得很，但可见人本来是进化的前进的。前进即革命。故青年人原来尤应该是革命的。但后来变做不革命了，这是反乎本性的堕落，倘用了宗教家的话来说，就是：受了魔鬼的诱惑！因此，要回复他的本性，便又另要教育，训练，学习的工夫了。

中山大学不但要把不革命反革命的脾气去掉，还要想法子，引导人回复本性，向前进行到革命的地方。

说革命是要有经验的，所以要读书。但这可很难说了。念书固可以念得革命，使他有清晰的、20世纪的新见解。但，也可以念成不革命，念成反革命，因为所念的多属于这一类的东西，尤其是在中国念古书的特别多。

中山大学在广东革命政府之下，广东是革命青年最好的修养的地方，这不用多说了，至于中山大学同人应共同负的使命，我想，是在中山大学的名目之下，本着同一的目标，引导许多青年往前进，格外努力。

然而有一层，又很困难。这实在是中国青年最吃力的地方了，就是：一方要读书，一方又要革命。

有许多早应该做的，古人没有动手做，便放下了，于是都压在后人的肩膀上，后人要负担几千年积下来的责任。这重大的事，一时做不成，或者要分几代来做。

因此青年们要读书不忘革命，的确是很吃苦，很吃力的了，但，在现在社会状况之下又不能不这样。

青年应该放责任在自己身上，向前走，把革命的伟力扩大！

要改革的地方很多：现在地方上的一切还是旧的，人们的思想还是旧的。这些都尚没有动手改革。我们看，对于军阀，已有黄埔军官学校同学去攻击他，打倒他了。但对于一切旧制度，宗法社会的旧习惯，封建社会的旧思想，还没有人向他们开火！

中山大学的青年学生，应该以从读书得来的东西为武器，向他们进攻——这是中大青年的责任。我希望大家一同担负起这个责任来。

（二）作者简介

鲁迅，原名周树人（1881～1936年），浙江绍兴人，字豫才。原名周樟寿，1898年改为周树人，字豫山、豫亭。以笔名鲁迅闻名于世。毛泽东主席评价他是伟大的无产阶级的文学家、思想家、革命家，是中国文化革命的主将，也被人民称为"民族魂"。鲁迅的作品包括杂文、短篇小说、评论、散文、翻译作品，对于五四运动以后的中国文学产生了深刻的影响。鲁迅先生一生写作计有600万字，其中著作约500万字，辑校和书信约100万字。1936年10月19日因肺结核病逝于上海。1956 年，鲁迅遗体移葬虹口公园，毛泽东为重建的鲁迅墓题字。

（三）演讲背景

1927 年 1 月 16 日，鲁迅由厦门大学到广州中山大学任教，担任学校的教务长兼文学系主任。这期间的 1927 年 1 月上旬至 2 月中旬，中国共产党领导了声势浩大的群众反帝运动，同武汉政府的外交谈判相结合，迫使英国侵略者不得不将汉口、九江英租界交还中国。这是近百年来中国人民反帝外交斗争史上的第一次重要胜利，使中国人民受到极大鼓舞。2 月 19 日，在中国共产党领导下，上海工人举行总同盟罢工。21 日，总同盟罢工发展为第二次武装起义。蒋介石的军队在上海附近按兵不动，坐视军阀部队残酷地镇压起义工人。起义失败，革命处于低潮。一些青年革命意识不强，徘徊、彷徨、迷茫。在这样的情况下，鲁迅先生非常着急，于是，在中山大学开学典礼上作了此演讲。

（四）成文技巧

虽然革命失败，处于低潮，但鲁迅先生没有颓唐，而是鼓动学生参加革命。

1. **开门见山谈革命主力**　鲁迅先生在演讲词的开篇就以孙中山先生一生致力革命，宣传，运动，失败了又起来，失败了又起来为引语，同时引用孙中山先生的"革命尚未成功，同志仍须努力"的遗嘱，号召学生们起来继承孙中山先生的遗志，继续革命。因为，中山大学就是"努力"的一部分，中山大学应当成为革命的主力军。

2. **揭示学生的双重责任**　鲁迅先生认为，中山大学的学生们具有革命和读书的双重责任。为贯彻孙中山的革命精神，在大学里，就得如那标语所说，"读书不忘革命，革命不忘读书"。青年不仅仅是来读书的，革命的重担也要挑起来。

3. **阐述革命是青年本性**　青年本来都是革命的。鲁迅先生用科学的发展过程加以证明。中山大学要引导学生们回复本性，向前进行到革命的地方。

4. **读书和革命是辩证统一的**　鲁迅先生说，青年学生们，一方面要读书，一方面又要革命。要正确处理二者之间的关系，读书促进革命，革命必须读书。因此青年们要读书不忘革命，不要死读书、读死书。

5. **要扩大革命的范围**　鲁迅先生认为，不要以为打倒军阀才是革命，其实，革命的范围大得很，思想革命也是革命的重要组成部分。对于一切旧制度，宗法社会的旧习惯，封建社会的旧思想，也是需要革命的。

鲁迅先生号召中山大学的青年学生们，应该以从读书得来的东西为武器，向一切旧制度，宗法社会的旧习惯，封建社会的旧思想发动进攻，因为这是中大青年的责任。鲁迅在号召青年学生起来革命的同时，把自己也列为革命队伍的一分子，他说，我希望大家一同担负起这个责任来。这就使鲁迅先生也成为一名革命的战士了。鲁迅先生身先士卒地发出的革命号召，具有强烈的号召力和鼓动性。

◎模块三：
（一）阅读号召性演讲词的经典范文

【范例 13】

国难中女青年的责任
——在金陵女子大学的演讲
〔中国〕冯玉祥
（1936年3月1日）

明末顾亭林先生曾经说过一句很有名的话，大家都知道是"天下兴亡，匹夫有责"。顾先生在明朝灭亡的时候，喊出民众捍卫国家的口号来，到今天，我们还亲切地感觉到这句话的深长意义。不过，到底因为时代进步了，在今天，我们就觉得顾先生的意见还有不完满的地方，那就是把救国看成男子专有的责任了。

尽管真正的男女平等和妇女到社会去还只是一个将来才可完成的事实，但至少这应该是我们现在努力的目标。因为改造社会是男女共同的责任和本分。妇女锁在家庭里，根本没有方法直接参加改革社会的工作，而男女不平等，则妇女自身的地位都没有方法改善，更谈不到其他了。

妇女要能和男子共同担负改造社会的责任。第一，要在知识方面能和男子站在一条水平线上。过去有许多人以为妇女的生理和心理方面都不如男子健全，所以知识水平也必然要比男子低。这种说法已经被许多事实所否定。譬如在苏联，就有许多的女外交家、女科学家、女法官、女教授、女技师、女飞机师等，工作成绩往往在男子之上。可见只要有好的求学环境，女子的知识水平决不在男子之下。在中国，现在还没有能够创造大多数女子都有求知机会的环境。诸位可以说是中国知识妇女界的中坚，希望能在妇女教育普及化方面多多筹划和努力。

第二，妇女要能够担负起改造社会的任务，要有健全的身体。过去中国社会因为把妇女看做玩物，所以让她们缠足束胸，弄成了病态的身体。现在都市中的青年女子，大都能够废除这种陋习，但可惜穷乡僻壤还一时改不了这恶习惯。这还需要我们以身作则地深入乡间去宣传和教育。

我主张男女平等，主张妇女到社会去。但决不是说，妇女可以完全抛弃家庭的责任，抛弃治家和管理子女的责任。不错，一国儿童的教养，将来全应归政府负责。公共食堂、公共宿舍、托儿所等大规模的普遍建立之后，也就无所谓治家的工作。但在这过渡期间，妇女仍须尽可能地担负治家和教育子女的责任。甚至于苏联也不完全否定家庭。我们不主张把妇女锁在家庭里，但是我们也不主张毫无条件地抛弃家庭。

我们今天的题目是《国难中女青年的责任》。我们现在就回到题目上来，谈谈国难期间女青年第一条的大责任是什么。

简单两个字说，女青年在国难期间的第一条大责任便是"抗日"。从改造社会方面来看，中国社会目前最严重的问题是如何推翻敌人的压制，如何求生存的问题。所以，妇女界要想对社会有贡献，第一就要向有利于抗日的方面做去。

从治家和教育子女方面来看，这本来就是妇女界较次要的责任，但即使比较次要的责任，也只有抗日的工作完成之后，才有它的意义。国家根本在危殆之中，家治得好能有多大用处？四万万五千万同胞都要做奴隶了，还谈得到什么子女的教养？

那么，为抗日工作，妇女界尤其是女青年们可以做些什么呢？

第一，应加紧救护看护工作的训练。此点不用多加说明（如各国妇女都戴防毒面具，参加防空演习）。

第二，应从事于军需及产业技术的练习。欧战期间，各国劳动力感觉缺乏，于是动员妇女到工厂去。计英国当时所有工人，平均四个人中有一个是女性；法国三个人当中有一个是女性；德国两个工人当中便有一个是女性。中国虽然工业不发展，但战争爆发后，为维持军需及民食，直维持至最后的胜利到来时，许多生产劳动，必须交给妇女去担任的。

第三，救国不是一个人两个人的事体，唤醒同胞起来救国，尤其在唤醒女同胞方面，女青年实负有极大的责任。

最后，女青年们应受极严格的军事训练。北伐时，国民革命军中有好几百受过军事训练的女革命军。历史上的花木兰，更是我们的好模范。欧、美各国妇女从事射击的练习，成为一种时尚。又如苏联规定志愿兵由17岁到45岁，女子也包括在内。我在苏联旅行时，曾亲眼看见苏联的女兵在军乐洋洋中很有精神地行进哩！

以上拉杂地说得很多，就此结束。希望在抗日战争中中国女青年能作出轰轰烈烈的功绩来！

（二）作者简介

冯玉祥（1882年11月6日～1948年9月1日），民国时期著名军事家、爱国将领、著名民主人士；原名冯基善，字焕章，祖籍安徽巢县（今安徽省巢湖市居巢区夏阁镇竹柯村）人，寄籍河北保定；民国时期直系军阀、国民革命军陆军一级上将，蒋介石之结拜兄弟。

1937年"七七"卢沟桥事变爆发后，相继任第三、第六战区司令长官，不久受蒋排挤离职，仍奔走于鄂、豫、湘、黔、川等省，积极从事抗日救国活动。抗战胜利后，为形势所迫，于1946年以水利考察专使名义出访美国，同时被强令退役。从1947年起，在美公开抨击蒋介石的内战、独裁政策，积极支持国内人民的爱国民主运动，并以20年亲身经历，撰写《我所认识的蒋介石》一书，对蒋的专制独裁统治作了深刻揭露。1948年1月中国国民党革命委员会在香港成立，当选为常务委员和政治委员会主席，随即发起组织民革驻美总分会筹备会，7月应中共中央邀请参加中国人民政治协商会议筹备工作，在苏联驻美大使潘友新的帮助下，自美国回国乘"胜利"轮途经黑海在向敖德萨港（今属乌克兰）行进途中，因轮船失火，于9月1日与女儿冯晓达一起遇难，享年66岁。1949年9月，在冯玉祥遇难一周年之际，中共中央在北平隆重举行追悼会。毛泽东送了挽联，周恩来致悼词，高度评价了冯玉祥为实现民主的新中国所做的努力。

（三）演讲背景

1935年下半年，日本帝国主义发动华北事变，在严重的民族危机面前，12月9日，北平学生三千余人举行示威游行。这就是著名的"一二·九"运动。"一二·九"运动成了推动中国人民抗日救亡运动走向高涨的起点。1935年12月，冯玉祥以蒋介石答应实行抗日为条件，在南京出任军事委员会副委员长。他奔走于苏、鄂、豫、湘、黔、川等省，积极从事抗日救国活动。1936年1月1日，他在位于南京中山陵园区的国民革命军遗族学校，作了国难与中学生的演讲；2月24日，在金陵大学作了国难与大学生的演讲；几天后的3月1日，冯玉祥又在金陵女子大学发表了题为《国难中女青年的责任》的演讲，号召女青年要对社会有所贡献，要积极投身到抗日救亡的斗争中，在抗日战争中作出轰轰烈烈的功绩来！

（四）成文技巧

1. **开门见山，直奔主题**　作为军人，大敌当前，当然没有时间"拉杂地说得很多"。所以，冯将军的演讲开篇就引用了著名思想家、史学家、语言学家，与黄宗羲、王夫之并称为明末清初三大儒的顾炎武的名言："天下兴亡，匹夫有责"，以此作为向女青年发出号召的动员令。他的论点是，妇女要能和男子共同担负改造社会的责任，而现在，从改造社会方面来看，中国社会目前最严重的问题是如何推翻敌人的压制，如何求生存的问题。女青年在国难期间的第一大责任便是"抗日"。所以，妇女界要想对社会有贡献，第一就要向有利于抗日的方面做去。而治家和教育子女是妇女界较次要的责任，只有抗日的工作完成之后，才有它的意义。

2. **环环相扣，步步深入**　本文可以分为三个部分，第一部分，妇女要能和男子共同担负改造社会的责任；第二部分，妇女如何才能和男子共同担负改造社会的责任；第三，国难期间女青年第一条大责任。演讲从"天下兴亡，匹夫有责"，讲到妇女要能和男子共同担负改造社会的责任，再到如何才能和男子共同担负改造社会的责任，最后讲到国难期间女青年第一大责任，表面看来好像绕理论一个大圈子，实际上，无论是开篇还是前面的两大部分，都是为说明主题的重要组成部分，都是为了说明第三部分的。

3. **重点突出，论证有力**　演讲在说到为抗日工作，妇女界尤其是女青年们可以做些什么的时候，前面已经讲了为做些什么而应当具备的条件：第一，要在知识方面能和男子站在一条水平线上；第二，要有健全的身体。可见，冯将军认为，只有有知识、有健全身体的妇女才能为抗日工作出力。在提出妇女参加抗日工作的条件以后，冯将军强调了妇女界尤其是女青年们为抗日可以做四项大的工作：一是救护看护工作，二是军需及产业技术工作，三是做好动员大多数的妇女参加抗日救国工作，四是参加严格的军事训练。

4. **旁征博引，实例说明**　怎样使演讲有力，发挥号召作用，冯将军在演讲中，运用了大量的实例予以说明。例如为了说明妇女"应从事于军需及产业技术的练习"这个观点，他引用了欧战期间英国、法国、德国女性参加工作的实例。为了证明"妇女在知识方面能和男子站在一条水平线上"这个论点，冯将军引用了苏联有许多的女外交家、女科学家、女法官、女教授、女技师、女飞机师等，工作成绩往往在男子之上的实例。使听众感觉新鲜、有力。

5．**语言朴素、诙谐幽默**　在引用顾炎武的名言以后，他说，到今天，我们还亲切地感觉到这句话的深长意义。不过，到底因为时代进步了，在今天，我们就觉得顾先生的意见还有不完满的地方，那就是把救国看成男子专有的责任了。看似挑毛病，实则是为了下文中论述女青年参加抗日战争做铺垫。把妇女"锁"在家庭里的"锁"字，可谓生动形象地揭示了当时妇女在家庭和社会中的地位，这种地位当然根本没有方法直接参加改革社会的工作了。

◎模块四：
（一）阅读号召性演讲词的经典范文

【范例 14】

广 播 演 说

〔苏〕斯大林
（1941 年 7 月 3 日）

同志们！公民们！兄弟姊妹们！我们的陆海军战士们！我的朋友们，我现在向你们讲话。

希特勒德国从 6 月 22 日向我们祖国发动的背信弃义的军事进攻，正在继续着。虽然红军进行了英勇的抵抗，虽然敌人的精锐师团和他们的精锐空军部队已被击溃，被埋葬在战场上，但是敌人又往前线调来了生力军，继续向前闯进。希特勒军队侵占了立陶宛、拉脱维亚的大部地区、白俄罗斯西部地区、乌克兰西部一部分地区。法西斯空军正在扩大其轰炸区域，对牟尔曼斯克、奥尔沙、莫吉廖夫、斯摩棱斯克、基辅、敖德萨、塞瓦斯托波尔等城市大肆轰炸。我们的祖国面临着严重的危险。

我们光荣的红军怎么会让法西斯占领了我们的一些城市和地区呢？难道德国法西斯军队真的像法西斯的吹牛宣传家所不断吹嘘的那样，是无敌的军队吗？当然不是。历史表明，无敌的军队现在没有，过去也没有过。拿破仑的军队曾被认为是无敌的，可是这支军队却先后被俄国的、英国的和德国的军队击溃了。在第一次帝国主义大战时期，威廉的德国军队也曾被认为是无敌的军队，可是这支军队曾经数次败在俄国军队和英法军队的手中，终于被英法军队击溃了。对于现在希特勒的德国法西斯军队也应当这样说。这支军队在欧洲大陆上还没有遇到过重大的抵抗。只是在我国领土上,它才遇到了重大的抵抗。既然由于这种抵抗,德国法西斯军队的精锐师团已被我们红军击溃了,这就是说,正像拿破仑和威廉的军队曾经被击溃一样,希特勒法西斯军队也是能够被击溃的,而且一定会被击溃。

至于说我们的一部分领土毕竟被德国法西斯军队占领了,这主要是由于法西斯德国的反苏战争是在有利于德国军队而不利于苏联军队的情况下发动的。问题就在于,德国军队是作战国的军队,它已经完全被动员起来了,德国用来反对苏联并且集结到苏联边境的170个师团,已经处于完全备战的状态,只等待进攻的信号了;而当时苏联的军队还需要进行动员,还需要向边境集结。这里还有一个情况起了不小的作用,就是法西斯德国不顾它会被全世界认为是进攻一方,而突然背信弃义地撕毁了它同苏联在1939年缔结的互不侵犯条约。显然,我们爱好和平的国家是不愿意首先破坏条约的,因此也就不能走上背信弃义的道路。

也许有人要问:苏联政府怎么会同像希特勒和李宾特罗普这样一些背信弃义的人和恶魔缔结互不侵犯条约呢?苏联政府在这方面是不是犯了错误?当然没有犯错误!互不侵犯条约是两国之间的和平条约。1939年德国向我们提出的正是这样的条约。苏联政府能不能拒绝这样的建议呢?我想,任何一个爱好和平的国家都不能拒绝同邻国缔结和平协定,即使这个国家是由像希特勒和李宾特罗普这样一些吃人魔鬼领导的。当然,这是在一个必要的条件下缔结的,即和平协定既不能直接,也不能间接触犯爱好和平国家的领土完整、独立和荣誉。大家知道,德国同苏联订立的互不侵犯条约是这样的条约。

我们同德国缔结了互不侵犯条约,赢得了些什么呢?我们保证了我国获得一年半的和平,使我国有可能准备自己的反击力量,如果法西斯德国胆敢冒险违反条约进攻我国的话。这肯定是我们赢了,法西斯德国输了。

法西斯德国背信弃义地撕毁条约,进攻苏联,赢得了些什么,而又输掉了些什么呢?这使它的军队在短期内处于某种有利的地位,可是它在政治上却输了,它在全世界面前暴露了自己是血腥的侵略者。毫无疑问,德国的这个暂时的军事优势,只是偶然因素,而苏联的巨大的政治优势,却是重大的长久的因素,因此红军在反法西斯德国的战争中具有决定意义的军事胜利必将日益扩大。

正因为如此,我们全国英勇的陆军,我们全国英勇的海军,我们全国的飞行员——我们的雄鹰,我国各族人民,所有欧洲、美洲、亚洲的优秀人士,以及德国所有的优秀人士,都谴责德国法西斯分子的背信弃义行为而同情苏联政府,赞同苏联政府的行动，并且认为我们的事业是正义的，敌人一定会被击溃，我们一定会取得胜利。

由于强加于我们的战争，我国已经同最凶恶而阴险的敌人——德国法西斯主义展开了殊死的决战。我国军队正在同以坦克和飞机武装到牙齿的敌人英勇作战。红军和红海军正在克服重重困难，为保卫每一寸苏联国土而奋不顾身地战斗。拥有数千辆坦克和数千架飞机的红军主力正在投入战斗。红军战士的勇敢精神是举世无双的。我们给敌人的反击日益加强。全苏联人民都同红军一道奋起保卫祖国。

为了清除我们祖国面临的危险，需要做些什么呢？为了粉碎敌人，应该采取哪些措施呢？

首先，必须使我们苏联人了解到威胁我国的危险的严重程度，坚决放弃泰然自若、漠不关心的心理，放弃和平建设的情绪，这种情绪在战前是完全可以理解的，但是现在，当战争使形势根本改变了的时候，就是十分有害的了。敌人是残酷无情的。他们的目的是要侵占我们用自己的汗水灌溉出来的土地，掠夺我们用自己的劳动获得的粮食和石油。他们的目的是要恢复地主政权，恢复沙皇制度，摧残俄罗斯人、乌克兰人、白俄罗斯人、立陶宛人、拉脱维亚人、爱沙尼亚人、乌兹别克人、鞑靼人、莫尔达维亚人、格鲁吉亚人、阿尔明尼亚人、阿捷尔拜疆人以及苏联其他各自由民族的民族文化。因此，这是苏维埃国家生死存亡的问题，是苏联各族人民生死存亡的问题，是苏联各族人民享受自由还是沦为奴隶的问题。必须使苏联人了解这一点，不要再对此漠不关心，使他们动员起来，按新的、对敌人毫不留情的战时轨道来改造自己的全部工作。

其次，必须使垂头丧气分子和胆小鬼、惊惶失措分子和逃兵在我们的队伍中毫无容身之地，使我们的人在斗争中无所畏惧，并且奋不顾身地投入我们反法西斯奴役者的卫国解放战争。我们国家的缔造者伟大的列宁曾经说过，苏联人的基本品质应当是在斗争中勇敢、大胆、不知畏惧、决心同人民一起为反对我们祖国的敌人而战斗。必须使布尔什维克的这种优良品质成为红军、红海军以及苏联各族人民的千百万人所具有的美德。

我们应当立即按战时轨道来改造我们的全部工作，使一切都服从于前线的利益，都服从于粉碎敌人的组织任务。苏联各族人民现在都看到，德国法西斯主义对保证全体劳动者享有自由劳动和美好生活的我们的祖国，是极其痛恨和仇视的。苏联各族人民应当奋起反对敌人，保卫自己的权利和自己的国土。

红军、红海军和苏联全体公民都应当捍卫每一寸国土，应当为保卫我国的城市和乡村战斗到最后一滴血，应当表现出我国人民所固有的勇敢、主动和机智精神。

我们应当组织对红军的全面支援，保证大力补充红军队伍，保证供应红军一切必需品，组织军队和军用物资的迅速运输，以及广泛救护伤员。

我们应当巩固红军的后方，使全部工作都服从于这个事业的利益，保证加强一切企业，生产更多的步枪、机关枪、大炮、子弹、炮弹、飞机，组织对工厂、电站、电话和电报联络的卫护工作，整顿地方的防空事宜。

我们应当对一切扰乱后方分子、逃兵、惊惶失措分子和造谣分子进行无情的斗争，消灭间谍、破坏分子和敌人的伞兵，在各方面及时地支援我们的歼敌营。必须注意到，敌人是阴险狡猾的，善于欺骗和造谣。必须估计到这一切，不要受敌人的挑拨。凡是因惊惶和畏惧而妨害国防事业的人，不论是谁，都应当立即交付军事法庭。

当红军部队不得不撤退时，必须运走铁路上的全部车辆，不给敌人留下一部机车、一节车厢，不给敌人留下一公斤粮食、一公升燃料。集体农庄庄员应当把所有的牲畜赶走，把粮食交给国家机关保管，以便运到后方。凡是不能运走的一切贵重物资，其中包括有色金属、粮食和燃料等，都应当绝对销毁。

在敌占区，必须建立骑兵和步兵游击队，建立破坏小组，以便同敌军斗争，以便遍地燃起游击战争的烽火，以便炸毁桥梁、道路，破坏电话和电报联络，焚毁森林、仓库和辎重。在被占区，要造成使敌人及其所有走狗无法安身的条件，步步追击他们，消灭他们，破坏他们的一切设施。

同法西斯德国的战争，绝不能看成普通的战争。这个战争不仅是两国军队之间的战争。它同时是全苏联人民反对德国法西斯军队的伟大战争。这个反法西斯压迫者的全民卫国战争的目的，不仅是要消除我国面临的危险，而且还要帮助那些呻吟在德国法西斯主义枷锁下的欧洲各国人民。在这个解放战争中，我们不是孤立的。在这个伟大战争中，我们将获得可靠的同盟者，即欧洲和美洲各国人民，其中包括受希特勒头目们奴役的德国人民。我们为了保卫我们祖国的自由而进行的战争，将同欧洲和美洲各国人民为争取他们的独立、民主自由的斗争汇合在一起。这将是各国人民争取自由、反对希特勒法西斯军队的奴役和奴役威胁而结成的统一战线。因此，英国首相丘吉尔先生关于帮助苏联的历史性的演说和美国政府关于准备帮助我国的宣言，就是十分明显的例证，苏联各族人民对这个演说和宣言只能表示衷心的感谢。

同志们！我们的力量是无穷无尽的。骄横的敌人很快就一定会相信这一点。

同红军一道奋起对进犯我国的敌人作战的，有成千成万的工人、集体农庄庄员和知识分子。我国千百万人民群众都将奋起作战。莫斯科和列宁格勒的劳动者已经开始成立成千上万的民兵，来支援红军。在我们反对德国法西斯主义的卫国战争中，在每一个遭到敌人侵犯危险的城市里，我们都应当成立这样的民兵，发动全体劳动者起来斗争，挺身捍卫自己的自由、自己的荣誉、自己的祖国。

为了迅速动员苏联各族人民的一切力量，反击背信弃义地进犯我们祖国的敌人，国防委员会已经成立了，它现在把国家的全部权力都集中在自己手中。国防委员会已经开始自己的工作，它号召全国人民团结在列宁—斯大林党的周围，团结在苏联政府的周围，以忘我的精神支援红军和红海军，粉碎敌人，争取胜利。

用我们的一切力量来支援我们英勇的红军和我们光荣的红海军！

用人民的一切力量来粉碎敌人！ 为争取我们的胜利，前进！

（二）作者简介

约瑟夫·维萨里奥诺维奇·斯大林（1879～1953年），曾任苏联共产党中央委员会总书记、苏联部长会议主席（总理）等职。斯大林的著作有：《斯大林全集》《论苏联伟大卫国战争》《马克思主义和语言学问题》《苏联社会主义经济问题》等。

斯大林是一位卓越的军事家。苏联十月革命后，国内外反动派对年轻的苏维埃国家发起强烈的进攻。在反对外国武装干涉和国内战争时期，斯大林任苏维埃共和国革命军事委员会委员，列宁多次派他到最关键的战线去指挥作战，为保卫苏维埃政权建立了功绩，苏维埃中央执行委员会为此授予他红旗勋章。

（三）演讲背景

十月革命是俄国工人阶级在布尔什维克党领导下联合贫农所完成的伟大的社会主义革命。1917年俄历10月25日（公历11月7日），列宁领导的布尔什维克武装力量向资产阶级临时政府的所在地圣彼得堡冬宫发起总攻，推翻了临时政府，建立了苏维埃政权。由此，世界上第一个社会主义国家宣告诞生。 苏联时期，11月7日是传统的全国性节日。每年的这一天，苏联都要在首都莫斯科的红场举行盛大的阅兵式，纪念十月革命。1941年11月苏联正处于卫国战争期间，纳粹德国军队已兵临莫斯科城下，形势非常严峻。为了鼓舞士气，7日，苏联政府在红场上举行了最具历史性的盛大的阅兵式，纪念十月革命胜利24周年。斯大林站在克里姆林宫钟楼下的列宁墓上检阅苏联红军，并发表了鼓舞人心的演说。许多部队从阅兵式现场直接开赴前线。这次红场阅兵显示了正义之师必定战胜邪恶的魄力与信心，极大地鼓舞了广大苏联官兵的斗志和全世界人民争得反法西斯战争胜利的决心。莫斯科保卫战取得胜利，它粉碎了德军自第二次世界大战开始以来不可战胜的神话，也成为苏联卫国战争的一个转折点。

（四）成文技巧

斯大林这篇动员苏联人民抗击德国法西斯侵略问题的演说词曾刊载于苏联《真理报》，1952 年收入《论苏联伟大卫国战争》一书。全文收入《斯大林文选》和《斯大林军事文集》。

演说着重阐述了四个方面的问题。

1. **苏联面临严重危险**　希特勒德国从 1941 年 6 月 22 日起向苏联发动了背信弃义的军事进攻。虽然苏联红军进行了英勇的抵抗，但是敌人仍继续向前进犯，狂轰滥炸苏联城市，侵占了苏联大片领土。这主要是由于德国法西斯的反苏战争是在有利于德国军队而不利于苏联军队的情况下发动的。

2. **树立坚定必胜的信心**　德国法西斯军队在欧洲大陆上还没有遇到过重大的抵抗，只是在苏联领土上，它才遇到重大的抵抗。虽然法西斯德国在短期内取得某种有利地位，但是它在政治上却输了，它在全世界面前暴露了自己是血腥的侵略者。德国在军事上暂时有所得，只是偶然因素，而苏联在政治上大有所得，才是重要的长久的因素。在这个基础上，红军的军事胜利必将日益扩大。苏联全国军民，世界人民，包括德国所有的优秀人士，都谴责德国，同情苏联政府，并认为苏联的事业是正义的，敌人一定会被击溃，苏联一定会取得胜利。

3. **号召采取果断措施**　为了消除苏联面临的危险，粉碎敌人，应主要采取的措施是：使人民了解危险的严重程度，坚决克服泰然自若、漠不关心的心理，克服和平建设的情绪；无所畏惧地、奋不顾身地投入到反法西斯奴役者的卫国解放战争中去；立即把全部工作都转到战时轨道上来，使一切都服从于前线的利益，服从于粉碎敌人的组织任务；组织对红军的全面支援，保证大力扩充红军队伍，供应红军一切必需品；巩固后方，加紧生产；当红军部队被迫撤退时，必须运走或销毁一切东西，不给敌人留下一部机车、一节车厢、一公斤粮食、一公升燃料；展开全民卫国战争，在敌占区建立游击队，遍地燃起游击战争的烽火。

4. **结成反法西斯统一战线**　在这场反法西斯的全民卫国战争中，苏联不是孤立的，欧洲和美洲各国人民，其中包括受希特勒头目们奴役的德国人民，将是苏联可靠的同盟者。这将是各国人民争取自由，反对希特勒法西斯军队奴役和奴役威胁而结成的统一战线。

斯大林的广播演说，勾画出了苏联打败德国法西斯夺取卫国战争胜利的斗争纲领，对于动员苏联全国人民抗击德国法西斯侵略具有重要意义。

◎模块五：

（一）阅读号召性演讲词的经典范文

【范例 15】

为自由而战斗

〔英国〕卓别林

——《大独裁者》结尾演讲词译文

遗憾得很，我并不想当皇帝，那不是我干的行当。我既不想统治任何人，也不想征服任何人。如果可能的话，我倒挺想帮助所有的人，不论是犹太人还是非犹太人，是黑种人还是白种人。

我们都要互相帮助。做人就是应当如此。我们要把生活建筑在别人的幸福上，而不是建筑在别人的痛苦上。我们不要彼此仇恨，互相鄙视。这个世界上有足够的地方让所有的人生活。大地是富饶的，是可以使每一个人都丰衣足食的。

生活的道路可以是自由的，美丽的，只可惜我们迷失了方向。贪婪毒化了人的灵魂，在全世界筑起仇恨的壁垒，强迫我们踏着正步走向苦难，进行屠杀。我们发展了速度，但是我们隔离了自己。机器是应当创造财富的，但它们反而给我们带来了穷困。我们有了知识，反而看破一切；我们学得聪明乖巧了，反而变得冷酷无情。我们头脑用得太多了，感情用得太少了。我们更需要的不是机器，而是人性。我们更需要的不是聪明乖巧，而是仁慈温情。缺少了这些东西，人生就会变得凶暴，一切也都完了。

飞机和无线电缩短了我们之间的距离。这些东西的性质，本身就是为了发挥人类的优良品质；要求全世界的人彼此友爱，要求我们大家互相团结。现在的世界上就有千百万人彼此友爱，要求我们大家互相团结。现在的世界上就有千百万人听到我的声音——千百万失望的男人、女人、小孩 ——他们都是一个制度下的受害者，这个制度使人们受尽折磨，把无辜者投入监狱。我要向那些听得见我讲话的人说："不要绝望呀。"我们现在受到苦难，这只是因为那些害怕人类进步的人在即将消逝之前发泄他们的怨毒，满足他们的贪婪。这些人的仇恨会消逝的，独裁者会死亡的，他们从人民那里夺去的权力会重新回到人民手中的。只要我们不怕死，自由是永远不会消失的。

战士们！你们别为那些野兽去卖命呀，他们鄙视你们，奴役你们，他们统治你们，吩咐你们应该做什么，应当想什么，应该怀抱什么样的感情！他们强迫你们去操练，限定你们的伙食——把你们当牲口，用你们当炮灰。你们别去受这些丧失了理性的人摆布了——他们都是一伙机器人，长的是机器人的脑袋，有的是机器人的心肝！可是你们不是机器！你们是人！你们心里有着人类的爱！不要仇恨呀！只有那些得不到爱护的人才仇恨，那些得不到爱护和丧失了理性的人才仇恨！

战士们！不要为奴役而战斗！要为自由而战斗！《路加福音》第十七章里写着，神的国就在人的心里，不是在一个人或者一群人的心里，而是在所有人的心里！在你们的心里！你们人民有力量——有创造机器的力量，有创造幸福的力量！你们人民有力量建立起自己美好的生活，使生活富有意义。那么，为了民主，就让我们进行战斗，建设一个新的世界——一个美好的世界，它将使每一个人都有工作的机会，它将使青年人都有光明的前途，老年人都过安定的生活。

那些野兽也就是用这些诺言窃取了权力。但是，他们是说谎！他们从来不去履行他们的诺言。他们永远不会履行他们的诺言！独裁者自己享有自由，但是他们使人民沦为奴隶。现在，就让我们进行斗争，为了解放全世界，为了消除国家的壁垒，为了消除贪婪、仇恨、顽固。让我们进行斗争，为了建立一个理智的世界，在那个世界上，科学与进步将使我们所有人获得幸福。战士们，为了民主，让我们团结在一起！

哈娜，你听见我在说什么吗？不管这会儿在哪里，你抬起头来看看呀！抬起头来看呀，哈娜！乌云正在消散！阳光照射出来！我们正在离开黑暗，进入光明！我们正在进入一个新的世界——一个更可爱的世界，那里的人将克服他们的贪婪，他们的仇恨，他们的残忍。抬起头来看呀，哈娜！人的灵魂已经长了翅膀，他们终于要振翅飞翔了。他们飞到了虹霓里——飞到了希望的光辉里。抬起头来看呀，哈娜！抬起头来看呀！

（注：汉娜是犹太理发师一直钦慕的女孩，俩人为了逃避希特勒对犹太人的捕杀而失散两地。）

（二）作者简介

查尔斯·斯宾塞·卓别林（1889～1977年），出生于英国伦敦南部地区的一个演艺家庭，父母都是艺人。卓别林幼年丧父，曾在游艺场和巡回剧团卖艺或打杂。1913年，随卡尔诺哑剧团去美国演出，被美国导演M.塞纳特看中，从此开始了他的电影生涯。1914年2月28日，头戴圆顶礼帽、手持竹手杖、足蹬大皮靴、走路像鸭子的流浪汉夏尔洛的形象首次出现在影片《阵雨之间》中。这一形象成为卓别林喜剧片的标志，风靡欧美二十余年。1963年，他在纽约组织了自己的电影节。1972年，他在奥斯卡有史以来最热烈且持续时间最长的起立鼓掌声中，接受了美国电影学院颁发的奥斯卡特殊成就奖。卓别林也是不列颠帝国勋章佩戴者，"AFI百年百大明星"之一。他一生主演过八十多部影片，代表作品有《安乐狗》《狗的生涯》《寻子遇仙记》《淘金记》《城市之光》《摩登时代》《大独裁者》等。1977年12月25日与世长辞。

（三）演讲背景

1940年，卓别林的第一部有声电影《大独裁者》，是专门针对阿道夫·希特勒和纳粹主义所制作，并于美国放弃孤立主义参战的前一年公映。在当时的政治气候下，这部影片的诉求相当大胆。它生动地写明了纳粹主义的丑恶，并塑造了一个生动的犹太人角色，描写他遭受到的迫害。卓别林在这部电影中同时扮演了一位类似（包括外貌上的类似）希特勒的纳粹独裁者和一位受纳粹主义残酷迫害的犹太理发师。在卓别林编修剧本的时期，德国外交人员和美国法西斯组织都曾向卓别林施加压力，要他放弃此片的拍摄，但卓别林不肯让步，他在巴黎一家报纸登出《大独裁者》的故事梗概，公开向纳粹挑战。他还公开回答道："当希特勒在煽起疯狂的时候，他必须受到嘲笑。"这部电影于二战时期推出，纳粹特务从葡萄牙买了一部胶片运进德国。戈倍尔看了以后大发雷霆，百般诟骂，下令永不准放映。但酷爱电影的希特勒看了这部电影两次，气急败坏地宣称一旦打到美国，头一件事便是把卓别林送上绞架。电影在德国遭到禁演。卓别林后来把这番经历告诉朋友们，加了一句："要是能让我知道他对这部片子的看法，我给什么都行。"这部影片没有获得过任何电影奖项，被认为是世界电影评奖历史上最不公平的一例。

（四）成文技巧

本篇演讲是卓别林在自导自演的电影《大独裁者》中插入的长达七分钟的一

段演讲，体现了他民主和进步的思想意识。全文的主要特点是：

1．**观点鲜明，立意深刻**　演讲词的核心观点是，全世界的人要彼此友爱，互相团结，互相帮助。不论是犹太人还是非犹太人，是黑种人还是白种人，大家都要互相帮助。做人就是应当如此。要把生活建筑在别人的幸福上，而不是建筑在别人的痛苦上。大家不要彼此仇恨，互相鄙视。他号召人们，为了解放全世界，为了消除国家的壁垒，为了消除贪婪、仇恨、顽固，为了建立一个理智的世界，为了民主，让我们团结在一起！让我们进行斗争！

2．**措词激烈，表达直接**　卓别林无情地揭露了希特勒法西斯的罪恶，他们使人们受尽折磨，把无辜者投入监狱；他们在全世界筑起仇恨的壁垒，强迫我们踏着正步走向苦难，进行屠杀。不但如此，这个社会充满了邪恶和罪恶，充满了倒行逆施：我们发展了速度，但是我们却隔离了自己。机器是应当创造财富的，但它们反而给我们带来了穷困。我们有了知识，反而看破一切；我们学得聪明乖巧了，反而变得冷酷无情了。我们头脑用得太多了，感情用得太少了。因此，我们更需要的不是机器，而是人性。我们更需要的不是聪明乖巧，而是仁慈温情。缺少了这些东西，人生就会变得凶暴，一切也都完了。卓别林大声疾呼，独裁者会死亡的，他们从人民那里夺去的权力会重新回到人民手中的。只要我们不怕死，自由是永远不会消失的。卓别林公开向希特勒发出挑战，号召战士们不要为奴役而战斗！要为自由而战斗！这在当时是非常了不起的。

3．**语言朴素、风趣幽默**　开篇就说，"遗憾得很，我并不想当皇帝，那不是我干的行当"。其潜台词却是，是风暴突击队的那帮疯子把我弄到这里来成为一个独裁者的。

全文充分体现了对为恶者的憎恶和蔑视，听来酣畅淋漓，令人振奋。

第四篇 褒扬性演讲词

一、褒扬性演讲词概述

（一）褒扬性演讲词的内涵

褒扬，即赞美、表扬、赞扬、夸奖。褒扬性演讲词是指演讲者在社会公众场合，对为社会发展、为人民大众的利益作出特殊贡献的人，所发表的赞美、赞扬的讲话。旨在表达对被褒扬者的崇敬的感情，发出向被褒扬者学习的倡议和号召。

（二）褒扬性演讲词的特点

褒扬性演讲词具有以下特点：

1. **语言的赞美性** 演讲者无论是对被褒扬者一生的褒扬，还是对被褒扬者某个阶段、某个方面、某项事业或者某一事件的褒扬，都是以赞美的口气和方式进行的。

2. **内容的真实性** 演讲者对被褒扬者的赞美，所选取的内容一定是真实的，有说服力的。既可以是轰轰烈烈的伟大，也可以是极平凡的。

3. **形式的情感性** 演讲者对被褒扬者的赞美，不仅仅是对其事迹的褒扬，更重要的是带有强烈的感情色彩，以真切的感情打动听者，使之产生共鸣。

（三）褒扬性演讲词的类型

从现有的褒扬性演讲词来看，可以按照不同的标准划分为如下几种类型。

1. **从演讲者的主体身份看** 有革命导师和领袖，如马克思、恩格斯、列宁、斯大林、毛泽东等；有国家领导人，如邓小平、胡锦涛；有专家学者，如科学家、文学家、艺术家等。

2. **从被褒扬者的身份看** 可以是社会各个阶层的人，一般是对社会生活某一领域作出重大贡献的人。

3. **从演讲词的形式看** 可以有悼词，如《在马克思墓前的讲话》《巴尔扎克葬词》；纪念词，如《一个普通美国人的伟大之处》；报告，如《举世景仰的科学巨匠》等。

4．**从演讲词的内容看** 有全面介绍式的，如《在纪念钱学森同志诞辰100周年座谈会上的讲话》；有概述式说明的，如《一个普通美国人的伟大之处》；有重点阐述式的，如《在马克思墓前的讲话》，

5．**从演讲词的写作方式看** 有评价性的，如《在马克思墓前的讲话》；有情感性的，如《巴尔扎克葬词》；有哲理性的，如《为人民服务》。

（四）褒扬性演讲词的作用

褒扬性演讲词的作用在于以下方面。

1．**宣传被褒扬者事迹的作用** 演讲者通过演讲词可以把被褒扬者的事迹传达给与会者，从而以某一种事迹感染人，达到扩大被褒扬者事迹的影响作用，以真切的感情打动人。如《举世景仰的科学巨匠》，通过褒扬伟大的科学家爱因斯坦1905年3月到9月的六个月内，在三个不同领域中都取得了重大突破的事迹，使人们认识并了解了"一位举世景仰的伟大科学家"。

2．**引导人们向被褒扬者学习的作用** 演讲者通过演讲词，就是为了号召人们学习被褒扬者的精神，结合自己的实际，将被褒扬者的精神发扬光大。如《在纪念钱学森同志诞辰100周年座谈会上的讲话》中，贾庆林号召大家纪念钱学森，就是要学习他忠诚于党、报国爱民的坚定信念，学习他敢为人先、永攀高峰的创新精神，学习他德馨品高、行为世范的大家风范，学习他崇尚实干、勤于实践的工作作风。

3．**宣传推广所提倡的观点的作用** 演讲者通过演讲词可以把自己的主张、观点、见解以及思想感情传达给与会者，从而产生一定的作用和影响，以某一种精神鼓舞人，达到宣传和教育的作用。如《为人民服务》，通过褒扬张思德同志的事迹，宣传了共产党和人民军队的宗旨。

4．**抒发对被褒扬者的情感的作用** 褒扬演讲词的演讲者无一不是对被褒扬者充满了深情厚谊，而褒扬演讲词的最重要的作用是能够抒发演讲者对被褒扬者的情感。如马克思的挚友恩格斯，两人为无产阶级的解放事业并肩战斗近四十年，对马克思的了解，最深刻的莫过于恩格斯；对马克思的逝世，最悲痛的莫过于恩格斯；对马克思的逝世所造成的巨大损失，最清楚的莫过于恩格斯。所以在《在马克思墓前的讲话》这篇悼词中，恩格斯总结了马克思一生的伟大贡献，表达

了全世界无产阶级对马克思的无比崇敬和哀悼之情。

二、褒扬性演讲词的写作艺术

◎模块一：

（一）阅读褒扬性演讲词的经典范文

【范例 16】

在马克思墓前的讲话

〔德国〕恩格斯

（1883 年 3 月 17 日）

3 月 14 日下午两点三刻，当代最伟大的思想家停止思想了。让他一个人留在房间里不过两分钟，等我们再进去的时候，便发现他在安乐椅上安静地睡着了——但已经是永远地睡着了。

这个人的逝世，对于欧美战斗着的无产阶级，对于历史科学，都是不可估量的损失。这位巨人逝世以后所形成的空白，不久就会使人感觉到。

正像达尔文发现有机界的发展规律一样，马克思发现了人类历史的发展规律，即历来为纷繁芜杂的意识形态所掩盖着的一个简单事实：人们首先必须吃、喝、住、穿，然后才能从事政治、科学、艺术、宗教等等。所以，直接的物质的生活资料的生产，从而一个民族或一个时代的一定的经济发展阶段，便构成基础；人们的国家制度，法的观点，艺术以至宗教观念，就是从这个基础上发展起来的。因而，也必须由这个基础来解释，而不是像过去那样做得相反。

不仅如此。马克思还发现了现代资本主义生产方式和它所产生的资产阶级社会的特殊的运动规律。由于剩余价值的发现，这里就豁然开朗了，而先前无论资产阶级经济学家或社会主义批评家所做的一切都只是在黑暗中摸索。

一生中能有这样两个发现，该是很够了，即使只要能作出一个这样的发现，也已经是幸福的了。但马克思在他所研究的每一个领域（甚至在数学领域）都有独到的发现，这样的领域是很多的，而且其中任何一个领域他都不是肤浅地研究的。

他作为科学家就是这样。但是这在他身上远不是主要的。在马克思看来，科学是一种在历史上起推动作用的、革命的力量。任何一门理论科学中的每一个新发现，即使它的实际应用也许还无法预见——都使马克思感到衷心喜悦。但是当有了立即会对工业、对一般历史发展产生革命影响的发现的时候，他的喜悦就完全不同了。例如，他曾经密切地注意电学方面各种发现的发展情况，不久以前，他还注意了马赛尔·德普勒的发现。

因为马克思首先是一个革命家。他毕生的真正使命，就是以这种或那种方式参加推翻资本主义社会及其所建立的国家设施的事业，参加现代无产阶级的解放事业，正是他第一次使现代无产阶级意识到自身的地位和需要，意识到自身解放的条件，——这实际上就是他毕生的使命。斗争是他的生命要素。很少有人像他那样满腔热情、坚忍不拔和卓有成效地进行斗争。最早的《莱茵报》（1842年），巴黎的《前进报》（1844年），《德意志－布鲁塞尔报》（1847年），《新莱茵报》（1848～1849年），《纽约每日论坛报》（1852～1861年），以及许多富有战斗性的小册子，在巴黎、布鲁塞尔和伦敦各组织中的工作，最后，作为全部活动的顶峰，创立伟大的国际工人协会，——老实说，协会的这位创始人即使别的什么也没有做，也可以为这一结果自豪。

正因为这样，所以马克思是当代最遭忌恨和最受诬蔑的人。各国政府——无论专制或共和政府——都驱逐他；资产者——无论保守派或极端民主派——都竞相诽谤他，诅咒他。他对这一切毫不在意，把它们当做蛛丝一样轻轻抹去，只是在万分必要时才给予答复。现在他逝世了，在整个欧洲和美洲，从西伯利亚矿井到加利福尼亚，千百万革命战友无不对他表示尊敬、爱戴和悼念。而我敢大胆地说：他可能有过许多敌人，但未必有一个私敌。

他的英名和事业将永垂不朽！

（二）作者简介

弗里德里希·冯·恩格斯（Friedrich Von Engels，1820年11月28日～1895年8月5日），德国社会主义理论家、哲学家，国际无产阶级运动的伟大导师和领袖，近代共产主义的奠基人，马克思主义的创始人之一。恩格斯是卡尔·马克思的挚友，被誉为"第二提琴手"，他是马克思的亲密战友，他为马克思创立马克思主义提供了大量经济上的支持，和马克思共同撰写了《共产党宣言》；参加了第一国际的领导工作。马克思逝世后，他承担了整理和出版《资本论》遗稿的工作，还肩负着领导国际工人运动的重担。除同马克思合撰著作外，他还著有《自然辩证法》《家庭、私有制和国家的起源》等。

（三）演讲背景

卡尔·马克思于 1883 年 3 月 14 日在英国伦敦逝世。3 月 17 日，伟大的革命导师马克思的遗体被安葬在英国伦敦城北郊区的格特公墓。在葬礼上，恩格斯作为马克思的亲密战友，用英语发表了这篇充满对马克思深厚感情的演说。他代表全世界无产阶级对于马克思的逝世表示了深切的哀悼，对于马克思一生为无产阶级事业所作的伟大贡献给予了崇高的评价和热情的赞颂。

（四）成文技巧

恩格斯是马克思的挚友，两人为无产阶级的解放事业并肩战斗近四十年。在这篇悼词中，恩格斯总结了马克思一生的伟大贡献，表达了全世界无产阶级对马克思的无比崇敬和哀悼之情。

从内容上看，演讲词开头先是简要叙述了马克思逝世的情景，接着概括地指出马克思的逝世给全世界无产阶级造成的巨大损失。用两个"对于"，从革命斗争实践和革命理论两个方面说明马克思的逝世是"不可估量的损失"，"空白"一句，极言损失之大。

演讲词的主体部分，具体论述了马克思一生对人类历史发展的伟大贡献和为无产阶级解放事业奋斗一生的革命精神。这部分主要是从两个方面来总结马克思的伟大贡献的。首先，恩格斯指出，马克思发现了人类历史发展规律和剩余价值规律。人类历史发展规律指的是物质资料的生产是一切意识形态发展的基础，经济基础决定上层建筑，这是马克思在历史唯物主义方面的重大发现，演讲者将之与达尔文发现有机世界的发展规律即物种起源学说相提并论，从而生动地说明了这一发现的划时代意义。而剩余价值规律是马克思在政治经济学方面的重大发现，它的提出揭示了现代资本主义生产方式和资产阶级社会的特殊的运动规律。这一切深刻地说明马克思是一个伟大的思想家。

其次，演讲者认为马克思还是一个伟大的革命家。恩格斯概述了马克思的革命实践活动，如办报、组织国际工人协会等，热烈地赞颂了马克思在革命实践中的伟大成果和顽强的斗争精神。而不同阶级对马克思截然相反的态度，恰恰证明了马克思是无产阶级的伟大领袖。对于他的逝世，世界各地的无产阶级和劳动者都表示了深切的哀悼和尊敬。最后一句总结全文，马克思的事业和英名将永垂不朽。

这篇演讲词综合运用了叙述、议论、描写、抒情等多种表达方式。如第一部分的第一层，详细叙述了马克思逝世的时间"3月14日下午两点三刻"，接着具体描写了马克思逝世时从容安详的神态："安静地睡着了——但已经永远地睡着了。"第二层用议论的方式阐述马克思的逝世是世界无产阶级革命事业的巨大损失。通过叙述和描写给听众留下一个鲜明感人的印象——马克思为无产阶级革命事业一直战斗到生命的最后一刻，他是坐在安乐椅上逝世的。这些叙述和描写是为下面的议论服务的。第二层的议论是在第一层叙述、描写基础上进行的。这部分叙述、描写、议论的综合运用，使演讲词一开始就表达了演讲者对马克思逝世无比悲痛的心情，使听众受到强烈的感染和震撼。对马克思的革命实践活动，多用叙述形式；对马克思的各种贡献、发现的阐述和评价，采用议论形式；而在叙述和议论之中，又运用带有强烈感情色彩的词语或修辞手段，抒发了对马克思的尊敬、爱戴和悼念的真挚感情。叙述可以记清事实，议论可以阐明观点，抒情可以吐露情怀，三者的有机结合，不仅可以使演讲词的观点和材料高度统一，而且会产生强烈的感染力和说服力

语言准确生动是这篇演讲词的又一特点。如第三段阐述马克思发现人类历史发展规律的用语："马克思发现了人类历史的发展规律，即历来为纷繁芜杂的意识形态所掩盖着的一个简单事实"中的"纷繁芜杂"和"掩盖"。"纷繁芜杂"的本义是丛生的杂草多而乱，这里比喻以前形形色色的唯心主义对人类历史的解释，谬误百出，模糊杂乱。"纷繁芜杂"极为贴切、准确，使抽象的概念变得具体形象，易于理解。其他段落用词准确、生动的情况也随处可见。

◎模块二：
（一）阅读褒扬性演讲词的经典范文

【范例17】
在纪念钱学森同志诞辰100周年座谈会上的讲话
〔中国〕贾庆林
（2011年12月8日）

同志们，朋友们：
今天，我们怀着十分崇敬的心情，在这里举行座谈会，纪念钱学森同志诞辰

100周年，深切缅怀他为我国科技事业和国防现代化建设建立的卓越功勋，追思和学习他为国家富强和民族振兴不懈奋斗的崇高品德和革命精神，进一步激励海内外中华儿女同心同德、开拓进取，为推进中国特色社会主义伟大事业、实现中华民族伟大复兴而共同奋斗。

钱学森同志是中国共产党的优秀党员，忠诚的共产主义战士，享誉海内外的杰出科学家和我国航天事业的奠基人，中国科学院、中国工程院资深院士，中国人民政治协商会议第六届、七届、八届全国委员会副主席。他一生赤诚爱党报国、献身科学事业、真情服务人民，为中华民族屹立于世界民族之林贡献了全部心血和智慧，他的光辉业绩将永载中华民族史册。

钱学森同志1911年12月11日出生于上海市。1929年9月，他以优异成绩考入上海交通大学机械工程系。在刻苦学习专业知识的同时，他深入思考国家和民族的前途命运。1934年6月大学毕业后，他考取清华大学公费留学生。1935年9月，他进入美国麻省理工学院航空系学习，1936年9月转入美国加州理工学院航空系，从事航空工程理论和应用力学的学习研究。他满怀为中华民族争光争气的强烈责任，发愤学习，潜心钻研，仅用一年时间就获得航空工程硕士学位，三年后获得航空、数学博士学位。1938年7月至1955年8月，钱学森同志先后任美国加州理工学院航空系助教、讲师、副教授，麻省理工学院航空系副教授、教授，加州理工学院航空系教授和喷气推进中心主任等职，从事空气动力学、固体力学和火箭、导弹等领域的研究。其间，他高度关注航空和航天领域发展动向，努力探索技术最前沿的问题，取得一系列重大成就和突破。他与导师冯·卡门共同完成了高速空气动力学问题研究课题，建立了"卡门—钱近似"公式，28岁时就成为世界知名的空气动力学家。他独立完成了《关于薄壳体稳定性的研究》，在航空技术工程理论界获得很高声誉。他提出的火箭与航空领域中的若干重要概念、超前设想和科学预见，尤其是执笔撰写的有关美国战后飞机和火箭、导弹发展展望的报告，奠定了他在力学和喷气推进领域的领先地位。他开创了工程控制论、物理力学两门新兴学科，拓展了科学技术研究的新领域。这些重大成就为人类科学事业的发展作出了重要贡献。

钱学森同志在美国学习、工作期间，始终心系祖国，密切关注国内局势变化，随时准备返回报效祖国。新中国成立后，他回国的心情更加急迫。1950年夏，他向加州理工学院提出回国探亲，但临行前被以莫须有的罪名拘捕，遭受无理羁留达5年之久。他不屈不挠、顽强斗争，在毛泽东、周恩来等党和国家领导人的亲切关怀下，经过我国政府的严正交涉和国际友人的热心援助，冲破重重阻力，于1955年10月回到祖国，并立即投身到新中国建设的热潮中。

1955年11月至1956年10月，在党中央、国务院的领导和支持下，钱学森同志先后领导组建了新中国第一个力学研究所并担任所长，第一个火箭、导弹研究机构——国防部第五研究院，第一个空气动力学专业研究机构，参与筹备组建了我国导弹航空科学研究领导机构航空工业委员会。根据党中央的部署，他从长远和全局着眼思考谋划我国科技特别是国防尖端科技发展，起草了《建立我国国防航空工业的意见书》，为我国火箭和导弹技术的创建与发展提供了极为重要的实施方案；担任制定新中国第一个科学技术发展远景规划纲要（1956～1967年）工作综合组组长，并主持起草了建立喷气和火箭技术项目的报告书，为推动新中国的科学技术、工业、农业、国防发展起到了重要作用。1956年10月，钱学森同志任国防部五局第一副局长、总工程师兼国防部第五研究院院长，后又兼任国防部第五研究院一分院院长，担负起新中国导弹航天事业技术领导工作的重任。

1957年9月，钱学森同志作为科学技术顾问随聂荣臻同志赴苏联访问，为中苏新技术协定的顺利签订做了大量卓有成效的工作。访苏归来后，他遵照党中央的决策指示，突出抓了技术消化、科研协作和制度建设等工作，参加了导弹卫星发射试验基地勘察选址，负责运载火箭、人造卫星以及卫星探测仪器的设计、协调及研究机构建立等工作。1960年2月至1964年6月，他指导设计的我国第一枚液体探空火箭发射成功，协助聂荣臻同志成功组织了我国第一枚近程地地导弹发射试验，同张爱萍同志一起组织指挥了我国第一枚改进后的中近程地地导弹飞行试验。

1965年1月，钱学森同志任第七机械工业部副部长、党组成员，主持制定了《火箭技术八年（1965～1972）发展规划》，组织领导地地导弹、地空导弹、岸舰导弹和固体火箭发动机、固体燃料导弹、运载火箭以及卫星研制试验等任务。1966年10月，作为技术总负责人，他协助聂荣臻同志组织实施了我国首次导弹与原子弹"两弹结合"试验，把国防现代化建设向前推进了一大步。1968年2月，钱学森同志兼任新成立的中国空间技术研究院院长，在周恩来总理等中央领导同志的支持下，他努力排除"文化大革命"的干扰，狠抓中国空间技术研究院建设和卫星研制质量等工作。1970年4月，他牵头组织实施了我国第一颗人造地球卫星发射任务，成为新中国科技发展史上的一座重要里程碑。

1970年6月开始，钱学森同志先后担任国防科学技术委员会副主任、国防科工委科学技术委员会副主任。他全身心投入国防科学技术领导工作，参与组织实施我国导弹航天技术领域重大型号研制和发射试验，并开始从更高层次思考其他领域诸多重大科学和技术问题，提出了许多创新、超前的思想。1971年3月，他组织完成了"实践一号"卫星发射试验，首次获得我国空间环境探测数据，为我国研制应用卫星、通信卫星积累了经验。1972~1976年，在"四人帮"干扰破坏十分严重的情况下，钱学森同志参与组织领导了运载火箭和洲际导弹研制工作，提出了建立导弹航天测控网概念；领导设计制造了我国第一艘核动力潜艇；组织启动了远洋测量船基地建设工程；指挥成功发射了我国第一颗返回式卫星，使我国成为继美国、苏联之后第三个掌握卫星回收技术的国家。

进入改革开放新时期，钱学森同志先后于1980年5月~1984年4月参与组织领导了我国洲际导弹第一次全程飞行、潜艇水下发射导弹和地球静止轨道试验通信卫星发射任务，实现我国国防尖端技术的新突破，进一步提升了我国的大国地位。他潜心研究的工程控制论、系统工程理论，广泛应用于军事、农业、林业乃至社会经济各个领域的实践活动，在我国现代化建设中发挥了重要作用。他敏锐把握信息技术对人类社会发展的深远影响，积极倡导信息技术研究应用和信息产业发展，为推动军队信息化建设作出了重要贡献。1980~1991年，他先后担任中国科协副主席、主席，1991年5月担任中国科协名誉主席。他积极践行科学技术是第一生产力的战略思想，更加致力于依靠科技进步推动发展、改善民生。他开创和推动面向企业的"讲理想、比贡献"竞赛活动，促进了群众性技术创新活动的蓬勃开展；他积极推动科技兴农活动，倡导发展沙草产业，支持开展送科技下乡活动，帮助农民依靠科学技术脱贫致富；他十分重视科技创新人才培养，倡议设立"中国科协青年科技奖"，促进优秀青年科技人才脱颖而出，培养造就了一批优秀的青年学术和技术带头人；他倡导学科交叉融合，促进自然科学与社会科学联盟，在思维科学、科学技术体系与马克思主义哲学等研究领域，作出了许多开创性贡献。他十分重视科协工作的理论研究，推动理顺科协管理体制，加强科协工作制度化规范化建设，充分发挥科协独特优势，促进了科学技术的繁荣发展和普及推广。1986~1998年，钱学森同志担任中国人民政治协商会议第六届、七届、八届全国委员会副主席，他经常深入基层考察调研，为推动科技事业发展和国家重大项目建设建言献策，在团结广大科技工作者进行政治协商、民主监督、参政议政方面发挥了重要作用，为巩固和加强中国共产党领导的多党合作和政治协商制度作出了积极贡献。

钱学森同志1958年10月光荣加入中国共产党，是中国共产党第九届、十届、十一届、十二届中央候补委员，第二届、三届、四届、五届全国人大代表，政协第二届全国委员会委员。他是中国力学学会、中国自动化学会第一届理事会理事长，国际自动控制联合会第一届理事会常务理事，中国宇航学会、中国力学学会、中国系统工程学会名誉理事长。1957年被增聘为中国科学院学部委员（院士），1994年被选聘为中国工程院首批院士。先后获1956年度中国科学院自然科学奖一等奖、1985年度国家科技进步奖特等奖。著有《工程控制论》、《物理力学讲义》、《星际航行概论》、《论系统工程》等。1989年6月获得"小罗克韦尔奖章"和"世界级科学与工程名人"、"国际理工研究所名誉成员"称号。1991年10月被国务院、中央军委授予"国家杰出贡献科学家"荣誉称号，被中央军委授予一级英雄模范奖章。1999年9月被党中央、国务院、中央军委授予"两弹一星功勋奖章"。2009年9月被评为"100位新中国成立以来感动中国人物"。2001年，江泽民同志号召"向人民科学家钱学森同志学习"。

同志们、朋友们！

钱学森同志的一生，是革命的一生，战斗的一生，学习的一生，是为国家富强、民族振兴不懈奋斗的一生，是全心全意为人民服务的一生。他的卓越功绩和杰出贡献，永远铭记在中华儿女心中；他的崇高风范和革命精神，永远值得我们纪念和学习。

纪念钱学森同志，就要学习他忠诚于党、报国爱民的坚定信念。钱学森同志一生历经人生道路的抉择和个人荣辱得失的考验，不论遇到多少艰难困苦，始终保持着对党的高度忠诚、对祖国和人民的无限热爱。在青少年时代，他就立下科学救国、振兴中华的远大理想，把个人抱负和国家民族的命运紧密相连，刻苦学习钻研并取得优异成绩。在美国学习工作期间，他始终抱定学成必归的决心。他曾说，"我是中国人，我到美国去只有一个目标，就是把科学技术学到手，为自己的祖国服务"。新中国诞生后，他毅然放弃国外优裕的工作和生活条件，义无反顾地返回祖国，即使身陷囹圄失去自由也不改志向。在社会主义建设和改革开放时期，面对来自国内外各种因素的阻碍和干扰，他始终对党和人民的事业充满必胜信心，把全部心血和智慧倾注在挚爱的事业上。我们向钱学森同志学习，就要牢固树立坚定的共产主义理想信念，矢志不移地忠于党和人民，把个人志向融入祖国和人民的伟大事业中，在实现国家富强和民族振兴的壮丽征程中建功立业。

纪念钱学森同志，就要学习他敢为人先、勇攀高峰的创新精神。钱学森同志常说，科学精神最重要的就是创新，而真正的创新是敢于研究别人没有研究过的科学前沿问题，孜孜不倦地攀登科学高峰。不论是在国内学习还是在国外求学，不论是从事技术领导工作还是担任党和国家领导职务，不论是在自然科学领域还是在社会科学领域，他总是以执著地追求和超凡的智慧进行潜心研究和创造。他善于超前思维、科学预见，一生致力于空气动力学、固体力学和火箭、导弹等领域的研究和实践，提出了许多富有创造性、前瞻性的重要学术思想和有重大价值的建议，解决了一系列关键技术难题，实现了一系列重大突破。他广泛学习多学科知识，科学思想活跃，不仅在自然科学领域有许多重大创造，还注重学习研究和运用马克思主义哲学指导研究工作，在系统科学、思维科学、教育科学等领域，提出了许多独到见解。他热心培养和提携后人，善于发现有造诣、有潜质的优秀人才，既积极推荐、委以重任，又严格要求、悉心指导，以自己的模范行动和严谨作风、学风，培养造就了一大批堪当历史重任的一流科学家和工程技术专家。我们向钱学森同志学习，就要始终站在时代进步的前列，把握世界科技发展的大势，坚定不移地走中国特色自主创新道路，大力提高自主创新能力，加快国家创新体系建设，培养造就富有创新精神的人才队伍，在新一轮科技革命和产业革命中赢得发展主动权，扎实推进创新型国家建设。

纪念钱学森同志，就要学习他德馨品高、行为世范的大家风范。钱学森同志不仅以自己的渊博知识和远见卓识，为我国科技事业和国防现代化建设建立了不朽功勋，更以高山仰止的人格魅力和大家风范，赢得世人的尊重和爱戴。他襟怀坦荡、光明磊落，坚持原则、维护大局，严于律己、一身正气，始终保持了党和人民军队的优良传统。从他的书信往来中，可以经常看到他率真的言辞，向中央提出的意见建议观点鲜明，对同志的批评都助坦诚恳切，对自己的缺点不足不避讳，这种高贵品质令人景仰。他淡泊名利、无私奉献，始终以党和人民的事业为重、以国家大局为重，从不计较功名利禄。面对党和国家给予的崇高荣誉，他常讲，我个人仅仅是沧海一粟，作为一名科技工作者，活着就是为人民服务，如果人民最后对我一生所做工作满意的话，那才是最高的奖赏，这种高尚境界令人敬佩。他治学严谨、精益求精，学术民主、团结同志，从不以权威自居、不以名望压人，对起草的每份文件报告反复推敲、对科研试验中的每个隐患从不放过、对他人请教的每个问题认真作答，甚至连一个错字都不放过，这种治学态度令人感叹。我们向钱学森同志学习，就要努力增强修养、砥砺品格、提升境界，恪守社会公德、职业道德、家庭美德和个人品德，自觉践行社会主义核心价值体系，切实巩固全党全国各族人民团结奋斗的共同思想道德基础。

纪念钱学森同志，就要学习他崇尚实干、勤于实践的工作作风。钱学森同志一生不务虚名，不尚空谈，既是一位享有盛名的科学家，又是一位各界公认的实干家。他既勇于在科学领域研究提出创新超前的思想和理论，又注重把研究成果付诸国防科技和经济社会发展实践，特别是把一系列重大技术突破成功运用于导弹航天领域，使我国国防尖端武器大大向前推进了一步。他既精于从宏观和战略上思考谋划我国国防科技长远发展，又善于完善制度、精心组织，把规划和项目落到实处。他倡导制定的型号研制程序八个阶段、建立型号总设计师系统与技术责任制、建立统一计划管理指挥系统等制度规定，成为组织实施重大科研试验必不可少的制胜法宝。他既注重组织领导重大任务、履行技术指导把关职责，又勤于深入一线调查研究，身先士卒亲力亲为。为导弹卫星发射试验基地选址，他多次深入戈壁荒漠、高原深山现场勘察；为组织首次"两弹结合"试验，他冒着大风和严寒坚守阵地，在核弹头吊装对接最危险的一百多分钟里，一直站在导弹旁，给参试人员以极大信心和鼓励。我们向钱学森同志学习，就要大力弘扬求真务实精神，坚持一切从实际出发，理论联系实际，尊重科学、尊重规律，真抓实干、艰苦奋斗，不断创造经得起实践、人民和历史检验的业绩。

同志们、朋友们！

前不久，天宫一号与神舟八号交会对接任务取得圆满成功，这是中国人民在攀登世界科技高峰征程上的又一重大胜利，极大地增强了我国的科技实力和民族凝聚力。加快建设创新型国家、实现中华民族伟大复兴，既是钱学森同志等老一辈科学家的殷切期盼，也是全体中华儿女的共同心愿。让我们更加紧密地团结在以胡锦涛同志为总书记的党中央周围，高举中国特色社会主义伟大旗帜，以邓小平理论和"三个代表"重要思想为指导，深入贯彻落实科学发展观，大力弘扬钱学森同志等老一辈科学家的崇高思想和革命风范，锐意进取、扎实工作，为建设富强、民主、文明、和谐的社会主义现代化国家作出新的更大贡献！

（二）作者简介

贾庆林，中共第十四届、十五届、十六届、十七届中央委员，第十五届中央政治局委员，第十六届、十七届中央政治局委员、常委。第十届、十一届全国政协主席。

（三）演讲背景

钱学森（1911 年 12 月 11 日～2009 年 10 月 31 日），是享誉海内外的杰出科学家和中国航天事业的奠基人，中国两弹一星功勋奖章获得者之一。纪念钱学森同志诞辰 100 周年座谈会于 2011 年 12 月 8 日在北京人民大会堂举行，中共中央政治局常委、全国政协主席贾庆林出席座谈会并讲话，中共中央政治局常委、国务院副总理李克强出席。

（四）成文技巧

如何纪念一位享誉海内外的杰出科学家，这样的讲话怎么说，贾庆林在纪念钱学森同志诞辰 100 周年座谈会上的讲话，为我们提供了一篇成功的范例。整篇讲话内容丰富、结构鲜明、情真意切、重点突出。

1. 讲话开篇就强调了纪念钱学森同志诞辰 100 周年这一活动的意义 即要深切缅怀他为我国科学事业和国防现代化建设建立的卓越功勋，追思和学习他为国家富强和民族振兴不懈奋斗的崇高品德和革命精神，进一步激励海内外中华儿女同心同德、开拓进取，为推进中国特色社会主义伟大事业、实现中华民族伟大复兴而共同奋斗。

2. 讲话全面回顾了钱学森的生平业绩和卓越贡献 指出钱学森同志是中国共产党的优秀党员，忠诚的共产主义战士，享誉海内外的杰出科学家和中国航天事业的奠基人，中国科学院、中国工程院资深院士，中国人民政治协商会议第六届、七届、八届全国委员会副主席。钱学森同志一生赤诚爱党报国、献身科学事业、真情服务人民，为中华民族屹立于世界民族之林贡献了全部心血和智慧。他的卓越功绩和杰出贡献，永远铭记在中华儿女心中；他的崇高风范和革命精神，永远值得我们纪念和学习。

3. 讲话明确提出我们纪念钱学森同志应当学习什么 这是讲话的重点。讲话从四个方面，高度概括了钱学森同志的崇高风范和革命精神。更为重要的是，讲话没有拔高的大话、套话。而是如同钱学森同志个人的品格一样，以钱学森同志的大量言行表现，提炼出钱学森同志的精神，即，我们就是要学习他忠诚于党、报国爱民的坚定信念，学习他敢为人先、勇攀高峰的创新精神，学习他德馨品高、行为世范的大家风范，学习他崇尚实干、勤于实践的工作作风。

4. 讲话阐述了为什么要学习钱学森同志 贾庆林指出，天宫一号与神舟八号交会对接任务取得圆满成功，这是中国人民在攀登世界科技高峰征程上的又一重大胜利，极大地增强了我国的经济实力、科技实力和民族凝聚力。加快建设创新型国家、实现中华民族伟大复兴，既是钱学森同志等老一辈科学家的殷切期盼，也是全体中华儿女的共同心愿。我们要大力弘扬钱学森等老一辈科学家的崇高思想和革命风范，锐意进取、扎实工作，为建设富强、民主、文明、和谐的社会主义现代化国家作出新的更大贡献。

◎模块三：

（一）阅读褒扬性演讲词的经典范文

【范例 18】

举世景仰的科学巨匠

——在纪念伟大的科学家爱因斯坦诞辰 100 周年大会上的讲话

〔中国〕周培源

（1979 年 3 月）

　　首都科学工作者聚集一堂，隆重纪念伟大科学家爱因斯坦诞辰 100 周年，是有特殊意义的。我们所以要隆重纪念爱因斯坦，不仅是因为他一生的科学贡献对现代科学的发展有着深远的影响，而且还因为他有勇于探索、勇于创新、为真理和社会正义而献身的精神，是我们学习的榜样，是鼓舞我们为加速实现四个现代化而奋斗的力量。这样一位举世景仰的伟大科学家，不久前在我国却遭到凌辱和污蔑。我们今天隆重纪念他，就是要恢复他的伟大科学家的光辉形象。

　　阿尔伯特·爱因斯坦对现代物理学作出了开创性的伟大贡献。他是 20 世纪最有影响的自然科学家。他于 1879 年 3 月 14 日生于德国西南部的古城乌尔姆的一个犹太人家庭，父亲是电器作坊的小业主。11 岁那一年，他读了一套通俗科学读物，开始对科学发生兴趣。第二年，他又自学了欧几里得几何。这两件事，对他以后发展的道路产生了极大的影响。

　　爱因斯坦厌恶德国学校的军国主义教育，1894 年只身离开德国，放弃德国国籍，脱离犹太教，于 1895 年去苏黎世投考瑞士联邦高等工业学校，未录取，只得转学到阿劳中学补习功课；第二年才进联邦高工，在师范系学习物理。1902 年 6 月他在伯尔尼找到瑞士联邦专利局技术员的职业。

　　1905 年 3 月到 9 月的六个月内，他在三个不同领域中都取得了重大突破。这就是：光电效应理论、布朗运动理论和狭义相对论。当时他不过26岁，所有研究只能利用业余时间来进行，而且没有名师指导，半年内分头在三个领域中取得历史性成就，这在科学史上是没有先例的。

由于狭义相对论震动了物理学界，他从1909年起。先后被苏黎世大学、布拉格大学和母校聘为教授。1914年他到柏林担任威廉大帝物理研究所（后改名为麦克斯·普朗克研究所）所长兼柏林大学教授。这是在欧洲大陆上一个极为崇高的学术职位。 1933年因纳粹迫害，他迁居美国，任普林斯顿高级学术研究院教授。1955年病逝于普林斯顿。

自从牛顿建立了包括运动学和动力学在内的力学体系以后，物理学经历了将近二百年的发展。到19世纪末，很多物理学家认为，物理学领域中原则性的理论问题已全部解决，所有这些理论都建筑在牛顿力学的空时观之上。换句话说，物理学的发展已经到了顶峰。可是，当人们欢呼物理学已经到达顶峰的时候，偏偏接二连三地出现了许多为已有的理论无法解释的新现象，如光电效应等等。为解决这个旧理论同新实验之间的矛盾，一般物理学家都主张在旧理论框架内进行必要的修补，但是这并不能自圆其说。

第一个突破旧理论框架的是普朗克的量子论。爱因斯坦于1905年3月把普朗克的量子概念加以发展，提出光束的能量在传播、吸收和产生过程中都具有粒子性，即量子性。他的这个理论圆满地解释了光电效应，获得了1921年度的诺贝尔物理奖金。1916年，他总结了量子论的发展，从玻尔1913年的量子跃迁概念推出普朗克1900年辐射公式，同时提出了受激辐射概念，为60年代成长起来的激光技术奠定了理论基础。

爱因斯坦在1905年完成的第二项工作是用统计学和力学相结合的方法来研究布朗运动，推导出布朗粒子位移的方均根值同单位体积中流体的分子数目之间的关系。这一理论预见，三年后由法国物理学家佩兰在实验上予以证实。当时，原子是否存在，是一个激烈争论的问题，爱因斯坦和佩兰的工作给原子论提供了强有力的论据，迫使最顽固的原子论反对者奥斯特瓦耳德也不得不公开承认原子的存在。

19世纪末、20世纪初是物理学从宏观物质运动进入微观运动的本质的变革时期。爱因斯坦的光电效应理论和布朗运动的理论是对微观物理学的创造性贡献。

爱因斯坦1905年完成的第三项，也是最重要的工作，是狭义相对论。狭义相对论在本质上改变了牛顿力学的空时观，揭示了作为物质存在形式的空间和时间统一成一个四维空时，揭露了力学运动和电磁运动在运动学上的统一性。在狭义相对论运动学上建立起来的动力学，是适用于物质高速运动的规律。这个动力学把牛顿力学作为低速运动理论的特殊情况包括在内，并且进一步揭示了质量和能量的相当性，并为40年代开始实现的原子能的利用奠定了理论基础。

狭义相对论建成后，爱因斯坦立即进一步探索加速运动的相对性。1907年，他根据引力场中一切物体都具有同一加速度这一实验事实，提出均匀引力场同均匀加速度的等价原理。再经过8年艰苦的努力，在他的老同学、数学家格罗斯曼的帮助下，终于在1915年11月最后建成了广义相对论，包括等效原理、广义相对性原理、引力理论和质点动力学。

根据广义相对论的引力论和运动方程，爱因斯坦推断在引力场中传播的光线将要发生弯曲。这一预见在1919年由英国天文学家在日食观察中得到证实。这结果一发表。全世界为之轰动。当时英国皇家学会会长汤姆逊称誉爱因斯坦的理论是"人类思想史中最伟大的成就之一"。1920年，英国哲学家罗素来中国讲学，多次赞扬列宁和爱因斯坦是分别代表社会革命和科学革命的"当代两大伟人"。这个评价即使在近六十年后的今天看来也还是中肯的。

继广义相对论之后，爱因斯坦又开始向两个领域进行探索。1916年，他开始用广义相对论引力论来考察宇宙问题，1917年发表了开创现代科学的宇宙学的第一篇论文。在这篇论文里，他根据宇宙中充满静止物质的要求在引力方程中增加一个宇宙项，得到了一个有限无边的静止的宇宙模型。在爱因斯坦静止的宇宙模型发表之后，还有运动的模型的发表，而且还观测到银河系外的星系的光谱向红端推移的规律，这在一定的程度上证实了运动的宇宙模型的预测。

20年代以后，爱因斯坦把他的主要精力用于探索统一场论。这一探索始终未取得具体结果，却几乎耗尽了他整个后半生的精力，并使他远离了当时理论物理学蓬勃发展的领域——量子力学。近年来，由于把弱电相互作用和电磁相互作用统一起来的规范场理论得到一系列新实验事实的支持，爱因斯坦的统一场论思想又以新的形式显示出它的生命力。

爱因斯坦所以能在科学上取得如此卓越的成就，一方面由于他坚持实践；另一方面要归功于他的哲学批判精神。他从小爱好哲学思考，13岁开始读康德的著作。在伯尔尼的最初三年（1902～1905年）里，他同两个青年朋友经常晚上在一起学习、讨论各家哲学著作，谈论哲学和科学的各种问题。

爱因斯坦所以要研究哲学，主要是为了解决物理学中的矛盾。他的哲学主导思想可以说是：唯理论的唯物论。正是这种思想使他不苟同于以玻尔为首的哥本哈根学派对量子力学的哲学解释，并同他们长期论战。

爱因斯坦离开我们已将近四分之一世纪，但是他的科学研究的成果，他的思想的光辉，他的道德的力量，依然活跃在人间；他所开创的科学的新纪元对整个人类生活的深远的历史意义，越来越为人们所认识。我们今天隆重纪念他，就是要继承和发展他终生为之奋斗的事业：学习他不怕艰难险阻，不畏强权暴力，甘为真理而献身，为正义而自我牺牲的崇高品德；学习他不迷信权威，不盲从旧传统，只服从真理，实事求是，敢于独立思考，敢于创新的科学精神；学习他在科学道路上永不故步自封，永不自满自足，始终一往无前的探索精神；学习他崇尚理性，关心人，尊重人，反对偶像崇拜，反对专断的民主精神；学习他言行一致，表里一致的坦白胸怀；学习他为追求真理和为人类谋福利的目标始终如一的人生态度。

（二）作者简介

周培源（1902年8月28日～1993年11月24日），著名流体力学家、理论物理学家、教育家和社会活动家。中国共产党党员。中国科学院院士，我国近代力学奠基人和理论物理奠基人之一。奠定了湍流模式理论的基础，研究并初步证实了广义相对论引力论中"坐标有关"的重要论点。培养了几代知名的力学家和物理学家。在教育和科学研究中，一贯重视基础理论，同时关怀和支持新技术的研究。在组织领导我国的学术界活动、推进国内外交流合作方面作出了重要贡献。

（三）演讲背景

"文革"十年，我国整个国民经济到了崩溃的边缘，国运茫茫，粉碎"四人帮"后，中国面临着走向何方的问题。一场声势浩大的思想解放运动正在中国大地上酝酿着。要打破禁区，改革创新，科技教育则成了最好的突破口。所以邓小平同志1977年复出后主动请缨抓科教，数月后，中央召开了全国科学大会，国务院副总理邓小平发表重要讲话。邓小平指出，四个现代化的关键是科学技术的现代化，并着重阐述了科学技术是第一生产力这个马克思主义观点。邓小平同志提出的"科学技术是生产力"的著名论断，对国家长远发展具有十分重要的意义，成为改革开放以来我们党一以贯之的基本思想。会后，全国掀起了学科学爱科学的热潮。这篇讲话是周培源在1979年3月首都科学工作者纪念爱因斯坦诞辰100周年大会上的发言摘要。

（四）成文技巧

这篇演讲词善于剪裁，精于构思。爱因斯坦的一生，是伟大的一生，奋斗的一生。周培源在讲话中，以具体而生动的事实，全面而精简地介绍了爱因斯坦"不仅是一位伟大的科学家和一位富有哲学探索精神的杰出的思想家，同时还是一个正直的、有高度社会责任感的人"。

作为一个"20世纪最有影响的自然科学家"，周培源着重讲述了爱因斯坦在1905年完成的三项工作："1905年3月到9月的六个月内，他在三个不同领域中都取得了重大突破。这就是：光电效应理论、布朗运动理论和狭义相对论。"

接下来，继续介绍了广义相对论及对宇宙学和统一场论的探索。这较对三项工作的阐述要简略得多，概括得多。这有详存略、详略得当的叙述，在听众面前勾勒出一个全面而具体的爱因斯坦形象。

构思精巧主要表现在文章内容的安排上。

开头部分，作者以热情洋溢的笔风高度赞扬爱因斯坦是"一位举世景仰的伟大科学家"，并指出召开纪念会的原因、意义："不仅是因为他一生的科学贡献对现代科学的发展有着深远的影响，而且还因为他有勇于探索、勇于创新、为真理和社会正义而献身的精神，是我们学习的榜样，是鼓舞我们为加速实现四个现代化而奋斗的力量。"

中间部分是演讲的重点。周培源紧紧抓住集中体现在爱因斯坦身上的三个方面：自然科学家、富有哲学探索精神的思想家和一个正直的、有高度社会责任感的人，展开全面的论述，而且指出："爱因斯坦所以能在科学上取得如此卓越的成就，一方面由于他坚持实践；另一方面要归功于他的哲学批判精神"，"他一心希望科学造福于人类，而不要成为祸害"。人们由此可见，三个方面在爱因斯坦身上是相互作用，密不可分的。

结尾部分，作者饱含激情，以排山倒海之势，一连应用六个排比句，从各个侧面进一步系统总结了爱因斯坦的科学贡献以及高尚品质。更重要的是，作者向广大科学工作者提出了向爱因斯坦学习的具体内容，即："继承和发展他终生为之奋斗的事业，学习他不怕艰难险阻，不畏强权暴力，甘为真理而献身，为正义而自我牺牲的崇高品德；学习他不迷信权威，不盲从旧传统，只服从真理，实事求是，敢于独立思考，敢于创新的科学精神；学习他在科学道路上永不故步自封，永不自满自足，始终一往无前的探索精神；学习他崇尚理性，关心人，尊重人，反对偶像崇拜，反对专断的民主精神；学习他言行一致，表里一致的坦白胸怀；学习他为追求真理和为人类谋福利的目标始终如一的人生态度。"要做到这些是多么不容易啊！正因为如此，爱因斯坦才成为举世景仰的科学巨匠。

◎模块四：

（一）阅读褒扬性演讲词的经典范文

【范例19】

一个普通美国人的伟大之处

〔美国〕爱默生

（1865年5月）

当噩耗越过海洋，越过陆地，从一个国家传到另一个国家，我们相聚在灾难的阴影中，像预料之外的日食遮盖世界，它给整个文明世界的善良人心头蒙上了阴影。尽管人类历史如此漫长，悲剧如此多样，我怀疑是否有任何人的逝世像这次一样对人类造成如此巨大的悲痛，或在宣布消息时引起人类如此巨大的哀伤。与其说这是由于现代艺术将各民族十分紧密地联系在一起，倒不如说是因为当今与美国的名字和制度相联系的神秘希望和恐惧。在这个国家，上个星期六使所有的人都目瞪口呆。当他们对这一可怕打击冥思时，最初只是在内心最深处有所意识。也许，到了目前这一时刻，当这装有总统遗体的灵柩正在运回伊利诺斯家乡，沿途各州正在举行致哀活动，我们应该沉默，让时间的怒吼折磨我们。然而，这最初的绝望是短暂的，我们不能就这样哀悼他。他曾是最活跃、最有希望获得成功的人。他的事业并没有毁掉。对他的工作的赞誉和喝彩谱成了一曲凯歌，即使人们的伤心泪水也不能淹没它。

总统在我们面前是人民中的一员。他是地道的美国人，从未漂洋过海，从未被英国的褊狭或法国的放荡所侵蚀。就像橡树上的橡果，他是一个温和的、朴素的、土生土长的人，既不崇洋媚外，也不哗众取宠。他生在肯塔基州，长在农场，曾是平底船员，在黑鹰战争时任船长，还当过乡村律师和伊利诺斯农村地区立法机构的代表——他的博大声誉就是建筑在如此谦卑的基础上。经过十分缓慢而愉快的准备阶段，他进入了自己的位置！我们大家都记得——那只不过是五六年前的事——他首次在芝加哥被提名时国民所表现出的惊讶和失望。西沃德先生当时声誉甚高，是东部各州的红人。当林肯这个新的、比较陌生的名字被宣布时（尽管有对此喝彩的报道），我们冷淡伤心地听取了结果。在这样令人忧虑的时刻，仅凭一个人在某个地区的名望就赋予如此重大的责任，似乎操之过急，人们议论的话题自然是政治不可知论。然而结果并不是这样。伊利诺斯和西部的人们对他赞不绝口，他们把这些看法与同事分享，使他们可以在各自家乡的选区证明自己的正确观点。这一切都不是操之过急，尽管他们还没意识到这个人的全部价值。

他是一个普通的人，却有不寻常的运气。培根勋爵说过："展示美德使人获得名望，隐藏自己的运气。"初次见面时，你看不出他身上有什么使人目眩的品格；但别人优越却并不能使他逊色。他的面孔和风度能消除怀疑，提高自信和确保善意。他是一个没有恶习的人。他责任感强，易于服从大局。他还是个农民称之为精明的人，非常善于盘算，为自己的意见作辩解，并公正坚定地说服对方。后来人们发现，他还是个伟大的工作者，而且具有惊人的工作才能，他工作起来轻松自如。工作好手本来十分少见，因为每个人都有某种毛病。而这个人却是从里到外都十分乐观，锲而不舍，对工作再合适不过了，而且他本人也最热爱工作。他性子非常好，具有忍让精神和平易近人的作风；作为一个公正的人，他根据请求者的愿望，和蔼可亲地、而不是神经过敏地对待无数来访者给他造成的折磨；而作为总统，他本来可以让别人做这些事情。在战争引起的许多悲剧中，他的好性格化为一种高尚的人道主义。每个人都会记得，他在怜惜一个种族时是如何愈来愈亲切小心地处理问题的。可怜的黑人在一次令人难忘的场合是这样谈论他的："林肯先生无处不在。"他的广泛良好的幽默感是这个聪明人的另一财富。他可以轻松自然地和别人进行诙谐的谈话，他十分擅长这样做，并从中得到乐趣。这使他可以不泄密，可以与社会各阶层人物接触，使即便是最严肃的决定也不那么锋芒毕露，以此掩盖他自己的目的，试探他的同事并本能地捕捉各种听众的情绪。而且，最重要的是，这种好性格对在令人忧虑和筋疲力尽的危机中奋斗的人来说，是一种天然恢复剂，就像睡眠一样有效，也是一支预防针，防止操劳过度的大脑趋于烦恼成疯狂。他说过许多优秀格言，然而它们是以诙谐的方式表达的，最初绝不会获得名声，而只是被视为笑话，直至后来这些格言为成千上万的人所传诵，人们才发现它们是时代的名言。我相信，如果此人是在印刷业不那么发达的时期执政，那么他可以靠他的寓言和格言在几年内就成为神话中的人物，像伊索、皮尔佩或七贤哲当中的一个。

今后，他的信件、文件和演讲中许多有分量、有深度的段落必定会赢得盛誉，而现在，恰恰是因为刚刚运用了这些想法，它们反而显得默默无闻。多么意味深长的定义，多么完美的常识，多么远大的见识，而且在重大时刻，又表现出多么高尚、淳朴的人情味！他担任总统是人类美德的胜利，是公众信心的胜利。这个中产阶级的国家终于有了一个中产阶级的总统。这是指他的风度，他的同情心，而不是他的权力。因为他的权力是至高无上的。他掌握每天发生的问题。随着问题的发展，他对问题的理解也在加深。很少有人如此胜任。在惊恐与妒忌中间，在辩护人与当事人的一片喧闹声中，他以全部身心和诚实不懈地工作，努力弄清人民的需要以及如何满足他们的需要。如果确实有人受过公正的考验，那么他就是这个人。这样对他评价可以说没有任何夸张。

进行抵制、诽谤和嘲笑的也大有人在。在我们这个时代里，已无国家机密可言：国家经历了如此巨大的骚乱，必须给予十分的信任，不保留任何秘密。每道门都半开着，使我们可以看到里面发生的事情。随后我们遇到了战争的旋风，那是怎样的一个时刻啊！这里没有政府官员，没有只适合好天气航行的水手；在旋风中，新的领航员被匆匆地安排到舵前。在四年内，在四个战争的年代中，他的坚忍、足智多谋和宽宏大量经受了痛苦的考验，而且从未发现过不够格的现象。因此，通过他的勇气、公正、良好秉性、足智多谋和人道精神，他成为历史新纪元的一位英雄人物。他就是那一时代美国人民的真实历史。他一步一步地走在他们前面，和他们一起放慢脚步，一起加快步伐。他是这个大陆的真正代表，是十分热心公益的人。作为国家之父，两千万人的脉搏在他心中跳动，他们的思想通过他的喉舌得到明确表达。亚当·史密说，在霍布雷肯的英国国王和知名人士的画像中，斧子被刻在那些曾受劈砍之苦的人下面，这给画像增添了某种高贵的魅力。甚至在这场刚刚发生的悲剧中，谁又看不到暗杀的恐怖和毁坏是多么迅速地吞噬着受害者的光荣？比起在希望中生活，比起亲眼看着自己的官能衰退，比起目睹（也许甚至是他）众所周知的政治家的忘恩负义，比起看到小人得势，这种命运要愉快得多。他难道没有在生前遵守诺言吗？这是迄今一个人对他的同胞作出的最伟大的诺言——实际废除奴隶制；他看到田纳西、密苏里和马里兰解放了他们的奴隶。他看到萨凡纳、查尔斯顿和里士满投降；看到叛军的主力部队放下武器。他征服了加拿大、英国和法国的公众舆论。在运气方面，只有华盛顿可以与他相比。如果再把事情铺开些，结果是他已经到达了终点。

这个历史性的救助人不能再为我们服务了；叛乱已经到了该停止的地步；而

下面所要做的工作需要独立的新人来承担——一种在战争的废墟上产生的新精神。同时，上帝为了向世人展示一个完美无缺的恩人，要让他以死亡而不是生存来更好地为他的国家服务。正如柔顺和讨好的国王不是好国王一样，柔顺和讨好的民族也不是好民族。"国王的仁慈寓于正义和力量之中"。共和国的随和性格是一个危险的弱点，因此有必要让敌人施以暴行，迫使我们达到不寻常的坚定，以确保这一国家在以后得到拯救。

（二）作者简介

拉尔夫·沃尔多·爱默生（Ralph Waldo Emerson，1803～1882年），生于波士顿，美国思想家、文学家。爱默生是确立美国文化精神的代表人物，被称为"美国的孔子"、"美国文明之父"。

爱默生出生在波士顿一个牧师家庭，1821年毕业于哈佛学院，他在哈佛学院求学时非常节俭勤奋，而且养成了记日记的习惯，这些资料为他后来的散文和诗歌创作提供了素材。他1826年开始在教堂讲道，1829年任波士顿唯一神教第二教堂牧师。1832年离开了牧师的职位后，爱默生赴欧洲游学，在那里，他结识了卡莱尔、柯勒律治和华兹华斯等浪漫主义作家，并涉猎了德国的唯心主义和超验主义。回国后，他定居康考德，深居简出。在这里，他和一些志同道合的人；包括梭罗和霍桑等，经常聚在一起讨论宗教、哲学问题，被人们称做"超验主义俱乐部"。爱默生成了该俱乐部的当之无愧的发言人，并一度主编超验主义刊物《日规》（The Dial）。

爱默生是个演说家，他的文章大多是根据演讲稿整理而成的。代表作有《论自然》（Nature，1836）、《论美国学者》（The American Scholar，1837）、《神学院演讲》（Divinity School Address，1838）、《论超灵》（The Oversoul，1841）、《论自立》（Self Reliance，1841）等。这些文章后来分别收在《散文一集》（Essays: First Series，1841）和《散文二集》（Essays: Second Series，1844）中。爱默生还写了不少诗，收在1847年和1867年出版的两本诗集里。

（三）演讲背景

亚伯拉罕·林肯（Abraham Lincoln，1809～1865年）：美国政治家，第16任总统（任期：1861年3月4日～1865年4月15日），也是首位共和党籍总统。在其总统任期内，美国爆发了内战，史称南北战争。林肯领导美国人民，击败了南方分离势力，废除了奴隶制度，维护了国家的统一，为资本主义的发展扫除了障碍，促进了美国历史的发展。南北战争被称为继独立战争之后的美国第二次革命。林肯成为黑人解放的象征。但奴隶主却对他万分仇恨，就在内战结束后不久的1865年4月14日晚上，林肯在华盛顿的福特剧院里看戏时，被南方奴隶主收买的一个暴徒刺杀身亡，时年56岁。林肯的不幸逝世引起了国内外的巨大震动，美国人民深切哀悼他。林肯去世后，他的遗体在14个城市供群众凭吊了两个多星期。5月4日，林肯葬于橡树岭公墓。有700多万人停立在道路两旁向出殡的行列致哀，有150万人瞻仰了林肯的遗容。

本文是爱默生为悼念林肯不幸遇难而发表的演讲，演讲中高度评价了林肯的一生，赞颂了他作为一个普通美国人的伟大之处，表达了对伟人死于非命的难言悲愤和无尽哀思

（四）成文技巧

爱默生的演讲善于寓情感于事理之中，情感炽热、深厚，发自肺腑，升华了主旨思想，渲染了情绪气氛，使人震撼，让人激励，令人感动，引人深思。

在技巧运用方面，演讲善于列举事实，以叙述为主，寓理于事，从不同的角度描绘了林肯的形象，歌颂了他平凡中的伟大之处。所谓事实胜于雄辩，爱默生通过对林肯一生的回忆、见面时的感受和人们对他的评价等，展现了林肯身上的种种美德。在大量事实的基础上，他指出，林肯是一个温和、朴素的人，既不崇洋媚外，也不哗众取宠；他公正、坚定、精明、责任感强，服从大局，是一个没有恶习的人；他还是一个伟大的工作者，热心公益，平易近人，能够忍让，富有淳朴的人情味；他说过许多优秀格言，他当总统是人类美德的胜利，"林肯先生无处不在"。这就是爱默生心目中的林肯，他把这样一位总统的伟大形象展现于人们面前。爱慕之情，不言而喻；政治倾向，包蕴其中。同时，也增强了演讲的说服力和感染力。

演讲感情丰富、凝重，语气悲伤、沉缓，营造出一种悲壮肃穆的气氛，使演讲情景交融，撼人心灵。"当噩耗越过海洋，越过陆地，从一个国家传到另一个国家，我们相聚在灾难的阴影中，像预料之外的日食遮盖世界，它给整个文明世界的善良人心头蒙上了阴影。"这语气沉缓、悲怆苍阔、比喻恰切的开场白，一下子把听众带入悲愤肃穆的氛围之中。在这情景交融的气氛下，爱默生开始了情真意切、如泣如诉的演讲。他一桩桩、一件件地诉说着林肯的事迹，生动鲜明，历历

在目，在他声情并茂的描绘中，林肯仿佛又活了起来。然而就是这样一位总统被刺杀了，哀悼怀念之情由此便得到了有力的烘托宣泄。演讲虽没有对行刺暴行声色俱厉的谴责，但正面的赞美和思念，恰恰反衬了对刺杀林肯的愤怒。真可谓不着一字，尽得风流。

真正的爱，产生真正的溢美；真正的哀，产生真正的思悼。爱默生对林肯的赞美思悼正是他真情实感的自然流露。情动于中，才能发乎其外，也才能动之以情。归结起来，情真意切，以情动人，是这篇演讲词具有感人力量的成功之所在。

◎模块五：
（一）阅读褒扬性演讲词的经典范文

【范例20】

巴尔扎克葬词

〔法国〕雨果

（1850年8月20日）

各位先生：

现在被葬入坟墓的这个人，举国哀悼他。对我们来说，一切虚构都消失了。从今以后，众目仰望的将不是统治者，而是思想家。一位思想家不存在了，举国为之震惊。今天，人民哀悼一位天才之死，国家哀悼一位天才之死。

诸位先生，巴尔扎克这个名字将长留于我们这一时代，也将流转于后世的光辉业绩之中。巴尔扎克先生属于19世纪拿破仑之后的、强有力的作家之列。正如17世纪，一群显赫的作家涌现在黎塞留之后一样——就像文明发展中，出现了一种规律，促使武力统治者之后，出现精神统治者一样。

在最伟大的人物中间，巴尔扎克是名列前茅者；在最优秀的人物中间，巴尔扎克是佼佼者之一。他才华卓越，至善至美，但他的成就不是眼下说得尽的。他的所有作品仅仅形成了一部书，一部有生命的、光亮的、深刻的书。我们在这里看见，我们的整个现代文明的走向，带着我们说不清楚的、同现实打成一片的惊惶与恐怖。一部了不起的书，他题作"喜剧"，其实就是题作"历史"也没有什么，这里有一切的形式和一切的风格，超过塔西陀，上溯到苏埃通，越过博马舍，直达拉伯雷；一部既是观察又是想象的书，这里有大量的真实、亲切、家常、琐碎、粗鄙。但是，有时通过突然撕破表面、充分揭示形形色色的现实，让人马上看到最阴沉和最悲壮的理想。

愿意也罢，不愿意也罢，同意也罢，不同意也罢，这部庞大而又奇特的作品的作者，不自觉地加入了革命作家的强大行列。巴尔扎克笔直地奔向目标，抓住了现代社会进行肉搏。他从各方面揪过来一些东西，有虚像，有希望，有呼喊，有假面具。他发掘内心，解剖激情。他探索人、灵魂、心、脏腑、头脑和各个人的深渊。巴尔扎克由于他自由的天赋和强壮的本性，由于他具有我们时代的聪明才智，身经革命，更看出了什么是人类的末日，也更了解什么是无意。于是面带微笑，泰然自若，进行了令人生畏的研究，但仍然游刃有余。他的这种研究不像莫里哀那样陷入忧郁，也不像卢梭那样愤世嫉俗。

这就是他在我们中间的工作。这就是他给我们留下来的作品，崇高而又扎实的作品，金刚岩层堆积起来的雄伟的纪念碑！从今以后，他的声名在作品的顶尖熠熠发光。伟人们为自己建造了底座，未来负起安放雕像的责任。

他的去世惊呆了巴黎。他回到法兰西有几个月了。他觉得自己不久于人世，希望再看一眼他的祖国，就像一个人出门远行之前，再来拥抱一下自己的母亲一样。

他的一生是短促的，然而也是饱满的，作品比岁月还多。

唉！这位惊人的、不知疲倦的作家，这位哲学家，这位思想家，这位诗人，这位天才，在同我们一起旅居在这世上的期间，经历了充满风暴和斗争的生活，这是一切伟大人物的共同命运。今天，他安息了，他走出了冲突与仇恨。在他进入坟墓的这一天，他同时也步入了荣誉的宫殿。从今以后，他将和祖国的星星一起，熠熠闪耀于我们上空的云层之上。

站在这里的诸位先生，你们心里不羡慕他吗？

各位先生，面对着这样一种损失，不管我们怎样悲痛，就忍受一下这样的重大打击吧。打击再伤心，再严重，也先接受下来再说吧。在我们这样一个时代里，一个伟人的逝世，不时地使那些疑虑重重、受怀疑论折磨的人，对宗教产生动摇。这也许是一桩好事，这也许是必要的。上天在让人民面对崇高的奥秘，并对死亡加以思考的时候，知道自己做的是什么；死亡是伟大的平等，也是伟大的自由。

上天知道自己做的是什么，因为这是最高的教训。当一个崇高的英灵，庄严地走进另一世界的时候；当一个人张开他的有目共睹的、天才的翅膀，久久飞翔在群众的上空，忽而展开另外的、看不见的翅膀，消失在未知之乡的时候。我们的心中，只能充满严肃和诚挚。

不，那不是未知之乡！我在另一个沉痛的场合已经说过，现在我也永不厌烦地还要再说——这不是黑夜，而是光明！这不是结束，而是开始！这不是虚无，而是永恒！我说的难道不是真话吗，听我说话的诸位先生？这样的坟墓，就是不朽的明证！面对某些鼎鼎大名的、与世长辞的人物，人们更清晰地感到这个睿智的人的神圣使命，他经历人世是为了受苦和净化，大家称他为大丈夫。而且心想，生前凡是天才的人，死后就不可能不化作灵魂！

（二）作者简介

维克多·雨果（Victor Hugo，1802 年 2 月 26 日～1885 年 5 月 22 日），法国浪漫主义作家，19 世纪前期积极浪漫主义文学运动的代表人物，法国文学史上卓越的资产阶级民主作家，被人们称为"法兰西的莎士比亚"。他从小爱好文学，崇拜浪漫主义作家夏多布里昂。1819 年与长兄合办《保守文艺双周刊》。1822 年出版《颂诗集》，获路易十八的年金赏赐。几乎经历了 19 世纪法国的所有重大事变。雨果的创作历程超过 60 年，一生写过的作品包括 26 卷诗歌、20 卷小说、12 卷剧本、21 卷哲理论著，合计 79 卷之多，给法国文学和人类文化宝库增添了一份十分辉煌的文化遗产。其代表作是：长篇小说《巴黎圣母院》《悲惨世界》《海上劳工》《笑面人》《九三年》，诗集《光与影》和《就英法联军远征中国给巴特勒上尉的信》，短篇小说《"诺曼底"号遇难记》等。

（三）演讲背景

巴尔扎克和雨果是欧洲现实主义文学和浪漫主义文学两座并峙的高峰。他们生活在同一时代、同一城市，对文学的执著和拥有的崇高声望，使这两位文学大师交往甚密并成为朋友。1849 年 2 月，雨果有一次在街上遇见了巴尔扎克，巴尔扎克向他诉说了自己的病情，雨果表示慰问；1850 年 7 月，雨果去巴尔扎克寓所看望；1850 年 8 月 18 日，当雨果得知巴尔扎克病情恶化的消息之后，于当天夜里又一次来到他的病榻前，两人进行了交谈。这时的巴尔扎克还满怀希望，认为自己还能复元。可雨果已有了不祥的预感，他于当天深夜回到家中，对在自己家中等候的几位朋友说，欧洲将失去一位伟才。果然，巴尔扎克的生命在当天夜里十点半结束了，终年 51 岁。巴尔扎克的逝世，使整个法国陷入悲痛之中。作为巴尔扎克的老朋友，雨果自然也悲痛万分。他是一个感情十分丰富的人，人类的生与死、善与恶，世间的美与丑、真与假，无不在他心中留下深刻的印记，引发他丰富的联想。他痛悼一代伟人巴尔扎克的永不复生，为巴尔扎克在并不长寿的生命中的巨大创造而骄傲，同时他也思考人活着的意义、死后的荣辱等问题。8月20日，当巴尔扎克的遗体在拉雪兹神甫公墓下葬时，作为巴尔扎克的老朋友、法国浪漫主义文学运动领袖的雨果，冒雨对公众发表了这篇著名的演说。

（四）成文技巧

在这篇演讲词中，雨果深情地悼念密友，高度评价巴尔扎克为法国文学作出的重要贡献，充满哲理地告诫人们：巴尔扎克的逝世带来的不是"黑夜"和"虚无"，而是"光明"和"永恒"。这篇演讲词交织着伤痛、悲哀、自豪和信心，是对逝者作出的历史评价。体现了三个特点：

1. **高度的评价**　悼词是对逝者盖棺定论的评价，往往多溢美之词。本文大量使用了赞美之词，从多个角度评价巴尔扎克的人格和作品，如将巴尔扎克称为"思想家"、"天才"、"精神统治者"、"哲学家"，将其作品称为"一部有生命的、光亮的、深刻的书"，"崇高而又扎实的作品，金刚岩层堆积起来的雄伟的纪念碑"等等。但是，当雨果将这些词句奉献给文化巨人巴尔扎克时，我们并不觉得是溢美，因为再多的赞美之词也难以表达法国人民对巴尔扎克的崇敬、爱戴之情，也难以倾诉对他逝世的痛惜、哀悼之情。所以，雨果的高度评价，更让我们对巴尔扎克的艺术成就由衷地叹服，对他的精神肃然起敬。

2. **浓烈的感情**　悼词表达的感情十分强烈，指向也非常明确，主要是哀悼逝者，赞美逝者，并借此激励生者。写巴尔扎克逝世，雨果用了悼词常用的"讳饰"手法，如"一切虚构都消失了"，"他安息了。他走出了冲突和仇恨"，写人们对巴尔扎克逝世的反应，雨果用了"哀悼""震惊""惊呆""伤心""悲痛"等词语。这些都是对逝者的哀悼。同时，雨果使用了大量的经典语句，评说巴尔扎克逝世的影响，如："伟人们为自己建造了底座，未来负起安放雕像的责任。""在他进入坟墓的这一天，他同时也步入了荣誉的宫殿。从今以后，他将和祖国的星星一起，熠熠闪耀于我们上空的云层之上。""当一个崇高的英灵，庄严地走进另一世界的时候；当一个人张开他的有目共睹的、天才的翅膀，久久飞翔在群众的上空，忽而展开另外的、看不见的翅膀，消失在未知之乡的时候，我们的心中，只能充满严肃和诚挚。""生前凡是天才的人，死后就不可能不化作灵魂！"这些诗一般的语句，充满了雨果对逝者的敬意和热爱，同时使参加葬仪的人在痛悼、敬爱逝者之余，精神受到激励和鞭策，灵魂得到净化与升华。

3．丰富的哲理　这是比较独特的一点。一般的悼词中没有这一项，其内容不外乎是叙述死者的生平，评价死者的功德，寄托人们的哀思。虽然雨果这篇演说稿也做到了这些，但他更具有敏锐的洞察力和丰富深刻的思想，巴尔扎克的逝世使他在痛惜之余，又陷入了哲理的思考：人该怎样活着？生与死的价值意义何在？这些思考便在葬词中得以显现。如评价逝者时，他注重逝者的作品思想价值、史学价值和文学价值；评价其人格时，注重其爱国与勤奋。而对生与死的辩证思考，更是发人深省。他认为，巴尔扎克是不朽的，"生前凡是天才的人，死后就不可能不化作灵魂！"他的生命虽已不在，但精神永存，这种死亡并非真正的消逝，而是"光明"和"永恒"。实际上是在昭示人们：活着要给世界留下价值，死后才能真正永垂不朽。作者用排比句，语调铿锵，激昂慷慨地指出巴尔扎克逝世的深远影响。巴尔扎克逝世固然让人悲哀，使人们觉得似乎是黑夜的来临，某种无言的结束，一切似乎将要消失，但它给人们更多的是悲痛之后的无穷力量，它预示着光明的到来，代表了一个新时代的开始，象征着一种永恒。雨果在这里以诗人的激情，给巴尔扎克作出这样的评价，实在比"永垂不朽"的话具体、生动得多，也体现了一种伟大的辩证法。

总之，《巴尔扎克葬词》把激情洋溢的哀悼之情和文采飞扬的诗化、哲理化语言结合在一起，既洋溢着奔放酣畅的诗情，又有着强大的理性魅力。从中，我们既感受到了雨果作为浪漫主义诗人豪迈不羁的气质，又窥见了他作为一个大思想家的深邃睿智，更目睹了他作为一位大文豪炉火纯青的笔力。

第五篇　批驳性演讲词

一、批驳性演讲词概述

（一）批驳性演讲词的内涵

　　批驳，包括批判、批评、驳斥、辩驳、反驳等，都有"否定、指责、驳斥"的意思，即提出理由或根据来否定对方的意见。批驳性演讲词是指演讲者通过自己的演讲，提出理由或根据，用以揭示事物的真相，或批判、批评、驳斥、辩驳、反驳、否定对方的意见、观点。如周恩来《在万隆会议上的演说》、苏格拉底的《临死前的演说》、卡斯特罗的《历史将宣判我无罪》等。

（二）批驳性演讲词的特点

　　1．内容集中性　虽然，批驳性演讲词的范围很广，可以涉猎所有政治、经济、文化、科学诸方面，只要有批驳价值，都可以作为批驳性演讲词的对象。但就某一篇批驳性演讲词而言，无论是它的批驳对象还是演讲词的内容，都是非常明确和集中的，这是批驳性演讲词所要达到的目的决定的。如卡斯特罗的《历史将宣判我无罪》，主要集中在有罪还是无罪的问题上。

　　2．形式多样性　批驳性演讲词就其形式上来说呈现多样性的特点，有批评型的、有批判型的、有论辩型的、有驳斥型的。这些不同形式的批驳性演讲词是根据批驳的对象和内容决定的。如周恩来《在万隆会议上的演说》，属于驳斥型的，习近平的《努力克服不良文风　积极倡导优良文风》属于批判型的，而卡斯特罗的《历史将宣判我无罪》、苏格拉底的《临死前的演说》则为论辩型和反驳型的。

　　3．语言论辩性　演讲者的演讲词表现为强烈的针锋相对和直接抗衡。演讲者力求用最鲜明的论题、最充分的论据、最有力的论证，来申明自己的正确主张，驳斥对方的论点，针锋相对，穷理竭智，雄谈阔论，信心十足。所使用的语言切中要害，一针见血，具有说服力、洞穿力，语言直观，深入中心。

（三）批驳性演讲词的类型

批驳性演讲词的类型是多种多样的。

1. 从批驳的论据方面划分 可以有直接反驳型演讲词和间接反驳型演讲词。卡斯特罗的《历史将宣判我无罪》，属于直接反驳型演讲词。

2. 从反驳的原因方面划分 有主动式批驳演讲词和被动式批驳演讲词。

（四）批驳性演讲词的作用

1. 揭示真相，弄清是非 通过演讲者的演讲，运用大量的事实根据，有力地证明自己在行为上、言论上、观点上、立场上的正确性；或者通过演讲者的演讲，运用大量的事实根据，有力地证明需要人们知道的事物产生、发展和结局的真实情况。借以告诫人们要明辨是非，站稳立场。

2. 发现真理，坚持真理 通过演讲者的演讲，运用大量的事实，有力地证明真理的客观性和事物发展的规律性。为传播真理，指导人们的社会实践提供正确的方向和科学的方法。

二、批驳性演讲词的写作艺术

◎模块一：

（一）阅读批驳性演讲词的经典范文

【范例21】

在万隆会议上的演说

〔中国〕周恩来

（1955年4月）

主席，各位代表：

我的主要发言现在印发给大家了。在听到了许多代表团团长的一些发言之后，我愿补充说几句话。

中国代表团是来求团结而不是来吵架的。我们共产党人从不讳言我们相信共产主义和认为社会主义制度是好的。但是，在这个会议上用不着来宣传个人的思想意识和各国的政治制度，虽然这种不同在我们中间显然是存在的。

中国代表团是来求同而不是来立异的。在我们中间有无求同的基础呢？有的。那就是亚非绝大多数国家和人民自近代以来都曾经受过、并且现在仍在受着殖民主义所造成的灾难和痛苦。这是我们大家都承认的。从解除殖民主义痛苦和灾难中找到共同基础，我们就很容易互相了解和尊重、互相同情和支持，而不是互相疑虑和恐惧、互相排斥和对立。这就是为什么我们同意五国总理茂物会议所宣布的关于亚非会议的四项目的，而不另提建议。

本来，对于美国一手造成的台湾地区的紧张局势，我们很可以在这里提出如同苏联所提出的召开国际会议谋求解决的议案，请求会议加以讨论。中国人民解放自己领土台湾和沿海岛屿的要求是正义的，这完全是内政和行使自己的主权，并得到许多国家的支持。我们也很可以提议会议讨论承认和恢复中华人民共和国在联合国的合法地位问题。去年，科伦坡五国总理会议，还有亚非其他国家，都曾经支持中华人民共和国在联合国的地位。而且，中国在联合国所受的不公正待遇，也可以在这里提出批评。但是，我们并没有这样做。因为这样一来，就很容易使我们的会议陷入对这些问题的争论而得不到解决。

我们的会议应该求同而存异。同时，会议应将这些共同愿望和要求肯定下来，这是我们中间的主要问题。我们并不要求各人放弃自己的见解，因为这是实际存在的反映。但是不应该使它妨碍我们在主要问题上达成共同的协议。我们还应在共同的基础上来互相了解和重视彼此的不同见解。

现在，我首先谈不同的思想意识和社会制度问题。我们应该承认，在亚非国家中是存在有不同的思想意识和社会制度的，但这并不妨碍我们求同和团结。第二次大战后，亚非两洲兴起了许多独立国家，一类是共产党领导的国家，一类是民族主义者领导的国家。前一类国家并不多。但是某些人所不喜欢的，就是六万万中国人民选择了中国共产党领导的、属于社会主义体系的政治制度，而不再为帝国主义所统治了。后一类国家很多，像印度、缅甸、印度尼西亚和亚非许多国家都是。我们这两类国家都是从殖民主义的统治下独立起来的，并且还在继续为完全独立而奋斗。我们有什么理由不可以互相了解和尊重、互相同情和支持呢？五项原则完全可以成为在我们中间建立友好合作和亲善睦邻关系的基础。我们亚非国家，中国也在内，不论在经济上或文化上都很落后。我们亚非会议既然不要排斥任何人，为什么我们自己反倒不能互相了解、不能友好合作呢？

次之，我要谈有无宗教信仰自由的问题。宗教信仰自由是近代国家所共同承认的原则。我们共产党人是无神论者，但是我们尊重有宗教信仰的人。我们希望有宗教信仰的人也应该尊重无宗教信仰的人。中国是有宗教信仰自由的国家，它不仅有七百万共产党员，并且还有以千万计的回教徒和佛教徒，以百万计的基督教徒和天主教徒。中国代表团中就有虔诚的伊斯兰教的阿訇。这些情况并不妨碍中国内部的团结，为什么在亚非国家的大家庭中不能将有宗教信仰的和没有宗教信仰的人团结在一起呢？挑起宗教纷争的时代应该过去了，因为从挑起那种纷争中得到利益的不是我们中间的人。

第三，我要谈所谓颠覆活动的问题。中国人民为反对殖民主义所进行的斗争超过一百年。中国共产党领导的民族、民主的革命斗争也经历了近三十年的艰难困苦的过程，才终于达到了成功，中国人民在帝国主义、封建主义和蒋介石统治下所受的苦难是数也数不尽的，最后才选择了这个国家制度和现在的政府。中国革命是依靠中国人民的努力取得胜利的，绝不是从外输入的，这一点连不喜欢中国革命胜利的人也不能否认。中国古话说："己所不欲，勿施于人。"我们反对外来干涉，为什么我们会去干涉别人的内政呢？有人说，中国在国外的一千九百多万华侨，可能利用他们的双重国籍来进行颠覆活动。但是，华侨的双重国籍问题是旧中国遗留下来的，蒋介石至今还在利用极少数的华侨进行对所在国的破坏活动。新中国的人民政府却准备与有关各国政府解决华侨的双重国籍问题。又有人说，在中国境内的傣族自治区威胁了别人。中国境内有几十种少数民族四千多万人，其中傣族和相同系统的壮族将近千万人。他们既然存在，我们就必须给他们自治区权利。好像缅甸有掸族自治邦一样，在中国境内各个少数民族都有他们的自治区。中国少数民族在中国境内实行自治权利，如何能说威胁邻邦呢？我们现在准备在坚守五项原则的基础上与亚非各国，乃至世界各国，首先是我们的邻邦，建立正常关系。现在的问题不是我们去颠覆别人的政府，倒是有人在中国的周围建立进行颠覆中国政府的据点。比如在缅甸边境就存在着蒋介石集团的残余武装分子，对中缅两国进行破坏。因为中缅友好，我们一直尊重缅甸的主权，信任缅甸政府去解决这个问题。

中国人民选择和拥护自己的政府，中国有宗教信仰自由，中国决无颠覆邻邦政府的意图。相反的，中国正在受着美国政府直言不讳地进行颠覆活动的害处。大家如果不信，可亲自或派人到中国去看。我们是容许不知真相的人怀疑的。中国俗语说："百闻不如一见。"我们欢迎所有到会的各国代表到中国去参观，你们什么时候去都可以。我们没有竹幕，倒是别人要在我们之间施放烟幕。

16万万亚非人民期待着我们的会议成功。全世界愿意和平的国家和人民期待着我们的会议能为扩大和平区域和建立集体和平有所贡献。让我们亚非国家团结起来，为亚非会议的成功努力吧！

（二）作者简介

周恩来（1898～1976年），字翔宇，曾用名伍豪等，原籍浙江绍兴，生于江苏淮安。伟大的马克思列宁主义者，中国无产阶级革命家、政治家、军事家、外交家，中国共产党和中华人民共和国的主要领导人，中国人民解放军主要创建人和领导人。他是以毛泽东同志为核心的党的第一代中央领导集体的重要成员，是中国共产党外事工作的主要领导人。新民主主义革命时期，周恩来同志为中国共产党创建人民军队、创建革命统一战线、创建人民当家做主的新中国建立了不朽的功勋。

新中国成立后，周恩来同志先后担任政务院总理、国务院总理长达26年，为积极探索符合我国国情的社会主义建设道路，全面组织和实施社会主义各项建设事业，兢兢业业，殚精竭虑，在政治、经济、外交、国防、统战、科技、文化、教育、新闻、卫生、体育等各领域倾注了大量心血，作出了奠基性的贡献。他卓有成效地领导了党和国家的外事工作，首倡和平共处五项原则，遵照国家不分大小一律平等的原则，推动我国积极发展同各国特别是广大发展中国家的友好合作关系，使我们的朋友遍天下。他博大精深的外交思想、丰富多彩的外交实践、独具一格的外交艺术和外交风格，在国际社会为党和国家赢得了很高的声誉。

（三）演讲背景

1954年，印度尼西亚政府首先提议，并获得缅甸、锡兰（今斯里兰卡）、印度和巴基斯坦等南亚东南亚国家的大力支持，决定在印度尼西亚召开一次亚非国家的国际会议来讨论世界局势，并就大家共同关心的问题交换意见，协调立场，以制定一个团结反帝反殖的共同纲领。这一倡议受到亚非各国的热烈欢迎。中国政府组成了由周恩来总理兼外长率领的代表团应邀出席这次会议。1955年4月18日，亚非会议在印度尼西亚万隆召开。亚非会议是第一次由亚非国家独立召开，没有西方殖民国家参加的会议。帝国主义和反动派对这次会议十分害怕，极端仇视，一开始就施展种种阴谋，企图阻挠和破坏。蒋介石还派出了暗杀团组织，打算在万隆暗杀周恩来等。但在爱国主义的感召下，暗杀组织成员中有人向中国代表团报告了，中国代表团及时采取了预防措施。帝国主义见破坏会议召开的阴谋没有得逞，转而又利用亚非国家社会制度和意识形态的不同，以及长期殖民统治造成的相互之间的某些隔阂，挑拨离间，特别是挑唆中华人民共和国与其他亚非国家的关系，企图使会议陷于无休止的争论而归于失败。参加会议的 29 个国家中，同中国建交的只有 7 个，同美国有援助关系的有 22 个。许多国家对中国很不了解；有些国家受帝国主义的影响，对中国怀有恐惧甚至敌意。美国认为它有充分把握破坏这个会议。在帝国主义的挑唆下，会议一开始，有的国家的代表就提出所谓"共产主义威胁"，所谓"颠覆活动"等，会议气氛相当紧张。4 月 19 日，即会议第二天的下午，轮到中国代表发言。鉴于以上情况，周恩来临时决定把原定的发言稿作为书面稿印发与会者，自己则利用午间的短暂休会时间起草补充发言稿，以回答对中国的造谣中伤。他一边写，一边交给工作人员译成外文。下午的全体会议上，周恩来的发言获得了与会代表普遍热烈的欢迎和赞扬，会场响起了经久不息的掌声。当他讲毕回到自己的座位时，许多代表过来同他握手祝贺。缅甸总理说：周恩来的演说是"对打击中国的人一个很好的答复"。有些在会上发表过攻击中国的言论的代表也不得不承认"这个演说是出色的，和解的，表现了民主精神"。周恩来的发言，阐明了中国的外交政策，回击了反动派的造谣诬蔑，使一些国家对中国的认识更清楚了。这个发言，引导会议绕过暗礁，拨正方向，回到了正确的轨道上来。"求同存异"这个 1954 年周恩来曾提出的同英国等西方国家交往的方针，成了万隆会议的原则。

（四）成文技巧

在这篇讲演稿中，周恩来以杰出外交家的风度，在发言中申辩不离原则，驳斥不失礼仪，娓娓而谈不失严谨，旗帜鲜明地阐明了我国的外交路线和政策，呼吁亚非各国"求同存异"，团结起来共同进行反帝反殖斗争。这篇演讲词充分展现出周恩来出色的外交才能，面对会议上出现的有人打着反共的旗号向中国挑衅的情况，周恩来坚定沉着，意识到这是帝国主义者的阴谋，随机应变，以补充发言的形式上台演讲，迎头痛击帝国主义者的阴谋，阐明"求同存异"的方针，促进了亚非国家间的团结，对会议的成功起了重要的作用。

1. 态度明朗，开诚布公 周恩来以极其平静宽容的口吻说："中国代表团是来求团结而不是来吵架的。我们共产党人从不讳言我们相信共产主义和认为社会主义制度是好的。但是，在这个会议上用不着来宣传个人的思想意识和各国的政治制度，虽然这种不同在我们中间显然是存在的。"周恩来继续显示了和解的姿态："中国代表团是来求同而不是来立异的。在我们中间有无求同的基础呢？有的。那就是亚非绝大多数国家和人民自近代以来都曾经受过、并且现在仍在受着殖民主义所造成的灾难和痛苦。这是我们大家都承认的。从解除殖民主义痛苦和灾难中找到共同基础，我们就很容易互相了解和尊重、互相同情和支持，而不是互相疑虑和恐惧、互相排斥和对立。"会场立即响起暴风雨般的掌声。

2．针锋相对，旗帜鲜明　　周恩来接着对会上三个分歧较大的问题作了"求同存异"的解析。关于不同的思想意识和社会制度问题，他认为虽应承认这种存在，"但这并不妨碍我们求同和团结"。他说，战后亚非兴起两类独立国家：少数是共产党领导的国家，多数是民族主义者领导的国家。"我们这两类国家都是从殖民主义的统治下独立起来的，并且还在继续为完全独立而奋斗。我们有什么理由不可以互相了解和尊重、互相同情和支持呢？五项原则完全可以成为在我们中间建立友好合作和亲善睦邻关系的基础。

关于有无宗教信仰自由的问题，他指出："宗教信仰自由是近代国家所共同承认的原则。我们共产党人是无神论者，但是我们尊重有宗教信仰的人。我们希望有宗教信仰的人也应该尊重无宗教信仰的人。中国是有宗教信仰自由的国家，它不仅有七百万共产党员，并且还有以千万计的回教徒和佛教徒，以百万计的基督教徒和天主教徒。中国代表团中就有虔诚的伊斯兰教的阿訇。这些情况并不妨碍中国内部的团结，为什么在亚非国家的大家庭中不能将有宗教信仰的和没有宗教信仰的人团结在一起呢？挑起宗教纷争的时代应该过去了，因为从挑起那种纷争中得到利益的并不是我们中间的人。"

关于所谓颠覆活动的问题，周恩来强调："中国革命是依靠中国人民的努力取得胜利的，绝不是从外输入的，这一点连不喜欢中国革命胜利的人也不能否认。"他用孔子"己所不欲，勿施于人"的话表明中国早已形成不愿强加于人的古老传统，"我们反对外来干涉，为什么我们会去干涉别人的内政呢？"他巧妙而又温和地对别人的诬蔑进行了辩解。

3．措词妥帖，柔中见刚　　对所谓利用一千多万有双重国籍的华侨进行颠覆活动之说，他说"双重国籍问题是旧中国遗留下来的"，不是新中国，而恰恰是"蒋介石至今还在利用极少数的华侨进行对所在国的破坏活动。新中国的人民政府却准备与有关各国政府解决华侨的双重国籍问题"。这一诺言三天后成为事实。4月22日，中国和印度尼西亚在万隆签订《关于双重国籍问题的条约》，规定有双重国籍的人应根据自愿原则选择一种国籍，侨民须尊重侨居国法律和社会习惯，不参加政治活动，两国政府保护对方侨民的正当权益。对所谓中国境内傣族自治区威胁了邻国之说，他反问道："好像缅甸有掸族自治邦一样，在中国境内各个少数民族都有他们的自治区。中国少数民族在中国境内实行自治权利，如何能说威胁邻邦呢？我们现在准备在坚守五项原则的基础上与亚非各国，乃至世界各国，首先是我们的邻邦，建立正常关系。"他开始委婉地进攻了："现在的问题不是我们去颠覆别人的政府，倒是有人在中国的周围建立进行颠覆中国政府的据点。""中国正在受着美国政府直言不讳地进行颠覆活动的害处。"在对以上三大问题进行巧妙辩护后，周恩来以幽默的口吻说道："大家如果不信，可亲自或派人到中国去看。我们是容许不知真相的人怀疑的。中国俗语说：'百闻不如一见。'我们欢迎所有到会的各国代表到中国去参观，你们什么时候去都可以。我们没有竹幕，倒是别人要在我们之间施放烟幕。"

周恩来的演说，以其精妙绝伦的外交手腕和无与伦比的口才使全体与会者不由自主地接受了这样一种认识：我们的分歧是在共同受压迫的历史和追求共同目标中的分歧，因而是"大同"中的"小异"，何况"小异"也是由第三者"别人"造成的，中国也是受害者。我们的会议宗旨应该是：既承认和允许"存小异"，又必须"求大同"，不要"因小失大"。

◎模块二：

（一）阅读批驳性演讲词的经典范文

【范例22】

努力克服不良文风　积极倡导优良文风
〔中国〕习近平
（2010 年 5 月 12 日）

党的十七届四中全会明确提出："从领导机关做起，大力整治文风会风，提倡开短会、讲短话、讲管用的话，力戒空话套话。"中央党校作为学习、研究和宣传马克思主义的重要阵地，在贯彻落实四中全会精神、树立和倡导马克思主义文风方面负有重要责任。到中央党校来学习的同志，大都是党的中高级干部，有些是思想理论战线的骨干，讲话、写文章、参与文件起草，工作中都会遇到文风问题。因此，今天我就改进文风问题谈一些体会和认识。

一、为什么要大力改进文风

文风不是小事。毛泽东同志指出："学风和文风也都是党的作风，都是党风。"党风决定着文风，文风体现出党风。人们从文风状况中可以判断党的作风，评价党的形象，进而观察党的宗旨的贯彻落实情况。

我们党是一个郑重的马克思主义政党，特别是延安整风以来，一直为培育和弘扬马克思主义文风而努力。延安整风的一个重要内容，就是整顿文风。毛泽东同志对党八股进行了淋漓尽致的批判，号召全党抛弃党八股，采取生动活泼新鲜有力的马克思主义文风。在这方面，他为我们树立了榜样。翻开《毛泽东选集》，鲜明朴实的文风扑面而来，生动活泼的语言引人入胜，深入浅出的论述让人茅塞顿开。邓小平同志历来注重务实，反对不实风气，粉碎"四人帮"以后他带头恢复党的实事求是的思想路线，针对党的优良文风在"文化大革命"中遭到严重破坏的现状，大力倡导并率先垂范开短会、讲短话、讲实话、讲新话。他反复强调："我们开会，作报告，作决议，以及做任何工作，都为的是解决问题。"江泽民同志在党的作风建设上明确提出了"八个坚持、八个反对"的重要思想，一再强调要纠正不良文风。他指出，有些文章翻来覆去老是那么几句套话，也有的哗众取宠，乱造概念，词句离奇，使人看不懂，这种不良文风应加以纠正。党的十六大以来，胡锦涛同志同样重视文风建设，多次强调各级领导干部要发扬求真务实精神、大兴求真务实之风，下决心从文山会海中摆脱出来，把心思用在干事业上，把精力投到抓落实中。他在党的十七大报告中明确指出，要"改进学风和文风，精简会议和文件，反对形式主义、官僚主义，反对弄虚作假。"

在党中央的大力倡导下，全党抓文风建设取得很大成绩。改革开放三十多年来，党的优良文风逐渐得到恢复，并在新的历史条件下有新的发展。文风与党风同社会风气是紧密相连的，弘扬优良文风、纠正不良文风是一项长期任务，不可能一蹴而就、一劳永逸。当前，在一些党政机关文件、一些领导干部讲话、一些理论文章中，文风上存在的问题仍然很突出，主要表现为长、空、假。

长，就是有意无意地将文章、讲话添枝加叶，短话长说，看似面面俱到，实则离题万里。群众形容说，这样的讲话有数量无质量，有长度无力度；这样的讲话汇集的书，有价格无价值，有厚度无深度。

空，就是空话、套话多。照抄照搬、移花接木，面孔大同小异，语言上下雷同，没有针对性，既不触及实际问题，也不回答群众关切，如同镜中之花，没味、没用。

假，就是夸大其词，言不由衷，虚与委蛇，文过饰非。不顾客观情况，刻意掩盖存在的问题，夸大其词，歌功颂德。堆砌辞藻，词语生涩，让人听不懂、看不懂。

党的历史经验证明，文风不正，危害极大。它严重影响真抓实干、影响执政成效，耗费大量时间和精力，耽误实际矛盾和问题的研究解决。不良文风蔓延开来，不仅损害讲话者、为文者自身形象，也降低党的威信，导致干部脱离群众，群众疏远干部，使党的理论和路线方针政策在群众中失去吸引力、感召力、亲和力。可以说，一切不良文风都是不符合党的性质、宗旨的，都是同党肩负的历史使命相背离的。大力纠正不良文风，积极倡导优良文风，已成为新形势下加强和改进党的作风建设一项重要任务。

二、应该提倡什么样的文风

提倡什么，反对什么，是改进文风的首要问题。针对上面所说的不良文风的三个字，我想另外提出三个字，就是短、实、新。

一是短。就是要力求简短精练、直截了当，要言不烦、意尽言止，观点鲜明、重点突出。能够三言两语说清楚的事绝不拖泥带水，能够用短小篇幅阐明的道理绝不绕弯子。古人说"删繁就简三秋树"，讲的就是这个意思。毛泽东同志为人民英雄纪念碑起草的碑文，只有114个字，却反映了一部中国近代史。1975年，邓小平同志负责起草周恩来总理在第四届全国人大一次会议上的报告，只用了五千字。后来谈到这件事的时候，邓小平同志说："毛主席指定我负责起草，要求不得超过五千字，我完成了任务。五千字，不是也很管用吗？"江泽民同志和胡锦涛同志也有许多短小精悍、言简意赅、思想深刻的文章、讲话。鲁迅先生说过，文章写完至少看两遍，竭力将可有可无的字、句、段删去，毫不可惜。现在，不少地方和部门按照中央改进文风会风的要求，提出以"能少则少、能短则短、能精则精、能简则简"为原则，尽可能开短会、讲短话、发短文。这"三短"，就是我们应当大力倡导的风气。

当然，也不是说长文章一概不好。有内容、有见解的长文章，人们也是喜欢读的。文章长短要视具体情况而定，宜短则短，宜长则长。要坚持内容决定形式，有些非长不可、篇幅短说不明白的事情则可以长些。《庄子》上有这样几句话："长者不为有余，短者不为不足。是故凫胫虽短，续之则忧；鹤胫虽长，断之则悲。"意思是说，野鸭子的腿虽然很短，给它接上一截它就要发愁；仙鹤的腿虽然很长，给它截去一段它就要悲伤。这个道理同样适用于写文章。就今天来说，把"野鸭子的腿加长"的文章太多了，提倡短文章、短讲话、短文件是当前改进文风的主要任务。

二是实。就是要讲符合实际的话不讲脱离实际的话，讲管用的话不讲虚话，讲有感而发的话不讲无病呻吟的话，讲反映自己判断的话不讲照本宣科的话，讲明白通俗的话不讲故作高深的话。这就要求我们的文件、讲话和文章，力求反映事物的本来面目，分析问题要客观、全面，既要指出现象，更要弄清本质；阐述对策要具体、实在，要有针对性和可操作性。要实事求是，有一说一、有二说二，是则是、非则非，不夸大成绩，不掩饰问题。要深入浅出，用朴实的语言阐述深刻的理论。要有感而发，情真意切。毛泽东同志笔下的愚公、白求恩、张思德，我们今天记忆犹新，就是因为这些人在他的心灵深处产生过激烈震荡，所以讲出的话饱含深情、富于哲理，能深深植入人民心里，引起共鸣。

这里需要说明，一些关于党和国家工作的总体性要求，事关全局，事关党和国家前进方向及政策连续性，事关党的团结和社会稳定，需要在重要文件和重要讲话中反复强调。这和形式主义的套话、穿靴戴帽是两回事。

三是新。就是力求思想深刻、富有新意，正所谓"领异标新二月花"。如果一个文件、一篇讲话毫无新意，那么制定这样的文件、作这样的讲话还有多少意义呢？可以说，能不能讲出新意，反映一个领导干部的思想水平、理论水平、经验水平以及语言表达能力。这里所说的新意，既包括在探索规律、认识真理上有新发现、前人没有讲过的话，又包括把中央精神和上级要求与本地区本部门本单位实际结合起来，在解决问题上有新理念、新思路、新举措的话；既包括角度新、材料新、语言表达新的话，又包括富有个性、特色鲜明、生动活泼的话。需要指出的是，讲出新意，并不是要去刻意求新，甚至搞文字游戏。更不能背离马克思主义立场观点方法，背离党的路线方针政策去标新立异。

三、怎样大力改进文风

文风不正是多种原因造成的。克服不良文风、提倡优良文风，真正使讲短话、讲实话、讲新话蔚然成风，需要多管齐下，标本兼治。这里强调三条。

第一，各级领导机关和领导干部要起带头作用。文风问题上下都有，但文风改不改，领导是关键。从领导干部自身说，文风不正是不是主要由这样几个因素、几种情况所导致的：一是有的干部由于知识、经验都不够，功底、能力达不到，故而难以讲出新话、管用的话来。二是有的干部思想懒惰，不愿去下深入调查研究和独立思考的苦功夫，只会在现成的文件、书本上讨生活，照抄照讲。三是有的干部认为只有照讲文件上的话、报刊上的话，才是同上级和中央在思想上政治上"保持一致"。这完全是一种误解。四是有的干部认为讲长话就是对工作重视和认真的表现，给哪个部门讲的话长就是重视那个部门。这也是一种误解。五是有的干部不负责任，别人写什么念什么，写多长念多长。明明知道用处不大，但照念不误。六是还有的干部认为讲大话、空话、套话、歌功颂德的话最保险，不会犯错误。其实这是个人患得患失的思想在作怪，本身就是错误的。

这些因素和情况，都与领导干部的素质能力有关。文如其人。作文与做人、与人的素质是紧密联系的。领导干部改进文风，需要在两个方面努力。一要学习。学习什么？学习党的基本理论，掌握马克思主义立场观点方法，以此作为政治上的望远镜和显微镜；学习新知识，了解新事物，不断拓宽视野，提高自己的综合素质；学习古人语言中有生命力的东西，充分合理地继承和运用。理论功底扎实了，知识积累厚实了，肚子里装的东西多了，才能厚积薄发，言之有物、深入浅出地讲话、写文章。二要增强党性修养。坚持以德修身，努力成为高尚人格的模范。只有自己的境界高了，没有私心杂念，才能做到言行一致、表里如一，讲出的话、写出的文章人们才愿意听、愿意看。如果言行不一、表里不一，台上台下两个形象，圈内圈外两种表现，即使讲得天花乱坠，也不会有人相信你。

各级领导干部要把改进文风作为一项工作要求，带头讲短话、讲实话、讲新话，通过自己以身作则带出好文风来。这里很重要的是自己要亲自参与重要文稿的起草。邓小平同志说过，拿笔杆是实行领导的主要方法，领导同志要学会拿笔杆。现在各级领导干部的理论素养和知识素养在不断提高，如果时间和条件允许，还是要尽可能自己动手。一些重要讲话和文章应当全程参与，出思想、谈看法、拿主意，在大的方面把好关。

第二，把改进文风同改进干部工作作风结合起来，尤其要加强调查研究、深入了解群众呼声。文风不实，反映出思想作风不纯、工作作风不实。没有调查就没有发言权。写文件、作报告、发表文章，都是为了解决问题。办法从哪里来？只能从调查研究中来，从群众的实践和创造中来。胸有成竹才能出口成章，找准症结才能对症下药，源于实践才能指导实践。领导干部改进文风，应当走出机关，深入基层，在实际生活中"望闻问切"，在充分占有和分析第一手材料的基础上概括出新思想、新观点、新论断、新举措，把群众的创造吸收到文件、讲话、文章中来，使我们的思想和文字体现时代要求，符合实际情况，能够解决问题。

群众是真正的英雄，是创造历史的动力。不能和群众谈心，你说的话群众听不懂，怎么会有感召力？怎么指导实践、推动工作？一些地方开展作风整顿年活动，不少干部住村蹲点后感慨地说："在老乡家拉家常与在办公室接待群众来访不一样，睡在农家硬板床上考虑问题与坐在办公室沙发上考虑问题不一样，能够发现平时在办公室看不到、听不到的问题，学到在办公室学不到的新思想、新话语，拿出在办公室想不到的新思路、新举措。"这些体会给我们许多启示。改进文风，必须从思想和感情深处把人民群众当主人、当先生。群众的思想最鲜活、语言最生动。深入群众，你就来到了智慧的大课堂、语言的大课堂，我们的文件、讲话、文章就可以有的放矢，体现群众意愿，让群众愿意看、看得懂，愿意听、听得进。

第三，把改进文风同改进党风统一起来，特别要大力改进会风。不良文风的总根源，主要在于形式主义和官僚主义。形式主义和官僚主义的一个重要表现，就是会议太多，会风不正。现在以会议落实会议、以文件落实文件、以讲话落实讲话的现象依然存在，这对文风不正起了推波助澜的作用。要改进会风，能不开的会尽可能不开，没准备好的会坚决不开，能合并的会最好合并开，必须开的会也要能短则短，对会议的时限、数量、质量、规格等加以规范，提出明确要求。条件具备，会议可以直接开到基层，多利用现代通信和技术手段召开电视电话会议或者网络会议。改进文风会风，要努力活跃党内生活，扩大党内民主，大力倡导独立思考的风气，创造鼓励讲真话、提倡讲新话的宽松环境。

围绕文风问题就讲这些看法，与大家探讨和交流。让我们按照党的十七大和十七届四中全会关于改进文风的要求，身体力行、勉力而为，在弘扬优良文风上不断取得新进步。

（二）作者简介

习近平，现任中共中央政治局常委、中央书记处书记，中华人民共和国副主席，中共中央军事委员会副主席，中央党校校长。

（三）演讲背景

2009年9月18日党的十七届四中全会通过的《中共中央关于加强和改进新形势下党的建设若干重大问题的决定》第七部分，弘扬党的优良作风，保持党同人民群众的血肉联系，提出了大兴四个作风，即密切联系群众之风、求真务实之风、艰苦奋斗之风及批评和自我批评之风。其中明确要求"从领导机关做起，大力整治文风会风，提倡开短会、讲短话、讲管用的话，力戒空话套话。"为了贯彻决定的这一精神，习近平同志 2010 年 5 月 12 日在中央党校 2010 年春季学期第二批入学学员开学典礼上发表了这一讲话。

（四）成文技巧

本文在逻辑结构上的特点是典型的"三段式"。

1. **为什么要大力改进文风** 首先，习近平同志提出了大力改进文风的意义，文风与党风同社会风气是紧密相连的，党风决定着文风，文风体现出党风。人们从文风状况中可以判断党的作风，评价党的形象，进而观察党的宗旨的贯彻落实情况。因此，改进文风是改善党风，树立求真务实之风的需要。其次，指出了文风方面存在的三个不良表现：长，就是有意无意地将文章、讲话添枝加叶，短话长说，看似面面俱到，实则离题万里。空，就是空话、套话多。照抄照搬、移花接木，面孔大同小异，语言上下雷同，没有针对性，既不触及实际问题，也不回答群众关切，如同镜中之花，没味、没用。假，就是夸大其词，言不由衷，虚与委蛇，文过饰非。不顾客观情况，刻意掩盖存在的问题，夸大其词，歌功颂德。堆砌辞藻，词语生涩，让人听不懂、看不懂。在这里习近平同志像一位中医一样，给不正的文风把脉问诊，揭开了文风方面的疮疤，把它们暴露在光天之下。

2. **应该提倡什么样的文风** 揭开了文风的疮疤不是目的，还要明确提出需要和提倡什么样的文风。在这部分，习近平同志有针对性地提出了应该提倡的三种文风，即，一是短。就是要力求简短精练、直截了当，要言不烦、意尽言止，观点鲜明、重点突出。二是实。就是要讲符合实际的话不讲脱离实际的话，讲管用的话不讲虚话，讲有感而发的话不讲无病呻吟的话，讲反映自己判断的话不讲照本宣科的话，讲明白通俗的话不讲故作高深的话。三是新。就是力求思想深刻、富有新意，正所谓"领异标新二月花"。

3. **怎样大力改进文风** 能够诊断出病情，当然还不算好医生，真正的医生，不仅能够查看病情，找到病根，更重要的是要有治病的良方。习近平同志给出了三剂良药。一是各级领导机关和领导干部要起带头作用，要把改进文风作为一项工作要求，带头讲短话、讲实话、讲新话，通过自己以身作则带出好文风来。二是把改进文风同改进干部工作作风结合起来，尤其要加强调查研究、深入了解群众呼声。三是把改进文风同改进党风统一起来，特别要大力改进会风。

本文还有其他特点，如内容上的针对性和现实性，语言上的质朴性和鲜活性等，限于篇幅，不再赘述。

◎模块三：

（一）阅读批驳性演讲词的经典范文

【范例23】

临死前的演说

〔希腊〕苏格拉底

（公元前399年）

亲爱的雅典同胞们！所剩的时间不多了，你们就要指责那些使雅典城蒙上污名的人，因为他们把那位智者苏格拉底处死；而那些使你们也蒙上污名的人坚称我是位智者，其实并不是。如果你们再等一段时间，自然也会看见终结一生的事情，因为我的年纪也不小了，离死亡的日子实在也不远了。但是我并不是要对你们说话，而是要对那些欲置我于死地的人说话。

同胞们：或许你们会以为我被定罪是因为我喜好争辩，其实如果说我好辩的话；那么只要我认为对的话我或许还可以借此说服你们，并替自己辩护，尚可免处死刑；其实我并不是因好辩被判罪，而是被控竟敢胆大妄为向你们宣传异端邪说，然而那些话只不过像平常别人告诉你们的话一样而已。

但是我不以为，为了避免危险起见，就应该去做不值得一个自由人去做的事，也不懊悔我用现在这样的方式替自己辩护。我宁可选择死亡，也不愿因辩护得生存。因为不管是我还是任何其他的人，在审判中或打仗时，利用各种可能的方法来逃避死亡，都是不对的。在战时，一个人如想逃避死亡，他可以放下武器，屈服在敌人的怜悯之下；而且，尚有许多逃避死亡之策，假如他敢做、敢说的话。

但是，雅典的同胞啊！逃避死亡并不难，要避免堕落才是难的，因它跑得比死要快。我，因为上了年纪，动作较慢，所以就被死亡赶上了；而控告我的人，他们都年轻力壮，富有活力，却被跑得更快的邪恶、腐败追上了。现在，我因被他们判处死刑而要离开这个世界；但他们却背叛了真理，犯了邪恶不公之罪。既然我接受处置，他们也应该接受判刑，这是理所当然之事。

下一步，我要向你们预言到底是谁判我的罪，及你们未来的命运如何：因为人在将死之际，通常就成了先知，此时我正处于这种情况。同胞们！我告诉你们，是谁置我于死地的吧！而在我死后不久，天神宙斯将处罚你们，比你们加害在我身上的更加残酷，虽然你们以为对自己的所作所为不需负责，但我敢保证事实正相反。控告你们的人会更多，而我此时在限制他们，虽然你们看不见；并且他们会更加的凶猛，由于他们较年轻，而你们也将更愤怒。如果你们认为把别人处死，就可以避免人们谴责你们，那你们就大错特错了。这种逃避的方式既不可能也不光荣，而另外一种较光荣且较简单的方法，即是不去抑制别人，而是注意自己，使自己趋向最完善。对那些判我死刑的人，我预言了这么多，我就此告辞了。

但对于那些赞成我无罪的人，我愿意趁此时法官正忙着，我还没有赴刑场之际，跟你们谈谈到底发生了什么事。在我死前陪着我吧！同胞们！我们就要道声再见了！此时没有任何事情能阻碍我们之间的交谈，我们被允许谈话，我要把你们当成朋友，让你们晓得刚刚发生在我身上的事是怎么一回事。公正的判官们！一件奇怪的事发生在我身上，因为在平常，只要我将做错事，即使是微小的琐事，我的守护神就会发出他先知的声音来阻止我；但是此时任何人都看到了发生在我身上之事，每个人都会认为这是极端罪恶的事，而在我早上离家出门时，在我来此赴审判时，在我要对你们做演讲时，我都没有听到神的警告。在其他场合，他常常在我做了什么，或说了什么时，他都会来反对我。那么，这是什么原因呢？我告诉你们：发生在我身上的事，对我来讲反而是一种祝福；我们都把死视为一种罪恶，那是不正确的，因为神的信号并没有对我发出这样的警告。

再者，我们更可由此归纳出，死是一种祝福，具有很大的希望。因为死可以表示两回事：一者，表明死者从此永远消灭，对任何事物不再有任何感觉；二者，正如我们所说的，人的灵魂因死而改变，由一个地方升到另一个地方。如果是前者的话，死者毫无知觉，就像睡觉的人没有做梦，那么死就是一种奇妙的收获。假如有人选择一个夜晚，睡觉睡得很熟而没做什么梦，然后拿这个夜晚与其他的晚上或白天相比较，他一定会说，他一生经过的白日或夜晚没有比这个夜晚过得更好、更愉快的了。我想不只是一个普通人会这样说，即使是国民也会发现这是一种收获；因为，一切的未来只不过像一个无梦的夜晚罢了！

反之，如果死是从这里迁移到另一个地方，这个说法如果正确，那么所有的死人都在那里。判官啊！那又有什么是比这个更伟大的幸福呢？因为假如死者到了阴府，他就可以摆脱掉那些把自己伪装成法官的人，而看到真正的法官在黄泉当裁判，像弥诺斯、刺达曼提斯、埃阿科斯、特里普托勒摩斯，及其他一些半神半人，跟他们活着的时候一样。难道说这种迁移很可悲吗？而且，还可见到像俄耳甫斯、穆赛俄斯、赫西俄德及荷马等人。如果真有这回事，我倒真是希望自己常常死去，对我来讲，寄居在那儿更好，我可以遇见帕金墨得斯、忒拉蒙的儿子埃阿斯，及任何一个被不公平处死的古人。拿我的遭遇与他们相比，将会使我愉快不少。

但最大的快乐还是花时间在那里研究每个人，像我在这里做的一样，去发现到底谁是真智者，谁是伪装的智者。判官们啊！谁会失去大好机会不去研究那个率领大军对抗特洛亚城的人？或是俄底修斯？或是西绪福斯？或是其他成千上万的人？不管是男是女，我们经常会提到的人。跟他们交谈、联系，问他们问题，将是最大的快慰。当然了，那里的法官是不判人死刑的，因为住在那里的人在其他方面是比住在这里的人快乐多了，所以他们是永生不朽的。

因此，你们这些判官们，要尊敬死，才能满怀希望。要仔细想想这个真理，对一个好人来讲，没有什么是罪恶的，不管他是活着还是死了，或是他的事情被神疏忽了。发生在我身上的事并非偶然，对我来讲，现在死了，即是摆脱一切烦恼，对我更有好处。由于神并没有阻止我，我对置我于死地的人不再怀恨了，也不反对控告我的人，虽然他们并不是因这个用意来判我罪、控告我，只是想伤害我，这点他们该受责备。

然而，我要求他们做下面这些事情，如果我的儿子们长大后，置财富或其他事情于美德之外的话，法官们，处罚他们吧！使他们痛苦，就像我使你们痛苦一样。如果他们自以为了不起，其实胸中根本无物时，责备他们，就像我责备你们一样。如果他们没有做应该做的事，同样地责罚他们吧！如果他们这么做，我和儿子们将自你们的手中得到相同的公平待遇。

已到了我们要分开的时刻了——我将死，而你们还要活下去，但也唯有上帝知道我们中谁会走向更好的国度。

（二）作者简介

苏格拉底（公元前469～前399年）与其学生柏拉图，以及柏拉图的学生亚里士多德，并称"希腊三贤"，对西方哲学影响甚大。苏格拉底是这样一位哲学家：以雄辩著称，广收门徒，却不收学费，亦无教室。雅典的公共场所、广场、街头、庙宇、商店、作坊等，就是他施教和论辩的场所；不论青年、老人、贵族、平民，只要向他求教，他都热情相待。他思索人生和社会，讨论人的智慧、品德，关注人间的正义、公平。他不媚俗，不屈从，坚持真理，对推动古希腊哲学的发展贡献很大。他一生曾三次从军，其冬天赤脚在冰原行走的无畏行为，最为人们称道。

（三）演讲背景

公元前399年，苏格拉底在雅典一个法庭遭到起诉，法庭最终以"渎神违教"罪名判处他死刑。身为雅典的公民，据记载苏格拉底最后被雅典法庭以不信神和腐蚀雅典青年思想之罪名被判处死刑。尽管他曾获得逃亡的机会，但苏格拉底仍选择饮下毒堇汁而死，因为他认为逃亡只会进一步破坏雅典法律的权威，同时也是因为担心他逃亡后雅典将再没有好的导师可以教育人们了。

公元前399年6月的一个傍晚，雅典监狱中一位年届七旬的老人就要被处决了。只见他衣衫褴褛，散发赤足，而面容却镇定自若。打发走妻子、家属后，他与几个朋友侃侃而谈，似乎忘记了就要到来的处决。直到狱卒端了一杯毒汁进来，他才收住"话匣子"。他把装有毒汁的杯子举到胸口，平静地说："分手的时候到了，我将死，他们活下来，是谁的选择好，只有天知道。"他的最后遗言是"克力同，我欠了阿斯克勒庇俄斯一只鸡，记得替我还上这笔债。"说完，老人安详地闭上双眼，睡去了。这位老人就是大哲学家苏格拉底。

（四）成文技巧

将一个正直、高尚、无私而智慧的哲学家判处死刑，这样的判决显然是荒谬的。苏格拉底不但完全有理由强烈谴责和抗议，而且也有足够的时间与机会逃生。但是，为了维护雅典的民主制度，维护法律的尊严，苏格拉底以牺牲个人的崇高姿态，坦然迎接死亡。在古希腊，城邦按法律治理，任何个人的地位都不得高于法律。正是由于法律的无上权威，才使得雅典城邦的民主制度得以健全。民主有时需要人们付出惨重的代价，但它的价值指向是社会的公正。苏格拉底视死如归，以个人生命捍卫了雅典的法律和民主，垂范后世，令人感慨。这篇演讲，是苏格拉底临死前对送行的友人和学生所说的一席话，不仅反映了苏格拉底高尚的情怀，也体现了他一贯的演讲作风。

苏格拉底首先告诫为他临终送行的弟子："我不以为，为了避免危险起见，就应该去做不值得一个自由人去做的事"。在他看来，"逃避死亡并不难，要避免堕落才是难的，因为它比死跑得快"，一语双关地暗示：以多数人的暴政戕害自由，这是民主制度堕落的开始。由于听众是热爱他的悲愤的学生和友人，面对愚蠢与荒谬的判决，苏格拉底没有简单表达愤怒，而是一如既往地以理性引领人们去面对罪恶思索真理，并思考雅典的命运。

苏格拉底以轻松的态度巧妙地借神灵的反应，为自己做了"无罪"的申辩，也驱散了死亡笼罩的恐怖和悲伤。"在平常，只要我将做错事，即使是微小的琐事，我的守护神就会发出他先知的声音来阻止我"，但此次却没有任何警告，由此他得出结论："死是一种祝福，具有很大的希望。"以神的暗示诠释死亡命运，这既反映了苏格拉底哲学的神秘主义特征，也反映了他对于个人命运的达观态度。他以熟睡的夜晚比喻人对死亡的体验，将死亡的恐惧变成了一种永恒的安宁——"一切的未来只不过像一个无梦的夜晚罢了！"苏格拉底告诫弟子：人生的乐趣在于"花时间在那里研究每一个人"，"去发现谁是真智者，谁是伪装的智者"。他对错判他的法官，与其说是怨怼，不如说是怜悯——就像耶稣面对钉他上十字架的兵丁。他奉劝法官们"要尊敬死"，才能公正和有希望。苏格拉底面对死亡时的从容态度，崇高精神，不能不使听众（读者）深深感动。该篇演讲词也成为演讲史上最脍炙人口的名篇之一。

◎模块四：

（一）阅读批驳性演讲词的经典范文

【范例24】

历史将宣判我无罪

〔古巴〕卡斯特罗

（1953年10月16日）

诸位法官先生：

从来没有过任何一个辩护律师得在这样困难的条件下进行工作；也从来没有过任何一个被告遭到过这么多的严重的非法待遇。在本案中，辩护律师和被告是同一个人。我作为辩护律师，连看一下起诉书也没有可能；作为被告，我被关闭在完全与外界隔绝的单人牢房已经有76天，这是违反一切人道的和法律的规定的。

讲话人绝对厌恶幼稚的自负，没有心情，而且生性也不善于夸夸其谈和做什么耸人听闻的事情。我不得不在这个法庭上自己担任自己的辩护人，是由于两个原因：第一，是因为实际上完全剥夺了我的受辩护权；第二，是因为只有感受至深的人，眼见祖国受到那样深重的灾难，正义遭到那样践踏的人，才能在这样的场合呕心沥血地讲出凝结着真理的话来。

　　并非没有慷慨的朋友愿意为我辩护。哈瓦那律师公会为我指定了一位有才干有勇气的律师：豪尔赫·帕格列里博士，他是本城律师公会的主席。但是他却不能运行他的使命。他每次想来探望我，都被拒于监狱门外。只是经过一个半月之后，由于法庭的干预，才允许他当着军事情报局的一个军曹的面会见我十分钟。按常理说，一个律师是应该和他的当事人单独会话的，这是在世界任何地方都受到尊重的权利，只有这里是例外，在这里一个当了战俘的古巴人落到了铁石心肠的专制当局手中，他们是不讲什么法律人情的。帕格列里博士和我都不能容忍对于我们准备在出庭时用的辩护策略进行这种卑污的刺探。难道他们想预先知道我们用什么方法揭露他们所揭力掩盖的可怕真相吗？于是，当时我们就决定由我运用我的律师资格，自作辩护。

　　军事情报局的军曹听到了这个决定，报告了他的上级，这引起了异常的恐惧，就好像是哪个调皮捣蛋的妖怪捉弄他们，使他们感到他们的一切计划都要破产了。诸位法官先生，他们为了把被告自我辩护这样一个在古巴有着悠久常规的神圣权利也给我剥夺掉，而施加了多少压力，你们是最清楚不过了。法庭不能向这种企图让步，因为这等于陷被告于毫无保障的境地。被告现在行使这项权利，该说的就说，绝不因任何理由而有所保留。我认为道德有必要说明对我被告野蛮的隔离的理由是什么，不让我讲话的意图是什么；为什么，如法庭所知，要阴谋杀害我；有哪些严重的事件他们不想让人民知道；在本案中发生的一切奇奇怪怪的事情其奥妙何在。这就是我准备清楚地表白的一切。

　　诸位法官先生，这里所发生的现象是非常罕见的：一个政府害怕将一个被告带到法庭上来；一个恐怖和血腥的政权惧怕一个无力自卫、手无寸铁、遭到隔离和诬蔑的人的道义信念。这样，在剥夺了我的一切之后，又剥夺了我作为一名主要被告出庭的权利。请注意，所有这些都发生在停止一切保证、严格地运行公共秩序法以及对广播、报刊进行检查的时候。现政权该是犯下了何等骇人的罪行，才会这样惧怕一个被告的声音啊！

　　我应该强调指出那些军事首脑们一向对你们所持的傲慢不逊的态度。法庭一再下令停止施加于我的非人的隔离，一再下令尊重我的最起码的权利，一再要求将我交付审判，然而无人遵从，所有这些命令一个一个地都遭到抗拒。更恶劣的是，在第一次和第二次开庭时，就在法庭上，在我身旁布下了一道卫队防线，阻止我同任何人讲话——哪怕是在短短的休息的时候，这表明他们不仅在监狱里，而且即使是在法庭上，在你们各位面前，也丝毫不理会你们的规定。当时，我原打算在下次出庭时把它作为一个法院的起码的荣誉问题提出来，但是，……我再也没有机会出庭了。他们作出了那些傲慢不逊的事之后，终于把我们带到这儿来，为的是要你们以法律的名义——而恰恰是他们，也仅仅是他们从3月10日以来一直在践踏法律——把我们送进监狱，他们要强加给你们的角色实在是极其可悲的。"愿武器顺从袍服"这句拉丁谚语在这里一次也没有实现过。我要求你们多多注意这种情况。

但是，所有这些手段到头来都是完全徒劳的，因为我的勇敢的伙伴们以空前的爱国精神，出色地履行了他们的职责。

"不错，我们是为古巴的自由而战斗，我们决不为此而反悔。"当他们挨个被传去讯问的时候，大家都这样说，并且跟着就以令人感动的勇气向法庭揭露在我们的弟兄们的身上犯下的可怕的罪行。虽然我不在场，但是由于博尼亚托监狱的难友们的帮助，我能够足不出牢房而了解审判的全部详情，难友们不顾任何严厉惩罚的威胁，运用各种机智的方法将剪报和各种情报传到我的手中。他们就这样地报复监狱长塔沃亚达和副监狱官罗萨瓦尔的胡作非为，这两个人让他们一天到晚地劳动，修建私人别墅，贪污他们的生活费，让他们挨饿。

随着审判的进展，双方扮演的角色颠倒了过来；原告结果成了被告，而被告却变成了原告。在那里受审的不是革命者，而是一位叫做巴蒂斯塔的先生……杀人魔王！……如果明天这个独裁者和他的凶残的走狗们会遭到人民的判决的话，那么这些勇敢而高尚的青年人现在受到判决又算得了什么呢。他们被送往皮诺斯岛，在那里的环形牢房里，卡斯特尔斯幽灵还在徘徊，无数受害者的呼声还萦绕在人们耳中。他们被带到那里，离乡背井，被放逐到祖国之外，隔绝在社会之外，在苦狱中磨灭他们对自由的热爱。难道你们不认为，正像我所说的，这样的情况对本律师履行他的使命来说是不愉快的和困难的吗？

经过这些卑污和非法的阴谋以后，根据发号施令者的意志，也由于审判者的软弱，我被押送到了市立医院这个小房间里，在这里悄悄地对我进行审判，让别人听不到我的讲话，压住我的声音，使任何人都无法知道我将要说的话。那么，庄严的司法大厦又作什么用呢？毫无疑问，法官先生们在那里要感到舒适得多。我提醒你们注意一点：在这样一个由带着锋利的刺刀的哨兵包围着的医院里设立法庭是不合适的，因为人民可能认为我们的司法制度病了……被监禁了……

我请你们回忆一下，你们的诉讼法规定，审判应当"公开进行，允许旁听"；然而这次开庭却绝对不许人民出庭旁听。只有两名律师和六名记者获准出庭，而新闻检查却不许记者在报纸上发表片言只语。我看到，在这个房间里和走廊上，我所仅有的听众是百来名士兵和军官。这样亲切地认真关怀我，太叫我感谢了！但愿整个军队都到我面前来！我知道，总有那么一天，他们会急切地希望洗净一小撮没有灵魂的人为实现自己的野心而在他们的军服上溅上的耻辱和血的可怕的污点。到那一天，那些今天逍遥自在地骑在高尚的士兵背上的人们可够瞧的了！……当然这是假定人民没有早就把他们打倒的话。

我应该说，我在狱中不能拿到任何论述刑法的著作。我手头只有一部薄薄的法典，这是一位律师——为我的同志们辩护的英勇的包迪利奥·卡斯特利亚诺斯博士刚刚借给我的。同样，他们也将马蒂的著作送到我手中；看来，监狱的检查当局也许认为这些著作太富于颠覆性了吧。也许是因为我说过马蒂是7月26日事件的主谋的缘故吧。此外还不让我携带有关任何其他问题的参考书出庭。这一点也没关系！导师的学说我铭刻在心，一切曾保卫各国人民自由的人们的崇高理想，全都保留在我的脑海中。

我对法庭只有一个要求：为了补偿被告在得不到任何法律保护的情况下所遭受的这么多无法无天的虐待，我希望法庭应允我这一要求，即尊重我完全自由地表达我的意见的权利。不这样的话，就连一点纯粹表面的公正也没有了，那么这次审判的最后这一段将是空前的耻辱和卑怯。

我承认，我感到有点失望。我原来以为，检察官先生会提出一个严重的控告，会充分说明，根据什么论点和什么理由来以法律和正义的名义（什么法律，什么正义？！）应该判处我26年徒刑。然而没有这样。他仅仅是宣读了社会保安法第148条，根据这条以及加重处分的规定，要求判处我26年徒刑。我认为，要求把一个人送到不见天日的地方关上四分之一世纪以上的时间，只花两分钟提出要求和陈述理由，那是太少了。也许检察官先生对法庭感到不满意吧？因为，据我看到，他在本案上三言两语了事的态度，同法官先生们颇有点儿矜持地宣布这是一场重要审讯的庄严口吻对照起来，简直是开玩笑。因为，我曾经看到过，检察官先生在一件小小的贩毒案上作十倍长的滔滔发言，而只不过要求判某个公民六个月徒刑。检察官先生没有就他的主张讲一句话。我是公道的，……我明白，一个检察官既然曾经宣誓忠诚于共和国宪法，要他到这里来代表一个不合宪法的、虽有法规为依据但是没有任何法律和道义基础的事实上的政府，要求把一个古巴青年，一个像他一样的律师，一个……也许像他一样正直的人判处26年徒刑，那是很为难的。然而检察官先生是一位有才能的人，我曾看到许多才能比他差得远的人写下长篇累牍的东西，为这种局面辩护。那么，怎能认为他是缺乏为此辩护的理由，怎能认为——不论任何正直的人对此是感到如何厌恶——他哪怕是谈一刻钟也不成呢？毫无疑问，这一切隐藏着大阴谋。

诸位法官先生，为什么他们这么想让我沉默呢？为什么甚至中止任何申述，不让我可以有一个驳斥的目标呢？难道完全缺乏任何法律、道义和政治的根据，竟不能就这个问题提出一个严肃的论点吗？难道是这样害怕真理吗？难道是希望我也只讲两分钟，而不涉及那些自 7 月 26 日以来就使某些人夜不成眠的问题吗？检察官的起诉只限于念一念社会保安法的一条五行字的条文，难道他们以为，我也只纠缠在这一点上，像一个奴隶围着一扇石磨那样，只围绕着这几行字打转吗？但是，我绝不接受这种约束，因为在这次审判中，所争论的不仅仅是某一个人的自由的问题，而是讨论根本的原则问题，是人的自由权利遭到审讯的问题，讨论我们作为文明的民主国家存在的基础本身的问题。我不希望，当这次审判退出时，我会因为不曾维护原则、不曾说出真理、不曾谴责罪行而感到内疚。

检察官先生这篇拙劣的大作不值得花一分钟来反驳。我现在只限于在法律上对它作一番小小的批驳，因为我打算先把战场上七零八碎的东西扫除干净，以便随后对一切诺言、虚伪、伪善、因循苟且和道德上的极端卑怯大加讨伐，这一切就是 3 月 10 日以来、甚至在 3 月 10 日以前就已开始的在古巴称为司法的粗制滥造的滑稽剧的基础。

我认为我已充分地论证了我的观点，我的理由要比检察官先生用来要求判我 26 年徒刑的理由要多。所有这些理由都有助于为人民的自由和幸福而斗争的人们，没有一个理由是有利于无情地压迫、践踏和掠夺人民的人。因此我不得不讲出许多理由，而他一个也讲不出。巴蒂斯塔是违反人民的意志、用叛变和暴力破坏了共和国的法律而上台的。怎样能使他的当权合法化呢？怎样能把一个压迫人民的和沾满血迹与耻辱的政权叫做合法的呢？怎样能把一个充斥着社会上最守旧的人、最落后的思想和最落后的官僚制度的政府叫做革命的呢？又怎样能认为，肩负着保卫我国宪法使命的法院最大的不忠诚的行为，在法律上是有效的呢？凭什么权利把为了祖国的荣誉而贡献出自己的鲜血和生命的公民送进监狱呢？这在全国人民看来，是骇人听闻的事；照真正的正义原则说来，都是骇人听闻的事。

但是我们还有一个理由比其他一切理由都更为有力：我们是古巴人，作为古巴人就有一个义务，不履行这个义务就是犯罪，就是背叛。我们为祖国的历史而骄傲；我们在小学校里就学习了祖国历史，在我们成长的过程中，不断听人们谈论着自由、正义和权利，我们的长辈教导我们从小敬仰我们的英雄和烈士的光荣榜样。塞斯佩德斯、阿格拉蒙特、马塞奥、戈麦斯和马蒂都是我们自幼就熟悉的名字。我们敬聆过泰坦的话：自由不能祈求，只能靠利剑来争取。我们知道，我们的先驱者为了教育自由祖国的公民，在他的《黄金书》中说："凡是甘心服从不正确的法律并允许什么人践踏他的祖国的，凡是这样辜负祖国的，都不是正直的人……在世界上必然有一定数量的荣誉，正像必然有一定数量的光明一样。只要有小人，就一定有另外一些肩负重任的荣誉的君子。就是这些人奋起用暴力反对那些夺取人民的自由，也就是夺取人们的荣誉的人。这些人代表成千上万的人，代表全民族，代表人类的尊严。"……人们教导我们，10月10日和2月24日是光荣的、举国欢腾的日子，因为这是古巴人奋起打碎臭名昭著的暴政的桎梏的日子；人们教导我们热爱和保护美丽的独星旗并且每天晚上唱国歌，这个曲子告诉我们，生活在枷锁下等于在羞辱中生活，为祖国而死就是永生。我们学会了这一切并且永不会忘记，尽管今天，在我们祖国的人们，由于要实践从摇篮中起就教导给他们的思想而遭到杀戮和监禁。我们出生在我们的先辈传给我们的自由国家。我们不会同意做任何人的奴隶，除非我们的国土沉入海底。在我们的先驱者百年诞辰的今年对他的崇敬好像要消逝了，对他的怀念好像要永远磨灭了，多么可耻！但是他还活着，没有死去，他的人民是富于反抗精神的，他的人民是高尚的，他的人民忠于对他的怀念！有些古巴人为保卫他的主张倒下去了，有些青年为了让他继续活在祖国的心中，甘心情愿地死在他的墓旁，贡献出他们的鲜血和生命。古巴啊！假使你背叛了你的先驱者，你会落得什么样的下场啊！

我要退出我的辩护词了，但是我不像通用律师通常所做的那样，要求给被告以自由。当我的同伴们已经在松树岛遭受可恶的监禁时，我不能要求自由。你们让我去和他们一起共命运吧！在一个罪犯和强盗当总统的共和国里，正直的人们被杀害和坐牢是可以理解的。

我衷心感谢诸位法官先生允许我自由讲话而不曾卑鄙地打断我，我对你们不怀仇怨，我承认在某些方面你们是人道的，我也知道本法庭庭长这个一生清白的人，他可能迫于现状不能不作出不公正的判决，但他对这种现状的厌恶是不能掩饰的。法庭还有一个更严重的问题有待处理，这就是谋害70个人的案件——我们所知道的最大的屠杀案。凶手到现在还手执武器逍遥法外，这是对公民们的生命的经常威胁。如果由于怯懦，由于受到阻碍而不对他们施以法律制裁，同时法官们也不全体辞职，我为你们的荣誉感到惋惜，也为玷污司法制度的空前的污点感到痛心。

　　至于我自己，我知道我在狱中将同任何人一样备受折磨，狱中的生活充满着卑怯的威胁和残暴的拷打，但是我不怕，就像我不怕夺去了我70个兄弟的生命的可鄙的暴君的狂怒一样。

　　判决我吧！没有关系。历史将宣判我无罪！

（二）作者简介

　　菲德尔·卡斯特罗，古巴共产党中央第一书记，国务委员会主席、部长会议主席。他1926年生于古巴奥连特省一个甘蔗庄园之家，1950年毕业于哈瓦那大学法学院，后组织革命团体并率部攻打圣地亚哥的蒙卡达兵营，事败被捕。1955年被释后，他领导游击队终于推翻了巴蒂斯塔亲美独裁政权，创建了古巴新政府。2006年7月27日，卡斯特罗因肠胃出血接受手术，当月31日把权力暂时移交给他的弟弟、古巴国务委员会第一副主席劳尔·卡斯特罗。2008年2月19日，卡斯特罗宣布，他"不寻求也不接受"再次担任国务委员会主席和革命武装部队总司令两项职务。2011年4月，卡斯特罗在政府网站上撰文说，他不再担任古巴共产党的领导职务。

（三）演讲背景

　　1953年10月16日，菲德尔·卡斯特罗因为7月26日率领革命青年攻打蒙卡达兵营事件，在设立于古巴圣地亚哥市立医院一个走廊里布满了士兵的小房间里的"紧急法庭"上接受"审判"。被告和辩护律师是同一个人，因为他的辩护律师无法执行使命，他只能进行自我辩护，听众只是百来个士兵和军官。作为被告，他被关在与外界完全隔绝的单人牢房76天；作为辩护律师，他连看一下起诉书的可能也没有。而且，还被禁止带任何参考书出庭，证人也未获出庭为他作证。《历史将宣判我无罪》是他在法庭上所作的自辩词。这篇辩护词成了他发动革命和推翻巴蒂斯塔政权的宣言书。后来，他在法庭上的自我辩护词以《历史将宣判我无罪》的书名出版发行，成为传颂一时的名篇；"历史将宣判我无罪！"成为名句。世界许多正义之士在受到不公正判决时，引用它抗议法庭。

（四）成文技巧

　　一般来说，被告在法庭上的辩护词，无非是针对被指控的"罪行"的"有"

或者"无"、"轻"或者"重"来进行的。其目的是为了摆脱罪名，免受刑罚，或者是减轻罪行，降低处罚的刑期。但是，卡斯特罗的辩护词，却没有在对他只有两三分钟的指控上花费时间，因为，检察官先生拙劣的大作不值得花一分钟来反驳。于是，他凭着丰富的学识、惊人的记忆和诙谐的语言在法庭上慷慨陈词。

　　1. **无情揭露**　　卡斯特罗在辩护词的开篇就无情地揭露了法庭违反一切人道的和法律的规定的行径。一是作为被告，我被关闭在完全与外界隔绝的单人牢房已经有 76 天。二是哈瓦那律师公会为我指定了一位有才干有勇气的律师豪尔赫·帕格列里博士，他是本城律师公会的主席。但是他却不能运行他的使命，使得辩护律师和被告是同一个人。三是我作为辩护律师，连看一下起诉书也没有可能。这实际上完全剥夺了我的辩护权。尽管法庭一再下令停止施加于我的非人的隔离，一再下令尊重我的最起码的权利，一再要求将我交付审判，然而无人遵从，所有这些命令一个一个地都遭到抗拒。四是在第一次和第二次开庭时，就在法庭上，他们在我身旁布下了一道卫队防线，阻止我同任何人讲话——哪怕是在短短的休息的时候。五是诉讼法规定，审判应当"公开进行，允许旁听"；然而这次开庭却绝对不许人民出庭旁听，只有两名律师和六名记者获准出庭，而新闻检查却不许记者在报纸上发表片言只语。六是还不让我携带有关任何其他问题的参考书出庭。七是检察官先生对我提出的控告，没有说明根据什么论点和什么理由来以法律和正义的名义（什么法律，什么正义?!）应该判处我 26 年徒刑，却只花两分钟提出要求和陈述理由，这种三言两语了事的态度，说明本次判决是一场阴谋。这表明铁石心肠的专制当局，不仅在监狱里，即使在法庭上，在你们各位面前，也是不讲什么法律人情的，是虚伪的。

　　2. **控诉罪行**　　卡斯特罗不仅控诉了1952年3月10日通过政变建立的巴蒂斯塔独裁政权的种种暴行、腐败和叛国行为，而且控诉了50年来阻碍古巴发展的殖民政权，谴责了古巴和古巴人民的一切敌人。巴蒂斯塔是违反人民的意志、用叛变和暴力破坏了共和国的法律而上台的。怎样能使他的当权合法化呢? 怎样能把一个压迫人民的和沾满血迹与耻辱的政权叫做合法的呢? 怎样能把一个充斥着社会上最守旧的人、最落后的思想和最落后的官僚制度的政府叫做革命的呢? 又怎样能认为，肩负着保卫我国宪法使命的法院最大的不忠诚的行为，在法律上是有效的呢? 凭什么权利把为了祖国的荣誉而贡献出自己的鲜血和生命的公民送进监狱呢? 这在全国人民看来，是骇人听闻的事；照真正的正义原则说来，都是骇人听闻的事。卡斯特罗时而引经据典、时而吟诵何塞·马蒂的诗句，以充分的证据证明自己和同伴们无罪，有罪的则是美国及其走狗——巴蒂斯塔独裁政权，使自己从被告变成了原告。

3．**述说事实** 卡斯特罗真实地述说了攻打蒙卡达兵营的经过、失败原因和深远意义。这次行动不是一次旨在推翻美帝国主义走狗的专制政府的冒险行动，而是揭开了武装夺取政权序幕的第一个澎湃的革命浪潮，它将为拉丁美洲从殖民统治下解放出来开创新时代，预见了古巴革命必定胜利。

4．**发表宣言** 卡斯特罗在法庭上阐述了革命的纲领、方针、政策和宏伟蓝图。他说："我们出生在我们的先辈传给我们的自由国家。我们不会同意做任何人的奴隶，除非我们的国土沉入海底。"

在结束辩护词前，他说："我不像一般的律师通常所做的那样，要求给被告以自由；当我的同伴们已经在松树岛遭受可恶的监禁时，我不能要求自由。你们让我去和他们一起共命运吧！"最后，他大气凛然地说："判决我吧！没有关系。历史将宣判我无罪！"

◎模块五：

（一）阅读批驳性演讲词的经典范文

【范例25】

谁说败局已定

〔法国〕戴高乐

（1940年6月18日）

担任了多年军队领导职务的将领们已经组成了一个政府。

这个政府借口军队打了败仗，便同敌人接触，谋取停战。

是的，我们的确打了败仗，我们已经被敌人陆、空军的机械化部队所困。……但是难道败局已定，胜利已经无望？

不，不能这样说！

请相信我的话，因为我对自己所说的话完全有把握。我要告诉你们，法兰西并未落败。总有一天我们会用目前战胜我们的同样手段使自己转败为胜。

因为法国并非孤军作战。她并不孤立！绝不孤立！她有一个幅员辽阔的帝国作后盾，她可以同控制着海域并在继续作战的不列颠帝国结成联盟。她和英国一样，可以得到美国雄厚工业力量源源不断的支援。

这次战祸所及，并不限于我们不幸的祖国，战争的胜败亦不取决于法国战场的局势。这是一次世界大战。我们的一切过失、延误以及所受的苦难都没关系，世界上仍有一些手段，能够最终粉碎敌人。我们今天虽然败于机械化部队，将来，却会依靠更高级的机械化部队夺取胜利。世界命运正系于此。

我，戴高乐将军，现在在伦敦发出广播讲话。我向目前在英国国土上或将来可能来到英国国土上的法国官兵发出号召，不论是否还持有武器，请你们和我联系；我向目前在英国国土上或将来可能来到英国国土上的一切有制造武器技术的工程师、技师与技术工人发出号召，请你们和我联系。

无论发生什么事，法兰西抗战的烽火都不可能被扑灭，也绝对不会被扑灭。

明天我还要和今天一样在伦敦发表广播讲话。

（二）作者简介

夏尔·安德烈·约瑟夫·马里·戴高乐（Charles de Gaulle，1890年11月22日~1970年11月9日），法国将军、政治家。曾在第二次世界大战期间领导自由法国运动并在战后成立法兰西第五共和国并担任第一任总统。戴高乐支持发展核武器、制定泛欧洲外交政策、努力减少美国和英国的影响、促使法国退出北约、反对英国加入欧洲共同体、承认中华人民共和国，这一系列思想政策被称为"戴高乐主义"。2005年，法国国家电视二台举行的"法国十大伟人榜"评选揭晓，电视观众评选戴高乐为法国历史上最伟大的人。

（三）演讲背景

1940年第二次世界大战期间的5月10日，法西斯德国对波兰发动闪电战争，不久便绕过马其诺防线，大举入侵法国。因为法军司令部昏聩无能，法军节节败退，德军长驱直入，兵临巴黎城下。法国元帅贝当向希特勒举旗投降，法国沦陷在即，仿佛败局已定。法国人民陷于黑暗之中。6月17日，戴高乐携家人抵达伦敦。6月18日下午6时，伦敦广播电台突然播出一个异常陌生的法国人的声音，顿时引起了人们的注意。这个法国人以铿锵有力的声音庄严宣告："无论发生什么事，法兰西抗战的烽火都不可能被扑灭，也绝对不会被扑灭。"话音落处，人们似乎看到法国溃败后第一面鲜明的不屈战旗高高升起，上面写着两个大字——抵抗！

（四）成文技巧

1940年6月18日，籍籍无名的戴高乐在英国伦敦布什大厦的播音室里，向法国人民发表了这篇著名的演讲，凭借超凡的胆气、必胜的信念，以鼓舞人气的演讲语言，点燃了法国人民抵抗的希望之火。他以铿锵有力的坚定语气庄严宣告："无论发生什么情况，法兰西抗战的烽火都不可能被扑灭，也绝对不会被扑灭。"这篇演讲所表现的主要技巧是动之以情、晓之以理，即以情感激励人们，用道理说服人们。词句间情感饱满，情绪激昂。尽管我们没有亲耳聆听戴高乐将军的广播演讲，但我们仍能从字里行间感受到当时激荡在他胸中的那种反击侵略、复兴祖国的强烈的爱国主义情怀。

在当时，戴高乐的声音是陌生的，然而这个声音是鼓舞人心的，在陷于混乱和痛苦的法国人心头重新燃起希望之火。戴高乐的演讲篇幅不长，但是却收到了非凡的效果。就演讲本身来看，它之所以取得成功，有以下原因：演讲者以明白晓畅、富于激情的语言和积极乐观的态度，先是简单地讲明了形势，然后进行了对现实局面的反问：难道败局已定？演讲者自己很快否定了这个说法，但是并不是空谈。演讲者举出更有力的事实并分析这些事实，说明他的结论是正确可行的。情感真实而饱满，很快就激起法国人民复兴祖国的爱国情感共鸣，使他们树立起抗击法西斯德国的坚定信念。这篇演讲词是世界反法西斯战争史上的重要文献之一，分析深刻全面，说理精辟透彻，具有极强的说服力和感染力。

第六篇 学术性演讲词

一、学术性演讲词概述

(一) 学术性演讲词的内涵

学术性演讲词是指演讲者通过自己的演讲，发表最新的科研成果，介绍某一学科领域的发展情况，介绍某一科学家的工作业绩，或进行科学知识普及性教育的演讲稿。如李瑞环的《和睦相处 和谐共进》、袁隆平的《研发杂交水稻，保障粮食安全》等。

(二) 学术性演讲词的特点

1. **创造性** 创造性有两种表现形式：一是发明，二是发现。发明是制造新事物，例如瓦特发明蒸汽机，鲁班发明锯子。发现是找出本来就存在但尚未被人了解的事物和规律，如门捷列夫发现元素周期律，马克思发现剩余价值规律等。演讲词所说的创造性，不是演讲词本身有创造性，而是所涉及的主题和对象具有创造性。如袁隆平的《研发杂交水稻，保障粮食安全》中所说的杂交水稻。

2. **新颖性** 演讲者的演讲词中所阐述的内容，是针对某个或者某些问题（发散点），用新角度、新观点去分析，提出独特的、有新颖成分的见解。如李瑞环在《和睦相处 和谐共进》中，对中国"和"的思想的阐述。

3. **理论性** 学术性演讲词中一定要有理论色彩，即体现对客观事物发展规律的抽象概括，反映客观事物发展规律及其与周围事物的内在联系。演讲词通过对议题涉及的问题作出全面的实事求是的分析，做到立论准确，使听众心悦诚服地接受正确的思想、观点，抛弃错误的思想观点。

(三) 学术性演讲词的类型

学术性演讲词的类型是多种多样的。

1. **从演讲的方式来看** 学术性演讲词有专题报告、讲座、学术报告、学术发言、学术评论等。

2．从演讲的内容来看　学术性演讲词有社会科学、自然科学和思维科学等演讲词。李瑞环的《和睦相处　和谐共进》就属于社会科学演讲词。

（四）学术性演讲词的作用

1．传播科学知识　当今世界，尽管科学技术高度发展，知识传播的途径增多，但作为直接运用语言进行传播的演讲，由于现场的作用，能使人体感受多重的综合刺激，高度调动人们的注意力，促进思维活动，并且使听众在情绪、情感、意志等方面同时受到影响，从而加深对演讲所传播的科学知识的理解，增强学习效果，因而它始终是传播科学文化知识，提高文化素养的有效途径。

2．宣传捍卫真理　真理是人们对于客观事物及其规律的正确反映。真理是客观存在的，真理中包含的内容是不以人的意志为转移的。不论人们在认识事物的时候可能得出多少种结论，但只有一种符合客观实际的认识才是真理。但是，人们在一定条件下对客观事物及其规律的正确认识是有限的。也就是说，人们对于真理的认识是有一个过程的。人们不能自发地认识真理，而需要通过一定的方式和手段，而运用学术性演讲词演讲就是比较好的手段之一。布鲁诺在接受宗教裁判所审判时的演说，就是为坚持真理和捍卫真理而呐喊。没有这些敢于用生命去宣传真理、捍卫真理的勇士，真理在一定程度上是不能得到传播和被人们接受的。

二、学术性演讲词的写作艺术

◎模块一：

（一）阅读学术性演讲词的经典范文

【范例 26】

和睦相处　和谐共进

〔中国〕李瑞环

（2002 年 5 月 28 日）

　　了解是友谊的前提，了解是合作的基础，了解包括对现状的了解也包括对历史的了解，包括对经济的了解也包括对政治的了解、文化的了解，特别是对传统文化的了解。因为传统文化是一个民族劳动、智慧的结晶，是构成一个民族自身特色的重要内容，是维系一个民族生生不息的精神纽带。中国是一个历史悠久的文明古国，在中华民族漫长的历史发展进程中，创造了独具特色的传统文化，在博大精深的中国传统文化中，"和"的思想占有十分突出的位置。早在三千多年前，中国的甲骨文和金文中就有了"和"字。西周时期，周太史史伯提出"和实生物，同则不继"的观点。到了春秋战国时期，诸子百家更是经常运用"和"的概念来阐发他们的哲学思想和文化理念：管子提出"畜之以道，则民和"；老子提出"知和曰常，知常曰明"；孔子的《论语》提出"礼之用，和为贵"；孟子提出"天时不如地利，地利不如人和"；荀子提出"万物各得其和以生"；《中庸》提出"和也者，天下之达道也"。"和"不是盲从附和，不是不分是非，不是无原则的苟同，而是"和而不同"。"和"的思想，强调世界万事万物都是由不同方面、不同要素构成的统一整体。在这个统一体中，不同方面、不同要素相互依存、相互影响，相异相合、相反相成。由于"和"的思想反映了事物的普遍规律，因而它能够随着时代的变化而不断变化，随着社会的发展而不断丰富其内容。现在，我们所说的"和"，包括了和谐、和睦、和平、和善、祥和、中和等含义，蕴涵着和以处众、和衷共济、政通人和、内和外顺等深刻的处世哲学和人生理念。

"和"的思想作为中华民族普遍具有的价值观念和理想追求，对中国人民的生活、工作、交往、处世乃至内政和外交等各个方面都产生了深刻的影响。表现在人与自然的关系上，强调"天人调谐"，人是大自然和谐整体的一部分，又是一个能动的主体，人必须改造自然又顺应自然，与自然圆融无间、共生共荣；表现在人与人的关系上，要求"和睦相处"，待人诚恳、宽厚，互相关心、理解，与人为善、推己及人，建立团结、互助、友爱的人际关系；表现在人与社会的关系上，崇尚"合群济众"，社会由个人所组成，个人离不开社会，应当尊重个性、鼓励个人的追求和创造，又必须融入集体、把个人的目标同社会的需要结合起来；表现在各个国家的关系上，倡导"协和万邦"，国家间应当亲仁善邻、讲信修睦、礼尚往来，不能以大欺小、以强凌弱、以富压贫，国际争端要通过协商和平解决，各国之间应在平等相待、互相尊重的基础上发展友好合作关系；表现在各种文明的关系上，主张"善解能容"，各种文明都是人类文明的组成部分，都对人类文明作出了贡献，不应当相互排斥，而应当彼此尊重、相互学习、保持特色、共同进步。在座的各位多是经商的，是从事经济贸易的，做生意要讲发财、讲发展。

怎么样发财、发展呢？"和"的思想认为"和气生财"，只有通过商量沟通工作，营造出合作共事的良好氛围与环境，才容易把生意做成、做好。"君子聚财取之有道"，合作是以对方的存在为前提，坑害对方就等于破坏合作，应以互惠互利为目的，谋取双赢。做生意要着眼整体、看到长远，即使一时达不成协议，也不能伤了和气，"买卖不成仁义在"，如此等等。"和"的思想，也是经商之道、发财之道、发展之道。

中国的"和"的思想传播到世界特别是欧洲后，受到了许多思想家的重视和推崇。早在17世纪初，英国学者罗伯特·勃顿就在其著作中称赞中国人"和平而安静"。上个世纪30年代英国著名哲学家罗素在他的《中国问题》一书中写道："中国至高无上的伦理品质中的一些东西，现代世界极为需要。这些品质中我认为和气是第一位的。"这种品质"若能够被全世界采纳，地球上肯定会比现在有更多的欢乐祥和。"类似的看法还有很多，比如在德国学者莱布尼茨的《中国新事萃编》、法国学者伏尔泰的《风俗论》以及当代英国学者汤因比的《历史研究》等著作里，都有这方面的阐述。由于科学技术和经济全球化的迅猛发展，当今时代各个国家和地区的联系更趋紧密，世界的面貌更加快速多变、复杂多样，不同文明之间相互交融又相互激荡，不同利益之间相互依存又相互摩擦，人对自然的索取越来越多，人与自然的矛盾也越来越尖锐。人类从来没有像今天这样面临着如此众多的共同问题和挑战，也从来没有像今天这样凝聚了越来越多的共识。在这种情况下，保持和谐共存、协调共进更加受到全人类的普遍关注。如何努力克服工业社会发展带来的种种社会弊端，创造健康有益的生活方式；如何妥善处置经济与社会、人口与生态、资源与发展的关系，实现人类社会的可持续发展；如何有效化解各个国家、各种文明间错综复杂的矛盾和冲突，保持世界的和谐与安宁；如何以人类的共同利益为价值取向，解决各种全球性问题，这些已经成为世界各国必须深入思考、认真对待的现实课题。了解中国的"和"的思想，可以为思索解答这些课题提供有益的启示。

（《人民日报》2002年5月30日）

（二）作者简介

李瑞环，1934年9月生，天津宝坻人，1959年9月加入中国共产党，1951年7月参加工作，北京建工业余学院工业与民用建筑专业毕业。1951～1973年，一直在北京市建筑部门基层工作。曾任北京市建筑材料工业局党委副书记。1973～

1979年任北京市建委副主任兼市基建指挥部指挥、市总工会副主任，全国总工会常务委员。曾任共青团中央书记处书记，全国青联副主席。中共天津市委常委、副市长，代理市长、市长。中共天津市委副书记、市委书记。1992年10月当选为第十四届中共中央政治局常委。第八届全国政协主席，第九届全国政协主席。中共第十二届、十三届、十四届、十五届中央委员，十三届中央政治局委员，十三届四中全会增选为中央政治局常委、中央书记处书记，十四届、十五届中央政治局委员、常委。第五届全国人大常委。

（三）演讲背景

　　本文是李瑞环在英中贸易协会欢迎午宴上的演讲摘要。2002年5月28日，李瑞环出席了英中贸易协会举行的欢迎午宴，并发表题为《和睦相处　和谐共进》的演讲。在欢快的掌声中，李瑞环迈着沉稳的步伐走上演讲台，在伦敦多切斯特饭店大厅里开始了他充满中国传统哲理和深邃思想的演讲。李瑞环主席以中国"和"的思想阐述了当今世界处理国际关系、商业交流以及人际交往中应予遵循的深刻理念，引起出席午餐会的英国工商界人士的共鸣。大厅里，张挂着英中贸易协会欢迎李瑞环主席的横幅，人们专注的目光都集中在演讲台上，饶有兴趣地倾听李瑞环有关"和"的阐述。

　　鲍威尔在听完李瑞环的讲话后说，李瑞环热情洋溢的讲话使"我们漫游了中国传统文化和哲学思想的历史进程，使我们对进一步加深同中国的友好合作关系更加充满信心，使我们看到英中贸易前景更加光明"。短短三十几分钟的演讲和答问结束了，它传达的有关中国爱好和平、平等待人，在和平共处、友好合作中求发展的信息给人们留下了深刻的印象。一位英国企业家说，他对李瑞环主席的讲话很感兴趣，中国是一个文明古国，其传统的文化底蕴十分丰厚，用"和"的思想阐述现代经贸伙伴关系确实有道理，激烈竞争与和气生财并不矛盾。李主席的阐述使他在中国投资更有信心，也更加放心。

（四）成文技巧

　　"和"的思想在李瑞环同志的著述中占有十分重要的位置，在他的《学哲学用哲学》《辩证法随谈》和《务实求理》三本书中都有专门讲"和"的内容的文章。他关于"和"的思想，特别是把"和"的思想与马克思主义统一起来加以阐发，是对马克思主义理论发展的一个重要贡献。

1. 为"和"的思想正名　在中国传统文化中，"和"的思想源远流长。然而，正是这一珍贵的思想文化，在我国却遭遇了长期被淡化、被贬低、被扭曲的命运。在新中国成立后的一个时期里，由于坚持"以阶级斗争为纲"的错误指导方针，以致运动一个接着一个，由反右派斗争、反右倾斗争、"四清"斗争一直发展到"文化大革命"十年浩劫，批判不断，斗争不断。在那个年月、那种气候下，一切关系都简单化为对立的阶级关系、革命与反革命的关系，动辄上纲上线，不讲人道、人情，有的只是狂热盲从、翻脸无情。转眼之间，好人就变成了坏人，革命同志就变成了反革命分子。像李瑞环同志这样当过工人、企业干部，当时又是有名的全国劳模、学毛著积极分子，竟也被稀里糊涂地打成了"三反"分子，住了四年多的牛棚。在那种背景、那种氛围中，"和"的思想、和为贵的思想也就被视为折中主义、中庸之道，视为"无原则""抹稀泥"，视为"阶级调和论""矛盾调和论"。李瑞环的演讲，从中国甲骨文时期到现代社会，历数各个时期中国哲学家和教育家关于"和"的学说。他认为"和"的思想的内容随着社会的发展而不断丰富，现在"和"包括了和谐、和睦、和平、祥和、和善与中和等含义，蕴涵着和以处众、和衷共济、政通人和、内和外顺等深刻的处世哲学和人生理念。

2. 生动阐述了"和"的思想的深刻影响　在演讲中，李瑞环谈古论今，生动阐述了博大精深的中国传统文化中"和"之思想及其产生的深刻影响。特别是"和"的思想对处理国际关系、人与人之间的关系、商业关系以及人与自然之间的关系具有普遍指导意义。他还说，中国的"和"的思想传播到世界特别是欧洲后，受到了许多思想家的重视和推崇。

3. 全面阐述了"和"的思想的现实意义　他指出，"当今时代各个国家和地区的联系更趋紧密，世界的面貌更加快速多变、复杂多样，不同文明之间相互交融又相互激荡，不同利益之间相互依存又相互摩擦，人对自然的索取越来越多，人与自然的矛盾也越来越尖锐。人类从来没有像今天这样面临着如此众多的共同问题和挑战，也从来没有像今天这样凝聚了越来越多的共识。在这种情况下，保持和谐共存、协调共进更加受到全人类的普遍关注。如何努力克服工业社会发展带来的种种社会弊端，创造健康有益的生活方式；如何妥善处置经济与社会、人口与生态、资源与发展的关系，实现人类社会的可持续发展；如何有效化解各个国家、各种文明间错综复杂的矛盾和冲突，保持世界的和谐与安宁；如何以人类的共同利益为价值取向，解决各种全球性问题，这些已经成为世界各国必须深入思考、认真对待的现实课题。了解中国的'和'的思想，可以为思索解答这些课题提供有益的启示。"

李瑞环为马克思主义中国化提供了生动范例。"和"的思想是中国传统文化中的一个非常重要的部分。研究马克思主义与中国传统文化的结合，就不能不研究"和"的思想。李瑞环同志对"和"的思想的研究和阐述，是把马克思主义与中国传统文化相结合的典型范例，也是马克思主义中国化的生动体现。他不仅把"和"的思想同马克思主义连接起来，而且同研究解决现实问题联系起来，赋予"和"的思想以时代内容，凸显了其理论价值和实践意义。比如，他用"天人调谐"来表达人与自然的关系，用"和睦相处"来表达人与人的关系，用"合群济众"来表达人与社会的关系，用"协和万邦"来表达国与国之间的关系，用"善解能容"来表达各种文明之间的关系。他提出的"和谐共存、协调共进"已经成为人们普遍关注的课题，认为"和"的思想可以为思索解答当今世界面临的许多共同问题提供有益的启示。李瑞环的讲话，今天读起来仍然不觉得过时，仍然有很强的现实针对性。

◎模块二：

（一）阅读学术性演讲词的经典范文

【范例27】

研发杂交水稻，保障粮食安全
〔中国〕袁隆平
（2010 年 6 月 20 日）

各位领导各位嘉宾，女士们、先生们，大家上午好！

很高兴出席这次论坛，我演讲的题目是《研发杂交水稻，保障粮食安全》。

水稻，稻米是最主要的粮食作物，世界上有一半以上的人口以稻米为主食。一些专家估计，到 2030 年，要比 1995 年多产 60% 的稻米才能满足需要。另外一个专家，国际水稻所的所长，按他的估算，现在每 1 公顷所产生的稻米，可以提供 27 个人的粮食。到 2050 年，1 公顷土地必须要养活 43 个人。所以说面临这样一个严峻的粮食形势，如何保证粮食安全，是我们面临的一个严峻的挑战。

但是很幸运的是，我们中国科学家发明的杂交水稻能够在保证粮食安全问题上起到很重要的作用。杂交水稻，不仅在中国，在国外都有大幅度增产，现在讲一讲什么叫杂交水稻。

杂交水稻就是利用水稻的杂种优势，这个杂种优势是生物界的普遍现象，从微生物到人类，都有杂种优势现象。水稻也不例外，水稻的杂种优势表现在多方面。

首先，左边这个品种我们叫做母本品种，右边是父本品种，中间是杂交稻，它的穗比母本、父本都要多，地下根系也更为发达。在田里很高产，产量每亩900多公斤，这是大前年的表现。

但是这个杂种优势只在杂种第一代才能表现出来，因此每一年都必须生产大量的第一代杂交种子。不过有个问题，水稻属于自花授粉植物，每个植物就是一朵花，雄蕊雌蕊都长在一起，而且每朵花只结一粒种子。因此很难用人工杂交的方法来生产大量的第一代杂交种子，这就是为什么长期以来水稻的杂种优势不能在实际中应用，困难就在于不能用人工去雄授粉的方法大量生产杂交种子。

怎么解决这个问题呢？这就是水稻的花，这是雄蕊，这是雌蕊，这是柱头。只产生一粒种子，我们用人工去雄授粉，很难生产大量的种子在生产中应用。我们就想了个办法，培育一种特殊的水稻品种，雄性不育系，它的雄性花粉不起作用，不能自花授粉。左边是正常的水稻的花粉，右边是待育的花粉。但是它的雌蕊是正常的，只要有外来的正常花粉，它都可以受精结实。我们就利用雄性不育系，通过人工辅助授粉的方法，可以大量生产第一代杂交种子。

这个图，这两行是父本品种，是提供花粉的正常品种。中间的几行是雄性不育系，母本品种。这样通过人工辅助授粉可以大量生产第一代杂交种子。这个农民生产这个种子挺高兴，这就是自种田，生产第一代杂交种子的种子田。

目前中国杂交水稻的情况是这样的，我们全国的水稻种植面积大概是4.4亿亩，平均产量，每公顷6.3吨。杂交稻占了总水稻面积的57%，平均产量是7.2吨每公顷，杂交稻比一般的高产常规稻增产20%以上，每年可以多养活几千万人口。

这里讲一下，日本是一个先进国家，全国的水稻平均产量是6.6吨每公顷，我们是7.2吨每公顷，印度是水稻面积最大的国家，平均产量是3吨每公顷。

最近我们正集中精力发展超级杂交稻。为了解决新世纪粮食的问题，一些国家和一些研究单位开展了水稻的超高产育种研究，最开始是日本，1981年启动了一个"水稻超高产育种计划"，目标是在15年之内把当时产量提高50%。从每公顷6~8吨提高到每公顷12吨左右。

另外国际水稻研究所IRRI，在1989年也开展了超级稻的研究，计划到2000年把当时水稻的产量提高20%~25%，也就是从每公顷10吨提高到12~12.5吨。

据我所知，目前他们都还没有实现他们的目标。

中国农业部也在 1996 年立项中国超级稻的计划。当时分两个时期，第一个时期是 1996～2000 年，指标是增产 20%。由每公顷 8.25 吨提高到 10.5 吨。第二期是 2001～2005 年，指标要比原来的产量提高 40% 以上，就是每公顷 12 吨，亩产就是 800 公斤。不是一亩、两亩地，而是要两个百亩示范田，连续两年的产量达标。百亩示范田就相当是 6.7 公顷这样一个情况。

通过我们的努力，在 2000 年实现了第一期的目标，我们主要的品种，是跟江苏省农科院合作，培育了一个先锋组合。在 2000 年，湖南省就有 20 个示范田，每个 500～1000 亩，平均产量超过了 700 公斤，也就是每公顷 10.5 吨以上。到 2002年就开始大规模推广，近几年推广规模非常大，两三千万亩，平均产量每公顷达到了 8.4 吨。这就是我们的先锋组合，跟江苏农科院合作培育成功的。

另外我们在小面积的试验田里面创造了每公顷 17.1 吨的最高纪录，是上个世纪水稻最高产的纪录，这个世纪已经打破了纪录，接近每公顷 19 吨。1139 公斤，一亩多的高产田。这是在云南省。我们第二期的超级杂交稻提前一年实现了，亩产 800 公斤，每公顷 12 吨的指标。这是第二期的超级杂交稻，产量非常高，实际上不止 12 吨。

第二期的超级稻在 2006 年开始推广，它的产量比第一期超级稻又提高了每亩 50 公斤以上。第一期是每公顷 8.4 吨，第二期每公顷到了 9 吨以上。如果把第二期超级稻大规模推广，推广到 1000 万公顷，可以增加 2000 万吨粮食，多养活 7000万人口。第一期超级稻是多养活 7000 万人口，第二期超级稻如果推广的话，又可以多养活 7000 万人口。

基于以上的成就，农业部又立项第三期超级稻计划，指标又上一个台阶，每公顷 13.5 吨，我们现在正在努力，向第三期超级稻攻关，并且取得了一定的进展。我们争取在 2012 年实现这个目标，我们去年已经有两个示范田，产量到了 13 吨每公顷。我们现在有些后备的资源，千穗稻，每穗有一千粒种子，像扫把一样的。

下面介绍一下杂交稻在国外的发展情况。2009 年国外杂交稻的种植面积已经有 300 万公顷，4500 多万亩，主要的国家是印度、越南、菲律宾、孟加拉和美国。印度最多，有 130 万公顷。增产的幅度是 15%～20%。越南有 1000 万亩，产量每公顷 6.3 吨，常规稻是 4.5 吨。由于多年大面积种植杂交稻，成为仅次于泰国的第二大稻米出口国。原来它是一个稻米短缺的国家。

菲律宾的产量也很高，每公顷增产 2 吨。孟加拉增产更多一些，2.5 吨。特别是发展中国家杂交稻表现得很好。美国去年的面积有500多万亩，比当地最好的品种增产20%～25%。

这是我们在菲律宾验收超级稻的情况，验收的时候我是运动员，裁判员是菲律宾农业部的官员，还有他们的科学家和国际水稻所的科学家。每公顷大概8吨的产量，他们当时最好的品种是1吨。最后验收下来，是10.3吨，很高兴。我问这个农民："Are you happy?" "Very happy."

菲律宾的总统阿罗约五次接见我，要在全国推广100万公顷，每公顷增产2吨，就是200万吨粮食。他们国家每年要进口200万吨大米，所以基本可以做到粮食自给。

刚才讲了生产杂交种子，要赶花粉，美国没有那个人工，就用小直升飞机把花粉吹上来。另外在其他国家，在巴基斯坦、印度尼西亚、埃及、利比里亚、马达加斯加，杂交稻也表现得非常好，都很成功。这是我们的专家在种杂交稻，最高的产量可以达到每公顷9吨以上，一般的有5～6吨，当地的品种只有1.5～2吨每公顷。

这是利比里亚的总统瑟利夫，他访问我们的研究所，在2005年。我们的杂交稻表现得非常好，一般的杂交稻就是6.5～7吨，而他当地的品种是1.5～2吨，3倍的产量。

最后我们的结论是，杂交稻在新世纪将发挥重大的作用，保障世界粮食安全。如果有7500万公顷种植杂交稻，每公顷按增产2吨计算，增产的粮食1.5亿吨。可以多养活4亿～5亿人口。为了帮助其他国家解决粮食问题，我们已经做好了充分准备，我们愿意、乐意帮助其他国家发展杂交稻。

谢谢。

（二）作者简介

袁隆平，1930年9月出生于北京，汉族，祖籍江西德安。1949～1953年就读重庆相辉学院（今西南农学院）农学系，毕业后分配到湖南安江农校任教。1971年调入湖南省农业科学院，专门从事杂交水稻研究。1980年至今，多次赴美国、印度、越南、缅甸等国作技术指导。现为中国工程院院士、国家杂交水稻工程技术研究中心暨湖南杂交水稻研究中心主任、国家"863"计划"863—101—01"专题责任专家。

袁隆平院士是我国当代杰出的农业科学家，享誉世界的"杂交水稻之父"。他参加工作五十多年以来，不畏艰辛、执著追求、大胆创新、勇攀高峰，所取得的科研成果使我国杂交水稻研究及应用领域领先世界水平，推广应用后不仅解决了中国粮食自给难题，也为世界粮食安全作出了杰出贡献。袁隆平的先进事迹在国内外产生了广泛影响，得到了党和国家领导人的充分肯定与社会各界的普遍赞誉。

（三）演讲背景

上海世博会第三场主题论坛——"科技创新与城市未来"于2010年6月20～21日在江苏省无锡市举行。论坛是2010年上海世博会的三大组成部分之一。论坛旨在总结典型城市发展进程中如何发挥科技创新作用的经验，探讨城市与科技之间相互促进、互为依托的关系，寻求未来城市可持续发展的科技对策。主题论坛包括一个开幕全体大会、五场平行分论坛和一个闭幕总结大会。论坛对城市安全保障与可持续发展中的科技创新、科技创新如何提升城市综合竞争力，以及科技如何创造未来美好生活等热点问题进行广泛的讨论。多位诺贝尔奖获得者和知名科学家云集，围绕NBIC跨界融合、合成生物学、定制医疗、新能源、食物生产新方法、智能环境等科技热点展开讨论。有来自十多个国家的七十余位知名科学家和专家学者、政府官员、国际组织代表在论坛上发表演讲或参与讨论，其中包括七位部长级官员、两位诺贝尔奖获得者等。中国工程院院士、国家杂交水稻工程技术研究中心主任袁隆平作了《研发杂交水稻，保障粮食安全》的主题演讲。

（四）成文技巧

德国世界人口基金会最近指出，地球人口正以每秒2.6人的速度增加。联合国人口司发布报告说，在2011年中后期，地球人口将达到70亿。因此，联合国人口基金会特将2011年7月11日"世界人口日"的主题确定为"70亿人的世界"。到2025年，世界上的人口将达到80亿；到2050年，全球人口将再增加22亿。目前世界上82%的人口即57亿人生活在发展中国家和地区。这么多人口，需要解决的第一个问题也是最大的问题就是吃饭问题。作为农业科学家，享誉世界的"杂交水稻之父"袁隆平当然不能离开这个话题。所以，在"科技创新与城市未来"主题论坛上，袁隆平的主题演讲题目是《研发杂交水稻，保障粮食安全》。如何使自己的演讲紧扣主题，如何结合自己工作的实际，如何解决世界性的难题，这是本文需要考虑的问题。本文意在解决如何保障粮食安全问题方面，提出具有理论意义和实践意义的方法。演讲词做了三方面的工作。

1. 提出课题 演讲词的开头就提出："水稻，稻米是最主要的粮食作物，世界上有一半以上的人口以稻米为主食。一些专家估计，到2030年，要比1995年多产60%的稻米才能满足需要。另外一个专家，国际水稻所的所长，按他的估算，现在每1公顷所产生的稻米，可以提供27个人的粮食。到2050年，1公顷土地必须要养活43个人。所以说面临这样一个严峻的粮食形势，如何保证粮食安全，是我们面临的一个严峻的挑战。"需要特别强调的是，这个课题同时也是世界性的难题。

2. 解决课题 尽管如何解决70亿人口的吃饭问题是亟待解决的难题，但并非不可解决。因为"很幸运的是，我们中国科学家发明的杂交水稻能够在保证粮食安全问题上起到很重要的作用。"紧接着，袁隆平以无可辩驳的事实，论证了中国科学家发明的杂交水稻在保证粮食安全问题上起到的重要作用。也论证了中国科学家发明的杂交水稻在国外的发展情况。

3. 得出结论 通过上面事实的阐释，证明了两个问题：一是证明了杂交稻在21世纪将发挥重大的作用，保障世界粮食安全。如果有7500万公顷土地种植杂交稻，每公顷按增产2吨计算，增产的粮食1.5亿吨。可以多养活4亿~5亿人口。二是证明了解决世界70亿人口吃饭或者说生存的课题、难题，经过中国科学家多年的辛勤工作和努力，已经取得了实质性的进展和成就。所以，演讲词最后提出，为了帮助其他国家解决粮食问题，我们已经做好了充分准备，我们愿意、乐意帮助其他国家发展杂交稻。

◎模块三：

（一）阅读学术性演讲词的经典范文

【范例28】

应有格物致知精神
〔美籍华人〕丁肇中
(1991年10月18日)

多年来，我在学校里接触到不少中国学生，因此，我想借这个机会向大家谈谈学习自然科学的中国学生应该怎样了解自然科学。

在中国传统教育里，最重要的书是"四书"。"四书"之一的《大学》里这样说：一个人教育的出发点是"格物"和"致知"。就是说，从探察物体而得到知识。用这个名词描写现代学术发展是再恰当没有了。现代学术的基础就是实地的探察，就是我们现在所谓的实验。

但是传统的中国教育并不重视真正的格物和致知。这可能是因为传统教育的目的并不是寻求新知识，而是适应一个固定的社会制度。《大学》本身就说，格物致知的目的，是使人能达到诚意、正心、修身、齐家、治国和田地，从而追求儒家的最高理想——平天下。因为这样，格物致知的真正意义被埋没了。

大家都知道明朝的大理论家王阳明，他的思想可以代表传统儒家对实验的态度。有一天王阳明要依照《大学》的指示，先从"格物"做起。他决定要"格"院子里的竹子。于是他搬了一条凳子坐在院子里，面对着竹子硬想了七天，结果因为头痛而宣告失败。这位先生明明是把探察外界误认为探讨自己。

王阳明的观点，在当时的社会环境里是可以理解的。因为儒家传统的看法认为天下有不变的真理，而真理是"圣人"从内心领悟的。圣人知道真理以后，就传给一般人。所以经书上的道理是可"推之于四海，传之于万世"的。这种观点，经验告诉我们，是不能适用于现在的世界的。

我是研究科学的人，所以先让我谈谈实验精神在科学上的重要性。

科学进展的历史告诉我们，新的知识只能通过实地实验而得到，不是由自我检讨或哲理的清谈就可求到的。

实验的过程不是消极的观察，而是积极的、有计划的探测。比如，我们要知道竹子的性质，就要特别栽种竹树，以研究它生长的过程，要把叶子切下来拿到显微镜下去观察，绝不是袖手旁观就可以得到知识的。

实验的过程不是毫无选择的测量，它需要有小心具体的计划。特别重要的，是要有一个适当的目标，以作为整个探索过程的向导。至于这目标怎样选定，就要靠实验者的判断力和灵感。一个成功的实验需要的是眼光、勇气和毅力。

由此我们可以了解，为什么基本知识上的突破是不常有的事情。我们也可以了解，为什么历史上学术的进展只靠很少数的人关键性的发现。

在今天，王阳明的思想还在继续地支配着一些中国读书人的头脑。因为这个文化背景，中国学生大部偏向于理论而轻视实验，偏向于抽象的思维而不愿动手。中国学生往往念功课成绩很好，考试都得近一百分，但是面临着需要主意的研究工作时，就常常不知所措了。

在这方面，我有个人的经验为证。我是受传统教育长大的。到美国大学念物理的时候，起先以为只要很"用功"，什么都遵照老师的指导，就可以一帆风顺了，但是事实并不是这样。一开始做研究便马上发现不能光靠教师，需要自己做主张、出主意。当时因为事先没有准备，不知吃了多少苦。最使我彷徨恐慌的，是当时的唯一办法——以埋头读书应付一切，对于实际的需要毫无帮助。

我觉得真正的格物致知精神，不但是在研究学术中不可缺少，而且在应付今天的世界环境中也是不可少的。在今天一般的教育里，我们需要培养实验的精神。就是说，不管研究科学，研究人文学，或者在个人行动上，我们都要保留一个怀疑求真的态度，要靠实践来发现事物的真相。现在世界和社会的环境变化得很快。世界上不同文化的交流也越来越密切。我们不能盲目地接受过去认为的真理，也不能等待"学术权威"的指示。我们要自己有判断力。在环境激变的今天，我们应该重新体会到几千年前经书里说的格物致知真正的意义。这意义有两个方面：第一，寻求真理的唯一途径是对事物客观的探索；第二，探索的过程不是消极的袖手旁观，而是有想象力的有计划的探索。希望我们这一代对于格物和致知有新的认识和思考，使得实验精神真正地变成中国文化的一部分。

（二）作者简介

丁肇中，美籍华裔物理学家，祖籍山东日照。1936年1月27日生于密歇根州安阿伯。1962年获哲学博士学位。1969年后任马萨诸塞理工学院教授。主要从事高能物理学研究。1974年他领导的研究小组在实验中发现新粒子（J／ψ粒子），并导致了一系列与之相关的新粒子的发现，使粒子物理学进入了一个新的发展阶段，因此于1976年与里克特同获诺贝尔物理学奖。

（三）演讲背景

本文是作者于1991年10月18日在北京人民大会堂举行的"情系中华"大会上接受特别荣誉奖时发表的演讲。

（四）成文技巧

本文是一篇漫谈式的议论文。作者在文章的开头就提出了他的论题：中国学生应该怎样学习自然科学？全文就是围绕着这个论题进行论述的。

1．指出传统教育的弊病　作者解释《大学》中"格物"和"致知"的意思，是从探察物体而得到知识。这与现代学术的基础实地探察，即实验，恰恰是一致的。但是传统教育的目的并不是寻求新知识，而是适应一个固定的社会制度，于是埋没了格物致知的真正意义。作者以王阳明"格"院子里的竹子为例，说明王阳明把探察外界误认为探讨自己，这是儒家传统的看法决定的。

2．**分析科学上的实验精神的重要性** 作者从科学发展历史的角度，重申新的知识只能通过实验得到，而不是由自我探讨就可求到的。阐述了实验的过程和要求：实验是积极的、有计划的探测；实验要有小心具体的计划，要有一个目标作为探索过程的向导。作者以探察竹子的性质为例，说明要得到关于竹子的知识，只有靠科学实验，消极观察、袖手旁观是无济于事的。

3．**指出"王阳明的思想还在继续地支配着一些中国读书人的头脑"** 一是中国学生大都偏重于理论而轻视实验，偏重于抽象的思维而不愿动手。考试的成绩很好，在研究工作中需要拿主意时常常不知所措。二是作者以"个人的经验为证"，由于受传统教育的影响，误以为靠埋头读书能应付一切，结果对于实际的需要毫无帮助。这就更加深刻地揭露了传统教育的弊病，也说明了重视实验精神的重要性。

4．**得出结论** "希望我们这一代对于格物和致知有新的认识和思考，使得实验精神真正地变成中国文化的一部分。"作者先阐明格物致知精神在今天的重要性——一是研究自然科学、人文科学和在个人行动上，都不可缺少；二是应付世界环境也不可缺少。而后揭示格物致知的真正意义。结尾提出了对中国一代人的希望。

◎模块四：

（一）阅读学术性演讲词的经典范文

【范例29】

在接受宗教裁判所审判时的演说
〔意大利〕布鲁诺

整个说来，我的观点有如下述：存在着由无限威力创造的无限宇宙。因为，我认为，有一种观点是跟上帝的仁慈和威力不相称的，那种观点认为，上帝，虽具有除创造这个世界之外还能创造另一个和无限多个世界的能力，似乎仅只创造了这个有限的世界。

总之，我庄严宣布，存在着跟这个地球世界相似的无数个单独世界。我同毕达哥拉斯一起认为，地球是个天体，它好像月亮，好像其他行星，好像其他恒星，它们的数目是无限的。所有这些天体构成无数的世界。它们形成无限空间中的无限宇宙，无数世界都处于它之中。由此可见，有两种无限——宇宙的无限大和世界的无限多，由此也就间接地得出对那种以信仰为基础的真理的否定。

其次，我还推定，在这个宇宙中有一个包罗万象的神，由于它，一切存在者都在生活着、发展着、运动着，并达到自身的完善。

我用两种方式来解释它。第一种方式是比做肉体中的灵魂：灵魂整个地处在全部之中、并整个地处在每一部分之中。这如我所称呼的，就是自然，就是上帝的影子和印迹。

另一种解释方式，是一种不可理解的方式，借助于它，上帝就其实质、现有的威力说，存在于一切之中和一切之上，不是作为灵魂，而是以一种不可解释的方式……

至于说到第三位格的上帝之灵，我不能按照对它应有的信仰来理解它，而是根据毕达哥拉斯的观点来看待它，这种观点跟所罗门对它的理解是一致的。即：我把它解释为宇宙的灵魂，或存在于宇宙中的灵魂，像所罗门的箴言中所说的："上帝之灵充满大地和那包围着万有的东西。"这跟毕达哥拉斯的学说是一致的，维吉尔在《伊尼德》第六歌中对这一学说作了说明：

"苍天与大地，太初的万顷涟漪，那圆月的光华，泰坦神的耀眼火炬，在其深处都有灵气哺育。智慧充溢着这个庞然大物的脉络，推动它运行不息……"

按照我的哲学，从这个被称做宇宙之生命的灵气，然后产生出每一个事物的生命和灵魂，每一事物都具有生命和灵魂，所以，我认为，它是不朽的，就像所有的物体按其实体说是不朽的那样，因为死亡不是别的，而是分解和化合。这个学说大概是在《传道书》中讲到太阳之下没有任何新事物的地方阐述的。

真理面前半步也不后退。

前进，我亲爱的菲洛泰奥，愿任何东西也不能迫使你放弃宣传你那美妙的学说，无论是无知之徒的粗野咒骂，无论是苟安庸碌之辈的愤慨，无论是教条主义者和达官贵人的愤怒，无论是群氓的胡闹，无论是社会舆论的令人震惊，无论是撒谎者和心怀嫉妒者的诽谤，这些都损害不了你在我心目中的崇高形象，决不会使我离开你。

顽强地坚持下去，我的菲洛泰奥，坚持到底不要灰心丧气，不要退却，哪怕那笨拙无知、拥有重权的高级法庭用种种阴谋来陷害你，哪怕它妄图使用一切可能的手段来抵制那美好的意图、你那种种著作的胜利。

你放心吧，这样的一天总是会到来的。那时所有的人都会明白我所明白的东西，那时所有的人都会承认：对于每一个人来说，同意你的见解并颂扬你是容易做到，就像要比得上你却难于做到一样；所有的人，凡不是从头坏到脚的人，终有一天会在良心驱使之下给予你应得的赞扬。要知道，打开理性的眼睛的，归根到底是内心的教师，因为我们理解思想上的财富并不是从外部，而是从内部，从自身的精神得到的。在所有人的心灵中都有健全理智的颗粒，都有天赋的良心，它耸立于庄严的理性法庭之上，对善与恶、光明与黑暗进行评判并作出公正的判决。你那良好事业的最忠诚最卓越的捍卫者之所以能从每一个人意识的深处终于点燃起起义之火，要归功于这样的判决。

而那不敢与你交朋友的人，那些胆怯地顽固维护自己的卑鄙无知的人，那些坚持充当赤裸裸的诡辩派与真理不共戴天的敌人的人，他们将从自己的良心中发现审判官和刽子手，发现为你复仇的人；这位复仇者将能更加无情地在他们自己的思想深处惩罚他们，使他们再也无法向自己隐藏这些观点。当敌人给予你的打击被击退的时候，让一大群奇怪而凶恶的爱夫门尼德（希腊神话中的复仇女神，专在地狱中折磨人的灵魂）把他包围起来，让其狂怒倾泻在敌人的内心动机上，并用自己的牙齿将他折磨至死。

前进，继续教导我们去认识关于天空、关于行星与恒星的真理，给我们讲解在无限多的天体中一个与另一个究竟有什么不同，在无限的空间中无限的原因与无限的作用为什么不仅是可能的，而且也是必然的。教导我们什么是真正的实体、物质和运动，谁是整个世界的创造者，为什么任何有感觉的事物都由同一要素和本原组成。给我们宣讲关于无限宇宙的学说，彻底推翻这些假想的天穹和天域——它们似乎应把这么多的天空和自然领域划分开来。教导我们讥笑这些有限的天域以及贴在其上的众星。让你那些所向披靡的论据万箭齐发，摧毁群氓所相信的、第一推动者的铁墙和天壳，打倒庸俗的信仰和所谓的第五本质，赐给人们关于地球规律在一切天体上的普遍性以及关于宇宙中心的学说，彻底粉碎外在的推动者和所谓各层天域的界限。给我们敞开门户，以便我们能够通过它一览广漠无垠的统一的星球世界。告诉我们其他世界是如何像我们这个世界那样，在以太的海洋里疾驰的。给我们讲解所有世界的运动，如何由它们自身内部灵魂的力量来支配。并教导我们，在以这些观点为指导去认识自然的道路上，坚定不移地阔步前进。

（二）作者简介

乔尔丹诺·布鲁诺（1548~1600年），意大利文艺复兴时期的思想家、自然科学家、哲学家和文学家。他勇敢地捍卫和发展了哥白尼的太阳中心说，并把它传遍欧洲，被世人誉为是反教会、反经院哲学的无畏战士，是捍卫真理的殉道者。由于批判经院哲学和神学，反对地心说，宣传日心说和宇宙观、宗教哲学，被控为"异教徒"，流亡国外15年。1592年回国后被宗教裁判所逮捕入狱，经过八年的残酷折磨后，布鲁诺被处以火刑。1600年2月17日凌晨，布鲁诺被绑在鲜花广场中央的火刑柱上，刽子手用木塞堵上了他的嘴，然后点燃了烈火。布鲁诺在熊熊烈火中英勇就义。主要著作有《论无限宇宙和世界》《诺亚方舟》等。

（三）演讲背景

1592年5月23日，布鲁诺被逮捕后，一直被囚禁在宗教裁判所的监狱里，接连不断的审讯和折磨竟达八年之久！由于布鲁诺是一位声望很高的学者，所以天主教企图迫使他当众悔悟，以使他声名狼藉，但他们万万没有想到，一切恐吓威胁利诱都丝毫没有动摇布鲁诺相信真理的信念。一些神甫找布鲁诺交谈，说依他的天资，倘若重新回归宗教，苦心钻研教条，肯定会高升罗马教廷。他坦然地说："我的思想难以跟《圣经》调和。"天主教会的人们绝望了，他们凶相毕露，建议当局将布鲁诺活活烧死。布鲁诺似乎早已料到，当他听完宣判后，发表了这篇演说。

（四）成文技巧

1. **为坚持真理而呐喊**　真理是人类的智慧之根，人的天职就是追求真理。作为一名正直的思想者，内心崇高理想的追求者，布鲁诺像个勇敢的理想战士，在探寻真理的道路上冲锋陷阵。六年的颠沛流离，八年囚禁羁押的折磨，并没有动摇他的信念，更没有使他放弃对真理的追求。演讲开篇，他继续重申自己的观点，郑重宣布：我的观点是跟上帝的仁慈和威力不相称的，即，地球是个天体，它好像月亮，好像其他行星，好像其他恒星，它们的数目是无限的。

所有这些天体构成无数的世界。这个观点，被人们所接受和认识的那一天总是会到来的。那时所有的人都会明白我所明白的东西，那时所有的人都会承认：对于每一个人来说，同意你的见解并颂扬你是容易做到，就像要比得上你却难于做到一样；所有的人，凡不是从头坏到脚的人，终有一天会在良心驱使之下给予你应得的赞扬。

2．为坚持真理而前进 布鲁诺大义凛然地说："前进，我亲爱的菲洛泰奥，愿任何东西也不能迫使你放弃宣传你那美妙的学说。"然后连续用六个"无论是……"的句子，描述了自己所处的黑暗环境和宗教邪恶势力的压迫，接下来布鲁诺义无反顾地表示："坚持到底不要灰心丧气，不要退却，哪怕那笨拙无知、拥有重权的高级法庭用种种阴谋来陷害你，哪怕它妄图使用一切可能的手段来抵制那美好的意图、你那种种著作的胜利。"话语掷地有声，气势慷慨激昂，表现了在当时的社会环境下宣扬和捍卫哥白尼学说的孤独抗争精神，更表达了他追求真理、坚持真理的坚强决心。在这里，"菲洛泰奥"是一个虚拟的人物形象，是布鲁诺自己灵魂的化身，文中的呼吁正是布鲁诺自己内心的呐喊和抗争。演讲者通过自己与自己的心灵对话，更好地释放出他在黑暗环境中受压抑遭压迫的愤懑之情，形象地表达了他在"真理面前半步也不后退"的执著信念和勇气。大量排比手法的运用，增强了演讲的气势，更具感染力和鼓动性。

演讲者在演讲中调动了比喻、排比、反复、借代等多种表现手法，显得感情深沉、激情四射、文采斐然；同时在句式的使用上也很有特点，"长""短"交错，"整""散"相糅，更是语气通畅、气韵灵动、摇曳多姿。读来给人酣畅淋漓、回味无穷之感，极易激起听众强烈的心理共鸣，并能从中得到教益和鼓舞。这篇演讲词是布鲁诺追求真理的呐喊，是冲破黑暗时代的一声嘹亮的号角。它让我们看到了科学斗士思想突围的光芒。

综观全篇，演讲词结构严谨无隙，语言丰富生动，内蕴厚实深刻，行文晓畅明白，气势雄浑磅礴，情理相互交融，文质浑然一体，既闪烁着灿烂的思想火花，给人以思想的启迪，有隽永的科学哲思之美，又随处可见斑斓斐然的飞扬文采，给人以艺术的享受，有繁盛的文学辞章之美，显现出经典名篇无穷的魅力。

◎模块五：

（一）阅读学术性演讲词的经典范文

【范例30】

以广阔的视野思考问题

〔英国〕李约瑟

（1990年9月4日）

　　我于1900年12月9日生于伦敦南区的克拉彭公园。父亲是位医生。我小时候，他还只是一个普通的私人医生。后来，父亲在哈里街有了房子，成了麻醉师。在我们的家庭中，有沿用"约瑟夫"这个名字的传统。我现在用的就是这个名字。我母亲是音乐家，也是作曲家，名叫艾莉西亚·阿德莱德·尼达姆，旧姓蒙哥马利。母亲当时很有名气，那时她在近卫军乐队中担任指挥。她创作的歌曲大都很有名，如《我的黑玫瑰》这首歌差点儿被选为爱尔兰的国歌。

　　我父母之间关系的不和谐，慢慢地我也感觉到了。至今我还记得，在我小时候，有一次，母亲敲打着上了锁的父亲诊所的门窗，埋怨让我识字太早。这样的争吵在房间里常常可以听到。那时我可能有6岁了。我父亲有间很漂亮的书房，因此我能自由自在地读到一些书。其中，给我印象最深的是施利格斯的《哲学的历史》这本书，至今我还保存着它。

　　我深深地为父亲的求学精神所打动，所以有意识地模仿父亲。但是，后来我又觉得从母亲那里也受益匪浅。如果说我单单受我父亲的影响，那么恐怕我就难以致力于像"中国科学技术史"这样庞大的课题了。在昂德尔公学学习时，校长F. W. 桑德森的谆谆教导给了我极大的影响。在我14岁即第一次世界大战爆发的时候，我被送进了这所公学。校长先生常常对我说："要以广阔的视野思考问题。""中国科学技术史"这一研究课题我想就是"以广阔的视野思考问题"的最好的实例了。他还常常对我说："如果你能找到激励起自己执著追求的东西，那么你就能把它干好。"中国的科学与技术就是我找到的能唤发起我执著追求的东西，而且可以说实现了。这些情况，还是另找机会再谈吧！在昂德尔公学，其实也并不太快乐。我这样说是因为这所公学把重点特别放在体育运动上。那时，我编了一本名叫《铁房子》的家庭杂志。到了学校放假的时候，就跟着父亲到怀尔医院，第三伦敦综合医院以及乔治皇家医院去。在那儿我给人家当手术助手，做给外科医生递递缝合线和钳子之类的工作。我第一次看做手术是在9岁时，那是由约翰·布兰德一萨顿爵士主刀的阑尾切除手术。父亲对我见到血没有晕过去非常满意，给了我几枚金币。后来，因真正有资格的医师严重不足，以至谁都能从事医疗工作，我也被卷了进去。说老实话，我在第一次世界大战结束前，看到过许许多多的手术，而且有的外科手术就像是做木工活儿。我自己想进一步学习，想做些更为复杂的工作，因此就没有成为外科医师。

我是个独生子，无法依靠兄弟姐妹，但我想谁都能起搭桥的作用。我这样说，是因为许多父母的孩子常常想让父母和好，但没有实现，所以我就想起个中间人的作用，从中搭桥，从中调解。再譬如，我大学时代想在学问和宗教之间架起桥梁；紧接着，后来我成了有名的胚胎生物化学学者，想在形态学与生物化学间架起一座桥梁；再后来我就决定在中国和西欧间架设桥梁了。就这一点，我想详细讲一讲。

我在1918年作为医科大学学生，进了剑桥大学冈维尔一基兹学院。战争结束时，我已是海军外科中尉军医。但既没通过医学考试，又没有制服，更谈不上出海了。这些军医的任务只是根据水兵伤势情况作出送基地医院或就在护卫舰或驱逐舰上治疗的建议。我在基兹学院作过人体解剖，并通过了第一次及第二次医学学士考试。不久，我深深地被非常有趣的弗雷德里克·高兰·霍普金斯博士所讲授的课程所吸引住了，促使我开始生物化学的研究。霍普金斯博士是从来不给学生课题的。但是，一旦学生自己把握住要干什么时，他便会从各个方面给予帮助和支持。那时，我看到了一篇由一战时死去的名叫克莱恩的年轻学者写的论文。文中指出，鸡蛋中促进生长的因子在成长初期时为0毫克，到抱卵3周后竟达到310毫克。

我把这篇论文拿到霍普金斯博士那儿，告诉他这一伟大发现——鸡蛋是多么了不起的化学工厂啊！当时他就劝我研究下去。我开始研究是在1921年，最终出现了《化学胚胎学》和《生物化学与形态发生》这两部书。这两部书最大的不同是：前者想解释清楚胚胎在成长过程中的化学变化以及合成；后者则想就"形态发生形成体"自身的生物化学阐述一些已知的东西。金·布拉谢特在他的书中，称我为"胚胎生物化学之父"，但他只是说了这一点，而对我发现了什么并没有说明。

在我37岁时，来了3位想在剑桥攻读博士学位的中国研究生。他们当中，沈诗章是由丹麦的林登斯特罗姆兰格介绍来与我一起研究两性动物卵内不同地方的呼吸比率的。他当时正在研究称为"呆巴子"的超微测微器。再就是和我前妻一起研究肌肉生物化学的鲁桂珍。还有在戴维·凯桂和莫尔特诺研究所研究的王应睐。后来，他们3人各自过着不同的生活。沈诗章就职在耶鲁大学，直到去世。王应睐回到中国，担任上海国立生物化学研究所所长，后又担任中国科学院上海分院院长。鲁桂珍第二次世界大战期间是在美国度过的。她曾一度生活在加利福尼亚、纽约哥伦比亚医疗中心及亚拉巴马州伯明翰等3个地方。在亚拉巴马州，她研究了人所共知的蜀黍红斑（糙皮病）。后来在南京作了营养生物化学教授，不久又被召到巴黎联合国教科文组织。9年后她返回剑桥。她来剑桥的原因，一则是我在康福德—麦克荣林基金会中心担任司库，再则她认为自己在剑桥的生物化学研究所搞研究更适合。现在，她在我工作的研究所中任副所长。

在我去中国前，我们曾约好，要在中国科学技术史方面做点文章出来。基于有人在罗马国会上主张"迦太基不灭，我们就要被灭亡"这种思想，我们在各自未选择研究方向前订下了关于研究"中国科学技术史"的粗略计划。这3位中国研究生给予我的影响远比剑桥给予他们的影响大得多。因此，我开始学习汉语，也学习比会话难得多的汉字。我一直觉得，为了东亚研究的课题，以优异成绩通过语言考试而在教室学习汉语，和不带功利目的、作为一件有趣的事而学习，这两者之间是有区别的。从那以后，我阅读中文开始摆脱初级的ABC阶段，进入了如夏日邀游江河那样的畅达阶段。

1942年，英国政府要派一位科学家去中国，担任设在重庆的英国大使馆科学参赞。当时，在英国科学家里可以说几乎找不到懂汉语的，于是选中了我。由于这个原因，我在第二次世界大战期间在那里度过了4年。在中国的4年，对我的命运具有决定性的意义。我们在那里设置了中英科学合作馆。为此，我们进行了长达几千英里的旅行，到了非日本人占领区的地方，访问了那里的所有大学、科学研究所、铁路工厂、兵工厂以及各类与科学有联系的企业。最初与我合作的是黄兴宗，后来他去了牛津大学，他的工作由曹天钦接替。在这段旅途中，我碰到那位有名的新西兰人路易·艾黎。而且他在我们向西北前进途中，下决心将培黎学校从兰州搬到山丹去。为此和我们来的两个少年王万圣、孙光君也一同在千佛洞过了6个星期，因为他们懂甘肃土话。

1946年，我收到了我的朋友——联合国教科文组织第一任总干事朱利安·赫胥黎的一封电报。电报上写道："速归，帮助我组建联合国教科文组织自然科学部。"于是我回到巴黎，在这个组织工作了1年又6个月。鲁桂珍后来也在那里工作过9年。联合国教科文组织自然科学部主要是本着下面两点组建的：第一，帮助召开国际科学联盟定期会议；第二，开设和经办仿照中英科学合作馆建立的世界各地科学办事处。

我原配妻子多萝西·梅亚丽·莫伊尔·尼达姆，于 1987 年去世，时年 91 岁。我们共同度过了 64 年幸福生活。后来，我和鲁桂珍于 1989 年结婚。结婚仪式是在基兹学院的礼拜堂内，由学院院长同时也是我的导师约翰·斯特德主持举行。那是在仪式结束后举行的三明治午餐会上的话了，两个 80 开外的人站在一起，或许看上去有些滑稽，但我的座右铭是："就是迟了也比不做强！"

迄今为止，包括出版和预定出版的共有 24 册的这套《中国科学技术史》的巨著已出版 15 册。现在我正在埋头于较为困难的医疗科学部分的编写工作。最初与我合作的是我在四川李庄第一次见到的王铃（王静宁），他是博斯年领导的中国科学院历史语言研究所的助理研究员。他的研究成果反映在第 5 卷第 7 分册对中国火药史的详细阐述上。起初，我们考虑科学部分用 7 卷就可详尽写出，但后来因资料过多，一卷又分成几部分，这样每一部分就自然成册了。这样合计起来，至少得出书 24 册。我们把起初的几卷叫"天卷"，把以后按分册出的叫"地卷"。接下来发行的将是以有关弓、石弓以及在火药出现前的大炮和包围战为内容的第 5 卷第 6 分册。再下面发行的将是关于纺织品及织布机历史的第 5 卷第 10 分册。这期间，第 7 卷对中国的经济、科学的社会性、知识性背景的研究有相当发展，第 7 卷第 1、2、3 分册不久有可能同时出版。其中加进了西欧伟大的社会学家格利高里·布尔和研究现代中国与日本的历史学家德莫西·布鲁克对传统的中国社会本质观的两部分论述。这卷由我的朋友凯内斯·鲁宾逊编辑，他对这个研究课题也作出了很大贡献。虽然我恐怕无法亲眼看到这部《中国科学技术史》各卷全部完成，但至少我对它能成功地完成这一点是深信不疑的。

回顾我的一生，我觉得我的事业很大程度上受益于给我人生带来很大影响的 F. W. 桑德森这位昂德尔公学校长和他对我的忠告——"要以广阔的视野思考问题"和"要找到能激励自己去执著追求的东西"。

最后，我谨向那些在我的成长过程中、在我受教育的过程中倾注心血的每一位，其中有我的父母，有在昂德尔公学的我的校长先生，以及在我的人生道路上给予我帮助、支持的所有先生表示我的谢意。

（二）作者简介

李约瑟（Dr.Joseph Needham，1900～1995 年），英国著名科学家、英国

皇家学会会员（FRS）、英国学术院院士（FBA）、中国科技史大师及中国人民的老朋友，当代杰出的人文主义者。他早年以生物化学研究而著称，20世纪30～40年代出版了《化学胚胎学》（三卷本）及《生物化学与形态发生》，在国际生化界享有盛誉。1937年，在鲁桂珍等三名中国留学生的影响下，皈依于中国古代文明，转而研究中国古代科学、技术与医学，从此一发而不可收。1942年秋，受英国皇家学会之命，前来中国援助战时科学与教育机构，在陪都重庆建立中英科学合作馆，结识了大批的中国科学家与学者，并结下深厚的友谊。在华的四年，李约瑟广泛考察和研究中国历代文化遗迹与典籍，为他日后撰写《中国科学技术史》作了准备。1946年春，李约瑟离任，赴巴黎任联合国教科文组织自然科学部主任。两年之后返回剑桥，先后在中国助手王铃博士和鲁桂珍博士的协助下，开始编写系列巨著《中国科学技术史》。他为中国培养了一批优秀科技史学家。1994年被选为中科院首批外籍院士。

（三）演讲背景

1990年，日本福冈市政府为发展亚洲文化，为亚洲人民的相互学习和广泛交流奠定基础，决定设立福冈亚洲文化奖，奖励为亚洲文化的保存和创造作出杰出贡献的个人和团体。同年7月，福冈亚洲文化奖委员会经过讨论，决定把首届亚洲文化奖授予中国作家巴金，科学史权威李约瑟博士、黑泽明、克立·巴莫等四人。9月，90岁高龄的李约瑟博士亲赴福冈市领奖。9月4日，李约瑟在领奖时发表了这篇演说。

（四）成文技巧

粗看这篇演讲词，好像是一篇自传。当你反复读了若干遍以后，经过咀嚼，才能领悟和体会到其中的深刻内涵，这时，你再回过头来看这篇演讲词的题目，你才会恍然大悟。演讲词的核心是两个。

1.要以广阔的视野思考问题　李约瑟的成长过程，就是以广阔的视野思考问题的过程。从当私人医生的父亲那里，李约瑟有了医生的视野；从音乐家和作曲家的母亲那里，李约瑟有了音乐家的视野。在昂德尔公学学习时，校长F. W. 桑德森的谆谆教导使李约瑟有了更加广阔的视野。以后，李约瑟相继有了胚胎生物化学学者的视野、海军外科中尉军医的视野。同时，在鲁桂珍等三名中国留学生的影响下，李约瑟的视野扩大到中国古代文明，转而研究中国古代科学、技术与医学，由英国扩展到中国、法国。由理论的视野扩展到实践的视野。当把中国作为自己更广阔的视野的时候，一切的成功就都顺理成章了。

2．**要找到能激励自己去执著追求的东西**　当李约瑟决定，要在中国科学技术史方面做点儿文章出来的时候，视野与精神激励，使李约瑟的视野更加开阔，追求更加执著。当李约瑟为实现"中国科学技术史"的粗略计划而努力奋斗的那一天起，就与中国，与中国的科学技术紧紧连在了一起。第二次世界大战期间在中国度过的四年，对李约瑟的命运产生了决定性的意义，以至于产生了一生与中国不可分开的纽结，甚至后来李约瑟与中国科学家鲁桂珍于1989年结婚，更不要说那部鸿篇巨制的《中国科学技术史》了。

当反复读了李约瑟的朴实的演讲词以后，我们才懂得，一句话可能会影响或者改变一个人的一生。李约瑟的一生及其事业很大程度上受益于给他人生带来很大影响的忠告——"要以广阔的视野思考问题"和"要找到能激励自己去执著追求的东西"。假如没有这两句忠告，也许就没有今天的李约瑟，也就没有李约瑟的那部《中国科学技术史》。

第七篇　表态性演讲词

一、表态性演讲词概述

（一）表态性演讲词的内涵

表态，是指公开讲明自己的意见或观点，表明态度。表态性演讲词是指演讲者通过演讲词，向听众表明自己对某项工作、事情的意见、观点和态度。这里专讲演讲者对自己任职和离职时所发表的演讲词。

（二）表态性演讲词的特点

1．自述性　表态性演讲词因为要对自己任职和离职讲明意见或观点，表明态度，所以，要求演讲者自己述说自己在一定时期内履行职责的情况。一般是以围绕个人主体内容为主。如履行新职的表态演讲词，要表明自己即将走向新的岗位工作的态度和决心。

2．总结性　表态性演讲词的内容含有对自己以前工作的总结。不管是准备履行新职还是即将卸职，都要对自己前一段的工作进行一番总结。有的还要对自己工作中存在的问题和不足进行分析，提出整改的措施和目标。

3．评价性　表态性演讲词要在对自己过去的工作进行全面总结的基础上，进行自我评估、自我鉴定、自我定性。哪些是值得肯定的，哪些还值得注意，为自己履行新职进行证明，或者表示无怨无悔的心情。

（三）表态性演讲词的类型

表态性演讲词一般有三种类型。

1．就职演讲词　即领导人员在即将担任新的领导职务时，对履行新职的想法和打算。如陈毅《在庆祝新四军军部成立大会上的就职演讲词》，刘伟平的《任职表态发言》。

2．离职演讲词　即领导人员在即将卸任领导职务时所作的告别演说。如布莱尔的《辞职演讲》等。

3. 述职演讲词　是指国家机关工作人员，主要是领导干部向上级主管部门和下属群众陈述任职情况，接受评议的演讲词。包括履行岗位职责与完成工作任务的成绩、缺点、问题、设想，进行自我回顾、评估和鉴定等。

（四）表态性演讲词的作用

一是向听众表明自己在任职期间所做的工作，让大家对自己所做的工作、取得的业绩有所了解，便于上级主管部门考核、评估、任免、使用有所依据。

二是接受大众的评议和监督，提高自身素质，加强演讲者与民众之间的思想感情交流。

二、表态性演讲词的写作艺术

◎模块一：

（一）阅读表态性演讲词的经典范文

【范例31】

在庆祝新四军军部成立大会上的就职演讲词

〔中国〕陈毅

（1941 年 4 月 20 日）

各位同胞各位同志：

今天是各界同胞抗战军队，在这里举行庆祝军部成立的大会，这在中国抗战中，革命史上以及将来都是一件大事。我想只要是抗战的爱国的同胞，听到新四军军部恢复，一定也会像诸位一样的欢欣与热烈地庆祝，仇恨的只有日本帝国主义，反共顽固派与亲日派。因此今天新四军军部的恢复，是直接有利于国家民族的前途。这不仅是兄弟个人、刘政委、张副军长、邓主任、赖参谋长，几个人在这里就职问题，而是全国抗战中的一件大事。我们几个人只是作为一个代表，代表出来讲话。我们要很好地完成抗战革命的大业，还要依靠各界同胞和所有抗战军队共同负担起来。有了民众及抗战军队一致团结的力量，我想我们几个人大胆地来就职，一定能够负起责任来，而且一定有把握打倒日本帝国主义，一定有把握打倒亲日派，反共顽固派。这是一个光荣的责任，它将直接有力地使中国抗战革命取得胜利。我们可以告诉亲日派和反共顽固派，新四军是不能取缔和消灭的。反共顽固派1月14日消灭了军部，但是1月20日我们的军部又成立了。皖南新四军被歼灭了，但是新四军在安徽、湖北、江苏、河南，仍继续存在，而且会更加发展和壮大，这是一定会使亲日派反共派感到失望的。所以我们今天的大会，有坚持抗战最大的政治意义。

我想在这里讲一讲新四军的问题。新四军是一个什么队伍，在座的同胞和同志们都知道得很清楚的。在新四军成立那一天起，兄弟就在新四军工作。直到现在14年中都没有一天离开过。在民国十七年冬天就有了新四军（新四军前身是老四军）。大革命失败了，反动派破坏北伐革命，不愿意实行三民主义，与北洋军阀勾结，爆发反革命的清党运动，在南京广州擎起了反共的旗帜，一方面反共，一方面投降帝国主义，出卖人民与中国革命的事业。亲日派、反共顽固派头子，日本帝国主义应该想一想：在这14年长期的历史中，是不是消灭了新四军——中国革命的军队！事实证明他们是失望了！叶项军长、朱彭司令、毛泽东同志，在过去为了建设中国工农红军整整奋斗了14年。反共顽固派动员了几百万大兵，经过了六次围剿，都不能消灭我们；顽固派着急了，抵不住了，只好拿下反共的招牌来合作。大头子被捉去了，还是周恩来去讲情放出来的，难道忘记了吗？

在大革命失败的时候，朱德总司令只带了八百多人上井冈山，就发展成为今天五十万大军。这样干下去是一定会胜利的。新四军的前身是南方各省的游击队，那时全部只有二千多人，因当时在残酷的斗争中，还受到损失。项英同志和兄弟在一起，在广东、江西交界的一个山上，只有二百多人。三年后，新四军发展到九万人，今天九万人还被他消灭吗？要被消灭，在大革命失败时就可以被消灭；在三年游击战革命失利的时候，也可以被消灭，但是没有被消灭，相反的是十倍百倍地壮大与发展。今天新四军有九万人马，四五省的抗日民主根据地，将近一万万的人民拥护，谁想来消灭他，谁就要失败。新四军是中华民族的先锋队，他是最坚决的，为着中华民族的解放与人民的事业而奋斗。中华民族一天不解放，中国人民一天不解放，则新四军必然会发展，是毫无疑义的。过去十多年来，我们为什么能够存在？就是因为有革命民众的帮助，爱国同胞以及成千成万的青年的加入。虽然在斗争中有牺牲有伤亡，但是新生的力量继续地涌入我们的队伍，使我们愈加强大了。新四军是由优秀的分子组成，是代表抗日民众利益与要求，始终保持着和高举着这面抗战的大旗，坚决地抗战到底。有了这面大旗，这便是不能战胜的力量之根源。真是取之不竭，用之不尽，越打越强！正因为这样，所以重庆当局的亲日派、反共顽固派，看见新四军不可抵挡地发展，所以要来打新四军。他们不愿意抗战，与日本鬼子勾结起来，消灭取消抗战有功的新四军，这不仅是与新四军作对，而且是与中国抗战作对，和四万万老百姓作对！新四军有四万万抗日的老百姓的拥护，是一定会胜利的。今天新四军军部成立，受着苏北各界同胞的热烈拥护。我们的同志要明白我们的责任，是要求得中华民族的解放，打倒日本帝国主义，坚持抗战的大旗。我们什么都不怕，我们一定会胜利的。

新四军是不可战胜的力量。皖南事变后，重庆当局发出一个反革命的命令——取消新四军，我们可以置之不理。我们拥护中国共产党中央革命军事委员会的命令——恢复军部。我们拿革命的命令来反对反革命的命令，拿抗战的命令，打倒破坏抗战的命令！重庆当局制造皖南事件，取消新四军，这完全是双簧，后面有日本鬼子发命令。同志们！我们要反对重庆当局的非法令，反对他们就等于反对日本帝国主义。各界同胞要了解，重庆当局变了。在皖南事件以前，重庆当局还是领导抗战的；皖南事变以后，他不打鬼子，欲消灭新四军军部，取消新四军，发动20万大军进攻我们。不愿领导抗战而领导内战，破坏抗战了！重庆当局负责的虽还是那几个人，但是变了，很快地会撤去抗战的招牌了。汪精卫不是堂堂的副总裁、行政院院长、国民参议会的议长，他公开地讲反共，他就变成汉奸了。皖南事变以及取消新四军番号，就是重庆当局改变其抗战国策的证据！这完全与汪精卫的改变是一样的。所以我们成立军部，就是要和他们作对到底。

新四军是老百姓的队伍。新四军14年的历史，是为全中国谋解放的历史。新四军是为着老百姓的利益，为工人、农民、青年、妇女、文化界、教育界及公正开明士绅的利益奋斗到底。新四军是与军阀、腐烂政客、卖国贼作对到底！"中国人"三字的解释，应该是真正爱国的人，才能算是中国人。爱国的士绅工农青年妇女，这是十足的中国人。过去的封建军阀、汪精卫、政客、党棍、韩德勤、李守维……他们压迫中国人，与帝国主义勾结，高高在上，把我们老百姓踏在脚下，自命为高等华人，把老百姓当做牛马奴隶，经常同日本帝国主义勾通，这些人不是中国人，不让他们冒充。各界同胞是清楚知道的，我们苏北，被重庆大头子的徒子徒孙搅得一塌糊涂，新四军当然要与他们坚决作战到底，建立自由幸福的新中国。新四军是革命的军队，所以新四军主张民主政治，提倡文化教育，组织民众，减轻苛捐杂税，军民合作，提倡革命的艺术，正当娱乐，这些是与他们相反的。他们取消和压迫新四军，就是要夺去老百姓的自由平安的生活。现在汤恩伯、李品仙带了大批没有纪律的军队，要跑到苏北来发洋财。上官云相带了反共大军把新四军军部打垮了，在1月15日，他的军队就开进了云岭、泾县、铜陵、繁昌，三年来新四军所建立的抗日民主根据地。顾祝同说是去剿匪去，就是去摧残民众团体，去剿老百姓，说他们是勾结新四军，是犯法的。顾祝同不但要消灭新四军，而且要消灭老百姓。日寇也出动了大兵，配合起来夹击新四军，打得非常好看。这是因为新四军是保护者百姓的利益，所以顾祝同要压迫老百姓，就先要打新四军。今天我们新四军军部的成立，也就是为了保护老百姓的利益。我们一定能打垮他，一定能粉碎华中亲日派、反共顽固派20万大军的进攻。我们华中的老百姓，一定要团结起来打垮他们，我们才能抗战到底，过太平日子，不受压迫。最近我们盐城的九区区长，他不是当官的，是替老百姓做事的，现在被韩德勤绑去了。因为韩德勤不准他替者百姓做事，要替他压迫老百姓。我们新四军军部成立，我们几个人的就职，我们是坚决为老百姓的利益而奋斗到底。我们相信，有了军民一致团结的力量，我们是一定能够胜利的。

今天军部成立，各位同志要了解我们新四军和其他军队的不同，是我们新四军有政治委员制度，有了这个制度，我们几个人一定可以担负得很好。新四军一定可以由几万人发展到10万、20万，因为新四军有共产党的领导。新四军的每一个战士，不是为了做官拿薪水，是为了民族解放。他们的非法命令，新四军可以不接受。因为新四军有共产党的领导，有政治委员的制度，有政治部，这是保证新四军永远为革命事业、民族解放事业奋斗到底，不会投降日本帝国主义，不会压迫欺侮老百姓，不会失败。我们今天军部的恢复，还要庆祝我们的政治委员就职。在抗战三年前，我们与重庆当局争一个问题，就是我们主张全国抗战军队都实行政治委员制度，不但是军官指挥，而且是政治委员来指挥。重庆当局的亲日派汪精卫不肯，因为有了政治委员的制度，就变成真正的国家的军队，私人要利用军队去做反革命投降，就做不到。他们要造成家兵家将，指东打东，指西打西，要抗战就抗战，要投敌就投敌。新四军就绝没有这样的事，因为我们有共产党的领导，政治委员的领导。现在中共革命军事委员会，任命刘少奇同志为我们的政治委员。我们军事工作人员只管训练军队，如何拿枪瞄准，如何包围迂回；政治委员就指挥我们如何打，打谁，打日本帝国主义，还是打亲日派，反共顽固派，不能打老百姓，所以新四军是最可靠的。今天我向盐城各界同胞贡献一个意见，庆祝军部成立，一定要立即在全国抗战军队中，实行像新四军一样的政治委员制度，才能保持抗战军队不会被野心家阴谋利用，去作为压迫民众、投降日寇的工具。

刘少奇同志，是我们中国共产党的领导之一。他有二十多年的斗争历史，中国的工人运动，就是他一手领导起来的。他不但为了共产党、八路军、新四军奋斗了20年，而且为了中华民族的解放事业，已经奋斗有20年到30年的历史。抗战后，他到华北，华北抗日运动就有了大的发展；到皖东北，他同样展开了大的局面；到苏北，也一样是如此。他是代表中共中央到这里来直接指导我们的。新四军直接在中央和刘少奇同志领导下，我们一定会胜利的，因为在政治委员领导之下，我们的政治方向不会错，我们能依照中共的政策做下去，我们好像火车在铁轨上走，一定能够顺利地达到目的。我们军部今天成立，就更要加强军队的政治领导，拥护政治委员制度，我们军队一定能够百战百胜！

同胞们，同志们！皖南事变我们损失了军部，现在军部又恢复了；皖南事变我们有几千个指战员牺牲，但我们今天还有九万人的强大力量。日本帝国主义和亲日派反共派所得并不多，他却失去全国人民的同情，引起全国军民的抗议，对比起来，坚决斗争下去，最后胜利是我们的。希望大家努力！

（二）作者简介

陈毅（1901年8月26日～1972年1月6日），中国共产党的优秀党员，久经考验的忠诚的共产主义战士，伟大的无产阶级革命家、政治家、军事家、外交家、诗人；中国人民解放军的创建者和领导者之一，中华人民共和国元帅，党和国家的卓越领导人。

（三）演讲背景

新四军是抗日战争时期中国共产党领导的坚持华中抗战的人民军队。1937年抗日战争爆发后，中国共产党与国民党谈判达成协议，于10月将在湘、赣、闽、粤、浙、鄂、豫、皖八省的中国工农红军游击队和红军第二十八军改编为国民革命军陆军新编第四军。叶挺任军长，项英任副军长，张云逸、周子昆分任正、副参谋长，袁国平、邓子恢分任政治部正、副主任，同时成立中共中央革命军事委员会第四军分会，项英为书记，陈毅为副书记。辖四个支队，共1.03万余人。改编后根据中共中央的指示深入华中敌后，开展抗日游击战争，建立抗日根据地。1941年1月14日，国民党反动派在第二次反共高潮中，制造了震惊中外的"皖南事变"，叶挺被扣，项英遇害。蒋介石下令取消新四军番号。为了回击反动派的倒行逆施，坚持抗战，中共中央革命军事委员会于1月20日命令在盐城重建新四军军部，由陈毅担任代理军长，粟裕任副军长（后），刘少奇为政治委员，张云逸为副军长，赖传珠为参谋长，邓子恢为政治部主任。部队整编为七个师和一个独立旅，全军共九万余人。这是 1941 年 1 月 20 日，陈毅同志就任新四军代理军长时的演说。

（四）成文技巧

"皖南事变"仅仅六天，人们还处在新四军被国民党反动派消火的悲痛之中，中共中央革命军事委员会于 1 月 20 日命令在盐城重建新四军军部，由陈毅担任代理军长。这是一件具有重大意义的事件。无论是中国共产党领导的抗战力量，全国爱国的人民，甚至包括国民党反动派都十分关注。"这在中国抗战中，革命史上以及将来都是一件大事。"在这样的情况下，陈毅的就职演说具有重大的政治意义。

1.阐明了演讲的目的　新四军军部的恢复，是直接有利于国家民族的前途。这不仅是兄弟个人、刘政委、张副军长、邓主任、赖参谋长，几个人在这里就职问题，而是全国抗战中的一件大事。具有坚持抗战最大的政治意义。

2.回顾了新四军不断发展壮大的历史　新四军是中华民族的先锋队，他是最坚决的，为着中华民族的解放与人民的事业而奋斗。中华民族一天不解放，中国人民一天不解放，则新四军必然会发展，是毫无疑义的。新四军是由优秀的分子组成，是代表抗日民众利益与要求，始终保持着和高举着这面抗战的大旗，坚决地抗战到底。有了这面大旗，这便是不能战胜的力量之根源。我们的同志要明白我们的责任，是要求得中华民族的解放，打倒日本帝国主义，坚持抗战的大旗。我们什么都不怕，我们一定会胜利的。

3.揭露、痛斥了反共顽固派与亲日派反共反人民、勾结日本帝国主义的反动本质　重庆当局的亲日派、反共顽固派，看见新四军不可抵挡地发展，所以要来打新四军。他们不愿意抗战，与日本鬼子勾结起来，消灭、取消抗战有功的新四军，皖南事变以及取消新四军番号，就是重庆当局改变其抗战国策的证据！

4.指出了人民军队、民族解放事业必胜的光明前景　今天我们新四军军部的成立，也就是为了保护老百姓的利益。我们一定能打垮他，一定能粉碎华中亲日派、反共顽固派 20 万大军的进攻。

5.说明了新四军由共产党领导、实行政治委员制度的鲜明特点

整篇演说气势宏大，铿锵有力，挥洒自如，有很强的鼓动性和感染力。

◎模块二：

（一）阅读表态性演讲词的经典范文

【范例32】

一往无前，义无反顾，鞠躬尽瘁，死而后已
——在九届人大一次会议记者招待会上答中外记者问
〔中国〕朱镕基
（1998年3月19日）

美国时代周刊记者：上周我曾有机会到吉林省和辽宁省去观摩了当地的村民委员会的选举，这种选举使得村民们有机会选出他们希望选出的村长，或者是把他们不喜欢的村长赶下台。您个人对于建立这样一种体制是否支持？也就是说允许所有18岁以上的中国人都能够选举不仅是他们所在地的领导人，而且也能够选举国家领导人，包括国家主席和总理。如果您赞成这种做法，您认为需要多长时间才能够实现这种制度？如果不赞成，理由是什么？

朱镕基：我知道已经有一个美国的基金组织到中国来对这种选举进行过调查，并且发表了非常肯定的意见。目前这种民主的制度不但在农村，而且也在企业中实行，例如，民主评议厂长，民主审查财政账目，一部分企业民主选举厂长等等。我认为这是非常好的一个方向。至于如何选举主席和总理，这是一个政治体制问题，要从中国的国情出发，中国不同于外国，东方不同于西方，我们有自己的选举制度。

中央电视台记者：今后五年对中国的改革和发展非常关键。您认为当前最迫切需要解决的、最富有挑战性的问题是什么？

朱镕基：对本届政府的任务，去年江泽民总书记在中国共产党第十五次全国代表大会上已经提出明确要求；刚才江泽民主席和李鹏委员长发表的讲话，又对本届政府的任务作了具体规定。如果说得具体一点，我可以把本届政府要干的几件事情概括为："一个确保、三个到位、五项改革"。

"一个确保"，就是东南亚当前的金融危机使中国面临着严峻的挑战。我们必须确保今年中国的经济发展速度达到8%，通货膨胀率小于3%，人民币不能贬值。我们必须做到这些，因为这不但关系着中国的发展，也关系着亚洲的繁荣和稳定。

我们实现这些目标的主要手段是提高国内的需求。由于我们最近几年宏观调控成功，采取了适度从紧的财政货币政策，控制了货币的发行，使通货膨胀指数降得很低，因此有可能拿出较多的财力来刺激国内需求。这个需求就是加强铁路、公路、农田水利、市政、环保等方面的基础设施建设，加强高新技术产业的建设，加强现有企业的技术改造，当然还有住房建设，因为这是中国国民经济的新增长点。

什么叫做"三个到位"？第一个"到位"就是我们已经确定用三年左右的时间使大多数国有大中型亏损企业摆脱困境进而建立现代企业制度。

第二个"到位"，我们去年召开了金融工作会议，确定要在三年的时间里彻底改革我们的金融系统。就是说，中央银行强化监管，商业银行自主经营，这个目标也要在本世纪末实现。

第三个"到位"，是政府机构的改革。这次大会上通过的中央政府机构改革方案已经把40个部委精简为29个，政府机关的人数准备分流一半。这个任务要在三年内完成，相应地各级地方政府也要在三年内完成机构改革。我讲的三年内完成，是指分流出来的政府机关的一半干部三年内都能够到达充分发挥他们作用的岗位上。至于分流工作，今年就得完成。也就是说，新政府成立以后，在"三定"方案（定职能、定机构、定编制）确定后，今年这一半人就分流了，但完全到位则需要三年时间，因为分流的这一半人要经过培训，并考虑到他本人的志愿，把他分配到合适的位置上去，这就需要比较长的时间。

关于"五项改革"，第一是指粮食流通体制改革。中国由于农业政策的成功，已经连续三年丰收，中国粮食的库存现在达到历史最高水平。我可以负责地说，中国即使再遭两年大的自然灾害，粮食也不会缺乏。但是由于粮食库存庞大，政府财政补贴也相应增加，我们必须针对这个问题进行粮食购销体制的改革。

第二是投资融资体制的改革。因为现在的投资融资体制主要是行政审批制度，不能发挥市场对资源配置的基础性作用，这就产生了许多重复建设，必须进行根本的改革，使之能够符合市场经济的要求。

第三是住房制度改革。住房的建设将要成为中国经济新的增长点，但是我们必须把现行的福利分房政策改为货币化、商品化的住房政策，让人民群众自己买房子。整个房改方案已酝酿三年多。我们准备今年下半年出台新的政策，停止福利分房，住房分配一律改为商品化。

第四是医疗制度改革。我们在下半年将出台一个全国的医疗制度改革方案，来保证人民群众的基本福利。

第五是财政税收制度改革的进一步完善。现行财税制度是1994年改革的，取得了极大成功，保证了每年财政收入以很高的比例增加。但是目前存在的一个问题是费大于税。很多政府机关在国家规定以外征收各种费用，使老百姓负担不堪，民怨沸腾，对此必须整顿和改革。也就是说，各级政府机关除了必要的规费以外，不允许再巧立名目向人民群众收费。

最后我还要讲，科教兴国是本届政府最大的任务。江泽民主席非常重视这个问题，多次阐明科教兴国的重要性。但是我们因为没有资金，贯彻得不好。钱到哪里去了呢？政府机关庞大，"吃饭财政"，把钱都吃光了。其次，在各级政府的干预下进行了不少盲目的重复建设，几十亿、几百亿的一个项目，投产之后没有市场，相反把原有的一些企业挤垮了。这就使得中央的财政和银行都拿不出钱来支持科教兴国的方针。因此，本届政府决心精简机构，减掉一半的人，同时制止重复建设，把钱省下来贯彻科教兴国的方针。中央已经决定，成立国家科技教育工作领导小组，我担任组长，李岚清副总理担任副组长。这个决定已经江泽民主席批准。我们有决心进一步把科教兴国方针贯彻到底。

法国世界报记者：当中国在考虑进行国有企业改革的时候，正是韩国的大财团非常成功的时期，但是最近这些大财团纷纷出现了问题，有的还垮台了。他们失败的经历会不会对中国国有企业改革产生影响？特别是考虑到当前的金融危机，中国是否会放慢国有企业改革的速度？

朱镕基：我对于韩国企业的经验不作评论。但是，对于在这次亚洲金融危机中各国家的经验教训，我们应该很好地借鉴。这次东南亚金融危机不会影响中国国有企业改革的进展。在三年内，也就是本世纪末，国有大中型企业中的亏损企业大多数摆脱困境是完全能够实现的。我认为，外国舆论对中国国有企业的困难看得太大了。我们讲中国国有企业的亏损面现在有49%，这是按企业的个数来统计的。中国的工业企业有7.9万个，有的很小，只有几十个人。按这个数目统计，当然亏损面很大。但是，500个特大型国有企业向国家缴纳的税收和利润占了全国税收和利润的85%。这500个特大型企业亏损面只有10%，也就是50个，我们认为，从总体上讲用三年时间使大多数国有大中型亏损企业摆脱困境是能够实现的。

香港无线电视记者：当年"六四"事件对新政府有没有历史经验可以吸取？您曾说过，不管香港成为什么基地您都会去香港，请问您再去香港时如果有人请愿要求平反"六四"，您怎么看？

朱镕基：对于发生在1989年的政治风波，我们党和政府及时采取了果断措施，很好地稳定了全国的局势。对此，我们全党的认识是完全一致的。最近几年，我们党和政府的历次会议对此都作出了正确的结论，这个结论不会改变。当时我在上海工作，上海是完全和中央保持一致的。

至于香港，过去我就想去，而且去过了；现在我还特别想去。但现在我当了总理，失去了部分"自由"，不能想去就去，但是我一定会再去。至于香港人民对我去香港是表示欢迎，还是示威、抗议、游行，那是香港人的自由。但是我想，香港任何组织的活动，都必须符合香港特别行政区基本法，符合香港特别行政区的法律。

苏维埃俄罗斯报记者：有人讲，因为您不像有的中国领导人在前苏联留过学，所以也许您当总理后会在中国对俄罗斯的态度方面带入一些新的内容。您能否介绍一下您的政府在制定对俄罗斯的政策方面有什么考虑，您对中俄关系的发展有什么看法？

朱镕基：我在上届政府担任副总理主要负责经济工作，外交管得很少，但是我从来没有考虑过对俄罗斯的外交政策会有任何的变化。我将继续坚决贯彻执行江泽民主席和李鹏同志任总理时所制定的外交政策。我是否可以请钱其琛副总理对这个问题作一点补充呢？

钱其琛：任何一届政府里面有人在前苏联或者其他国家留过学，就认为这届政府一定对那个国家怎么样，我看这个逻辑不存在。不管从哪里学习回来，有什么经验，中国政府都是代表中国的。

香港凤凰卫视中文台记者：去年亚洲爆发金融危机，香港的危机也开始显现。现在香港经济回升，股市指数又创新高。请问香港如果出现困难，中央政府会采取什么措施帮助支持？人们称您为"经济沙皇"等，您对此有何感想？

朱镕基：去年发生亚洲金融危机，10月份香港也发生了股灾。但由于香港经济结构比较完善，经济实力较强，有980亿美元的外汇储备，特区政府领导有方，采取措施得力，已经克服了一个又一个困难。中央政府高度评价特区政府采取的对策，也不认为香港今后会遇到不可克服的困难。但如果在特定情况下，万一特区需要中央帮助，只要特区政府向中央提出要求，中央将不惜一切代价维护香港的繁荣稳定，保护它的联系汇率制度。

对于外界称我为"中国的戈尔巴乔夫"、"经济沙皇"等，我都不高兴。这次九届全国人大一次会议对我委以重任，我感到任务艰巨，怕辜负人民对我的期望。但是，不管前面是地雷阵还是万丈深渊，我都将一往无前，义无反顾，鞠躬尽瘁，死而后已。我虽然很怕辜负人民的期望，但是很有信心。只要我们高举邓小平理论伟大旗帜，在以江泽民同志为核心的党中央正确领导下，紧紧依靠全国人民，我相信本届政府将无往而不胜。

日本经济新闻记者：亚洲金融危机是否会影响中国开放金融市场？在2000年前有没有可能实现人民币兑换完全自由化？

朱镕基：亚洲金融危机不会影响中国金融改革预定的进程，也不会影响中国金融保险事业的对外开放政策。中国已经实行了人民币在经常项目下的可自由兑换，至于人民币的完全可自由兑换，也就是在资本市场上也自由兑换，按照我们预定的改革进程，将在中国中央银行的监管能力能够达到的时候再实行。

新华社记者：国外舆论认为中国是一个很大的市场，但是近年来国内市场出现了相对饱和，您如何看待中国市场的潜力？

朱镕基：中国是全世界最大的潜在市场，但是由于多年没有解决的重复建设问题，现在很多产品出现了供过于求的情况。即使这样，中国目前许多产品仍然是世界上最大的市场。中国钢产量达到1亿吨以上，这个市场还小吗？中国每年增加程控电话2000万门以上，世界第一，这个市场还小吗？可惜，VCD生产得太多，世界第一，卖不出去。中国现在需要的是经济结构的调整，所以我们今后要加强基础设施的建设，加强农村广大市场的开发，加强人民群众关心的住宅市场的建设，这个市场大得不得了。现在中国的市场远未饱和，我们欢迎外国的投资者踊跃到中国来投资。

台湾中国时报记者：未来五年您所领导的新政府准备采取哪些措施来处理两岸经贸关系？不久前汪道涵先生所领导的海协曾给海基会发函，希望、欢迎辜振甫先生到大陆来访问。对于辜振甫先生来访问有没有什么前提条件，什么时机比较合适？

朱镕基：关于发展海峡两岸的关系，江泽民主席在1995年春节发表了重要讲话，他所提出的八项原则是指导海峡两岸关系发展的基本方针。

印度报业托拉斯记者：印度新总理今天就要就职了，请问您对他要传达什么样的信息？

朱镕基：我昨天已给当选的印度新总理发了贺电。我很希望将来在适当的时机同他见面，向他请教。我在1984年曾经访问印度，主要是参加世界能源会议，我对印度留下了美好的回忆。我希望通过你向印度政府的首脑和印度人民致以我最美好的祝愿。

（二）作者简介

朱镕基，男，汉族。湖南长沙人，1928 年 10 月出生。清华大学电机系电机制造专业毕业，大学文化，高级工程师。曾任中华人民共和国国务院总理。为中共第十三届中央候补委员，第十四届、第十五届中央委员、中央政治局委员、常委。在工作中，他那极其严肃的表情，严厉的态度，犀利的语言，敏锐的目光，以及他做事果断、大刀阔斧、雷厉风行，又铁面无私、刚正不阿的风格，都给世人留下了极其深刻的印象，令许多官员敬畏。

（三）演讲背景

1998 年 3 月 19 日，九届全国人大一次会议举行记者招待会，大会新闻发言人曾建徽邀请新任国务院总理朱镕基和副总理李岚清、钱其琛、吴邦国、温家宝与中外记者见面，并回答记者的提问。六百多名中外记者对朱镕基总理的答问多次报以热烈掌声。招待会进行了一个半小时。本文是朱镕基总理答中外记者问的节选。

（四）成文技巧

由于这是朱镕基总理当选后的第一次公开讲话，所以被中外媒体誉为"就职演说"。其有以下特点：

1. **回答干脆，直截了当**　由于是回答中外记者的提问，所以，一问一答是本文的最大特点。但朱镕基总理的回答，无论是对一般问题还是刁钻的问题，没有顾左右而言他，而是句句真诚、实在。如对美国时代周刊记者提出的，中国什么时候可以直接选举国家领导人的问题时，朱镕基总理的回答是："如何选举主席和总理，这是一个政治体制问题，要从中国的国情出发，中国不同于外国，东方不同于西方，我们有自己的选举制度。"这个回答是非常客观的，实际的，不仅中国人可以接受，外国人也可以接受。

2. **变换角色，争取主动**　尽管是回答中外记者的提问，但朱镕基总理不失时机地变被动式回答为主动式介绍，使新一届政府的工作打算清晰地呈现在听众的面前。如当法国世界报记者问到：当中国在考虑进行国有企业改革的时候，韩国的大财团纷纷出现了问题，有的还垮台了。他们失败的经历会不会对中国国有企业改革产生影响，中国是否会放慢国有企业改革的速度时，朱镕基总理利用这个问题，自然而巧妙地阐述了中国对国有企业改革的政策和措施。这个回答坚定了中国人民改革的决心和信心。

3. **内容丰富，重点突出** 记者的提问，大多数没有定式，且变数较多。而在朱镕基总理的机智驾驭下，既圆满地回答了记者的提问，又重点阐述了新一届政府要做的工作，如"一个确保、三个到位、五项改革"。

4. **直面问题，毫不回避** 如何面对困难和问题，如何看待和回答这些问题，是对领导人能力与信心的考验。朱镕基总理没有回避中国经济发展中存在的一些问题，如科教兴国的战略贯彻得不好，政府机关庞大，"吃饭财政"，把钱都吃光了。在各级政府干预下，进行了不少盲目的重复建设等。亮出这些问题，既表明了中国政府的光明磊落，也表明了中国政府有能力解决问题的决心和信心。

5. **语言诙谐，风趣幽默** 在回答过程中，朱镕基总理不时幽默地传递了一些非常重要的信息。如"现在我特别想去"香港。"至于香港人民对我去香港是表示欢迎，还是示威、抗议、游行，那是香港人的自由。但是我想，香港任何组织的活动，都必须符合香港特别行政区基本法，符合香港特别行政区的法律。"这句话说明，香港人做事，必须做到两个符合，不能胡来。

综观整篇答记者问，内容丰富，重点突出，回答自如，活泼轻松，显示了中国人的自信和智慧。

◎模块三：

（一）阅读表态性演讲词的经典范文

【范例33】

任职表态发言
〔中国〕刘伟平
（2011年1月18日）

各位代表：

今天，大会选举我担任甘肃省省长。我既感到使命光荣，更感到责任重大。我深知代表们投给我的一张张选票，体现了对我的信任和支持，承载着全省各族人民的期望和重托。我衷心感谢人民代表对我的极大信任！

我在甘肃工作生活了六个年头。我热爱甘肃人民，对陇原这片热土有着深厚的感情。特别是甘肃人民勤劳质朴的优秀品质、不畏艰辛的奋斗精神和不甘落后的强烈愿望，深深感染了我、滋养了我，使我备受教益和鼓舞。这些年来，在省委的领导下，我尽自己努力做了一些工作，亲身经历和亲眼见证了甘肃的发展变化，深感以陆浩书记为班长的省委团结带领全省干部群众，抢抓机遇、加快发展，不仅使全省综合实力迈上了一个新台阶，而且巩固发展了和谐稳定、政通人和的好局面，进一步形成了心齐气顺、风正劲足的好氛围，为全省经济社会实现跨越式发展奠定了坚实的基础。目前甘肃的发展正处于两个五年规划承前启后、全面建设小康社会进程继往开来的关键时期。在这个时候担任省长职务，我的心头凝结着一种沉甸甸的责任和庄严的使命。尽管我清醒地知道，自己的能力和水平有限，尤其是面对全国各地竞相发展的新形势，面对实现全省跨越发展的新任务，面对全省人民群众过上更加幸福美好生活的新期待，自己和省政府一班人要肩负起这样一个历史使命，还需要付出很大的努力，但我有决心、有信心在省委的坚强领导下，在省人大、省政协的监督和支持下，团结带领政府一班人，秉承优良传统，坚持被实践证明完全符合甘肃实际的发展思路和发展战略，不断开拓创新，忠实履行职责，精心组织实施这次会议通过的"十二五"全省经济社会发展规划纲要，殚精竭虑促进甘肃跨越式发展，尽心竭力为全省人民谋求福祉，以推动全省跨越发展的实际成效，回报各位代表和全省人民的厚望与信任，努力做到不辱使命、不负重托。

一、始终坚持加强学习，着力增强自身素质和能力。加强中国特色社会主义理论体系的学习，不断提高自己的思想理论水平，自觉在政治上、思想上、行动上与党中央保持高度一致，坚持做到高举旗帜、把握大局、头脑清醒、政治坚定。努力掌握马克思主义立场观点方法，不断提高战略思维、创新思维和辩证思维能力，增强工作的原则性、系统性、预见性和创造性。加强经济、政治、文化、社会、科技以及历史等与岗位职责相关的新知识学习，不断拓宽视野和知识面，进一步提高履职能力和水平。同时，把虚心向广大干部群众学习、向老同志学习、向实践学习贯穿工作始终，坚持在学干结合的过程中积累经验、增长见识、锤炼党性，不断提升思想境界和实际工作能力。

二、始终坚持求真务实，着力推动全省经济社会跨越式发展。坚持科学发展这个主题和加快转变经济发展方式这条主线，牢固树立正确政绩观，自觉把中央的决策部署同甘肃的实际紧密结合起来，把勇于探索创新同尊重客观规律有机统一起来，把认真实施省委确定的总体工作思路和区域发展战略同全力以赴抓落实有效衔接起来，切实做到在其位、谋其政、成其事，努力使所做的工作经得起实践、历史和人民群众的检验。坚持解放思想、求真务实，不图虚名，不做表面文章，多做打基础、利长远的工作。牢固树立不进则退、慢进也是退的忧患意识，抢抓千载难逢的历史机遇，用足用活用好国家支持甘肃发展的各项政策，在组织实施本次会议讨论通过的《政府工作报告》和"十二五"经济社会发展《纲要》中，突出重点、突破难点，加快传统优势产业的改造升级，大力推进战略性新兴产业发展，做大做强特色优势产业，全力推进"十大战略工程"，不断增创发展新优势，努力实现省委提出的跨越发展目标。

三、始终坚持履职为民，着力保障和改善民生。认真践行以人为本、执政为民的理念，坚持民生优先，把维护人民群众的根本利益作为想问题、办事情、做决策的出发点和落脚点，真心实意为人民群众做好事、办实事、解难事。关心百姓疾苦，尊重百姓意愿，精心组织实施"十大惠民工程"，着力推进基本公共服务均等化，不断提高全省各族人民的生活质量和水平。更加重视和解决好贫困地区和困难群体的生产生活问题，不断完善城乡社会保障体系，加快改变贫困地区落后面貌，下工夫缩小城乡居民收入与全国和西部地区平均水平的差距，努力让全省人民生活得更加幸福。

四、始终坚持依法行政，着力提高政府的执行力和公信力。带头学法、守法、用法，严格依照法定权限和程序履行职责，把依法行政的要求贯彻到政府决策、执行、落实和反馈等各个环节，着力推进政府工作的法制化、规范化、科学化。进一步深化行政管理体制改革，创新政府管理方式，不断提高依法行政能力。全面履行经济调节、市场监管、社会管理和公共服务的职能，着力建设服务政府、责任政府、法治政府。深入推进政务公开，减少和规范行政审批事项，坚决克服官僚主义和形式主义，努力建设人民满意的勤政、务实、高效、廉洁的政府。

五、始终坚持团结共事，着力强化共谋发展共建和谐的合力。自觉接受省委的领导，自觉接受省人大及其常委会的法律监督和工作监督，自觉接受省政协的民主监督，团结各民主党派、人民团体，依靠广大干部群众的大力支持，齐心协力推动各项工作落实。带头贯彻民主集中制，坚持重大问题集体讨论决定，注意加强领导班子成员之间的协调沟通，做到平时多交心、遇事多商量、工作多支持，充分发挥每个班子成员的主动性和创造性。坚持群众路线，认真听取各方面的意见，特别是基层和人民代表的意见，注意把政府历届班子的好做法好经验坚持好、传承好，把政通人和的好形势维护好、发展好，紧紧依靠集体智慧推动工作，依靠广大干部和群众干事创业。

六、始终坚持克己慎行，着力在干部群众中树立良好形象。严格执行党风廉政建设责任制和领导干部廉洁自律的各项规定，履行好职责范围内的党风廉政建设，管好亲属和身边工作人员。坚持做官先做人、从政先立德，切实做到自重、自省、自警、自励，走好自己的人生路和从政路。坚持正确的权力观，正确行使手中的权力，自觉接受组织和群众的监督，始终做到表里如一、言行一致，经得住考验。坚持权为民所用、情为民所系、利为民所谋，带头弘扬"为民、务实、清廉"的作风，堂堂正正做人、干干净净干事，努力做人民满意的公仆。

各位代表，全省"十二五"发展的蓝图已经绘就，跨越发展的征程已经起步。我决心带领省政府一班人，恪尽职守，锐意进取，为推动全省经济社会跨越式发展不懈奋斗！

新春佳节即将来临，借此机会，我向各位代表和同志们、向全省各族人民拜个早年，祝大家春节愉快、阖家幸福！

谢谢大家！

（二）作者简介

刘伟平，2010年7月，任甘肃省委副书记，副省长、代省长。党的"十七大"代表，第十七届中央候补委员。第九届、第十一届全国人大代表。第十届、第十一届甘肃省委委员。

甘肃省第十一届人民代表大会第四次会议 2011 年 1 月 18 日补选刘伟平为甘肃省省长。

（三）演讲背景

甘肃省第十一届人大第四次会议 2011 年 1 月 18 日上午举行第三次全体会议，补选刘伟平为甘肃省省长。这是刘伟平在选举后在大会上所作的任职表态发言。

（四）成文技巧

这篇任职表态发言，是在人民代表大会会议上，经过人大代表投票选举以后，当选者所作的承诺发言。这个承诺与一般会议上的承诺不同，是对国家权力机关的承诺，是对人大代表的承诺，因此，具有庄重性、严肃性、政治性的特点。由于演讲者已经法定程序当选某项领导职务了，所以，演讲者发言的重点是当选后如何做。本文重点围绕如何加强学习、求真务实、履职为民、依法行政、团结共事、克己慎行等六个方面，作出了庄严的承诺：始终坚持加强学习，着力增强自身素质和能力；始终坚持求真务实，着力推动全省经济社会跨越式发展；始终坚持履职为民，着力保障和改善民生；始终坚持依法行政，着力提高政府的执行力和公信力；始终坚持团结共事，着力强化共谋发展共建和谐的合力；始终坚持克己慎行，着力在干部群众中树立良好形象。

整个表态发言实事求是、明确具体，谦虚诚恳、平和礼貌。

◎模块四：

（一）阅读表态性演讲词的经典范文

【范例34】

就 职 演 说

〔南非〕曼德拉

（1994年5月10日）

陛下，殿下，尊贵的嘉宾，同胞们，朋友们：

今天，我们会聚于此，与我国和世界其他地方前来庆贺的人士一起，对新生的自由赋予光辉和希望。

这异常的人类悲剧太过漫长了，这经验孕育出一个令全人类引以为自豪的社会。作为南非的一介平民，我们日常的一举一动，都要为南非创造现实条件，去巩固人类对正义的信念，增强人类对心灵深处高尚品德的信心，以及让所有人保持对美好生活的期望。

对我的同胞，我可以毫不犹疑地说，我们每一个人都跟这美丽祖国的大地亲密地牢不可分，就如红木树之于比勒陀利亚，含羞草之于灌木林。我们对这共同的家乡在精神上和肉体上有共同的感觉，当目睹国家因可怕的冲突而变得四分五裂，遭全球人民唾弃、孤立，特别是它成为恶毒的意识形态时，我们的内心如此地痛苦。

我们南非人民，对全人类将我们再度纳入怀抱，感到非常高兴。不久之前，我们还遭全世界摒弃，而现在却能在自己的土地上招待各国的嘉宾。我们非常感谢我国广大人民，以及各方民主政治、宗教、妇女、青年、商业及其他方面领袖所作的贡献，使我们取得了上述的成就。特别功不可没的，是我的第二副总统——

德克勒克先生。

治愈创伤的时候已经来临。消除分隔我们的鸿沟的时刻已经来临。创建的时机就在眼前。

我们终于取得了政治解放。我们承诺，会将依然陷于贫穷、剥削、苦难、受着性别及其他歧视的国人解放出来。

我们已成功地让我们千千万万的国人的心中燃起希望。我们立下誓约，要建立一个让所有南非人，不论是黑人还是白人，都可以昂首阔步的社会。他们心中不再有恐惧，他们可以肯定自己拥有不可剥夺的人类尊严——这是一个在国内及与其他各国之间都保持和平的美好国度。

作为我国致力更新的证明，新的全国统一过渡政府的当务之急是处理目前在狱中服刑囚犯的特赦问题。

我们将今天献给为我们的自由而献出生命和作出牺牲的我国以至世界其他地方的英雄。

他们的理想现已成真，自由就是他们的报酬。

作为一个统一、民主、非种族主义和非性别主义的南非首任总统，负责带领国家脱离黑暗的深谷。我们怀着既谦恭又欣喜的心情接受你们给予我们的这份荣誉与权利。

我们深信，自由之路从来都不易走。我们很清楚，没有任何一个人可以单独取得成功。

因此，为了全国和解，建设国家，为了一个新世界的诞生，我们必须团结成为一个民族，共同行动。

让所有人得享正义。让所有人得享和平。让所有人得享工作、面包、水、盐分。让每个人都明白，每个人的身体、思想和灵魂都获得了解放，从属于自己。这片美丽的土地永远、永远、永远再不会经历人对人的压迫，以及遭全球唾弃的屈辱。对于如此光辉的成就，太阳永不会停止照耀。

让自由战胜一切。愿上帝保佑南非！

（二）作者简介

纳尔逊·罗利赫拉赫拉·曼德拉（Nelson Rolihlahla Mandela），1918 年 7 月出生于南非特兰斯凯一个大酋长家庭，先后获南非大学文学学士和威特沃特斯兰德大学律师资格，当过律师。1944 年他参加南非非洲人国民大会（简称非国大）。1952年先后任非国大执委、德兰士瓦省主席、全国副主席。同年年底，他成功地组织并领导了"蔑视不公正法令运动"，赢得了全体黑人的尊敬。为此，南非当局曾两次发出不准他参加公众集会的禁令。

1961年6月曼德拉创建非国大军事组织"民族之矛"，任总司令。1962年8月，曼德拉被捕入狱，南非政府以政治煽动和非法越境罪判处他5年监禁。1964年6月，他又被指控犯有以阴谋颠覆罪而改判为无期徒刑，从此开始了漫长的铁窗生涯，在狱中长达27个春秋。1990年2月11日，南非当局在国内外舆论压力下，被迫宣布无条件释放曼德拉。同年3月，他被非国大全国执委任命为副主席、代行主席职务，1991年7月当选为主席。1994年4月，非国大在南非首次不分种族的大选中获胜。同年5月，曼德拉成为南非第一位黑人总统。1999年6月正式去职。主要著作有：《走向自由之路不会平坦》《斗争就是生活》《争取世界自由宣言》，自传《自由路漫漫》。1993年10月，诺贝尔和平委员会授予他诺贝尔和平奖，以表彰他为废除南非种族歧视政策所作出的贡献。同年他还与当时的南非总统德克勒克一起被授予美国费城自由勋章。

（三）演讲背景

17世纪以来，西方殖民者及其后裔为了"合法"占有南非这块美丽富饶的土地，大肆推行种族隔离制度。尤其是20世纪四五十年代之后，白人政权把罪恶的制度推向顶峰。白人独裁者的倒行逆施遭到了广大黑人的反抗，也被国际社会唾弃和长期制裁。被凌辱被奴役的黑人为争取自由和民族平等进行了长达三个多世纪的浴血斗争，付出了惨痛的代价，终于以多种族大选的和平方式取得政权。1994年5月10日，著名的黑人运动领袖纳尔逊·曼德拉宣誓就任民主新南非的总统。曼德拉与会聚于此的国内外人士一起"对新生的自由赋予光辉与希望"，发表了情辞激切、扣人心扉的就职演说。

（四）成文技巧

1. **没有表白自己的"表白"，宠辱不惊的基调**　综观整篇演讲，设定了悲喜交集的情绪基调。此时此刻，饱受苦难的黑人虽然心有隐痛但无不欢欣鼓舞；白人顽固派还在，有良知的白人此时也会对统治者不光彩的过去感到忏悔和痛心；南非人恢复了应有的尊严，但不同种族的隔阂和同一种族不同派别的分歧不可能立刻消除，人们的心情是极为复杂的；全世界都在关注南非局势。作为为这一时刻的到来奋斗了大半生、曾做了27年囚徒的黑人领袖和南非历史上第一位黑人总统，曼德拉更是感慨万千。但面对听众，曼德拉既没有强烈的谴责，也没有愤怒的控诉，而是哀而不怒、喜而不狂，以悲喜交集的肺腑之言力求引起最广泛的共鸣，恰到好处地表达了在这非常时刻人们共同的心情，着力于营造这种令人同感的情感氛围。从"作为南非的一介平民"和"我的同胞""南非人民"的角度，在悲惨、屈辱的历史和"全人类将我们再度纳入怀抱"的今天、振奋人心的未来的对比中，"忆苦思甜"，由悲而喜。演讲既浓墨重彩地描绘了未来的美好图景，又不忘历史正视现实，暗示不是步入坦途而是"脱离黑暗的深谷"，可谓喜中含悲，居安思危。曼德拉准确地把握了演讲的情感尺度，营造了演讲人与成分复杂的听众都能沉浸其中、心潮交流的情境，在情感上理智上最大限度地征服了听众。悲，深沉蕴于心中；喜，奔放溢于言外。

2．没有振聋发聩的许诺和誓言　演讲词旨在唤起人们对新生活的热望和美好的信念。曼德拉所作出的一系列政治许诺，没有冗长沉闷的套话和"实施细则"，而是用诗一样凝练而充满感情的话语，要言不烦地涉及了这个国家的"所有人"乃至"全人类"，囊括了物质生活精神生活的所有领域，表现出一代伟杰包举天下心系万民的恢宏气度和情怀。同时兼容巨细，既有创造"光辉的人类成就"的宏观视角，又细致入微地将人们的"心灵深处"和"面包、水、盐分"摄入视野，显得又有气魄又严谨精到。宏深的思想、博大的内容使演讲底气很足，所以在对未来的壮丽图景的写意式描绘中，流泻出不可遏止的激情，热烈奔放，鼓舞人心。

3．运用各种修辞方法抒发情感　如用肯定句间有否定句，有时则糅合这两种句式的语气：誓让国人"可以肯定自己拥有不可剥夺的人类尊严"，斩钉截铁，以气夺人。排比句更有云涌之势，结束之前的三个"让所有人"，内容深广周致，淋漓酣畅。有时排比兼反复，或并列复句中的分句进行排比，在造势时带有不同的韵味。还有比喻句、拟人句、反复句也很有力度。每一段"誓词"的领起语，如"我们承诺""我们立下誓约"，则充满自信，意气风发。

4．没有秋后算账，却有海纳百川地包容　曼德拉以民族和解、团结重建为着眼点和策略，理智地对待一切不幸，力避过激的措词。悲愤在心中沉积很久很深，但在言辞上则很平静，令人回味不尽。例如，誓使南非人"不再有恐惧"。是种族冲突使白人和黑人"恐惧"的，如果各打五十大板必定两头不讨好。曼德拉用"我们"包容了不同种族，省略了对立的过程而强调其结果（恐惧），谨慎而婉转地说出和解的愿望，自然是令人愉快而诚服的。即使提及"人对人的压迫"和献身自由的"英雄"，也隐去了主词和宾词，不失直中有曲的委婉。而对自己的囚徒生涯只字未提，显得豁达大度。

这篇演讲词时而奔放时而深沉，而且两者相互包含、交叉，既热烈又冷静，既晓畅又话中有话，既奔腾直下又有强大的潜流，亦喜亦悲，时含时露，有扬有抑，具有在对立中求和谐的艺术韵味。

◎模块五：

（一）阅读表态性演讲词的经典范文

【范例35】

辞职演讲

〔英国〕布莱尔

（2007年5月11日）

我回到了这里，塞奇菲尔德。这是我的选区，我的政治生涯从这里开始，因此，它也应该是见证我政治生涯结束的地方。

我决定辞去工党主席职务。工党将会挑选出新的领导者。在6月27日，我将向女王陛下提交辞呈，辞去英国首相职务。

我在这个国家做了10年的首相，相比其他国家和英国历史上的情况而言，这个任期已经足够长的了。有的时候，征服权力的唯一途径就是放开它。

做今天这个演讲不是一件容易的事情，它是对我执政生涯的一个判断，也是出自民众心中的判断。

我唯一能做的事情，就是在这里说明白过去10年自己所做的事情，以及动因。

我在"二战"结束后诞生，在社会革命风起云涌的六七十年代，我是一个充满激情的青年。英国是一个伟大的国家，她拥有辉煌的历史和瑰丽的传统，然而她的前途并未有确定轮廓。人们的一些想法和行为我不以为然，它们是属于20世纪的意识形态，而这个世界正在进入一个新千年。

当然，人们希望自己和家庭都过得好，同时，在一个个人资产成为国家最宝贵资产的年代，他们也意识到，获取发展和成功的机会应该是平等地摆在大家面前的，无分贵贱。

人们谦和有礼，公正理性，没有种族和性别偏见。他们为国家奉献，尽其义务。他们意识到，把个人金钱投入公共事务并不是终点，他们更热衷于参与到组织和管理事务中来。

因此，1997年顺理成章地成为一个崭新的开始，它把过去的碎片一扫而空。民众的期待空前高涨，以至于超出了我们的承受能力。到2007年，其中的不尽如人意和负面之处已经非常明显了。

然而，回过头去，认真地回想，认真对比一下1997年5月和如今的2007年，你们自己的生活状况。问一下，你们上一次需要排队一年才轮到医疗机会，是什么时候了？你们上一次听说福利金被冻结而难以安稳度过寒冬，是什么时候了？

自1945年以来，只有一个政府做到了这些：更多的工作机会，更少的失业人员，更加完善的教育和医疗体制，较低的犯罪率，以及经济每季度的持续增长。

能做到这些的，就是我们。

然而我并不需要一个统计图表。评定我们成绩的，远不是一些字面上的统计数字所能胜任。请纵览我们的经济状况，融入全球化的完美轨迹，世界金融中心伦敦的风貌，各大城市的绰约姿态，再回忆一下10年前，这一切是什么模样。

没有任何其他国家比我们更加吸引海外投资的视线。

思索感受一下2007年的英国文化。我并不只是指文艺的兴盛，而是指生活的价值：最低工资、假日工资、充满人性关怀的产假制度，以及给予同性恋人群的平等机会。它在全球化进程中的种种作为也不容忽视。

这是一个承担着历史和面临新挑战的国家，它有足够的能力，不仅拥有骄傲的过去，还会展开自信的未来。

回顾我的10年工作，有一点是很清楚的，如果没有工党的信任，所有的一切都无从说起。但我很清楚自己会把整个国家的利益放在第一位，这从我13年前担任工党主席那一刻开始便是如此。

首相的职责就是把国家永远放在第一位。

作出决策是困难的，经常会遇到反对意见。我会倾听。但是，我会对问题作出答案，是唯一的答案，依照自己判断作出的唯一正确答案。怀疑、踌躇、反省、深思再深思，都是作决策时的好伙伴。然而最终必须作出决断。

有的决定很快作出，例如英国中央银行的相关政策，它使英国经济得以平稳发展。有的决定则不然，有的时候情况完全出乎意料，几乎只能依靠自己的本能作出判断。

"9·11"的发生，使我坚定信心，要和我们古老的盟友肩并肩站在一起。阿富汗和伊拉克战争，后者陷入了争议的狂潮之中。

我想我们要清楚地知道，如果我们放弃了反恐，恐怖分子的活动将永不停息。这是一场意志和信仰的斗争，我们不能失败。

因此，我明白自己将面对什么，不可能在各个方面都获得赞誉。

然而我希望你们认可一样东西：我全心全意地做了自己认为正确的事情。也许最终证明我做错了，正如某些人所批评的。但是请至少相信一件事情：为了这个国家，我竭尽全力地做了自己认为正确的事。

过去，我带着对英国未来的希望走进这里，如今，也带着对她更多的期待而离开。

人们经常对我说：这是多么艰难的一个工作。

其实不是这样的。

艰难的是他们，前几周来议会做客的残疾孩子和他们的父母。

艰难的是我已经去世的父亲，他的整个事业在40岁那年因一场打击而永远沉入绝望。

我已经是一个非常幸运和受上天眷顾的人。

这个国家是一个被祝福的国家。

英国是独一无二的，世所共知。

她是世界上最伟大的国家。

能为英国服务是我的无上光荣。当我成功时，我要感谢英国的人民，当我未能达到你们的要求时，我必须向你们道歉。

祝好运。

（二）作者简介

托尼·布莱尔（Tony Blair），1953年5月6日生于英国北部的爱丁堡市一个中产阶级家庭。他毕业于牛津大学圣约翰学院法律系，1984年成为大律师，1994年被女王封为枢密院成员。布莱尔1975年加入英国工党，1994年成为工党领袖。1997年5月任首相，成为自1812年以来英国最年轻的首相，后兼任首席财政大臣和文官部大臣。2001年6月在大选中再次获胜，连任首相，成为英国历史上首位连任的工党首相。布莱尔领导的工党在2005年5月5日的英国大选中再次获得胜利，布莱尔也成为工党历史上第一位三次蝉联首相职务的领导人。2007年5月10

日，布莱尔宣布辞去工党领袖职务，并于6月27日正式卸任首相。布莱尔对法律、工会、税收、贸易、能源、就业、犯罪等问题感兴趣，喜欢读书、网球、远足和音乐，著有《新英国，我眼中的年轻国家》等书。

（三）演讲背景

2007年5月11日，英国首相布莱尔在他24年前初登政坛的英国塞奇菲尔德选区发表了公开讲话，宣布将于即日辞去工党领袖职务，并于6月27日正式卸任首相。布莱尔的告别讲话让在场的听众不时报以热烈的掌声，而他也几次在说到动情之处时几乎哽咽。在布莱尔告别演说结束后的第一时间里，世界各国纷纷对此作出回应。在这些回应中，有赞赏、有祝福，当然一定也会有失望和批评。

（四）成文技巧

布莱尔是在他当年竞选成功时所在的塞奇菲尔德（Sedgefield）地区的工党活动中心的特里姆登向其党内人士和朋友们发表这一演说的。他仿佛不是在发表通过卫星传到世界各个角落的演讲，而是在同朋友聊天，讲讲停停，语流甚至不大连贯。说完辞职话题之后，布莱尔的声音渐渐不再充盈感情，尽管富有煽动性，但抑扬顿挫间已与平日发表讲话没有太多不同。

在演说中，布莱尔宣布他将于6月27日向女王递交辞呈，而首相职位将由到时新选出的工党新领袖担任。

1. **回顾10年功勋卓著** 在这次带着个人感情色彩的演说中，布莱尔简要回顾了他的个人成长以及从1997年起担任英国首相至今长达10年的政治历程，自认为：我可能有错误，这将由你们来判断。但相信一点，我做了我认为对国家正确的事。一是，关于就任之初。1997年是一个崭新的开始，一扫过去所有的崎岖。（民众的）期待很高，很可能太高了，从某方面说，对我们每个人都太高了。二是关于首相工作。作为首相我必须学习，将国家放在第一位的真正涵义，随着时间推移我意识到，把国家放在首位并不意味着，根据传统的知识或普遍的舆论，或最新的民调结果，去做正确的事情。（把国家放在首位）意味着，做你真诚地相信是正确的事，作为首相你的职责，是根据信念去行动。三是关于恐怖主义。突然发生了2001年"9·11"戏剧性的一幕，纽约街头逾三千民众丧生，我决定我们应该与我们最长久的盟国并肩作战，我根据信念这样做了，同样还有阿富汗战争、伊拉克战争。四是关于10年政绩。自1945年以来唯有一届政府，可以有以下发言权：更多工作机会、更少失业人员、更好的医疗和教育成效、更低的犯罪率以及每季度都有经济增长。唯有一届政府，就是这届政府。

布莱尔在演说中提到，如今人们对于种族、性身份等话题已经持有开明的态度，人们憎恨偏见。

在列举他执政期间的主要政绩时，布莱尔说道：想想2007年的英国文化吧，我不仅是指我们当今繁荣的艺术，也在说我们的价值，最低工资保障，带薪假期的权利，在欧洲最好的母亲产假福利，同性恋者平等权利。

2．**宣扬成绩，辩解失误**　布莱尔在讲话中大力宣扬执政10年的成绩，但同时也为伊拉克战争等不受民众欢迎的决定辩护。

尽管成绩不可抹杀，但布莱尔的执政岁月却为伊拉克战争所累。这场战争也是让他支持率下跌的重要原因。

布莱尔说，在2001年"9·11"袭击之后，他坚信英国应同美国站在一起。随后便有了阿富汗战争和伊拉克战争，后者充满争议。布莱尔承认，战争带来的各种后果让许多人认为这场战争打得毫不值得。

"如果我们放弃了反恐，恐怖分子的活动将永不停息。"布莱尔说，他把与恐怖主义之间的斗争比做"一场意志和信仰的斗争，我们不能失败"。

3．**充满期待，真情致谢**　布莱尔说：十分荣幸能为国家服务。对我取得的成绩，我感谢英国人民；对我没能达到的期望，我向你们道歉。祝你们好运。

第八篇　抒情性演讲词

一、抒情性演讲词概述

（一）抒情性演讲词的内涵

抒情，即表达情思，抒发情感。抒情性演讲词是以集中抒发演讲者在生活中激发起来的思想感情为特征的演讲词。作为一种特殊的演讲形式，抒情性演讲词主要反映社会生活的精神方面，并通过在意识中对现实的审美改造，达到心灵的自由。抒情性演讲词是个性与社会性的辩证统一，也是情感释放与情感构造、审美创造的辩证统一。如李燕杰的《国家、民族与正气》抒发的是爱国者对祖国、对人民、对中华民族的热爱之情。

（二）抒情性演讲词的特点

1. **具有主观性、个性化和诗意化特征**　抒情性演讲词是以形式化的话语组织，象征性地表现个人内心情感的演讲词，它以表现主观感情、抒怀咏志为主，通过抒发演讲者的主观思想感情来反映社会生活，对客观事物的再现服从于主观内心世界的表现。因此，它具有主观性、个性化和诗意化等特征。

2. **增强感染力，实现主旋律**　抒情性演讲词是直接或间接地抒发内心感情的一种表达方式，"情动于中而形于言"。抒情，是打动听众、感染听众的重要手段。抒情性演讲词常常将叙述、描写、议论等结合运用，通过抒情的表达方式，以增强抒情性演讲词的感染力，突出演讲词的中心，实现激荡时代的主旋律的目的。

（三）抒情性演讲词的类型

1. **抒情方式不同**　抒情性演讲词具体可分为借景抒情演讲词、触景生情演讲词、咏物寓情演讲词、咏物言志演讲词、直抒胸臆演讲词、融情于事演讲词和融情于理演讲词等类型。

2．抒情内容不同　抒情性演讲词具体可分为表达亲情、爱情、悲情、才情、恩情、风情、人情、感情、国情、豪情、激情、友情、恋情、民情、温情、心情、真情等方面的演讲词。

（四）抒情性演讲词的作用

1．激发情感　通过演讲者的抒情性演讲词，可以激发听众的情感。"感人心者莫先乎情。"人的情感总是在一定的情境中产生的。演讲词运用情境烘托演讲的情感气氛，能够扣住听众心弦，使听众进入激动的振奋状态，从而收到事半功倍的效果。

2．鼓舞士气　当人们处在逆境的情况下，一篇鼓舞士气的演讲词，可以使人们的士气大增。英国首相布莱尔2001年10月10日赶往阿曼，看望在当地与阿曼部队进行联合演习的英国部队。下机伊始，布莱尔即对当地的数千名英军士兵发表了演讲，号召士兵们做好准备，随时投入到这场保卫自由的战斗中去。据英国《泰晤士报》报道，在充满感情的演讲中，布莱尔告诉士兵，他们是在争取自由和公正的最前线作战。布莱尔称赞士兵们干得很好，并且暗示，希望他们在今后的行动中会更加出色。布莱尔说："我认为，有时候这会证明为什么我们需要一个强大的军队，为什么英国需要你们奉献生命。"士兵群情激奋、摩拳擦掌。这就是抒情性演讲词的作用。

3．统一意志　抒情性演讲词可以使听众在演讲词的鼓动下，按照一定的方向前进。第二次世界大战时，美国参战较晚。刚参战时，一些新入伍的士兵缺乏作战经验，加之当时德军在北非取得了一些胜利，且被渲染得神乎其神，因此，美军的士气比较低落，普遍存在畏敌怯战心理。巴顿将军举行了一次奇特的阅兵式。当他出现在检阅台上的时候，士兵们惊奇地发现，深受他们爱戴的巴顿将军头上竟戴着一顶德国将军的头盔，阅兵场上顿时沸腾起来。巴顿开始对士兵们进行演讲，他说："我头上戴的头盔，是刚从德国将军那里缴获来的，这足以说明，德国军队根本不是不可战胜的！"阅兵场上一片欢呼。巴顿将军接着说："我要戴着这个头盔，一直打到柏林！"

二、抒情性演讲词的写作艺术

◎模块一：

（一）阅读抒情性演讲词的经典范文

【范例36】

科学的春天

〔中国〕郭沫若

亲爱的同志们：

英明领袖华主席和敬爱的邓副主席的重要讲话，方毅同志的报告，我表示衷心的拥护和热烈的欢呼。我们民族历史上最灿烂的科学的春天到来了。我是上一个世纪出生的人，能参加这样的盛会，百感交集，思绪万千。

在旧社会，多少从事科学文化事业的人们，向往着国家昌盛，民族复兴，科学文化繁荣。但是，在那黑暗的岁月里，哪里有科学的地位，又哪里有科学家的出路！科学和科学家，在旧社会所受到的，只不过是摧残和凌辱。封建王朝摧残它，北洋军阀摧残它，国民党反动派摧残它。我们这些参加过"五四"运动的人，喊出过发展科学的口号，结果也不过是一场空。大批仁人志士，满腔悲愤，万种辛酸，想有所为而不能为，真是英雄无用武之地。我们不少人就是在这种暗无天日的岁月中，颠沛流离，含辛茹苦地度过了大半生。伟大领袖和导师毛主席领导中国共产党进行了艰苦卓绝的斗争，建立了新中国，人民得到了解放，科学得到了解放。毛主席和周总理又亲自为我国规划了建设社会主义现代化强国的宏伟蓝图，对科学事业和科学工作者给予了无微不至的关怀。我国的科学事业有了突飞猛进的发展。回忆起这些情景，一桩桩、一件件的往事都涌上心头，好像就在眼前一样。饮水思源，我们怎能不万分感激和无限缅怀伟大领袖毛主席和敬爱的周总理呢！万恶的"四人帮"对科学工作百般摧残，对科学工作者横加迫害，妄图重新把我们的祖国拉回到愚昧、落后、黑暗的旧社会去。但是，"蚍蜉撼树谈何易"。华主席为首的党中央，一举扫除了这伙祸国殃民的害人虫，使我们得到了第二次解放。现在，我们可以扬眉吐气地说，反动派摧残科学事业的那种情景，确实是一去不复返了！科学的春天到来了！从我一生的经历，我悟出了一条千真万确的真理：只有社会主义才能解放科学，也只有在科学的基础上才能建设社会主义。科学需要社会主义，社会主义更需要科学。看到今天这种喜人的情景，真是无比感慨和兴奋。"老夫喜作黄昏颂，满目青山夕照明。"敬爱的叶副主席的光辉诗篇，完全表达出了我们这一代人的心情。

我们中华民族在人类文明发展史上，曾经有过杰出的贡献。现在，在共产党的领导下，我们民族正在经历着一场伟大的复兴。恩格斯在谈到16世纪欧洲文艺复兴时曾经说过，那是一个需要巨人而且产生了巨人的时代。今天，我们社会主义祖国的伟大革命和建设，更加需要大批社会主义时代的巨人。我们不仅要有政治上、文化上的巨人，我们同样需要有自然科学和其他方面的巨人。我们相信一定会涌现出大批这样的巨人。

科学是讲求实际的。科学是老老实实的学问，来不得半点虚假，需要付出艰巨的劳动。同时，科学也需要创造，需要幻想，有幻想才能打破传统的束缚，才能发展科学。科学工作者同志们，请你们不要把幻想让诗人独占了。嫦娥奔月，龙宫探宝，《封神演义》上的许多幻想，通过科学，今天大都变成了现实。伟大的天文学家哥白尼说：人的天职在勇于探索真理。我国人民历来是勇于探索，勇于创造，勇于革命的。我们一定要打破陈规，披荆斩棘，开拓我国科学发展的道路。既异想天开，又实事求是，这是科学工作者特有的风格，让我们在无穷的宇宙长河中去探索无穷的真理吧！

我祝愿我们老一代的科学工作者老当益壮，跟随英明领袖华主席进行新的长征，为我国科学事业建立新功，为造就新的科学人才作出贡献。

我祝愿中年一代的科学工作者奋发图强，革命加拼命，勇攀世界科学高峰。你们是赶超世界先进水平的中坚，任重而道远。古人尚能"头悬梁，锥刺股"，孜孜不倦地学习，你们为了共产主义的伟大理想，一定会更加专心致志，废寝忘食，刻苦攻关。赶超，关键是时间。时间就是生命，时间就是速度，时间就是力量。趁你们年富力强的时候，为人民作出更多的贡献吧！

我祝愿全国的青少年从小立志献身于雄伟的共产主义事业，努力培育革命理想，切实学好现代科学技术，以勤奋学习为光荣，以不求上进为可耻。你们是初升的太阳，希望寄托在你们身上。革命加科学将使你们如虎添翼，把老一辈革命家和科学家点燃的火炬接下去，青出于蓝而胜于蓝。

我的这个发言，与其说是一个老科学工作者的心声，毋宁说是对一部巨著的期望。这部伟大的历史巨著，正待我们全体科学工作者和全国各族人民来共同努力，继续创造。它不是写在有限的纸上，而是写在无限的宇宙之间。

春分刚刚过去，清明即将到来。"日出江花红胜火，春来江水绿如蓝。"这是革命的春天，这是人民的春天，这是科学的春天！让我们张开双臂，热烈地拥抱这个春天吧！

(1978年4月1日《人民日报》)

(注释：华主席是华国锋、邓副主席指邓小平，方毅是时任主管科技的副总理。)

(二) 作者简介

郭沫若（1892年11月16日～1978年6月12日），中国共产党党员，是我国现代著名的无产阶级文学家、诗人、剧作家、考古学家、思想家、古文字学家、历史学家、书法家、学者和著名的革命家、社会活动家。新中国成立后，历任政务院副总理兼文化教育委员会主任、中国科学院院长、全国人民代表大会常务委员会副委员长等职，当选中国共产党第九届、第十届、第十一届中央委员。主编《中国史稿》和《甲骨文合集》，全部作品编成《郭沫若全集》38卷。

(三) 演讲背景

1976年10月，"四人帮"彻底垮台，绵延十年之久的灾难终于结束，受"四人帮"长期禁锢、百般摧残的科学文化事业也得到了"第二次解放"。1977年9月18日，中共中央发出通知，决定在1978年春天召开全国科学大会，会议的主旨是批判"左"的指导思想，制定科技发展规划，动员全国人民向科学技术现代化进军。1978年3月18日，全国科学大会在北京人民大会堂举行。这是"文革"结束后，中国科学工作者的盛会，是拨乱反正的重要突破口。邓小平在会上作了重要讲话，指出中国科学事业的发展方向。明确提出了"科学技术是生产力"，"四个现代化，关键是科学技术的现代化"，"科技知识分子是工人阶级的一部分"等论断。大会闭幕时，86岁高龄的中国科学院院长郭沫若发表了由科学大会文件起草组胡平起草的书面讲话《科学的春天》，并由著名播音员虹云当场朗读。会场上顿时响起一阵阵春潮般的掌声。胡耀邦也曾多次说，《科学的春天》讲话稿是一篇好文章。

(四) 成文技巧

许多关于演讲的书，都把这篇演讲词列为科学演讲词的栏目，其实，虽然这篇演讲词讲的是科学，但是从写作手法上看，这篇演讲词属于抒情性演讲词的范畴。全文可分为三个部分。

第一部分（第一～第三自然段）的中心论点是：科学的春天呼唤大批科学的巨人。具体分为三个层次：一是欢呼科学春天的到来；二是通过回顾历史，说明科学需要社会主义，社会主义更需要科学；三是强调"伟大的复兴"时代需要大批科学的巨人。

第二部分（第四自然段）阐述科学既要实事求是，又要"异想天开"的道理，强调科学需要幻想、探索、创造精神。

第三部分（第五～第九自然段）表达了作者的祝愿和呼吁：希望老中青三代人共同谱写"伟大的历史巨著"，为祖国和人类的科学事业作出更大的贡献。

"科学的春天"是全文的结构中心。开头欢呼科学春天的到来，紧扣标题，领起全篇；中间依次展开科学春天到来的历史过程、科学的春天呼唤科学的巨人、科学的巨人需要有勇于探索的精神、科学的春天对老中青科学家提出了更高的期望，层层推进，内在道理贯通；结尾以"让我们张开双臂，热烈地拥抱这个春天吧"呼应开头，整体结构严谨。

本讲演稿，议论和抒情的结合是它的基本特点。

1．议论中充满了激情和诗意　作者的激情主要来自深沉痛切的时代感。"四人帮"的彻底垮台，"文革"悲剧的结束，使遭受长期禁锢、百般摧残的科学事业和科学工作者获得了"第二次解放"。这"解放"感中，饱含着对"四人帮"的憎恶，对极"左"路线的痛绝，也饱含着科学的春天、人民的春天、祖国的春天所带来的无比温暖、舒畅和兴奋。

2．诗意盎然　郭沫若是学者，也是诗人。诗人的气质不仅使讲演稿充满激情，而且使全文的内容、结构和语言都充满了诗一般的意韵。全文笼罩在"春天"的比喻之中，这是整体性的诗的构思。开头欢呼科学春天到来，结尾号召人们热烈拥抱这春天，从而锁定了全文充满"春意"的内容和结构。这春天得来不易，这春天呼唤巨人，这春天需要"异想天开"，这春天要求老中青科学家共同努力发展；这就是"春"的意蕴；这春天充满了感慨，充满了兴奋，充满了要求，充满了希望，这就是"春"的气氛。"春天"的意境，使这篇讲演稿就像一首诗意盎然诗情浓郁的散文诗。

3．修辞丰赡　文中运用了多种修辞手法。如"科学的春天"和"时代的巨人"是两个喻义丰富的比喻，"春天"比喻繁荣昌盛，开拓发展的新时期，"巨人"

比喻超越前人成就有伟大创造力和贡献的人。这里只出现喻体，被喻体和比喻词都不出现，所以是借喻。这两个借喻概括了一个时代及其要求，不仅统领了全文的内涵，使文章充满诗意，而且大大增强了议论语言的生动性和优美性。在句式上，文章大量运用了排比。如"时间就是生命，时间就是速度，时间就是力量""这是革命的春天，这是人民的春天，这是科学的春天"等，使文章铿锵有力而富于气势，洋溢着难以抑制的激情。文中还运用了大量的呼告语。如"科学的春天到来了！""科学工作者同志们，请你们不要把幻想让诗人独占了！""趁你们年富力强的时候，为人民作出更多的贡献吧！""让我们张开双臂，热烈地拥抱这个春天吧！"等等。此类呼告语是号召性讲演稿里常用的修辞手法，它充满了感情，有很大的鼓动性。

◎模块二：

（一）阅读抒情性演讲词的经典范文

【范例37】

国家、民族与正气
〔中国〕李燕杰

每个青年都关心自己祖国和民族的命运。国家的正气，民族的正气，是团结鼓舞群众积极向上的巨大力量，是一个国家、一个民族兴旺发达的重要精神支柱。我今天就想以"国家、民族与正气"为题做一个发言。

爱国之心

祖国是神圣的。

爱国主义就是对于祖国的热爱，就是"千百年来巩固起来的对自己祖国的一种最深厚的感情"。这种热爱和感情根深蒂固地埋植在人民的心里，成为道义上的一种巨大力量。翻开世界史，有哪个国家的人民不主张爱国？又有哪个国家的人民不把爱国精神看做是一种伟大而崇高的心灵美呢？

现在我想从国外说起。

肖邦是一个大音乐家，这是大家所熟悉的。在他就读音乐学院的时候，已经是很有名气的音乐家了。他19岁那年，从音乐学院毕业。毕业后他到维也纳举行过两次演奏会，第二年春季又在华沙演奏，都获得了极大的成功。老师和同学都劝他到国外深造。当时的波兰正遭受沙俄统治者的蹂躏与侵略，他虽然热爱祖国，想留在祖国，但现实环境会窒息他的艺术才能，所以他接受了师友们的建议，于1830 年出国。在出国前的告别宴会上，朋友送给他一个银瓶，其中装满了波兰土地上的泥土。他出国不久，听说国内发生了反对沙俄统治的武装起义，他想马上回国。但在回国的路上听说起义被沙俄政府镇压了。他只好取消回国的念头。就这样，他在国外颠沛流离19 年。这瓶祖国的泥土，也一直伴随着他。

1849 年，他在巴黎一病不起，在生命垂危的时候，妹妹柳德维卡来探望他。他说：“我在人世不会太久了，在我去世以后，波兰反动政府是不允许我的遗体运回华沙的，但我希望至少能把我的心脏带回祖国去……”

肖邦终于与世长辞了，在安葬遗体的时候，朋友们遵照肖邦的遗愿，在墓穴里先撒下伴随他多年的银瓶中的祖国的泥土，并把他的心脏带回波兰，保存在圣十字架教堂里。

在肖邦看来，祖国的泥土比金子还要宝贵。而肖邦这颗爱国的心脏，远胜过纯金。从祖国的一瓶泥土，到肖邦这颗心脏，这里包容着一个爱国音乐家对祖国的忠诚与热爱！

另外，我还可以说说德国大音乐家贝多芬的故事：

贝多芬是资本主义上升时期欧洲资产阶级音乐艺术最杰出的代表。脍炙人口的《热情奏鸣曲》《命运交响曲》《合唱交响曲》等，都是他的传世佳作。他一生写了256 部作品，用音乐语言倾诉了欧洲人民在封建专制桎梏下的苦难境遇，讴歌了广大民众反抗专制统治和外来侵略的英勇斗争，抒发了他们对自由生活的渴望。

1809 年10 月，法国拿破仑的军队进攻维也纳。维也纳沦陷后，趋炎附势的奥国贵族争向敌人献媚。这时，贝多芬住在奥国贵族李希诺夫斯基家里。一天，李希诺夫斯基把贝多芬叫去，要贝多芬给住在他家里的法国军官弹钢琴曲。贝多芬认为这样做有辱尊严，便关了房门，坚决不去。李希诺夫斯基怕得罪法国人，让人强迫贝多芬演奏。贝多芬愤怒至极，便顺手拿起一只凳子向李希诺夫斯基砸去。当天晚上，贝多芬便冒着倾盆大雨毅然离开了李希诺夫斯基的家。后来，他在给李希诺夫斯基的信中写道：

公爵，你所以成为公爵，只不过由于你偶尔的出身；我所以成为贝多芬，却完全靠我自己。公爵在过去有的是，现在有的是，将来也有的是；而贝多芬却只有一个。

历史是公正的，也是无情的，公爵在人类历史上没有留下任何痕迹，可是贝多芬却以他那爱国主义的美好心灵和那一系列不朽的乐章，在亿万人民的心目中，耸立起一座非人工的纪念碑。

下面，再看看咱们中国，先说说第一个大诗人——屈原的故事：

屈原，是我国文学史上一位爱国诗人。他二十多岁就在宫廷供职，任楚怀王的左徒。他年轻位高，又深得怀王的信任，所以很想替楚国做一番事业。当时，正是七雄割据的战国时代，在这七国中，以秦、楚、齐三国最强。而三强中，又以秦的力量最大。屈原为了替楚国争雄，进而统一天下，他提出在内实行政治改革，励精图强，在外联合齐国，抗击秦国。但是遭到了怀国宠姬郑袖和大臣靳尚、子兰的反对，结果楚怀王听信谗言，免去了屈原的职务。后来，楚怀王被秦国骗去，当了三年秦国的俘虏，死在那里。正在汉北流浪的屈原，南望郢都，北望高山，伤心楚国政治的腐败和国运的衰危。在一首诗里他写道，在那广漠的山野中，自己好像是一只从南边飞来的孤独的鸟。内心始终充满着忧国忧民的悲愤之情。怀王死后，顷襄王继位。屈原被召回宫廷，但不久又遭到亲秦势力的打击，再次被放逐到江南去。在那偏僻的地方，他时常孤独地出没在江边河畔，望着楚国的天野，写下了流芳百世的不朽名作《离骚》。这首诗中有一段写他上天述志，但天门不开，他只好去问巫咸。巫咸告诉他楚国不可久留，不如到国外去。于是他乘龙驾车，在天空中飞翔了一会儿，忽然在阳光中看到自己的故国，他的仆人悲伤起来，马也不肯走了。深沉的忧国怀乡之情，使他不忍离开祖国。怎么办呢？他写到"既莫足与为美政兮，吾将从彭咸之所居！"彭咸，似指殷代的彭咸。说他不能实现政治理想，就去仿效殷代的彭咸。表示他将用生命来殉他的祖国。

对屈原的以身殉国，有人曾伪托屈原的名义写了一首题为《渔夫》的诗。这首诗写他"颜色憔悴，形容枯槁"，在泽畔边走边吟诗时，与渔夫的一段话。

渔夫看见他问道："你不是三闾大夫吗？为什么到了这步田地？"

屈原说："举世皆浊我独清，众人皆醉我独醒，所以我被放逐了。"

渔夫又说："圣人不拘泥，处世接物能够随和。举世皆浊，你为什么不去随波逐流？大家都醉了，你为什么不多喝酒？你何苦太操心，不合群，教人把你放逐？"

屈原回答道："我听人说过，洗了头要把帽子弹弹，洗了澡要把衣衫抖抖。哪能够以干净的身子，沾染外界的污垢？我宁肯跳进江心，埋葬鱼腹，怎么能在皎皎的洁白之上，蒙受尘世的垃圾？"可见他不肯随波逐流，抛弃他的政治理想与爱国热忱，宁愿玉碎而不愿瓦全。

楚国郢都被秦国攻破之后，他悲愤无比，终于带着一颗忧国忧民之心以及无力振兴国家的感伤，投入长沙附近的汨罗江自尽了。这一天正好是旧历五月初五。人民为了纪念他，有些地方便举行了划龙船、吃粽子的活动。两千年过去了，直到今天，每当到了五月端午，中国人民还保留着吃粽子的习惯。如此长久的时间，人们世世代代都缅怀、纪念屈原，就因为屈原有一颗炽热的爱国之心。

南宋末年的民族英雄文天祥在战地被俘，他在被押往元蒙都城的路上，写下了这样慷慨悲壮的诗句：

满地芦花和我老，

旧家燕子傍谁飞？

从今别却江南日，

化作啼鹃带血归！

这首诗的意思是说，当我这次告别江南父老以后，很可能是一去不复返了。即使自己以身殉国，也要变成啼哭出血的杜鹃，飞回故国！文天祥对祖国是不惜与之生死相共的！

历史上，真正成就大事业的人都是把祖国的命运与自己的命运紧密联系在一起的。在他们的胸怀里，始终跳动着一颗追求至真、至善、至美的爱国之心。

近几年来，我一直在青年群众中生活，深深地感受到，在他们身上同样跳动着一颗颗赤诚的爱国之心。

下面，我讲一个真实的故事：

我有一个学生，名叫金安平，只有19岁。当有人感到郁闷，认为我们国家这也不好，那也不行，甚至觉得祖国也并不可爱的时候，小金在想什么呢？

"不管母亲多么贫穷困苦，

儿女对她的爱也绝不会含糊。

我只喊一声'祖国万岁！'

更强烈的爱在那感情的深处。"

四句诗，斩钉截铁！她时刻想着我们的祖国，在默默地发愤攻读，使我感受到青年们的心灵之美。现在的大多数青年都很关心祖国的命运，这是青年一代热爱祖国的心灵美的反映。一次我到一个中学做报告，当我讲到我们国家经济有困难，有巨额的财政赤字，紧接着我就朗诵了小金这首诗。当时我就发现许多女生的眼角挂着泪花。没过三天，就接到这个学校发来的18封信。其中一个女孩子在信中说：

"李老师，当您谈到咱们国家经济困难，有巨额的赤字的时候，别人因为您那幽默的语言而喧笑，我却沉默了。我默默地背诵着您所读的小金姐姐的四句诗……您所说的赤字，就如同烙铁一般烫在我小小的心灵上，我恨我自己，为什么不快快成长，好为我们的党、我们的祖国——母亲分担一点忧愁啊！"

读到这里，我热泪盈眶。她姓陈，是军人的女儿，年仅16岁。我记得杜勒斯临死前曾说过，他要用管乐吹垮共产党的第三代，改变我们前进的路标。我说，杜勒斯先生，你的预言落空了！从小金和小陈的身上，我们看到了民族的希望，青年一代绝不是垮掉的一代！

每当讲到这里，有人就嘱咐我："你别老青年，还有老年呢！"我说，老年人不用多说，他们的爱国之心，有些时候别人看不清楚，但是它隐藏在心底。

现在我举个例子。有位解放初期归国的女华侨。她在临回国之前，曾解囊帮助了一个破产的男华侨，然后带着未满周岁的儿子回国了。长话短说，她的儿子现已是某学院77级大学生。最近受过她周济的那个华侨（后来在国外发了大财）回来了。他回国的目的有两个：一是观光，二是报恩。经过多方查找，终于找到了他的恩人。

这个男华侨来到这个女归侨家，只见陈设非常简陋。原来，这个女归侨回国后当了中学教师，现在已经退休了。她的物质生活条件比起这个在国外发了财的男华侨，当然差得远喽。

男华侨说："我这次回来，就是来报你的恩的。我准备接你出国，过一个幸福的晚年。"女归侨摇摇头说："谢谢你，我虽然已经退休，但祖国还有许多事情需要我做。"男华侨深思了一下说："你如果实在不愿去，我可以带你儿子出国念书，一切费用由我负责。"这时，女华侨的儿子正在一旁做功课。同学们猜猜看，他是去还是不去？（台下几个青年回答："不去。"）

出乎意料，女归侨的儿子说："什么时候走哇？"一听这话，妈妈的心，就像被针扎了似的疼啊！

送走了男华侨，夜已经深了。妈妈问儿子："解放初期，国家那么困难，妈妈为什么放弃舒适的物质生活，回国来工作，你懂吗？"儿子回答："不懂。"三年困难时期，有些人出国了，妈妈为什么不离开祖国，你懂吗？儿子又回答："不懂。"

怎么能让儿子理解母亲的一片爱国深情呢？母亲反复考虑，最后，连着给儿子提出了三个问题。她问："1966年6月初,'文化大革命'中我被关进'牛棚'的时候,我是不是你妈妈?""是我妈妈。"儿子回答,开始勾起了痛苦的回忆。母亲又问:"当别人游斗我,说我是'牛鬼蛇神',要你跟我划清界限的时候,你那时和我的感情改变了没有?我是不是你妈妈?""妈妈,我什么时候也不会改变对您的感情,您是我的好妈妈。"儿子激动地说,眼里涌出了泪花。这时,母亲又紧逼一句:"当我被拉出去游斗,一些人朝我身上吐唾沫的时候,我还是不是你妈妈?"儿子一下扑向母亲的怀里,呼唤着:"妈妈,您是我的亲妈妈。"这时,妈妈满怀深情地说:"祖国和党就是我们的亲生的母亲。当国家在经济上遇到困难的时候,是留下来把她建设得更加美好,还是抛弃她,一走了之,去寻找个人的欢乐呢?"话音未落,儿子就哭了,说:"妈妈,你不用说了,我懂了,我全理解了!"每当讲到这些故事,我是从心底里对这位教师的爱国热忱感到敬佩的。我们不要光看到社会上个别乌七八糟的现象,我们民族是个含蓄的民族,内心蕴藏着巨大的力量。我不是说中国人都不应该出国,不应该留学,而是我们不要忘记自己是中国人!

民族之魂

爱国之心,是人们对自己祖国的一种深厚的感情。这种感情集中表现为民族的自尊心和自豪感。它使我们对自己民族的勤劳勇敢、聪明智慧以及由此而获得的辉煌成就感到光荣、骄傲,并推动我们把它进一步发扬光大;它同时使我们对自己民族的创伤和短处感到痛心,从而燃起医治创伤,弥补短处,争取光明未来的激愤之火,并愿为之献身。从某种意义上来说,这不就是民族之魂吗?

深厚的感情必须以深刻的认识作基础,唯有对我们民族知之甚深,才能爱之愈切。这就需要我们从各个方面来了解我们的祖国,了解我们的中华民族。

我们伟大祖国幅员辽阔,资源丰富,是世界上最大的国家之一。我们祖国有960万平方公里的土地,几乎相当于整个欧洲的面积。有18000多公里的大陆海岸线,沿海分布大小岛屿5000多个,东西相距5000公里,南北相距约5500公里;跨纬度50度,占经度61度。在这块广阔的土地上,有广大的肥田沃野,给我们以衣食之源;有纵横全国的大小山脉,给我们以林木、矿产资源;有很多的江河湖泊,给我们以舟楫和灌溉之力;有很长的海岸线,给我们以沟通海外各民族的方便。中国有文学可考的历史就有4000年之久。还在1800年前就发明了造纸法;在1300年前发明了刻板印刷;在1100年前发明了火药,在900年前已用火药发炮供作战之用。我国古代的四大发明（造纸、印刷术、指南针、火药）传至世界各地，对世界文化的发展作出了巨大的贡献。

从1840年到1949年新中国诞生，整整109年，我们国家几乎遭受过世界上所有帝国主义国家的欺负。俄国、英国、法国、德国、美国、比利时、荷兰、西班牙、意大利、日本，都曾经占领过我国的某些土地，可是从来也没有能够完全吞并掉我们的国家。在世界的东方，在山川壮丽、资源丰富的国土上，居住着人口众多的炎黄子孙。她犹如黄河、长江汇集百川那样吸引了中国疆域内的众多的大小民族，历经了几千年的大风大浪和兴衰变化，而能一直稳固地凝聚在一起，并且一直保持着伟大民族的生机和活力。这本身就是世界历史上一个极其奇特的现象。这除了政治、经济、社会历史的因素之外，体现我们民族之魂的爱国主义思想就是一种伟大的凝聚力，也是一种伟大的向心力。

要全面认识与了解我们的祖国、我们的中华民族是一件很不容易的事。

我在大学里，是教中国古典文学的，今天，我想着重介绍一点中华民族的灿烂文化。

中华民族的文化，源远流长，如黄河九曲，长江泻三峡，虽经曲折，但从未断流，这是其他任何国家与民族所无法比拟的，而且是独特的！

我们的祖先留下了丰富的文化遗产。这些文化遗产富贵得很，我们可以把它放在世界范围内，从相互比较中认识它的价值，增强民族自豪感。

中国与古埃及、巴比伦、印度同为世界四大文明古国，在人类文明的开创时期都作出了重要的贡献。被称为"欧洲文化的发源地"的古希腊、罗马，曾经创造了人类童年时代最完美的文学艺术，产生了荷马、赫希俄德、伊索、埃斯库罗斯、索福克勒斯、欧里庇得斯、柏拉图、亚里士多德以及泰伦斯、维吉尔、贺拉斯等诗人、悲喜剧作家、寓言家和文学评论家。但是，古希腊、罗马等国的文学后来都中断过，而中国文学却一直延绵至今。中华民族灿烂的文学艺术，无论是在人类的婴幼、童年时代，抑或是在人类的少年、青年时代，都一直是举世瞩目的。

先看一看俄国吧。普希金（1799～1837年），他被称为"俄国文学的创始人，俄罗斯诗人之父，诗歌的太阳"。11～17世纪期间，俄国没有出现知名的大诗人，18世纪才有了几个不很有名气的诗人。一直到19世纪出现了普希金、莱蒙托夫等诗人，果戈理、屠格涅夫、托尔斯泰等小说家。可是回头看我们中国，第一位大诗人是屈原（约公元前340～前277年）生于战国时代，比普希金要早两千多年。

以唐朝为例，整个一部《全唐诗》就有900卷，涉及诗人2200人，诗歌近5000首。可谓高山巍峨，群星闪烁。全世界所有的国家哪一个国家能有这样一个美好繁荣的诗的朝代？

再看一看英国。英国现实主义文学的奠基人是"英国诗歌之父"乔叟（1340～1400年）与我国明朝《三国演义》的作者罗贯中同时代。拜伦（1788～1824年）和中国古典文学史上最末一个大诗人龚自珍（1792～1841年）同时代。文艺复兴时期最伟大的诗人和剧作家莎士比亚（1564～1616年），则和中国明朝《牡丹亭》作者汤显祖（1550～1616年）同时代。而中国最早也是最伟大的戏剧家是元朝的关汉卿，比莎士比亚要早三百多年。莎士比亚很伟大，我们都很敬佩。他能编、能演、能导、能跑龙套，莎士比亚能做到的，关汉卿也能做到，他也能编、能导、能演、能搞杂务，什么都干。莎士比亚一生中写了三十几个剧本，关汉卿一生写了六十几个剧本，遗憾的是咱们老祖宗没有完全保留下来。莎士比亚的悲剧《罗密欧与朱丽叶》《哈姆莱特》《李尔王》《奥赛罗》和《麦克佩斯》，成为世界文库的珍品，关汉卿的许多剧本虽然失传，但他的《窦娥冤》《救风尘》《调风月》《拜月亭》和《望江亭》，同样是流芳万世的不朽之作。因此，我以为，莎士比亚和关汉卿可以作为当时世界两颗戏剧的巨星，分别光照着东西方的剧坛。关汉卿不在莎士比亚之下，只是我们宣传不够。世界上有"莎"学，但是似乎还没有"关"学，我们应该好好加以研究。

在历史长河中，我们中华民族长期居于世界文明的前列。英国史学家威尔斯所写的《世界文化史纲》，讲到我国唐朝时说："从第七世纪至第九世纪，中国是世界最安定的文化之国。"中国无数万居民，过着"秩序整齐，平和幸福的日子。西方人心正锢闭于神学上之褊狭于固执，中国人心却极其宽阔，得到研究上的自由"。德国大诗人歌德在爱克曼一次谈话中说："我最近在读中国小说，中国人的思想、行动、感情几乎和我们一样。我们很快会发现，我们和他们是完全相同的，只是他们的一切行动比我们更明朗、更纯洁、更道德。"

只是到了近代我们落后了。这是腐朽的封建制度和帝国主义侵略造成的。叱咤风云的法国大军事家拿破仑，他是一个张开嘴就想把地球吞进去的人物。有一天他说："中国是一个多病的沉睡的巨人，但是当他醒来的时刻，整个世界要为之震颤。"后来拿破仑被囚禁在圣赫勒拿岛，他终日无所事事，只好读书消遣。有一天，他读到咱们中国的《孙子兵法》，立刻拍案叫绝，进而叹道："倘若我早日见到这部兵法，我不会失败的。"拿破仑把自己的失败原因仅归结为没有读到一部

《孙子兵法》，当然是可笑的。但我们从中却可以感受到这个曾经叱咤一时的拿破仑，对我国古代军事家的钦佩之情。我们作为一个中国人应该对此感到自豪。可现在有些人妄自菲薄，盲目崇外，见到外国人总感到自己低人一等，这有损于民族的尊严。

有一次我讲到这里有人就给我递条子："你有本事讲讲四化吗？"他是想"将"我一"军"，意思是说，我们的四化建设搞得这么慢，你还吹。我说，四化建设确实慢了一点，我们国家也有贫穷落后的现象，这是客观事实。但是想一想，我国经历了2000年的封建社会以及100多年的半封建半殖民地的统治，好不容易盼来解放，才过了17年，又经历10年浩劫，我们国家饱经内忧外患，受的摧残真够大的了。唐代有一位青年文学家叫王勃，他写了一篇《滕王阁序》，其中有一句名言，叫做"穷且益坚，不坠青云之志"。我想，我们每一个热血青年都应该具有这种热爱祖国、决心改变祖国落后面貌的"青云之志"，这也是民族之魂，整个国家有了这种民族之魂，我们的四化建设就有了原动力。作为一个国家，一个民族，如果没有自尊自爱，这个国家就完了。我们中国人不应有傲气，但必须有骨气，有志气，有豪气，有勇气。因此应该大力发扬爱国主义精神。爱祖国的高风亮节，是黄帝子孙的传统美德，是中华民族向前发展的巨大推动力量。还有什么能比为祖国奋斗、献身更光荣更自豪的呢！爱国主义在青年中间很受欢迎，不理解的是极少数。我在一次报告会上说，谁不同意我的意见，你可以走。结果全场没有一个人走。可见，大家还是热爱自己祖国的。有人把魏巍的诗改了一下：尽管他国的山更青，他国的水更甜，他国的少女更多情，但是作为中国人，还是爱我们自己的祖国。有个华侨从海外回国，有人就问他，你是日本人还是朝鲜人？他气坏了，拍着胸脯告诉对方："我是地地道道的中国人！"就要有这么个劲头！可现在有些人不是这样去想去做。有这样一个女人，刚出国没几天，在外国什么缺德事都干了。外国人指着她的脊梁骨说："可惜你还是个中国人，把中国人的脸都给丢尽了。"我想任何人对这类现象都应该嗤之以鼻的。

"先天下之忧而忧，后天下之乐而乐"，"天下兴亡，匹夫有责"，这就是我们中华民族的儿女们对祖国应有的崇高的责任感。有的青年只对祖国提出这样那样的要求，当祖国由于暂时困难而不能完全满足他时，就有怨气，他没有想一想自己对祖国作出了哪些贡献。有的青年看到祖国落后了一些，困难多了一些，就看不起自己的祖国，嫌弃自己的祖国，这都是不应该的。看到祖国落后，不应哀叹自卑，灰心泄气，应该不甘落后，奋起直追；看到祖国穷，不应推卸责任，神驰异国，应当认清义务，抢挑重担。只有这样做，我们才前无愧于祖先，后不负于来者。我们这一代青年必将让历史证明，我们虽然在动乱的年代中长大，但是没有在迷茫中虚度；我们虽然经受了内伤和摧残，但是创伤并没有也不会使我们消沉。只要矢志搞四化，我们的祖国和民族，我们的党和军队必将无往而不胜。新一代青年也将在世界风云当中，在科学事业上，无愧于时代，无愧于伟大的中华民族。未来是属于青年的！

正气之歌

西方美学家们依照美的品格把美分做五个部类，即崇高、伟大、美丽、妩媚、乖巧。朱光潜先生则在他早年写的《刚性美与柔情美》一文中，引了古人两句六言诗概括为两种美，即一种是"骏马秋风冀北"，"而且遇到任何美的事物，都可以拿它们做标准分类"。我认为这些话是有一定道理的。在人世之间除了柔情之美，如美丽、妩媚之外，的确还有另一种美，崇高、伟大，或称之为刚性美。岳飞的《满江红》，文天祥的《过零丁洋》，那铿锵有力的诗句不正是刚性美的显示？作者崇高的精神，伟大的抱负，沉郁而悲壮的胸怀，使我们受到感染，胸中的正气得到激发。

什么叫正气呢？正气就是所谓浩然正气，即孟子所说的"其为气也，至大至刚"，"塞于天地之间"。我们还可以把这种正气看做是中华民族之魂。翻开中华民族的文明史就会发现，每当历史上遇到了重大挫折或灾难时，都会出现一批仁人志士，他们为了挽救国家和民族的危亡，不怕牺牲自己的生命。特别在南宋时期，阶级矛盾、民族矛盾十分尖锐。这时出现了岳飞、辛弃疾、陆游、文天祥这一大批爱国志士，他们不仅用笔写下了悲壮的诗篇，并用生命写下了壮丽的史诗，"三十功名尘与土，八千里路云和月。莫等闲白了少年头，空悲切。""人生自古谁无死，留取丹心照汗青。"几百年来，这些诗句脍炙人口，家喻户晓，成为激发民族奋进的绝唱，弹奏出我们民族的正气之歌。

我们常说，青年一代是祖国的未来，民族的希望，青年的成长关系到国家的前途和命运。当今一代青年99.9%的人是爱国的。在社会的动乱与弊端面前，他们没有消沉，更没有失足、堕落。

两年多前，在我们师范学院发生了这样一件事：1979年的国庆前夕，一个班的团支部搞了一次活动，让每个团员在节日期间完成一篇题为《国庆观感》的文章。几天以后，他们把文章交给我看，看完以后，真把我给镇住了。这些文章完全出乎我的意料之外，其中有一篇这样写道：

"'十一'的早上，天一亮，我拉开窗帘时，天是阴沉沉的，还下着毛毛雨，往事依稀浑似梦，都随风雨到心头。每当国庆节到来的时刻，都是张灯结彩、兴高采烈，可今天却引起忧郁。"

第二段："我是一个大学生，为什么把祖国的命运与阴天联系在一起呢？但愿一切是光明的，但愿一切是美好的……"

最后结束："第二天，天再一亮的时候，我又拉开窗帘，原来是一个明朗的晴空……"

我看了一遍又一遍，别人认为这篇文章不够好，我却觉得应当肯定，拿起笔来写了三个方面的优点。三个优点是什么？暂且先不说。

讲评那天，我走进教室，团员和青年全来了，党员也都自愿来听讲。当时社会上一些青年对什么政治学习都不关心，不愿意参加，在这种风气下，来这么多人，我很高兴。就说："共青团组织了一次非常有意义的活动。在国庆节到来的时候，用艺术的形式表达自己对国庆的观感，是艺术性非常强的政治活动，也可以说是政治性非常强的艺术活动。"接着我说，我是含着热泪读这些作文的。这时有的男生就直撇嘴，显现出"甭给我们吹，有这么好吗"的神态。我不管它，接着对同学们说，我不仅仅是含着热泪读了这些文章，而且读了之后，使我更加坚信，我们的青年一代，不是垮掉的一代，而是永远垮不掉的一代。接着，我在读了这篇文章之后说："这是一篇好作文，它有三个优点：第一，'十一'的早晨拉开窗帘时天是阴的，这是事实，有些人心情忧郁，这也是客观存在。因此，首先是真实的。第二，他把天气和祖国的命运联系起来，证明他想到了自己的祖国，在忧国忧民。这一点对青年来说有什么不好呢？跟有些纸醉金迷、腿肚子扎三锥子都不冒血的人相比，这一点是可贵的。第三个优点更为重要：当他再次拉开窗帘时，他看到了一个明朗的晴空，他认识到我们党的工作中有缺点和错误，但他没有失去希望，他相信党是能够克服困难，未来将是光明的。这种心情，这种希望，我们中年人是理解的。我想起了普希金的诗：'假如生活欺骗了你，不要忧郁，也不要愤慨！不顺心的时候暂且容忍；相信吧，快乐的日子就会到来。'"

我们中华民族是一个正气浩然的民族。在中华民族的历史上，人们对那些卖国求荣的人，创造了一个专用名词叫汉奸。袁世凯、汪精卫、陈公博、周佛海这些民族的败类，成为千古罪人，永远被钉在民族的耻辱柱上。

下面，我想说一说汪精卫的可耻下场：

汪精卫原先追随孙中山，参加国民党领导的资产阶级革命。孙中山逝世后，他当上了国民党武汉政府主席。1927年4月12日蒋介石在上海进行反共大屠杀，同年7月15日，汪精卫在武汉也制造反共大屠杀，公开成为人民的敌人。1937年"七七"卢沟桥事变以后，日本军国主义全面入侵中国，汪精卫便主动与日本军国主义勾结。他躲在越南河内，与日本军国主义约定：从河内乘船回国，准备去南京登上汉奸头目的宝座。本来，他乘风安号小货轮起程，但途中风浪很大。汪精卫要求日本人派了北光丸前来接应，两船便在汕头海面会合。汪精卫爬上北光丸后，真个开始与日本主子"同舟共济"了。后来。到了上海，又与周佛海等11个汉奸，乘日本海军飞机，秘密前往日本，进行卖国交易。回国后，当上了头号奴才，实际上是登上了儿皇帝的坐席！那时，卖国旗都要加上个黄色布条：和平、反共、建国。记得我小时候，有这样一首歌谣：

国旗竟有辫，例子确无先。

贻羞全世界，遗臭万千年。

大汉奸汪精卫晚年因铅中毒，脊椎动了手术，只剩一细条，不仅不能行动，连头颅的重量也支持不住，只能绑着石膏躺在床上，而且头颅还要用钢丝从高处牵住，以防脊骨折断。就这样，汪精卫半死半活地吊在卧床上，成了一条断了脊骨的癞皮狗。最后终于死在日本，落了一个可耻的下场！

这里我再给大家说一个齐白石先生爱国的故事吧。

齐白石先生是全世界知名的第一流画家。他的画很可贵，可是我认为他的爱国之心更可贵。在日本军国主义者侵占北平的时候，齐白石先生正在北平艺术专门学校当教授。当他看到"北平艺专"已被日本侵略者和汉奸们所统治，就立即辞去教授职务，并在家门贴上了一张"告示"："画不卖与官僚，窃恐不祥。"从此闭门谢客，画不仅不卖给汉奸、侵略者，就连家门也不让他们进。不但如此，齐白石先生还用画笔作武器，与汉奸卖国贼进行斗争。比如他画过一幅《不倒翁》，画面上画着一只头带乌纱帽、鼻梁上涂着白粉的不倒翁，旁边写着四句诗：

乌纱白扇俨然官，

不倒原来泥半团，

将汝忽然来打破，

浑身何处有心肝！

另外，他还画过一幅《螃蟹图》，当他画完螃蟹，就在一边写上一句："看你横行到几时"，内心充满对日本军国主义仇恨的火焰。正因为这样，所以人民不仅喜爱齐白石先生的画，更钦佩他的人格与民族骨气。

爱国的人受到人民的爱戴，卖国的人受到人民的唾弃。这就是一个国家，一个民族的正气所在。

青年朋友们，爱我们的国家吧，爱我们的民族吧，同心协力，把我们民族的正气，把我们中华民族奋发图强的爱国主义精神极大地发扬起来！最后用几句名人句言作为结束语：

谁不属于自己的祖国，他就不属于人类。

爱国主义的力量是多么伟大呀！在它面前，人的爱生之念，畏苦之情，算得了是什么呢？

我无论做什么，始终在想着，只要我的精力允许我的话，我就要首先为我的祖国服务。

真正的爱国主义不应该表现在漂亮的话上，而应表现在为祖国谋福利、为人民谋福利的行动上。

（二）作者简介

李燕杰，1930年出生于北京，首都师范大学教授、世界华人教育促进会副会长、中华教育艺术研究会常务副理事长，中国当代著名教育家、演讲家、哲学家、经济学家。李燕杰一生从事教育艺术和演讲艺术的研究工作，曾代表国家教育艺术界，出访一百多个国家448个城市。他是"文革"后走向社会跨行业演讲第一人，中国四大演说家之一，迄今在北京、上海、香港、华盛顿、罗马、巴黎等448个城市演讲4000场。他的著作有《成功与智慧》等46种，其中《塑造美的心灵》《自强者笔记》获全国首届优秀读物一等奖。曾获培训教育终身成就奖。教育界称他为"国际教育艺术家"，企业界称他为"智慧高参"，青年称他为"铸魂之师"，家长称他为"良师益友"，中央领导称他为"巡回大使"，中学生称他为"F5"，大学生称他为"奔腾5"。

（三）演讲背景

20世纪80年代，中国正处在改革开放的初期，对外开放大门刚刚打开，许多过去没有听见过、看见过的事物，纷纷进入了中国，其中鱼龙混杂、良莠参半，令人眼花缭乱，让一些青年困惑和彷徨。1980年5月，一封署名"潘晓"的读者来信《人生的路呵，怎么越走越窄……》发表在《中国青年》杂志上。此信一发表，即引发一场全国范围内关于人生观的大讨论。如何回答年轻一代提出的这些问题，如何引导青年一代为祖国的繁荣富强贡献力量，成为当时的一项课题。李燕杰顺应时代的呼唤，走向社会的讲坛，以其丰富渊博的知识、激情澎湃的语言和别具一格的风采，在新中国演讲史上树起一面光辉的旗帜。

（四）成文技巧

这是一篇典型的抒情性演讲词，抒发了对伟大祖国的崇敬之情、热爱之情、自尊之情、自豪之情。其成文特点有：

1. **结构严谨、层次分明**　从大的方面来说，演讲词分为"爱国之心、民族之魂、正气之歌"三个部分，既互相独立又互相联系，成为一个有机的统一整体。同时，步步深入、环环相扣。从每一部分的内部结构来说，运用了概念、论证、结论这样三段式的逻辑结构，使听众听得明白。如"爱国之心"部分，演讲首先从什么是爱国主义的概念讲起，李燕杰引用了列宁给爱国主义下的定义，爱国主义就是对于祖国的热爱，就是"千百年来巩固起来的对自己祖国的一种最深厚的感情"。然后开始进一步论证。

2. **事例说明，实例证明**　演讲词运用了大量的事例和实例证明自己的观点，有理有据。同时，运用五个结合的证明方法，即历史与现实的结合、中国与外国的结合、言论与行动的结合、真实与传说的结合、正面与反面的结合。正是通过这种不同层面、不同角度、不同形式的完美结合，使行文严谨缜密，富有极强的逻辑性和论证性，令人叹服。

3. **重点突出，内容丰富**　演讲词的核心是爱国。运用的事例如一串珍珠使演讲词丰满、全面，从古代的爱国精神讲到现在。"近几年来，我一直在青年群众中生活，深深地感受到，在他们身上同样跳动着一颗颗赤诚的爱国之心。"使演讲词具有时代特征和现实意义。

4. **巧妙过渡，连接自然**　演讲词每个部分都在概念之后，运用过渡段巧妙地把上下段落连在一起，使整篇演讲词浑然一体。如讲完什么是爱国主义后，就说，"这种热爱和感情根深蒂固地埋植在人民的心里，成为道义上的一种巨大力量。翻开世界史，有哪个国家的人民不主张爱国？又有哪个国家的人民不把爱国精神看做是一种伟大而崇高的心灵美呢？"然后就是一大段的论证过程。

5. **入情入理，情景交融**　演讲词语言生动、鲜活，富有感染力和鼓动性。如"历史上，真正成就大事业的人都是把祖国的命运与自己的命运紧密联系在一起的。在他们的胸怀里，始终跳动着一颗追求至真、至善、至美的爱国之心。"同时叙议交叉，激励青年："真正的爱国主义不应该表现在漂亮的话上，而应表现在为祖国谋福利、为人民谋福利的行动上。"

◎模块三：

（一）阅读抒情性演讲词的经典范文

【范例38】

理解万岁（节选）

〔中国〕蔡朝东

（1985年5月3日）

　　我不是战斗英雄，也不是功臣模范，只是一个在老山前线生活和战斗过的普通军人。每当想起在战场上的日日夜夜，每当看到烈士陵园那一座座坟墓，每当回忆起战友们在阵地上的喜怒哀乐，每当看到一位位烈士家属那高尚的情怀，我就有一种冲动，就想把我的感受讲给全社会的人听。今天，领导和同志们从繁忙的工作和学习中抽出时间，听我演讲，这是对我的信任，也是对我们战斗在老山前线的干部、战士的理解、关怀和鼓励。我代表曾经在老山前线战斗过和现在还在老山前线浴血奋战的战友们，向祖国的亲人们致以崇高的敬礼！

　　今天我演讲的题目叫《理解万岁》，共分五个部分：第一部分，血战老山，对祖国的理解；第二部分，喜怒哀乐，理解的呼唤；第三部分，前方后方，理解的分量；第四部分，社会共鸣，理解的内涵；第五部分，战地歌声，理解的升华。

　　（前四部分略）

　　五、战地歌声，理解的升华

　　同志们，朋友们：为了更好地理解军人的情怀，现在我把在老山前线的实况录音选几段给大家播放。

　　我的中国心

　　1153高地军校实习排长窦健："下面请我们1153阵地84年的四川新兵王昌林同志给大家来一个，好不好？"

　　众战士欢呼："好！要得！"

　　王昌林："我的歌唱得不好！"

一战士："哎，你的歌唱起来安逸得很，太舒服啰！"

众战士："来一个，来一个……"

王昌林："好，我就给大家唱一个《我的中国心》。"

众战士："好，要得！"

（王昌林唱《我的中国心》，感情非常真挚，唱到"长江，长城，黄山，黄河……"时，众战士一起加入进来，很有气势，体现了战士胸怀祖国的壮志豪情。）

这位被称为"老山歌星"的王昌林是四川万县人，云南人民广播电台1984年10月1日早上播出他演唱这首歌的录音时，他的家乡父老乡亲也同时收听到了。父母听到儿子熟悉的声音，开始还有点不相信，儿子在前线打仗，怎么会跑到电台里唱歌呢？后来隔壁邻居也都听到后跑来向他们祝贺，他们才相信了。马上就给儿子写了一封信，前半部分写他们怎么激动，后半部分告诉儿子，他女朋友跟他"吹灯"了。

这封信的复印件今天我也带来了，现在给大家选读两段：

林儿：

大概国庆佳节你一定会异常激动吧！我们也和你一样或者说心情更高兴一些吧！当国庆佳节之时，我们家乡的很多听众都在收音机里听到了你的歌声，你那优美动听的歌声时时回响在我耳边，飘荡在我的心田……我家附近的很多亲邻都跑来告诉我这喜人的消息，有很多人还伸出大拇指赞扬你。这既是你自己的高兴，也是我们当父母的荣幸……

关于你的女友之事，作为我们这些做父母亲的，有责任帮你办好，因为这是一辈子的终身大事呀。但她现在的个性都变了，又有了男朋友……有一次，她和新男朋友到外面去耍了三天，甚至还准备跑掉。后来，她父母听说后才去把她找回来。所以，希望你不要再挂念她，要不就干脆与她吹了。

作为一个人来说，一定要正直，感情稳定才算一对真正的恋人嘛。所以，我们从心灵深处希望你努力工作，英勇杀敌，把她抛到九霄云外，扔进太平洋去吧！……

这封信的原件征得王昌林家人的同意后，已经被中国革命历史博物馆当文物征集收藏下来了。

十五的月亮

《十五的月亮》这首歌最早是在老山前线传唱开的，1985年春节晚会董文华唱后才在全国传唱。我记得这一年春节前夕，我到了坚守在八里河东山前沿阵地上，一位来自江苏镇江的指导员沈兆明演唱了这首歌：

一战士："哎，同志们，指导员这两天有个小秘密，我们让他给大家暴露暴露好不好？"

众战士："好！指导员，什么小秘密？"

指导员："没什么秘密，大家都知道我有一个贤惠的妻子和一个可爱的孩子。"（战士哄笑）

"大家不要笑。我的爱人在镇江市染织厂工作，15天前给我寄来了《十五的月亮》这首歌。在这新春佳节即将来到之际，我们身负重任，坚守在老山前线，非常想念家中的亲人，但不能和家人团聚，我想他们是会原谅的。《十五的月亮》这首歌写得非常好，我唱不好，但我希望我的妻子她能听到我的声音，也希望家中的亲人能听到我的声音。今天，在阵地上的干部跟我一样，也有老婆孩子，我邀请大家一起唱这首歌，表达我们对家中亲人的思念。"

（集体演唱《十五的月亮》，情真意切，催人泪下。）

我的祖国

下面是一位在1153高地当见习排长的窦健的诗朗诵。窦健："我是石家庄陆军学校的，今天能有幸跟大家共同坚守1153高地，我感到非常荣幸。在欢庆国庆35周年之际，我们虽然不能在灯光明亮的大厅里共庆佳节，但我们在这黑暗的坑道里，在煤油灯下也同样可以抒发自己的感情。现在我把在阵地上写的一首小诗献给大家：（战士热烈的掌声）

国庆35周年，各条战线捷报传。老山阵地庆国庆，首都老山心相连。坚守老山为四化，把越军消灭在阵地前！

（战士热烈的鼓掌声。贵州兵刘丹茂用树叶演奏《送别》，毛金满排长和窦健排长口琴二重奏《我的祖国》。）

新娘子出嫁

1984年底的一天晚上，我参加九连在老山主峰小平寨召开的欢送老兵联欢会，开始在山坡上进行，我正在录音。

突然，越军向我们阵地打了几发炮弹，我们的部队马上进行还击，一场激烈的枪炮仗就在老山主峰展开了。当时录音机正在录战士的歌声，枪炮声也就录进去了，我还现场解说了几句。

由于这个连队没有作战任务，上级命令他们到坑道里防炮，晚会就继续在坑道里举行。

有一位叫武应强的小战士，打仗很勇敢，不久前在一次战斗中还救了三个伤员，但他的外号却叫"小姑娘"，请听他唱的"云南花灯"：（放录音。战士的歌声："送战友，踏征程……"突然阵地上炮声、枪声响成一片。）

蔡朝东："现在是9点40分，越军突然向老山主峰进行了疯狂的炮击……我们的大炮和重机枪当场进行了有力的还击！"

连长："同志们，越军现在向我们阵地打炮了，上级通知我们防炮，现在马上转入坑道，晚会继续进行！"

（战士们欢呼着进了坑道）

一战士："下面请我们连队的'小姑娘'来一个好不好？"

众战士："好！来一个，来一个！"

蔡朝东："哎，你们阵地上都是小伙子，怎么会有小姑娘呢？"

一战士："他说话太像姑娘啦，动作也像姑娘，特别是他唱起歌来令人愉快！"

武应强："好嘛，唱一个就唱一个，我给大家唱一个'云南花灯'——《新娘子出嫁》。"

回娘家

下面是坚守在八里河东山主峰上的七连连长李云志唱的《回娘家》：（放录音。一口山东话的连长李云志在罐头筒里装上小石子作沙锤的敲击声中，唱了一段幽默有趣的《回娘家》。）

党啊，亲爱的妈妈

在前线，战士们把祖国、母亲、人民和党统统用"妈妈"这个词替代了，因此，一唱到有妈妈字眼的歌就特别动情。

有一天，我在一个阵地上看到一位叫刘兆举的小战士满脸硝烟，正在聚精会神地用松球雕刻一只小鸟，小鸟做得非常逼真。我问他："你在阵地上雕这只小鸟干什么？"

他说："我要让它飞回去，给妈妈报个平安！"

我说："好，我带着照相机，就把你和小鸟在一起拍个照，以后让妈妈看吧！"

就这样，我拍下了这张照片，现在请大家在现场看吧！

后来这位小战士还告诉我，他们一起来前线参战的一位叫王斌的战士还创作了一首《唱给妈妈的歌》，也在阵地上广为传唱：望北斗，思故乡，我看到妈妈期待的目光你声声把孩儿呼唤，盼孩儿早回身旁，那望儿山上母亲的泪啊日夜在你心中流淌。妈妈呀，妈妈，不是我铁石心肠，不是我不恋故乡，只是在我的前面，还有凶狠的豺狼。望北斗，思故乡，我看到妈妈期望的目光你声声把孩儿教导，盼孩儿多打胜仗，那枪炮声中孩儿的话啊时刻在你心中回响。妈妈呀，妈妈，我誓与南疆共存，杀尽那凶狠的豺狼。带着胜利的捷报，回到你的身旁。

正因为有这样的感情，炮兵排长孙承业在战场上唱的一首《党啊，亲爱的妈妈》在中央人民广播电台播出后，我接到过很多同志的来信说："我们听过很多歌唱家唱这首歌，但没有哪一个有这位排长唱得深情。"是不是这样，大家来听一听（放录音，孙排长唱《党啊，亲爱的妈妈》）。

夫妻双双把家还

同志们大部分都看过《高山下的花环》这本书，书里写了雷军长和儿子"小北京"一起在前线作战。很多人认为这是文艺作品，生活中没有这样的事。其实不然，在前线，不仅有父子、兄妹同上战场的，还有夫妻双双一起战斗在前线的。

1979年第一次对越自卫还击作战，我们昆明军区司令员张铚秀和儿子、女儿都同时在前线参战。

1984年这次老山、者阴山作战，十一军瞿政委一家四个人一起上战场：大儿子在阵地上当排长，二儿子是运输兵，冒着危险往阵地上送弹药，女儿在前线野战医疗所，瞿政委在指挥所指挥战斗。

原云南省保山军分区司令员刘斌同志，两个儿子先后上了战场，并且都牺牲了，他又把女婿送上了战场，被人们称为"当代杨家将"。

我到过一个"前线的八女子救护队"，就有八对夫妻一起战斗在前线。

在离国境线不到五公里的一个小帐篷里，灯光下，一位女医生趴在铺上写信。她叫陈宏蓉，爱人叫夏德俊，是本部队的六连连长。部队接受参战命令时，她的孩子只有三个多月，她谢绝了领导的照顾，坚决要求和爱人一起上前线，被批准后，她把在河南农村的老父亲接来给她照顾小孩。

此刻，她正在给老父亲写信："……要多给孩子喂水，每天加两片维生素C……"写到这，她左手托着下巴，右手捏着钢笔顶在嘴角，两眼看着不断闪动的蜡烛，在火车站和孩子离别时的情景又出现在眼前。

那是一个临近黄昏的时刻，打着绑腿、背着红十字包的陈宏蓉把小孩紧紧地抱在怀里，亲了又亲，吻了又吻。三个多月的小孩，瞪着两只明晃晃的眼睛，盯着妈妈的脸，不时地咧开小嘴笑一笑，还伸出两只胖乎乎的小手不住地抓妈妈的脸。

看着孩子天真活泼的样子，陈宏蓉脸上也浮起了一丝笑容，但眼泪却像泉水一样涌了出来，眼泪大滴大滴掉在孩子脸上。

陈宏蓉使劲亲了孩子一口，孩子"哇"的一声哭了起来。他不明白待自己如心肝似明珠的妈妈，今天怎么这么狠心，"哇哇哇"越哭越伤心，越哭声音越大。

陈宏蓉心碎了，她知道这一去，有可能是生离死别啊！孩子他爹当连长是要带兵冲锋陷阵的，已经提前几天就开走了。

自己进了救护队，也是要冒着枪林弹雨去抢救伤员的。万一？她不敢往下想了，心里一阵颤动，眼前一黑，差点摔倒。

"呜——"火车汽笛拉响了。

陈宏蓉从痛苦中抬起头来，擦去眼角上的泪水，又使劲把孩子亲了一口："孩子，别怪妈妈心狠，你需要我，前线流血负伤的叔叔更需要我啊……"她走近老父亲，把孩子往父亲怀里一塞，转身跳上了南去的列车……

到了战场之后，他们夫妻把对孩子的爱化为对越军的恨。夏连长亲自带领两名战士到离越军最近的地方开设观察所，坚持41昼夜捕捉目标36个，呼唤和指挥炮群对敌射击16次，战果突出，荣立二等功。陈宏蓉多次到前沿阵地抢救战士，并热情为战士演出节目，成了救护队的骨干。

战斗之余，他们都非常怀念自己的小宝宝。尽管老父亲尽心尽力地照顾，周围的群众、家属都帮忙料理，孩子长得又白又胖，但是，作为父母，在生死难料的战场上，怎能不牵肠挂肚呢？为了使孩子能健康成长，陈宏蓉每三天就要定时给家里写一封信。在信里，总是反反复复地告诉老父亲，怎么给小孩煮牛奶，怎么给小孩洗澡，什么时候该加减衣服，什么时候要打预防针等等。

她说："我那老父亲，都成了'函授保姆'了。"

护士方晓京，上战场时，儿子七个多月，到了战场八个多月，儿子开始学说话了。年轻的妈妈，多么想听一听儿子稚嫩而天真的声音啊！家里非常理解她的心情，为了减少她的挂念，就成天教孩子说话，并且将讲的话反反复复地录下来，把磁带寄到了前线。

拿到了磁带，方护士说："我是又想听又怕听啊，每次听都要流很多眼泪。医生、护士、伤员、老乡都陪着我掉泪。因为儿子不懂事，话也说不清，只会叫啊、喊啊：'妈妈、妈妈呀！……我想妈妈了！'把我的心都给拉出来了。我们在这里，是把对儿女的爱倾注到伤员身上，这边流着眼泪听完磁带，转过来，我们还要带着笑容给伤员唱歌！……"这些女同志难道不是英雄吗？前线战士就这样抛家舍业在战场上奋战，为了什么？

他们在老山主峰上刻了一副对联，表达了他们的情怀：碧血洒满老山，捐躯为谁？为国威军威振奋；风餐露宿戍边，幸福何在？在万户千家团圆。

有一次，在阵地上正好碰上两口子在同一个阵地上，男的叫李川斌，女的叫付玲。大伙轰他们出节目，两口子推脱不过，唱了一首《夫妻双双把家还》，现在就请大家听他们当时的录音。（放录音）

同志们，朋友们：为了感谢大家对我们战士的关怀和理解，最后我用战士侯建辉在猫耳洞里写的一首小诗作为报告的结束：告别家中的亲人，告别故乡的山水。我是一只绿色的小鸟，唱着歌，飞向祖国的边陲。我不是来享受，也不是来游山玩水，更不是为了自己的羽毛，抹上几笔金色的光辉。我是走向战斗的最前面，用理解和鲜血，抒写自己的墓碑。如果不准备献身，何必骗取光荣的领章和帽徽。那还不如潜进浪花，变做一只苟延百岁的海龟。我愿战场火红的熔炉啊，把我冶炼成一颗呼啸的手雷，以便在这战场上，在边疆的沃土中留下我青春的光辉！让祖国大地的花朵，开得更加鲜美。

（二）作者简介

蔡朝东，1951年生于昆明，1968年参军，曾任昆明军区政治部宣传部文化处副处长。1989年10月转业到云南省新闻出版局任工会副主任。1991年下派到云南省大关县代职任县委副书记，1993年被人大代表民主提名选为县长，成为中国第一个民选县长。1994年调离大关县时万人空巷，十里相送。1996年任云南省文明办副主任，现任云南省演讲学会会长、中华教育艺术研究会副理事长。他是以《理解万岁》和《民魂万岁》《创业万岁》《诚信万岁》《科学万岁》等系列演讲轰动全国、影响了整整两代人的著名演讲家。他的报告以感人的事迹、真挚的情感和令人钦佩的人格力量激起人们心中阵阵暖流，致使场场听众爆满，笑声、哭声、掌声汇成了心灵共鸣的交响曲，报告讲进了人民大会堂，讲进了中南海，成为当时唯一一位到中南海给中央首脑机关作报告的人。中央电视台曾连续三次播出他的演讲报告实况录像，外交部还把他的报告录像发往我国驻153个国家的使领馆，听众过亿。他的"万岁"系列与时俱进，有人说这就是一部完整的改革纪录片。他被誉为"战士知音"、"传播民族精神最可爱的人"。

（三）演讲背景

1985年5月3日，蔡朝东去看望老战友昆明锅炉厂团委书记，老战友只当过兵没打过仗，听说蔡朝东上过战场，就让蔡朝东给他讲讲战场上的事，在听蔡朝东讲的过程中，他哭了，就提出一个想法，让蔡朝东去他们锅炉厂作报告。当时蔡朝东就拒绝了，在那个年代一般人不能作报告，只有战斗英雄才能作报告，最后在老战友的一再坚持下，蔡朝东答应了。和老战友商量后只能称座谈会，就秘密地召开了一场座谈会。

蔡朝东到了会场后，嗑瓜子的、打毛衣的、看报纸的，干什么的都有，就是没有一个人是好好来听报告的。不一会儿几个年轻人走了进来，穿得干干净净、整整齐齐的。蔡朝东心想，听报告的来了。这句话刚从脑里划过，就听其中一位女同志说："怎么没有音乐哪？不是说今天开舞会吗？"我看着旁边的老战友，老战友只好说实话："为了不使咱们的'座谈会'冷清，我秘密地采取了两个措施，一是晚上不来听报告的要扣10元奖金，二是今天晚上有舞会。"最后蔡朝东和老战友商量说那就讲30分钟吧！结果没想到，5分钟后安静了，10分钟后进入了状态，30分钟后有人哭了，40分钟后，蔡朝东一看表时间到了，就停了。这时，有人就站起来说话了："讲得好好的，怎么就停了，我们还想听。"蔡朝东是以心感动人的，第一次作报告没有经验，一下就讲到夜里十二点半。出了锅炉厂没走100米，就听见后面有人叫蔡朝东，原来是锅炉厂的青年自发组成自行车队护送蔡朝东回家。

"理解万岁"这句话就是在那场报告中诞生的。"理解万岁"的口号与"时间就是金钱"等至理名言一起，在1998年被理论界和新闻界评为改革开放以来对人们思想观念的转变影响最大的十句口号之一。

（四）成文技巧

《理解万岁》共分五个部分：血战老山，对祖国的理解；喜怒哀乐，理解的呼唤；前方后方，理解的分量；社会共鸣，理解的内涵；战地歌声，理解的升华。本文仅选取了第五部分。这部分采用了录音与演讲结合、史料与现实结合、个人与集体结合等多种形式，反映了老山前线官兵为了祖国的和平、为了人民的安宁而艰苦守卫边防前线的生活。真实的事迹能够起到感动人们的作用。

1. **演讲词的针对性**　理解是人人都需要的。随着时代的发展，市场经济开始了，在当时存在一个左右沟通的问题，例如"一国两制"海峡两岸之间是一个互相理解。当今社会，"理解万岁"不仅仅是情感上的理解，不仅仅是沟通的问题，而是不同价值观的认同，不同意识形态的认同。因此，蔡朝东的演讲是具有针对性的。

2．演讲词的现实性　今天，整个社会的发展，和谐是一个前提，和谐发展也需要相互理解。现在的年轻人都追崇团队意识、团队精神，只有相互理解，才能打造精英团队。理解以后产生共鸣，共鸣达成共识，共识推进合作，合作实现共赢的发展。改革开放后，可以看到新的时代发展轨迹，这一代人的思想不僵化，这一代人善于思考问题，接受新事物特别快。改革开放后，生活好转了，家人的溺爱使孩子失去了接受很多挫折的转变，创业的经历不像过去那样艰辛，再加上叛逆导致看问题比较偏激，使得意志不够坚定，意志薄弱后对生活失去信心，对生命不珍惜，自我意识强，个人的情感调控能力差等。因此，演讲词具有现实意义。

3．演讲词的疏导性　如何让年轻人对"理解万岁"的含义听进去并且入脑入心，再转化为自己对社会、对祖国、对人民、对改革开放的理解基础上的自觉行动，并不是一件容易的事情。不能只靠说教，更重要的是靠疏导和引导。蔡朝东的演讲词里没有那些长篇大套的说教理论，而是实实在在的事情，实实在在的人。这就使演讲能够深入人心，起到良好的社会效果。

4．演讲词的情感性　全篇演讲词充满了对祖国的爱、对人民的爱、对战士的爱。爱情、亲情、友情，情意真切、情感真挚，让人听过之后，无不为之动容。

◎模块四：

（一）阅读抒情性演讲词的经典范文

【范例39】

我有一个梦想

〔美国〕马丁·路德·金

（1963 年 8 月 28 日）

今天，我高兴地同大家一起，参加这次将成为我国历史上为了争取自由而举行的最伟大的示威集会。

100 年前，一位伟大的美国人签署了《解放宣言》，今天我们就站在他的雕像前集会。这一庄严的宣言犹如灯塔的光芒，给千百万在那摧残生命的不义之火中受煎熬的黑奴带来希望。它之到来犹如欢乐的黎明，结束了束缚黑人的漫长黑夜。

然而100年后的今天，我们必须正视黑人还没有得到自由这一悲惨的事实。100年后的今天，黑人依然悲惨地蹒跚于种族隔离和种族歧视的枷锁之下。100年后，黑人依然生活在物质繁荣瀚海的贫困孤岛上。100年后，黑人依然在美国社会中间向隅而泣，依然感到自己在国土家园中流离漂泊。所以，我们今天来到这里，要把这骇人听闻的情况公之于众。

从某种意义上说，我们来到国家的首都是为了兑现一张支票。我们共和国的缔造者在拟写宪法和独立宣言的辉煌篇章时，就签署了一张每一个美国人都能继承的期票。这张期票向所有人承诺——不论白人还是黑人——都享有不可让渡的生存权、自由权和追求幸福权。

然而，今天美国显然对她的有些公民拖欠着这张期票。美国没有承兑这笔神圣的债务，而是开始给黑人一张空头支票——一张盖着"资金不足"的印戳被退回的支票。但是，我们决不相信正义的银行会破产。我们决不相信这个国家巨大的机会宝库会资金不足。

因此，我们来兑现这张支票。这张支票将给我们以宝贵的自由和正义的保障。

我们来到这块圣地还为了提醒美国：现在正是万分紧急的时刻。现在不是从容不迫悠然行事或服用渐进主义镇静剂的时候。现在是实现民主诺言的时候。现在是走出幽暗荒凉的种族隔离深谷，踏上种族平等的阳关大道的时候。现在是使我们国家走出种族不平等的流沙，踏上充满手足之情的磐石的时候。现在是使上帝所有孩子真正享有公正的时候。

忽视这一时刻的紧迫性，对于国家将会是致命的。自由平等的朗朗秋日不到来，黑人顺情合理哀怨的酷暑就不会过去。1963年不是一个结束，而是一个开端。

如果国家依然我行我素，那些希望黑人只需出出气就会心满意足的人将大失所望。在黑人得到公民权之前，美国既不会安宁，也不会平静。反抗的旋风将继续震撼我们国家的基石，直至光辉灿烂的正义之日来临。

但是，对于站在通向正义之宫艰险门槛上的人们，有一些话我必须要说。在我们争取合法地位的过程中，切不要错误行事导致犯罪。我们切不要吞饮仇恨辛酸的苦酒，来解除对于自由的饥渴。

我们应该永远得体地、纪律严明地进行斗争。我们不能容许我们富有创造性的抗议沦为暴力行动。我们应该不断升华到用灵魂力量对付肉体力量的崇高境界。

席卷黑人社会的新的奇迹般的战斗精神，不应导致我们对所有白人的不信任——因为许多白人兄弟已经认识到：他们的命运同我们的命运紧密相连，他们的自由同我们的自由休戚相关。他们今天来到这里参加集会就是明证。

我们不能单独行动。当我们行动时，我们必须保证勇往直前。我们不能后退。有人问热心民权运动的人："你们什么时候会感到满意？"只要黑人依然是不堪形容的警察暴行恐怖的牺牲品，我们就决不会满意。只要我们在旅途劳顿后，却被公路旁汽车游客旅社和城市旅馆拒之门外，我们就决不会满意。只要黑人的基本活动范围只限于从狭小的黑人居住区到较大的黑人居住区，我们就绝不会满意。只要我们的孩子被"仅供白人"的牌子剥夺个性，损毁尊严，我们就绝不会满意。只要密西西比州的黑人不能参加选举，纽约州的黑人认为他们与选举毫不相干，我们就决不会满意。不，不，我们不会满意，直至公正似水奔流，正义如泉喷涌。

我并非没有注意到你们有些人历尽艰难困苦来到这里。你们有些人刚刚走出狭小的牢房。有些人来自因追求自由而遭受迫害风暴袭击和警察暴虐狂飙摧残的地区。你们饱经风霜，历尽苦难。继续努力吧，要相信：无辜受苦终得拯救。

回到密西西比去吧，回到亚拉巴马去吧，回到南卡罗来纳去吧，回到佐治亚去吧，回到路易斯安那去吧，回到我们北方城市中的贫民窟和黑人居住区去吧。要知道，这种情况能够而且将会改变。我们切不要在绝望的深渊里沉沦。

朋友们，今天我要对你们说，尽管眼下困难重重，但我依然怀有一个梦。这个梦深深植根于美国梦之中。

我梦想有一天，这个国家将会奋起，实现其立国信条的真谛："我们认为这些真理不言而喻：人人生而平等。"

我梦想有一天，在佐治亚州的红色山冈上，昔日奴隶的儿子能够同昔日奴隶主的儿子同席而坐，亲如手足。

我梦想有一天，甚至连密西西比州——一个非正义和压迫的热浪逼人的荒漠之州，也会改造成为自由和公正的青青绿洲。

我梦想有一天，我的四个儿女将生活在一个不是以皮肤的颜色，而是以品格的优劣作为评判标准的国家里。

我今天怀有一个梦。

我梦想有一天，亚拉巴马州会有所改变——尽管该州州长现在仍滔滔不绝地说什么要对联邦法令提出异议和拒绝执行——在那里，黑人儿童能够和白人儿童兄弟姐妹般地携手并行。

我今天怀有一个梦。

我梦想有一天，深谷弥合，高山夷平，歧路化坦途，曲径成通衢，上帝的光华再现，普天下生灵共谒。

这是我们的希望。这是我将带回南方去的信念。有了这个信念，我们就能从绝望之山开采出希望之石。有了这个信念，我们就能把这个国家的嘈杂刺耳的争吵声，变为充满手足之情的悦耳交响曲。有了这个信念，我们就能一同工作，一同祈祷，一同斗争，一同入狱，一同维护自由，因为我们知道，我们终有一天会获得自由。

到了这一天，上帝的所有孩子都能以新的含义高唱这首歌：我的祖国，可爱的自由之邦，我为您歌唱。这是我祖先终老的地方，这是早期移民自豪的地方，让自由之声，响彻每一座山冈。

如果美国要成为伟大的国家，这一点必须实现。因此，让自由之声响彻新罕布什尔州的巍峨高峰！

让自由之声响彻纽约州的崇山峻岭！

让自由之声响彻宾夕法尼亚州的阿勒格尼高峰！

让自由之声响彻科罗拉多州冰雪皑皑的洛基山！

让自由之声响彻加利福尼亚州的婀娜群峰！

不，不仅如此；让自由之声响彻佐治亚州的石山！

让自由之声响彻田纳西州的望山！

让自由之声响彻密西西比州的一座座山峰，一个个土丘！

让自由之声响彻每一个山冈！

当我们让自由之声轰响，当我们让自由之声响彻每一个大村小庄，每一个州府城镇，我们就能加速这一天的到来。那时，上帝的所有孩子，黑人和白人，犹太教徒和非犹太教徒，耶稣教徒和天主教徒，将能携手同唱那首古老的黑人灵歌："终于自由了！终于自由了！感谢全能的上帝，我们终于自由了！"

（二）作者简介

马丁·路德·金，1929 年 1 月 15 日出生于美国佐治亚州的亚特兰大城。年轻时就读于波士顿大学，取得了神学博士学位，后来，他移居到亚拉巴马州的蒙哥马利城，并于 1954 年担任了浸礼会牧师，之后又参加了有色人种协进会，开始投身于民权运动。1956 年，他成功地领导了当地五万黑人抵制公共汽车歧视黑人的行动，斗争持续了 385 天，终于取得胜利，迫使美国最高法院宣布在交通工具上实施种族隔离为非法。1964 年 11 月，由于马丁·路德·金对美国的反对种族歧视、争取黑人自由平等的斗争所作的杰出贡献，他获得了该年度的诺贝尔和平奖。1968年4月4日被一个白人种族主义者枪杀，死时年仅39岁。这个事件引起全世界的指责，美国国内也群情激愤。为了平息民愤，约翰逊总统下令将金牧师受害的那天定为全国悼念日，并将凶手判处99年监禁。

美国总统里根于1983年签署一项法令，法令规定，从1986年起，每年1月的第三个星期一为马丁·路德·金纪念日，该法令于1984年年底获国会批准。在此之前，以个人诞辰作为全国纪念日的美国公民，只有"合众国之父"华盛顿总统一人。1986年1月15日，美国各地群众隆重举行了马丁·路德·金纪念活动周；1月20日，联合国秘书长德奎利亚尔宣布，从1987年起，马丁·路德·金诞辰也将成为联合国纪念日之一。

（三）演讲背景

1963年8月28日，美国著名黑人领袖马丁·路德·金牧师在华盛顿主持了一次有25万人参加的集会，然后他领导群众从华盛顿纪念碑下游行到林肯纪念堂。数百万人观看了那次盛会，许多人至今记忆犹新。马丁·路德·金在那次群众大会上发表了一篇使美国人民没齿难忘的演说《我有一个梦想》。

（四）成文技巧

1. **主题突出**　侧重从主题角度看演讲的针对性，演讲词反对种族歧视。从标题看，《我有一个梦想》是针对美国黑人权益危机提出来的。100年前，一位伟大的美国人签署了《解放宣言》，然而100年后的今天，我们必须正视黑人还没有得到自由这一悲惨的事实：黑人依然悲惨地蹒跚于种族隔离和种族歧视的枷锁之下；黑人依然生活在物质繁荣瀚海的贫困孤岛上；黑人依然在美国社会中间向隅而泣，依然感到自己在国土家园中流离漂泊。因此，我们需要宝贵的自由和正义的保障。

2. **鼓动人心**　从语言角度看，这篇演讲词的语言有明显的鼓动性，对听众有较强的鼓动作用。演讲词中排比句的运用，如"让自由之声响彻新罕布什尔州的巍峨高峰！让自由之声响彻纽约州的崇山峻岭！让自由之声响彻宾夕法尼亚州的阿勒格尼高峰！让自由之声响彻科罗拉多州冰雪皑皑的洛基山！让自由之声响彻加利福尼亚州的婀娜群峰！……"这些句子都体现了鼓动性的特点。

3. **语言优美**　演讲词具有一种诗意和美感。以"我今天怀有一个梦"作为中心，抒发了演讲者对未来社会的憧憬："我梦想有一天，这个国家将会奋起，实现其立国信条的真谛：'我们认为这些真理不言而喻：人人生而平等。'我梦想有一天，在佐治亚州的红色山冈上，昔日奴隶的儿子能够同昔日奴隶主的儿子同席而坐，亲如手足。我梦想有一天，甚至连密西西比州———一个非正义和压迫的热浪逼人的荒漠之州，也会改造成为自由和公正的青青绿洲……"这样的演讲，可以使人精神振奋，可以鼓舞人奋勇前进。

◎模块五：

（一）阅读抒情性演讲词的经典范文

【范例40】

奥林匹克精神

〔法国〕顾拜旦

（1919年4月）

联邦主席先生、女士们、先生们：

五年前，来自世界各国的代表聚会在巴黎———1894年宣布恢复奥林匹克运动会的地方———同我们一起庆祝恢复奥林匹克运动会20周年。在过去的这五年内，世界崩溃了。虽然奥林匹克精神经历了这五年内所发生的一切，但是，她没有恐惧、没有斥责、也没有成为这场劫难的牺牲品。豁然开阔的前景证明一个崭新的重要角色正等待着她。

奥林匹克精神为逐渐变得镇静和自信的青年所崇尚。随着昔日古代文明力量的逐渐衰退，镇静和自信成为古代文明更宝贵的支撑，它们也将成为即将在暴风雨中诞生的未来新生文明必不可少的支柱。现在，镇静和自信却不是我们的天然伙伴。人自幼就开始担惊受怕，恐惧终身伴随着他，并在他走近坟墓时猛烈地将他击倒。面对如此擅长扰乱他工作和休息的天敌，人学会了反对勇气这一曾为我们的祖先所崇尚的品德。你能想象当代人让勇气之花在他们手中凋谢吗？我们知道今后该如何去思考这个问题。

但是，勇气仅是造就时势英雄的尚武德行。正如我以前在一篇教学论文中所说的，根除恐惧的真正良药是自信而不是勇气。自信总是与它的姐妹镇静相辅相成。因此，我们再回头来看刚才提到的奥林匹克精神的实质以及把奥林匹克精神同纯粹的竞技精神区别开来的特性。奥林匹克精神包括但又超越了竞技精神。

我想对这一不同之处作出详细阐述。运动员欣赏自己作出的努力。他喜欢施加于自己肌肉和神经上的那种紧张感，而且因为这种紧张感，即使他不能获胜，也会给人以胜利在望的感觉。但这种乐趣保留在运动员内心深处，在某种程度上只是自得其乐。那么设想一下，当这种内心的快乐向外突发与大自然的乐趣和艺术的奔放融合在一起，当这种快乐为阳光所萦绕，为音乐所振奋，为带圆柱形门廊的体育馆所珍藏时，该是何等情景呢？这就是很久以前诞生在阿尔弗斯(Alpheus)河岸边的古代奥林匹克精神绚丽的梦想。在过去几千年里，正是这一迷人的梦想使古代世界凝聚在一起。

现在，我们正处于历史的转折关头。人类渴望进步，但又常常因某个正确思想被夸大而被引入歧途。青少年往往为陈旧、复杂的教学方法，愚蠢的放纵和鲁莽的严厉相交替的说教，以及拙劣肤浅的哲学所束缚而失去平衡。我想这就是为何要敲响重开奥林匹克时代的钟声的原因。人们早就希望能够复兴对强健肌肉的献祭。我们把盎格鲁－撒克逊人(Anglo-Saxons)的运动功利主义同古希腊留传下来的高尚、强烈的观念结合起来，开辟奥林匹克新时代。在对纽约和伦敦举办奥运会的现实可能性作出评估后，我为这一意外的合成物向不朽的希腊祈求一剂理想主义的良药。先生们，这就是15年的成就于今天凝成的杰作——刚才你们还向她表达了敬意。

如果你们的赞美之词是向为之工作的人说的，我将感到羞愧。这个人没有意识到他应受这样的赞扬，因为他仅仅是凭一种比其意识还强大的直觉在行事。但他愉快地接受对奥林匹克理想的赞美之辞，他是这一理想的第一个信徒。

我刚才回忆起1914年6月的庆典。当时，我们似乎是在为恢复奥林匹克的理想变成现实而庆祝。今天，我觉得又一次目睹她含苞怒放，因为从现在起，如果只有少数人关心她的话，我们的事业将一事无成。在那时，有这些人也许就够了，但今天则不然，需要触动怀有共同兴趣的大众。事实是，凭什么该把大众排除在奥林匹克精神之外呢？凭什么样的贵族法令将一个青年男子的形体美和强健的肌肉、坚持锻炼的毅力和获胜的意志同他祖先的名册或他的钱包联系起来呢？这样的矛盾虽然没有法律依据，但的确要比产生这些矛盾的社会更具生命力。也许该有一个由凶暴的军国主义支持的专制法令给它们予以致命的打击。

面对一个需要根据迄今仍被认为是乌托邦式的，但现在已成熟即可被使用的原则进行整顿的全新世界，人类必须吸收古代留传下来的全部力量来构筑未来。

奥林匹克精神是这种力量之一，因为事实是仅有奥林匹克精神不足以确保社会和平，不能更加均衡地为人类分配生产和消费物质必需品的权利，甚至也不能够为青少年提供免费接受智力培训的机会，使他们能够保持自己的天赋，而不是停留在其父母生活的那种境况。但是，奥林匹克精神将依法为人类追求强健的肌肉所需要。强健的肌肉是欢乐、活力、镇静和纯洁的源泉。奥林匹克精神必将以现代产业发展所赋予的各种形式为地位最低下的公民所享受。这就是完整、民主的奥林匹克精神。今天我们正在为她奠定基础。

这次庆祝仪式是在极为祥和欢乐的气氛中举行的。古老的赫尔维希亚（Helvetion）联邦最高委员会及其尊敬的主席、被上帝和人类所爱的沃州（Vaudois）地区的资深代表、这个最慷慨和热情好客的城市的领导人士、享誉世界的歌星以及一支精心挑选的朝气蓬勃的体育队伍聚集在这里，为这次盛会树立了历史性、公民精神、自然性、青春和艺术性五重声誉。

愿喜爱勇敢者的幸运之神厚待比利时人民。不久前，比利时在申办明年的第七届奥运会这一殊荣时作出了高贵的姿态。

目前的时势依然很严峻。即将破晓的黎明是暴风雨过后的那种黎明，但待到日近中天时，阳光会普照大地，黄褐色的玉米又将沉甸甸地压在收获者的双臂。

（二）作者简介

顾拜旦，法国人，历史学家、教育家，现代奥林匹克运动的创始人，国际奥委会第二任主席（1896～1925年）。由于对恢复和发展现代奥林匹克运动作出了不朽的贡献，顾拜旦被誉为"奥林匹克之父"。

顾拜旦于1863年1月1日出生在一个法国贵族家庭，享有男爵爵位。他曾获得过文学、科学和法学三个学位。1870～1871年普法战争的悲剧，激发了他强烈的爱国心。他坚信只有改革教育，增强青少年体质才是救国之道。他多次到英国考察，十分推崇英国教育家托马斯·阿诺德的教育改革。阿诺德主张"没有身体运动的教育就不能成为教育"，他的功绩在于首先把竞技运动列入学校体育课程，使学生在体育锻炼中培养刚毅、果断、尚武、勇敢、遵守纪律和公正无私等品质。顾拜旦在1888年和1889年先后发表两篇重要论著，主张在法国学生中开展体育活动，并以体育为重点来改革教育，因此教育思想是顾拜旦体育思想的核心。

1890年，他在欧洲陆续访问之后，到达古代奥林匹克运动会的发源地希腊雅典的奥林匹亚，看到了古奥运会的遗址，产生复兴奥林匹克运动会的念头。他在

29 岁担任法国运动协会联合会秘书长期间，于 1892 年 11 月 25 日在巴黎大学发表了"重建奥运会"的构想。在他不满 32 岁时，成功地组织了"巴黎国际体育代表大会"，选定希腊雅典为举办第一届现代奥林匹克运动会的城市，同时还成立了国际奥林匹克委员会，制定了第一部《奥林匹克宪章》。从 1896 年第一届奥运会后，他开始担任国际奥委会主席，直到 1925 年主动引退，重新投入教育改革工作。由于他对现代奥林匹克运动的卓越贡献，被国际奥委会授予终身名誉主席称号，这一荣誉是史无前例的。1937 年 9 月 2 日，他和夫人在日内瓦公园的林荫道上散步时，突发心肌梗死而离开了人世，享年 74 岁。他光辉的一生可以说为奥林匹克运动做到了"鞠躬尽瘁，死而后已"，为世界文化史和体育史留下了不朽的篇章。

（三）演讲背景

《奥林匹克精神》是顾拜旦 1919 年 4 月在瑞士洛桑庆祝奥林匹克运动恢复 25 周年纪念会上的演说，是奥林匹克运动发展史上的重要文献，顾拜旦用诗歌般的语言阐述了奥林匹克精神的内涵与价值。

（四）演讲技巧

在简要回顾五年的历史后，顾拜旦说明了奥林匹克精神与纯粹的竞技精神的不同之处。他认为，纯粹的竞技精神只能带给运动员心理上自得其乐的快乐感，奥林匹克精神带给人们的将是美感、荣誉感。这正是顾拜旦心中崇尚的精神，在《体育颂》中，他也曾热情地讴歌，赞美体育是美丽、艺术、正义、勇敢、荣誉、乐趣、活力、进步与和平的化身。

顾拜旦是一位教育家，教育思想是他体育思想的核心。在演说中他阐释了"敲响重开奥林匹克时代钟声的原因"：基于改革教育的愿望。他不满"青少年往往为陈旧、复杂的教学方法，愚蠢的放纵和鲁莽的严厉相交替的说教，以及拙劣肤浅的哲学所束缚而失去平衡"的现状，希望通过复兴奥运会来改变传统教育方法与内容，从而促进青少年全面、均衡、协调地发展。顾拜旦曾经考察研究过希腊雅典古代奥运会的遗址，认为"古希腊人组织竞赛活动，不仅为了锻炼体格和显示一种廉价的壮观场面，更是为了教育人"。可以说，顾拜旦复兴奥运会的根本宗旨就是通过体育竞赛来教育青年。因此，他决心"把盎格鲁－撒克逊人的运动功利主义同古希腊留传下来的高尚、强烈的观念结合起来，开辟奥林匹克新时代"。

如何将奥林匹克精神变成现实？顾拜旦提出了一个重要的理念："大众"参

与，即使"地位最底下的公民"也应该能够"享受"这种精神。顾拜旦的一句名言"参与比取胜更重要"（也有翻译为"重要的是参与而不是取胜"），同样强调了这一奥林匹克思想的精髓。在另一次演讲中，他曾指出："先生们，请牢记这铿锵有力的名言。这个论点可以扩展到诸多领域。对人生而言，重要的绝非凯旋而是战斗。传播这些格言，是为了造就更加健壮的人类——从而使人类更加严谨审慎而又勇敢高贵。"可以看出，顾拜旦提倡和复兴奥林匹克运动有着非常广阔的胸怀，是以全人类不断完善自我为出发点，绝非号召人们单纯为夺取桂冠和金牌而拼搏。

那么，奥林匹克精神的内涵究竟是什么呢？在第八段中，顾拜旦作了具体的阐述。他认为，奥林匹克精神是人类吸收古代传统构筑未来的力量之一，这种力量体现在：虽"不足以确保社会和平"，但仍可促进和平；虽"不能更加均衡地为人类分配生产和消费物质必需品的权利"，但仍可促进公平；虽"不能够为青少年提供免费接受智力培训的机会"，但仍可促进教育。和平、公平性、教育性，在他看来就是完整、民主的奥林匹克精神。

在演说词的最后部分，顾拜旦畅想美好前景，确信奥林匹克精神必将如阳光普照大地，必将拥有沉甸甸的收获。

第九篇　艺术演讲词

一、艺术演讲词概述

（一）艺术演讲词的内涵

　　艺术演讲词，是指演讲者通过对社会生活进行形象的概括，从而揭示艺术作品的本质或者特征的演讲词。通俗地说，艺术演讲可以减轻我们的生活负担，莫名其妙地使我们开心或谓之赏心悦目。如茅盾的《欣赏与创作》，李岚清的《关于音乐的感想》等。

（二）艺术演讲词的特点

　　1．多样性　艺术本身是多样性的，包括文学、绘画、雕塑、建筑造型、音乐、舞蹈、戏剧、电影等多种形式，与此相对应，艺术演讲词也包括专门揭示文学、绘画、雕塑、建筑造型、音乐、舞蹈、戏剧、电影等多种艺术形式本质的演讲词。如李岚清的《关于音乐的感想》，是专门揭示音乐本质的艺术演讲词。

　　2．审美性　艺术演讲词通过演讲者的演讲，表现为对艺术作品的"接受"——感知、体验、理解、想象、再创造等过程，这个过程是人们以艺术形象为对象的通过艺术演讲词获得的精神满足和情感愉悦的审美活动。艺术演讲词的审美性，集中体现了人类的审美意识。艺术美作为现实的反映形态，通过艺术演讲词的创造性劳动，比现实生活中的美更加集中和更加典型，能够更加充分地满足人的审美需要。

（三）艺术演讲词的类型

　　1．从内容上划分　艺术演讲词是以艺术的各种类型为基础的，艺术包括文学、绘画、雕塑、建筑造型、音乐、舞蹈、戏剧、电影等多种形式，艺术演讲词也包括专门揭示某一艺术形式的艺术演讲词。

　　2．从形式上划分　艺术演讲词有叙述式、表演式、抒情式、介绍式、论证式等。

（四）艺术演讲词的作用

1．产生情感共鸣的作用 艺术演讲词是一种很重要、很普遍的演讲形式，有着非常复杂而丰富的内容，与人的实际生活密切相关。艺术演讲词的客观作用在于调节、改善、丰富和发展人的精神生活，提高人的精神素质（包括认知能力、情感能力和意志水平）。艺术演讲词的功能就是通过演讲者的演讲，发现和寻找艺术品的价值，使听众与演讲者之间的情感进行交流，并产生情感共鸣。在艺术演讲过程中，演讲者通过动作、表情、声音以及言辞把自己对艺术作品的感情表达出来，以感染听众，使听众间接地体验到同样的感情。

2．起到艺术传播的作用 艺术传播即指借助于一定的物质媒介和传播方式，将艺术信息或作品传递给接受者的过程。而艺术演讲词的演讲者，可以在演讲的基础上，以艺术作品为对象、积极能动地展开鉴赏和批评活动。艺术演讲既是演讲者对于艺术作品的审美认知、诠释和创造，同时也是与听众的精神交流和对话。艺术演讲词从艺术的本质、艺术的起源、艺术的发展、艺术的创造、艺术的鉴赏、艺术的传播等各个方面，探讨人类艺术发生与发展的规律，未来的走向及变化，从而提高听众的欣赏水平。

二、艺术演讲词的写作艺术

◎模块一：

（一）阅读艺术演讲词的经典范文

【范例 41】

欣赏与创作

〔中国〕茅盾

（1950 年 1 月 8 日）

我们都有过这样的经验：看到某些自然物或人造的艺术品，我们往往要产生一种情绪上的激动，也许是愉快兴奋，也许是悲哀激昂，不管是前者，还是后者，总之我们是被感动了，这样的情感上的激动（对艺术品或自然物），叫做欣赏，也就是，我们对所看到的事物起了美感。

美，有粗线条雄壮的，比方一棵大树，也有细线条的纤巧的，比方盆景里的花草。但是，大树或盆景，是否人人都感到美？美之所以为美，是不是人人所见相同？也就是说欣赏标准是不是大家都相同？对于同样的自然物或艺术品是不是大家都有相同的感觉？对于同样的文艺作品是不是大家都有相同的爱好？在过去、统治阶级御用的文人喜欢说美感是超然的，是绝对的存在，是抽象的，是与我们生活无关的，所以欣赏的标准也是大家一样的。这种说法是根本错误的，是统治阶级已经走着下坡路，没勇气承认真理的说法。我们肯定地说美与欣赏各有不同，且有显明的阶级性。举例来说，同是自然景物，有钱有闲的地主阶级和劳动的农民便有根本不同的欣赏标准：地主是从来不劳动的，他看不出实用的东西有什么美，他爱的是梅花牡丹，他决不把菜花拿去插在花瓶里；但是，农民的感觉却不同了，他喜欢的倒正是菜花，菜花越长得茁壮他越欣赏。对于动物也是一样，在中国旧画家的作品里，我们很少看见他们画猪，牛倒是常画的，但那牛大都不是正在耕地的牛，而是风雅的牛，那就是画一个潇洒的牧童坐在牛背上吹着笛子。这样的牛，农民是不欣赏的，他看见牛只让人骑着吹笛子，他的情绪是不会激动的。对于那些蠢笨的猪，统治阶级的画家是不屑一顾的，但是农民喜欢它，而且喜欢它越肥越好。再如对工厂的看法，资产阶级的人到了工厂，只觉得很脏，很嘈杂，丝毫不起美感，资本家对于工厂感兴趣的，只是能够给他挣钱。但是在工人眼睛里，工厂又是多么具有雄壮美，机器的声音又是多么有节奏，简直是最悦耳的音乐，因为工人是在进行创造性的劳动，是生产者，故对于生产工具发生了热爱。因此，我们说美感与欣赏是与人的现实生活有关系的，因为社会上所有的人是各个隶属于不同的阶级的，于是也各有不同的欣赏的对象与标准。其次，同一人的欣赏对象，亦因时因地而有变动。富人在逃难的时候未必有心赏玩风景，那时他欣赏的对象会和平时不同，可是时过境迁，他的老习惯又复活了。更进一层说，当劳动人民处于被压迫的地位，他们对某些自然景物和人造艺术品是不感兴趣的，但当他们翻身之后，他们的生活从本质上改变了，过去不欣赏或者说不能欣赏的都可以慢慢欣赏或能够欣赏了，譬如故宫的古物，除了一部分完全充满统治阶级意识的字画（这些，就是将来的劳动人民也是不喜欢的，因为它们曾和他们的生活无关甚至妨害他们的），一定会有一大部分能为劳动人民所欣赏，如雕漆、瓷器、景泰蓝等，这些本来都是他们创造的，当他们生活艰难时也许看它不如一根擀面杖，但是，他们做了主人之后，这些他们自己的思想和劳动的结晶是一定会使他们发生兴趣的。所以，我们欣赏由于美感，而美感则根源于各人之情绪、气质和趣味，而情绪、气质和趣味则决定于生活。

今天，在资本主义国家，文艺上的颓废倾向，十分浓厚，像美国流行的爵士音乐，本是一种不和谐的，不能引起美感的噪音，但是在目前，一般美国人都觉得它合口味，因为它是刺激的。今天的美国人，一般的感到没有理想，没有出路，没有奋发的情绪（当然进步的美国人民是例外），感到苦闷，就要求刺激，所以爵士音乐便在美国风行。统治阶级也提倡"刺激"，比如资本主义国家的矿工，有酗酒赌博的习气，资产阶级的文人从而诬蔑工人们说他们落后、愚蠢，其实也是生活太痛苦了，要求刺激之故。资本家一面剥削他们，使他们牛马般地工作，一面又在矿场附近开设赌场酒店引诱他们，工人们在没人组织、没人领导作政治的斗争时，无法摆脱身心上的苦闷，他们要求刺激，酗酒赌钱，是很自然的。

上面带便说到要求刺激和欣赏是不同的，现在再回到本题，简单地讲一讲文艺作品的写作。

文艺作品是反映生活的，现在大家都知道，文艺应为人民服务，首先为工农兵服务，也就是说，作品应当表现工农兵的生活。那么，问题说起来似乎很简单，凡写工农兵的作品，就是为工农兵了。但实际上并不这样简单。过去有些作品，也写到工农兵，却不一定为工农兵服务，甚至是为统治阶级服务的。因为统治阶级很知道如何挂羊头，卖狗肉，来欺骗麻醉工农兵大众。

由此可知，我们虽然懂得为工农兵服务的大方向，但在写作中能否贯彻它，可不是一件容易的事情。我们都来自旧社会，想在短时间完全摆脱旧思想意识可不是轻而易举的。所以，当我们决心为工农兵写作时，首先要武装我们的头脑，要能分辨哪些是剥削阶级的思想意识，哪些是工农大众的。武装头脑需要学习革命理论，提高政治认识，但更需要在斗争生活中去改造自己。要写工农兵就要接近他们，熟悉他们，不仅写他们的外貌，更要写他们的内心，写他们对社会上事事物物，善恶是非的看法，同时用你最熟悉的形式去写，新形式，旧章回体、曲艺、京剧，什么都可以。我们注重的是内容，只要内容是人民需要的，什么形式都可以用以写作。

至于我们写作的题材，主人公自然是工农兵，但也不妨有配角可以是小市民，乃至其他旧社会的人物。在作品中表现对旧人旧事的斗争也是需要的。工农兵是我们新社会的主人，又是我们作品中主要的描写对象，所以，当我们描写我们的劳动英雄战斗英雄时要有鲜明强烈的色彩，可以比现实提高，加以理想化，要表现他们虽然目前尚在艰苦的生活中，但是心情愉快，坚强，有自信心，一切有办法的做主人的崭新姿态，因为这才是合于人民时代的实情与需要。19世纪末资产阶级的颓废文人不写初升的太阳，而爱写日落，不写朝霞，而爱写夜雾，这是因为他们的精神上正如落下去的太阳一样。今天我们写工农兵就一定要写他们正像初升的太阳面向着伟大的社会主义革命和社会主义建设工作，情绪高昂，精力旺盛，充满自信，我们一定要在作品中把它鲜明强烈地表现出来。

（二）作者简介

茅盾（1896～1981年），原名沈德鸿，字雁冰。汉族，浙江嘉兴桐乡人。中国现代著名作家、文学评论家和文化活动家以及社会活动家，"五四新文化运动"先驱者之一，我国革命文艺奠基人之一。1896年7月4日生于浙江桐乡县乌镇。这是个太湖南部的鱼米之乡，是近代以来中国农业最为发达的地区，它毗邻现代化的上海，又是人文荟萃的地方。这里成就了茅盾勇于面向世界开放的文化心态，以及精致入微的笔风。左联期间他写出了长篇小说《子夜》，短篇小说《创造》、《林家铺子》、"农村三部曲"（《春蚕》《秋收》《残冬》）。抗战时期，辗转于香港、新疆、延安、重庆、桂林等地，发表了长篇小说《腐蚀》《霜叶红似二月花》《锻炼》和剧本《清明前后》等。他还创作了《白杨礼赞》《风景谈》《森林中的绅士》等散文，以象征手法表达自己复杂的情感。中华人民共和国成立之后，他历任文联副主席、文化部部长、作协主席，并任全国政协副主席，他已很难分身创作。1981年3月27日辞世。

（三）演讲背景

1949年中华人民共和国成立了，中国人民站起来了。劳动人民成为国家的主人，同时也应当成为文学艺术的主人。要把劳动人民从仅仅劳动的主人同时变为文学艺术的主人，就得普及文学艺术的理论知识和修养，正是在这个前提下，茅盾同志在北京大众讲座会上发表了这篇演讲。

（四）成文技巧

从题目上就可以看出，这篇演讲谈了两个方面的问题，一是欣赏，二是创作。

1. **欣赏** 从内容上说，茅盾首先讲了什么是欣赏。当我们所看到的事物（艺术品或自然物）让我们产生了美感时，引起情感上的激动，这种情感上的激动就叫做欣赏。茅盾还讲了欣赏的标准。这里阐述了一个鲜明的观点，那就是，不同的人，其欣赏的标准是不一样的。茅盾特别把统治阶级，如地主和劳动人民对同一事物的不同欣赏标准加以对比来说，这就把劳动人民摆上了艺术欣赏主人的地位。统治阶级和劳动人民欣赏标准之所以产生差异，其原因在于，二者具有显明的阶级性，也就是说，是由于他们各自所站的立场不同、地位不同、处境不同。

2．创作 在谈到文艺作品的创作时，茅盾的核心思想是，文艺应为人民服务，一要为工农兵服务，作品应当表现工农兵的生活。如何才能实现这个目标，茅盾说，首先要武装我们的头脑，要能分辨哪些是剥削阶级的思想意识，哪些是工农大众的。武装头脑需要学习革命理论，提高政治认识。二要在斗争生活中去改造自己。因为，我们都来自旧社会，想在短时间完全摆脱旧思想意识可不是轻而易举的。三要接近工农大众，熟悉他们，不仅写他们的外貌，更要写他们的内心，写他们对社会上事事物物，善恶是非的看法。四要用最熟悉的形式去写，只要内容是人民需要的，什么形式都可以用以写作。五要写出新的精神面貌，写出朝气，写出干劲儿，写出主人的崭新姿态。

就写作方法来说，演讲词语言朴实，用极其通俗、朴素的语言，以实际例子证明自己的观点，使听者明白，易于消化和理解。

◎模块二：

（一）阅读艺术演讲词的经典范文

【范例42】

关于音乐的感想

〔中国〕李岚清

（2004年9月7日）

我想许多人都有其业余爱好，我也不例外。

而我的爱好则属于广而不精的类型，音乐是其中之一。

由于环境的影响，我从少年时代就培养了这种爱好。那个时代似乎有一种观念，一个知识分子没有一些文化艺术修养总感到好像缺了一些什么似的。我对音乐发生兴趣，首先是从对音乐家发生兴趣开始的。

少年时代，我在课本上看到了贝多芬和盲女的故事，由于好奇，就想了解这位音乐家和他的音乐。之后我断断续续听到一些其他音乐家的名字，也出于同样的好奇心，对他们的了解也就逐步增加，听的音乐也多了一些。我对音乐发生更大的兴趣是在上世纪50年代我大学毕业工作后到苏联实习的时期。当时苏联有很浓厚的音乐氛围，是全世界音乐重要中心之一。中国当时还没电视，而苏联的电视、广播都在播放经典音乐，我们一边看书写作一边听音乐，觉得苏联歌曲、音乐很美。当时我们的生活补贴费虽不高，但还是省下钱来买了电唱机和一些唱片。从那时起，我就常有一种边听轻轻的音乐边思考、看书、写作的习惯，我感到这样不但不影响学习和工作效率，反而能提高效率。不过我这里所说的音乐是指经典音乐，我不了解摇滚音乐是否也有这样的效果。

从我一生的体会来讲，音乐给我美的享受，还能启发人的智慧，增加我的创造性思维能力。我可以举个例子，1995年全国大旱的时候，有一天晚上我在电视里看到许多田地龟裂无法播种，一些地方组织抗旱用抽水机大水漫灌。我突然想到，我们对"灌溉"长期以来有个认识上的误区，要改变"灌溉就是浇地"这样一个传统观念，树立"灌溉是浇农作物"的节水灌溉的新理念，因而提出了适合我国国情的"行走式节水灌溉"的措施，当晚睡不着，我自己画了示意图，写出它的好处和用法，形象思维出来了——我想这或许是音乐使我的思维产生的创意和多样化吧。

还有就是1994年在解决"文革"遗留下来的民办教师转正的问题上，也是音乐启发帮助了我。当时我让很多人看天津电影制片厂以民办教师为主题拍的一部十分感人的片子《凤凰琴》，看过后我问他们"看哭了吗"，他们说"哭了"，我说那民办教师转正的问题就好解决了。

有人认为听音乐、学音乐没时间。我要说，音乐能给予我们的，跟我们花去听音乐的时间是不可比的！说到音乐对人的影响，19世纪末的俄罗斯"五人强力集团"，他们五个人中没有一个是专门学音乐出身的，但都成为当时的大作曲家，他们对我很有影响——只要有意志，锲而不舍地努力，就能取得成功——我认为正确的事，再困难，我也要坚持不懈地去克服它，把它做成。写这本书，也可以说多少受到他们这种精神的一些影响吧。

优秀的音乐能激发人们爱祖国、爱人民、爱生活的热情，能丰富人们的精神生活，能陶冶人们的高尚情操，能有助于开发人们的创意思维，能提高全民族的文化修养和整体素质。这就是我为什么在分管教育文化工作时大力推广美育，提倡音乐教育的原因。之所以要对知识分子和大学生普及欧洲经典音乐，是因为学习欧洲经典音乐需要一定的文化知识基础，如果我说现在要向广大工农群众推广这种音乐，是不现实的。还有当今的大学生大都没受过完整的音乐教育，要补课，我希望他们对这本书能读得进去，能引起对音乐的兴趣，我就很高兴了。

我分管教育时提出要恢复音乐课，而且我的意见：中小学要有音乐课，高中、大学要有音乐欣赏课，还应当算学分。当时有人说缺少这方面的老师，我不同意这个观点，音像技术那么发达，把好的音乐课件做成光盘不就行了吗？

我从1995年国家大力推行全面素质教育开始，就萌发写这本书的念头。我从收集整理资料，阅读大量的音乐书籍，结合工作和人生体验，写了《音乐笔记》和音乐感想，到现在成书断断续续前后花了八年多时间。我收集的资料有几箱子，书中介绍了50位音乐家的传略，《札记》是根据我多年感受写成，里面都是我的真情实感。

书中50位音乐家都是我比较喜欢的音乐家，除了音乐作品，我觉得他们都很有天分和顽强学习的精神。我在书里特别注意挖掘音乐家之间的关系、大师间的友情，比如我从舒曼与勃拉姆斯的故事中看到了跟中国人一样的精神——"滴水之恩，涌泉相报"。舒曼的寿命很短，去世以前又疯了，由于他大力推介过勃拉姆斯，他死后，勃拉姆斯一直照顾他的遗孀克拉拉。跟克拉拉保持了非恋情的亲密友谊，使这位女钢琴家能致力于诠释和推广舒曼的音乐作品。

我写作这本书的根本指导思想是它的普及性，目的是引起现在的知识分子和未来的知识分子对欧洲经典音乐的兴趣。我写作时在尊重史实的基础上，尽量注意到书的可读性、趣味性和信息性。同时，当我在写这些音乐家传略部分时，想告诉读者：这些大师们的成才，除了他们的天分，家庭背景和环境外，他们都曾付出常人难以想象的艰苦努力，他们大都以音乐为自己毕生追求的最高使命，有的甚至认为自己就是为音乐而来到这个人间的。我还尽量挖掘这些大师之间的友情，展现那个时代大师之间的亲密关系。这与我国唐代大诗人之间的友情关系有某些相近之处。我历来倡导"文人相亲"的理念，主张把学术观点的讨论和文艺批评，同"文人相轻"的人身攻击严格区别开来。目的是营造一个百花齐放、百家争鸣，空前繁荣的社会主义先进文化氛围。

言归正传，我写这本书，还想让读者了解欧洲经典音乐历史的发展，我特别注重史实性——查资料时看了许多书，有不少是传说虚构的、演义性的，我也注意取舍的原则。这方面的书籍浩瀚如海，我按我的思路浓缩了，想让读者读了以后，对300年欧洲经典音乐的发展有一个概略的了解。我对选择"作品选介"中的音乐有三点要求：一是好听，但不一定是代表音乐家的最高水平的作品——因为有些代表音乐家最高水平的作品，可能一般人听不懂。二是在光盘中一定有音乐家、曲名和简介。现在的音乐会、CD或者VCD，都有一个问题，一场演下来，一般观众听得毫无头绪。要普及，就少不了对作品进行简介，这样才能加深听众的印象。三是挑选的乐曲要能让读者感受到从"巴洛克"时代到现代音乐的发展和区别。

我很久以前就有一个动机，想给教师和环保写一首歌，并把两者结合起来。首先我在钢琴上找出了它的旋律，同时构思了歌词，就写出了这么一首歌曲。原来的名字叫《园丁之歌》，但后来感到体现环保的意思不够，才改成《蓓蕾之歌》。1999年第三届全国教育会议期间，为了推广艺术歌曲，在举行的音乐会上曾演奏了这首歌曲。但当时我要求保密，没有公开我这个作者的名字。到了写《李岚清教育访谈录》的时候，我谈过我写过这首歌，同志们都让我公开它。这首歌谈不上什么水平，但表达了我对教师的尊重，对环保的关心。我写这首歌曲还有一个指导思想：就是简短易唱。为什么俄罗斯歌曲那么受欢迎？它们不少都有个特点——歌词有诗意，旋律优美而简短易唱。我国历来也有这种现象：大作只能表演，短小的歌曲才能普及。

三百多年来这方面的大师太多了，本书介绍的只是其中的极少一部分，当然都是我所尊敬和喜爱的。如果您一定要我说出我的最爱，我想可以这样回答：就古典主义音乐来说，莫扎特和贝多芬在我心目中是最神圣的。如果用我国的"诗仙"李白和"诗圣"杜甫来比喻，似乎可以称莫扎特为"乐仙"，贝多芬为"乐圣"。他们的音乐深邃而优美，使人在震撼中又给人以欢乐。我最喜欢的他们的作品是莫扎特的歌剧《费加罗的婚礼》和贝多芬的《第五交响曲》（《命运》）。浪漫主义时代也有许多我十分喜爱的作曲家和音乐，例如，舒伯特的《鳟鱼》等艺术歌曲、柏辽兹的《幻想交响曲》、肖邦的《g小调第一钢琴叙事曲》、舒曼的《梦幻曲》、约翰·施特劳斯的多首圆舞曲、穆索尔斯基的歌剧序曲《莫斯科河上的黎明》、柴可夫斯基的多首芭蕾舞剧音乐等等。还有一些本书未介绍的音乐作品我也很爱听。说到指挥家，马勒和伯恩斯坦两位是作曲家兼指挥家，他们有自己的作曲理念和风格，但他们指挥其他作曲家的作品时，总是尊重原作，并忠实地加以诠释。伯恩斯坦还有一个特殊贡献，就是他与听众有一种特殊的亲和力，毕生为在美国青少年中普及交响音乐做了大量工作。现在世界上有许多优秀的乐团，我很难说哪个是我的最爱。我希望有朝一日我国也能出现世界级的一流乐团和指挥家。

　　我爱好音乐，但是我从来没有正规地学习过音乐。过去有人听过我弹钢琴，说我会弹钢琴。而我一再声明，我爱弹琴，但不会弹琴。这并不是谦虚。因为我没有跟老师学过琴。当我在少年时代，我的舅父有过一架破钢琴，他也不是学音乐的，他是抗战前交通大学土木系毕业的，他会弹钢琴，小提琴拉得更好。好像那时在洋学堂学习的大学生，不管你学什么专业，不少人在文艺方面都有两下子。因为我从小就生活在我外祖父家里，很爱听我舅父弹琴、拉琴，大多是外国歌曲，觉得很好听，他也曾教我弹琴。可是他只叫我练指法，还规定开始决不许弹乐曲。练了一段后，我实在感到枯燥无味，于是就放弃指法练习而弹起曲子来。从此我的钢琴课也就终结了，开始了我瞎弹的阶段。上了大学后一直到20世纪80年代初期，我都没有机会再接触过钢琴。直到1983年初我调到天津工作后，发现我的住所旁边的干部俱乐部里有一架钢琴，没有人弹，我很高兴，假日一有空我就去"乱弹琴"，自得其乐。长期以来我就有一个愿望，一旦经济条件许可，我首先要买一架钢琴。由于我国钢琴工业的迅速发展，后来我的愿望也就实现了。在十几年前，钢琴还很不普及，所以非音乐工作者听过我弹琴的，就说我会弹琴。现在情况已大不一样了，只要学过几年琴的孩子，都能证明我说的是实话："爱弹而不会弹琴"。

　　我没有学过篆刻，更谈不上有研究。只是在中学劳作课的时候，我刻过图章，买几块石头和一把修脚刀，无师自学，刻完就磨掉，磨平后再刻，有时也有一点成就感。从上大学到退休基本上未再刻过。

　　前几年去杭州西泠印社参观，他们给我介绍篆刻大师的作品，我感到很有意思，我想起小时候也刻过，将来退休以后不知尚能刻否？退下来以后，去年西泠印社成立一百周年要我给他们写几个字。我想试刻一方印送他们作为纪念吧，于是就动手刻起来。好坏是另一回事——竟然还勉强可以，手还不抖，脑子掌握的精密度还行。此后，茶余饭后又多了一种自娱的爱好。我的篆刻可以用八个字来概括："不成体统，自娱而已。"这次写这本书，除了"爱乐"外，我还给贝多芬和莫扎特分别刻了印。当中也有故事。贝多芬是"乐圣"——这是李叔同"封"的。李叔同不但精于音乐，也是一位篆刻大师。后来他出家成了弘一大师。我觉得你弘一大师既然给人家"封"了"乐圣"，似乎也该给人家刻个图章作为授尊之证啊，但他未刻。因此我就斗胆代劳，刻了一枚"贝多芬"。"多"与"芬"之间有个斜形空隙，不好看，我把"芬"的草字头故意刻斜了，寓意由低到高的六个音阶。"莫扎特"，这三个字正好可以用音符和琴键来勾画，以示他生来就是为了创作音乐而来到人间。我未学过篆刻，刻得不好，自娱而已。

喜欢音乐的领导人还是很多的，像江泽民、胡锦涛等领导同志就很爱好音乐啊。我们也多次在一起听过音乐会，同音乐家等文艺家一起联欢。我听音乐会也常见我们的许多高级干部也去听音乐。我的音乐家朋友很多，有作曲家、指挥家、演奏家、音乐教育和理论家、歌唱家。有时我同他们座谈听取他们的意见，有时假日在一起联欢。他们把我当做朋友、他们中的一员和知音，并不感到我是他们的领导。这一点我很高兴。

到底这一本书是不是"非职务"的书呢？从我是一个非音乐工作者角度来说，确实如此；但从我多年分管教育、文化工作和音乐爱好者角度上说，我把我多年来在音乐的学习心得、体会整理出来，写成一本普及型的音乐读物，与大家来共享，也勉强可以说是"职业性"的书籍，是吧？

本书介绍的音乐家限于传统意义上的西方音乐。欧洲长期以来是世界经典音乐的中心，是西方音乐的发源地。这本书介绍的音乐家亦主要在欧洲。至于没有介绍今天仍然在世的音乐家的原因，我在"自序"中提到，经典音乐首先必须是"久盛不衰，百听不厌"，就是说要经过时间的考验。现代音乐也有许多精品，但能否久盛不衰、百听不厌，能否最终成为经典，还要经过时间的考验，由后人去评说。

为什么没有叫《西方经典音乐部分》，也没有叫《欧美经典音乐部分》，主要是因为这样的考虑：在欧洲音乐的发展过程中，西欧曾长期是经典音乐的中心。从19世纪下半叶开始，俄罗斯、捷克、挪威等其他部分欧洲国家的音乐文化获得了独立的发展。20世纪上半叶，苏联的音乐成就更加突出，在对欧洲和俄罗斯经典音乐传统的继承和发展中，出现了一批举世闻名的大音乐家，使苏联音乐特别是俄罗斯经典音乐在世界乐坛上占据了重要位置。美国在20世纪初也逐步成为西方音乐的另一个中心，也可谓出现了音乐的另一个新大陆。但活跃在美国乐坛的大师，如巴托克、斯特拉文斯基等人大都来自欧洲，甚至出生于美国的麦克道威尔、格什温、伯恩斯坦等人，也都是欧洲移民的后代。因此我认为，从某种意义上讲，我在书中介绍的少数几位美国音乐家，即使是出生在美国，他们的音乐活动及音乐创作，基本上还属于欧洲音乐的范畴。

现在没有打算写其他方面的音乐书。我并不认为中国只需要西方的东西，但中国音乐方面不是我的强项，我希望以后有人写中国民族音乐的书。流行音乐、通俗音乐也有自己的特点：比如说快节奏，就很适合这个时代；再就是简单，容易听得懂、容易唱。而流行音乐本身就有很大的推广力度，用不着我们去做这项工作了。

前面已经说过，我考虑写这本书的时间很长了，准备工作是在1995年开始的。当时我在国务院分管教育工作，中央决定全面实行素质教育，提出德、智、体、美全面发展的方针。那时我看了不少关于美育的书。美育应当贯穿于整个教育的全过程，然而如果没有专门的美育课程也是不行的。

蔡元培先生就曾认为，学校的美育教育中音乐和美术教育尤为重要。而当时我们有些学校连音乐课都没有。我在坚持在学校设立和恢复音乐课的同时，建议对过去培养的知识分子补上音乐这一课。我积极推动艺术歌曲和交响乐普及都是这个目的。同时我也考虑，普及音乐教育首先还要引起大家对音乐的兴趣。在这方面我国音乐工作者写了许多书，做了大量有益的工作。但不少书由于专业性较强，一般人不易看懂。于是我就萌发了一个念头：从一个非音乐专业的音乐爱好者的角度，写一本大家能看得懂又能引起音乐兴趣的书。当然，在工作岗位时因工作忙，我不可能开始正式写作，但我已开始注意收集资料，有空时就整理学习，写作一些片段，并让秘书同志打印保存起来，还起了一个名字叫《音乐笔记》。我还有一个有利条件，在国务院第二个任期我不但仍分管教育，还分管文化，因此收集资料也比其他人容易许多，特别是驻外使馆的同志帮了不少忙，日积月累，收集整理的资料就有几大箱，有关图片就有上万张，只是因为有些质量达不到要求，有的牵涉到知识产权问题，书中选用的只是很少一部分。从领导岗位退下来，在写完《教育访谈录》以后，就集中精力动手写作。我本来想继续用《音乐笔记》这个书名。有一次我去国家图书馆查阅有关书籍资料时，发现此名已经有人使用，故决定改用《音乐笔谈》。

我多年来有个习惯，有时灵感来了，如有时间，就马上写下来；如没有时间，我就把题目（提示、提纲）记下来，把有关资料保存起来，等以后有空时再写。《札记》也是这样，48篇《札记》，我几乎是一口气成文的。写作时文思不断涌现，我并没有感到写作有什么困难。有时写得虽不能说废寝，但忘食则常有之。我夫人常常催我吃饭，但一段没有写完时，怕思路中断，不肯搁笔，往往也耽误了家人吃饭的时间。

（《新京报》 2004年9月11日）

（二）作者简介

李岚清，1993 年 3 月～ 2003 年 3 月任国务院副总理。1932 年 5 月生，江苏省镇江人，1952 年复旦大学企业管理系毕业，大学文化。同年加入中国共产党并参加工作。李岚清同志是中国共产党第十四届中央政治局委员、第十五届中央政治局常委。1993年3月在全国人大第八届一次会议上被任命为国务院副总理。1998年 3 月在全国人大第九届一次会议上再次被任命为国务院副总理。李岚清曾分管我国教育、科技、文化、财税、经济、内外贸易等方面工作多年。

（三）演讲背景

从21 世纪开始，我国已进入全面建设小康社会，三个文明的建设也取得了初步成效，但拜金主义的抬头，贪污腐化的扩张，严重影响了社会的和谐发展。提高官员素质，以德治国；提高全民素质，有效监督。恢复礼乐之邦的传统，借鉴西洋音乐的精华，促进社会的和谐发展是形势的需要，是时代的召唤。李岚清曾担任国务院副总理，分管我国科学教育文化等方面工作长达 10 年之久。在位期间，就萌发了写一本普及性质的音乐鉴赏书的愿望。离开工作岗位后，他终于得以将自己的札记和收集的资料进行系统的整理，撰写出《李岚清音乐笔谈》。本文是李岚清对《新京报》记者的谈话。

（四）成文技巧

李岚清在谈话中，谈到了音乐与人生、音乐与工作、音乐与教育的关系，融艺术性、教育性和思想性于一体。他从非专业音乐工作者的角度，将自己几十年来对欧洲经典音乐的爱好与理解，以及音乐给人生的启悟都凝练于文字中，为我们打开崭新的视野：音乐给人以直击心灵的力量，让我们的生活更有情趣、思维更有创意、工作更有效率、领导更有艺术、人生更加丰厚。

1. **音乐的作用**　音乐是由有组织的乐音来表达人们思想感情、反映现实生活的一种艺术。音乐的功能是什么？音乐与人的生活情趣、审美情趣、言语、行为、人际关系等等有一定的关联。李岚清用他一生的体会来论证，"音乐给我美的享受，还能启发人的智慧，增加我的创造性思维能力"。

2. **音乐与人生**　音乐以生动活泼的感性形式，表现高尚的审美理想、审美观念和审美情趣。音乐在给人以美的享受的同时，能提高人的审美能力，净化人们的灵魂，陶冶情操，提高审美情趣，树立崇高的理想。音乐对人的影响是：只要有意志，锲而不舍地努力，就能取得成功；只要认为正确的事，再困难，也要坚持不懈地去克服它，把它做成。

3．**音乐与友情** 李岚清借用"滴水之恩，涌泉相报"这一成语，将音乐的作用上升到人生伦理的高度，阐释出真诚友谊的无价，为重建礼乐之邦与和谐社会提供了鲜活的榜样。对于舒曼与勃拉姆斯的故事，李岚清无比推崇，引为人间真情的典范。加强美育，以美引善，以美启真，以美怡情。引导着知识分子和大学生畅游乐海，共同构建华夏礼乐文明的和谐社会。

4．**音乐与工作** 无论是在大学学习和参加工作以后的期间，李岚清都视音乐为终生相伴的朋友，他用工作中的两个实例说明了，音乐使思维产生的创意和多样化。

5．**音乐与教育** 之所以要对知识分子和大学生普及欧洲经典音乐，是因为学习欧洲经典音乐需要一定的文化知识基础，当今的大学生大都没受过完整的音乐教育，要补课。中小学要有音乐课，高中、大学要有音乐欣赏课，还应当算学分。所以要大力推广美育，提倡音乐教育。

从演讲方法上来看，李岚清从自己上小学时因为"贝多芬与盲女"的故事而爱上音乐这一切身体会，在演讲中尤其注重通过生动的故事来引导听众的兴趣。演讲词将自己一生对音乐的热爱和执著追求加以介绍和解读，化为情节曲折的美丽故事娓娓道来，沁人心脾；高深难懂的阳春白雪变得兴味盎然，让人豁然开朗。

◎模块三：

（一）阅读艺术演讲词的经典范文

【范例43】

北京市文学艺术工作者联合会成立大会开幕词
〔中国〕老舍
（1950年5月28日）

1950年5月我代表主席团，首先来欢迎诸位代表、诸位来宾，并感谢首长们到会指导。其次，我请诸位原谅筹备委员会一切筹备得不周到的地方，筹备委员会由产生到今天，才一共不过有两个星期；时间短促，工作就难免因紧张而有所疏忽。在用钱上，筹备委员会是力求节约的；那么，在招待与布置上就难免简陋。不过，我相信，诸位先生一定会由体谅而原谅的。北京文联的成立，由各方面看，都是必要的。从北京市人民政府看，因为政府是人民的，就理当有个群众性的文学艺术工作者的团体，好帮助政府与党，在文艺上为人民服务。从全国文联来看，全国文联若没有各地的文联作基础，便不易推动工作。从北京的特殊情形来看，文联的成立也有它迫切的需要：

一、北京有200万人民。这是个相当大的数字。比起欧洲那几个小国家来，这个城市在人口上，比一两个国还大。专从人口数字上看，我们就知道：除非把北京所有的文艺工作者总动员起来，是无法把大量的精神食粮供献给这么多的人民的。这200万人民都被解放不久。可是，我们已经看见了国家的新主人翁，工人同志们，在各种生产上所表现的良好成绩，而且也看见了他们在业余所产生的文艺作品。这真使我们兴奋，并感觉到一个新时代的确已来到这古老的都城了。在另一方面，北京虽是个大都市，可是离城不远，便是农村与田地。我们不单看见郊区农民的翻身，并且看见不少数教授学生和知识分子去参加土改，写出来他们的感想由民间得来的知识与智慧。这又是史无前例的事。可是，正因为我们对工农大众有了新的认识，我们才应当热诚地团结起来，共同努力。去描画他们的高尚品质，鼓励他们前进，并在文化上帮助他们学习。同时，这200万人民之中，可也有不少是久住在皇帝脚底下的，所以他们需要一些泻药，去洗刷干净肠胃中的封建的余毒积滞。同时，他们也需要一点补药，去补心健脑，使他们壮实起来。好做人民政府的健全公民。这种灵药，只有文学艺术工作者会炮制，炮制得既不猛泻，也不乱补，而且是以娱乐、说服、感动、美丽做药引子的。

二、北京是新中国的首都，首都的许多设施自然而然的是对全国有带头作用的。专拿文学与艺术来说，作品即使是就本地风光而创作出的，只要作得好，他们便会不翼而飞，比什么东西都飞得更快更远。因此，北京文联不仅是照顾着北京的200万兄弟姐妹，它也必能间接地给全国以好的影响。而且，我们的确有发生这带头作用的条件，看吧。

三、北京的戏曲在百年来，便已自成一派，受到各处的欢迎。北京戏曲界的名家，也是全国的，甚至是国际的名角儿。今天；全国各地普遍的展开戏曲改进运动；那么，以北京过去的在这一方面的贡献与成就，再加上现有的人才与他们的努力，我确信北京的戏曲改进的成绩要比别处做得更出色，因而发生带头作用。

四、不单戏曲如是，在新文学与新艺术的各部门也都如是，因为北京是人才荟萃的地方。这些人才，而且，是多少保有"五四"运动的传统的，是具有反帝反封建的革命精神的。这传统，虽然遭受了日本侵略者与国内反动派的暴力破坏。可是暴力并没有使文学家们、艺术家们完全屈服。今天我们有了新的政府，与贤明的领袖，"五四"运动的精神得以复活而且加上了更新的革命理论与人民的鼓励，于是当年曾被比做文艺复兴时代的罗马的北京，今天要成为中国的莫斯科了。这一希冀，大概是在每一个在北京的文艺工作者的心中都想起过的。那么，就教咱们团结起来，齐心努力地实现这理想，与莫斯科的文学家艺术家们看齐吧。不过，这里还有个很重大的问题。那就是新文艺怎样与民间文艺相结合？如何把新血液灌输到旧形式里去？如何采取民间文艺遗产的精华，去使新文艺成为结实的土生土长的东西，不再像先前那样"狗长犄角，充羊（洋）！"这是个极难解决的问题。正需要新旧的人才团结到一处，经常地交换意见与合作，才会不偏不倚，共同找出创作民族文艺的道路来。

五、我们也不缺乏年轻的干部，北京是一座学校之城啊。文联的活动，必能与文艺教授教员们取得密切的联系：这一联系也就必加强学生们对社会上文艺活动的了解与参加，这不久就会练出一支精强文艺人马，尔后分散在各省各地，高悬起文艺工作的旗帜。就专凭这一点，北京文联也有成立的必要。我想，我在这上面所说的，并没有什么夸大的地方。我面前坐着的，正是我所提到的北京戏曲界、文艺界的名人和工人与学生们的代表。他们会证明我没有夸大，因为他们都愿意顺应着今日的需要，组织起北京市文联；否则他们就根本不会到这里来。

不过，说着容易，做起来难。这就看我们能不能真正好好地团结，努力搞好我们的工作了。更要看我们是否能虚心地向别人学习，以补自己之所短；热诚地拿出自己所擅长的，教给别人；好做到"打虎亲兄弟，上阵父子兵"似的团结。困难是有的，但团结必会克服困难。

最后，我们感谢劳动人民文化宫的主持人，借给我们会场，并给我们一切便利。北京市文联能在劳动人民文化宫开成立大会，真是"出门见喜"。毛主席对文艺工作方向的指示，不是说文艺须给工农兵大众服务吗？

（1950年5月28日《人民日报》）

（二）作者简介

老舍（1899年2月3日～1966年8月24日），本名舒庆春，字舍予，北京满族正红旗人，原姓舒舒觉罗氏，中国现代著名小说家、文学家、戏剧家，杰出的语言大师，新中国第一位获得"人民艺术家"称号的作家。"文革"期间受到迫害，1966年8月24日深夜，老舍含冤自沉于北京西北的太平湖，终年67岁。老舍的作品很多，代表作有《骆驼祥子》《老张的哲学》《四世同堂》《二马》《离婚》《猫城记》《正红旗下》，剧本《残雾》《方珍珠》《面子问题》《春华秋实》《青年突击队》《戏剧集》《柳树井》《女店员》《全家福》《茶馆》，报告文学《无名高地有了名》，中篇小说《月牙儿》《我这一辈子》《出口成章》，短篇小说集《赶集》《樱海集》《蛤藻集》《火车集》《贫血集》及作品集《老舍文集》（16卷）等。其中，最著名的是《茶馆》《龙须沟》《骆驼祥子》和《四世同堂》。老舍的一生，总是忘我地工作，他是文艺界当之无愧的"劳动模范"。

（三）演讲背景

1949年全国解放了，但老舍仍在美国。周恩来了解老舍内心的情感世界，知道他在国外非常思念自己新的祖国。在第一次全国文代会上，周恩来面对荟萃一堂的作家们深情地说："现在就缺老舍先生一个人了。"他让阳翰笙通知有关方面请老舍早日归来；还嘱咐曹禺快给老舍写封信，让他回来写作。老舍接到信后，不顾手术后身体虚弱，立即登船启程。他排除了重重困难，终于在1949年年底回到了他日夜思念的祖国，开始了他的新生活。最大的理解莫过于在事业上给予支持，使其获得成功。1950年5月28日，北京市文学艺术工作者联合会成立大会在劳动人民文化宫举行，周恩来亲自出席了大会，老舍被选为北京市文联主席。这是老舍在大会上的讲话。

（四）成文技巧

新中国成立后，一个新的文艺时代到来了，北京市成立文学艺术工作者联合会是非常及时和必要的。

1. **阐述成立北京市文联的必要性**　老舍在开幕式上的讲演从五个方面阐述了其必要性，条理清晰、井然有序，语言简练。一是，从内容上深刻地阐述了北京文联成立的必要性。即北京人口众多，需要大量的精神食粮；北京是人才荟萃的地方，要繁荣新文艺。无论是北京市的工人、农民，还是那些久住在皇帝脚底下的人们，都要求文艺工作者去反映他们的生活，去鼓励他们或挽救他们。这是成立文联的第一必要。二是，北京是新中国的首都，首都的文学与艺术要对全国有带头作用，给全国以好的影响。而且，我们的确有发生这带头作用的条件。三是，北京的戏曲在百年来，便已自成一派，受到各处的欢迎。因此，北京在这一方面的贡献与成就，再加上现有的人才与他们的努力，北京的戏曲改进对全国各地普遍展开的戏曲改进运动能够起到带头作用。四是，北京是人才荟萃的地方，有新文艺，也有旧文艺，有新人才，也有"旧"人才。要使北京成为"中国的莫斯科"，迫切需要把他们联合起来、齐心努力。五是，文联的活动，可以练就出一支精强的文艺人马，成为全国各省各地高悬文艺工作旗帜的骨干力量。这五条理由，既包含了必要性，也包含了可能性。既有继承也有发展创新。但根本的一条是文学艺术要为人民服务，为工农兵服务。这个中心在演讲词中体现得非常突出。

2．语言生动活泼，通俗易懂　老舍一向是语言运用方面的大师，即使这样一篇短短的演讲词，也没有例行公事般地应付，而无论是内容还是形式都下了一番工夫。遣词造句自然流畅，并多次使用比喻、俗语，为演讲平添了许多文采和活力。如针对一些"久住在皇帝脚底下"的人们，肠胃中的封建的余毒积滞过多，把文艺作品比做给他们开出的"泻药"和"补药"，比喻贴切，形象地把文艺作品的重要意义告诉了听众。"泻药"，可洗涮封建余毒；"补药"，可以补心健脑，使他们做人民政府的健全公民。也激发起文艺工作者的创作热情和创造新文艺的责任心。演讲还引用一些俗语，如"狗长犄角，充羊（洋）"、"打虎亲兄弟、上阵父子兵"、"出门见喜"等，贴切生动，使演讲新鲜活泼，不板滞。演讲结尾，以劳动人民文化宫的主持人，借给我们会场，并给我们一切便利，借题发挥，劳动人民文化宫，当然要为劳动人民服务，这是符合毛主席对文艺须给工农兵大众服务的工作方向。这样，由事而议，机智幽默，轻松自然，别开生面。通过一反问句，巧妙轻松地点出了文联成立后文艺工作者应该遵循的工作方向：为工农兵大众服务，言近旨远。

综观整篇演讲词，语言简练活泼，使听众自始至终置身于一种热烈而平和的氛围里。

◎模块四：

（一）阅读艺术演讲词的经典范文

【范例44】

音乐——带电的土壤

〔德国〕贝多芬

有关于我的创作的一切情由，在我的感觉中都是那么神秘而不可捉摸。但我急于要说明的是，当一个主题被自然地放在了面前时，我的旋律就从热情的源泉，不择地涌现出来；我追踪它，再次热情地抓住它；我眼看着它飞逝而去，在一团变幻激情中消失得无影无踪，然后我又激情满怀，再次捕捉到了它，要我同它分离是不可能的，我只有急急忙忙地将它转调，加以展开，最后，我还是把它占有了——这就是一部交响曲啊！音乐，尽管变化多端，它归根到底是精神生活与感官生活之间的调解者。我想同歌德谈谈这个问题，他会理解我吗？

把我的意思告诉歌德吧，跟他说，要他听听我的交响曲，他就会同意我这样说是对的，音乐是种无形的东西，目标是向认识的王国挺进。这王国包括人类，人类却不能包括它……

我们不知道认识究竟能给我们带来什么。被包裹着的种子只有在潮湿、带电和温暖的土壤中才会发芽、思考和表现自己。音乐便是这种带电的土壤；在音乐中，我们的头脑可以思考，可以生活和建设一切。哲学便是头脑带电本质的结晶；哲学的目标是寻求基本原理的基础；头脑是需要借助于哲学才能达到崇高境界的；虽然头脑并不能超越产生他的东西，但它在超越的过程中却会得到幸福。所以，每种现实的艺术创造都是独立的，而且比艺术家本人更有力量，它通过艺术的表现回向神圣。艺术创造和艺术家也只有回向神圣，才能证明神圣的东西在他身上获得了调解。万物都带电，它刺激头脑去创造音乐，创造流动性的、不断往外涌现出来的东西。

我的本性也是带电的，我一定要改变我的智慧不易外露的习惯，为了表达我的智慧，我可以做到心里是怎样想的，口头上就怎样说，写信告诉歌德，问问他是否明白我所说的意思。

（二）作者简介

　　路德维希·凡·贝多芬（Ludwig van Beethoven，1770年12月16日～1827年3月26日），德国作曲家、钢琴家、指挥家，维也纳古典乐派代表人物之一。出生于德国波恩，祖籍佛兰德，父亲是当地宫廷唱诗班的男高音歌手，嗜酒如命；母亲是宫廷大厨师的女儿，一个善良温顺的女性，婚后备受生活折磨，在贝多芬17岁时便去世了。贝多芬自幼跟从父亲学习音乐，8岁首次登台获得巨大的成功，被人们称为第二个莫扎特；此后拜师于风琴师尼福，开始学习作曲，11岁发表第一首作品《钢琴变奏曲》；13岁参加宫廷乐队，任风琴师和古钢琴师；1787年到维也纳跟随莫扎特、海顿等人学习作曲；26岁开始失聪，只能通过谈话册与人交谈；1801年爱上朱列塔·圭恰迪尔并为她创作了《月光奏鸣曲》，从1803年起陆续创作了《第二交响曲》、《第三交响曲》（英雄）、《第五交响曲》（命运）、《第六交响曲》（田园），以及小提琴协奏曲、钢琴协奏曲和奏鸣曲，1823年完成最后一部巨作《第九交响曲》（合唱）。1827年3月26日因病离世，遗体葬于圣麦斯公墓。贝多芬信仰共和，崇尚英雄，我行我素，一生坎坷，终生未婚，在世57年完成了一百多部作品，与海顿、莫扎特一起被后人称为"维也纳三杰"，法国作家罗曼·罗兰根据他们的人生写成了《名人传》。

（三）演讲背景

　　1808～1810年间，已经40岁的贝多芬，教了一个名叫特蕾泽·玛尔法蒂的女学生并对她产生了好感。在心情非常甜美、舒畅的情况下他写了一首钢琴曲《A小调巴加泰勒》，赠给她"巴加泰勒"（Bagatelle），意思是小玩意儿。贝多芬还在乐谱上题上了"献给特蕾泽"这样几个字。以后这份乐谱一直留在特蕾泽那里。贝多芬逝世以后，19世纪60年代德国音乐家诺尔为写贝多芬传记，在特蕾泽·玛尔法蒂的遗物中发现了这首乐曲的手稿。1867年在斯图加特出版这首曲子的乐谱时，诺尔把曲名错写成《献给爱丽丝》，从此《献给特蕾泽》就一直称之为《献给爱丽丝》了。《音乐——带电的土壤》这篇演说，就是贝多芬向特蕾泽诉说自己对音乐的理解。

（四）成文技巧

　　音乐是单纯的感情抒发，还是一种特殊的认识手段？人们可以通过音乐去把握和认知抽象的本质吗？音乐能用来表达深刻的哲理吗？

贝多芬用自己的创作回答了这个艰深的问题，而且他是历史上第一个从本来意义上的认识论角度反思这一问题的作曲家。罗森指出，贝多芬的音乐是一种"重新解释"的风格。这一说法很费解，其实他所指的就是一种反思性的重构，所谓"戏剧性是在结构，在主题的变化的方式内"，即通过作曲家对生活的理解，以重新建构起来的艺术形式，而把对象的本质再现出来。罗森引用19世纪德国浪漫主义思想家弗·施莱格的话说："难道不是纯器乐自己谱定性自己的曲子吗？主题在它的展开、巩固、变化和对比，不是同思想的一系列哲学思维一样吗？"贝多芬使音乐语言成为表达哲理、从而认识本质性世界的一种新的手段，这是贝多芬的伟大历史功绩。

贝多芬在这里详尽地阐述了他对音乐认识论的理解。他说："音乐是种无形的东西，目标是向认识的王国挺进。……我们不知道认识究竟能给我们带来什么。被包裹着的种子只有在潮湿、带电和温暖的土壤中才会发芽、思考和表现自己。音乐便是这种带电的土壤；在音乐中，我们的头脑可以思考，可以生活和建设一切。哲学便是头脑带电本质的结晶；哲学的目标是寻求基本原理的基础；头脑是需要借助于哲学才能达到崇高境界的；虽然头脑并不能超越产生它的东西，但它在超越的过程中却会得到幸福。所以，每种现实的艺术创造都是独立的，而且比艺术家本人更有力量，它通过艺术的表现回向神圣。艺术创造和艺术家也只有回向神圣，才能证明神圣的东西在他身上获得了调解。万物都带电，它刺激头脑去创造音乐，创造流动性的、不断往外涌现出来的东西。"

贝多芬的这段话可以说是他的音乐哲学纲领，从中我们可以体会到音乐的几个重要的认识论本质：

1. **音乐是人类认识世界的手段之一**　音乐的目的是认识世界，而且是认识这世界的本质。贝多芬所说的"向认识王国挺进"，"回向神圣"，正是要通过音乐去把握"自在之物"的永恒的、普遍的本质。贝多芬之所以对康德所说的"头上的星空和心中的道德律"特别重视，正是因为他要用音响去把握这两者。

2. **音乐的乐思是现实生活的反映，生活才是音乐的内容**　自然和社会的本体使音乐有了灵魂："打进心坎里的东西，必定来自天空；如果不是来自那里，那么，音乐仅仅就是音符这样一个外壳——没有精神做内容的躯壳而已……不过精神又必须来源于尘世……"贝多芬认定自然和社会生活本身是灵感的源泉。希洛塞回忆贝多芬时说过："他那永不衰竭的创造力，来源于碧绿的青山和藏密的树木；这里正是他心中乐思滔滔汩汩的万斛源泉。"而社会生活的风雨与巨变，人类的苦难、斗争与希望，更是引发他深沉的思考和强烈创作动机的直接诱因，也是他的作品所要表达的基本主题。

3．音乐是对外在世界的主观感受　音乐是重构性的、反思性的。"深刻音乐"（黑格尔语）不是对现实的白描或直观的照相，它是由音乐家在现实生活水平激发下按自己的审美理解而主观地建构起来的。贝多芬特别指出："万物都带电，它刺激头脑去创造音乐"。

◎模块五：
（一）阅读艺术演讲词的经典范文

【范例45】

永远的莎士比亚
〔德国〕歌德
（1771 年 10 月 14 日）

　　我觉得我们最高尚的情操是：当命运看来已经把我们带向正常的消亡时，我们仍希望生存下去。先生们，对我们的心灵来说，这一生是太短促了，理由是：每一个人，无论是最低贱或最高尚，无论是最无能或最尊贵，只有在他厌烦了一切之后，才对人生产生厌倦；同时没有一个人能达到他自己的目的，尽管他渴望着这样做；因为他虽然在自己的旅途上一直很幸运，往往能眼看到自己所向往的目标，但终于还要掉入只有上帝才知道是谁替他挖好的坑穴，并且被看成一文钱不值。

　　一文钱不值啊！我（自己却不然）！我就是我自己的一切，因为我只有通过我自己才了解一切！每个有所体会的人都这样喊着，他（高视）阔步走过这个人生，为（踏上）彼岸无尽头的道路做好准备。当然各人按照自己的尺度（来做）。这一个带着结实的旅杖动身，而另一个却穿上了七里靴，并赶过前面的人，后者的两步就等于前者一天的进程。不管怎样，这位勤奋不倦的步行者仍是我们的朋友和伙伴，尽管我们对那一位的（高视）阔步表示惊讶与钦佩，尽管我们跟着他的脚印并以我们的步伐衡量着他的步伐。

　　先生们，请踏上这一征途！对这样的一个脚印的观察，比起呆视那国王入城时带来的千百个驾从的脚步更会激动我们的心灵，更会开阔（我们的胸怀）。

今天我们来纪念这位最伟大的旅行者，同时也为自己增添了荣誉，（因为）在我们身上也蕴藏着我们所公认的那些功绩的因素。

你们不要期望我写许多像样的（东西）！心灵的平静不适合作为节日的盛装，同时现在我对莎士比亚还想得很少，在我的热情被激动起来之后，我才能臆测出，并感受出最高尚的（东西）。我读到他的第一页，就使我这一生都属于他了，当我首次读完他的一部作品时，我觉得好像原来是一个先天的盲人，这时的一瞬间（有）一只神奇的手赋予了我双目的视力。我认识到，我很清楚地体会到我的生活是被无限地扩大了，一切对于我都是新鲜的，陌生的，还未习惯的光明刺痛着我的眼睛。我慢慢学会看东西，这要感谢天资使我具有了识别能力！我现在还能清楚地体会到我所获得的是什么东西。

我没有踌躇过一刹那，去放弃那遵循格律的戏剧。地点的一致对我犹同牢狱般地可怕，情节的统一和时间的一致是我们想象力的沉重桎梏。我跳进了自由的空气里，这才感到自己（生长了）手和脚。现在，当我认识到那些讲究规格的先生们从他们的巢穴里给我硬加上了多少障碍时，以及看到有多少自由的心灵还被围困在里面时，如果我再不向他们宣战，再不每天寻找机会以击碎他们的堡垒的话，那么我的心就会愤怒得碎裂。

法国人用做典范的希腊戏剧，按其内在的性质和外表的状况来说，就是这样的：让一个法国侯爵效仿那位亚尔西巴德？却比高乃依追随索福克勒斯要容易得多。

形象开始是一段敬神的插曲，然后悲剧庄严隆重地以完美的单纯朴素（风格），向人民大众展示出先辈们的各个惊魂动魄的故事情节，在各个心灵里激动起完整的、伟大的情操；因为悲剧本身就是完整的，伟大的。

在什么样的心灵里啊！

希腊的！我不能说明这意味着什么；但我感觉出这点，为简明起见，我在这里根据的是荷马，索福克勒斯及忒俄克里托斯；他们教会我去感觉。

同时，我还要连忙接着说：小小的法国人，你要拿希腊的盔甲来做什么？它对你来说是太大了，而且太重了。

因此所有的法国悲剧本身就变成了一些模仿的滑稽诗篇。不过那些先生们已从经验里知道，这些悲剧如同鞋子一样，只是大同小异，它们中间也有一些乏味的东西，特别是经常都在第四幕里，同时他们也知道这些又是如何按照格律来进行的。这方面我就无需多花笔墨了。

　　我不知道是谁首先想出把这类政治历史大事题材搬上舞台的。对这方面有兴趣的人，可以借此机会写一篇论文，加以评论。这发明权的荣誉是否属于莎士比亚，我表示怀疑；总而言之，他把这类题材提高到至今似乎还是最高的程度。眼睛向上看（的人）是很少的，因此也很难设想，会有一个人能比他看得更远，或者甚至能比他攀登得更高。

　　莎士比亚，我的朋友啊！如果你还活在我们当中的话，那我只会和你生活在一起；我是多么想扮演配角匹拉德斯，假如你是俄来斯特的话！而不愿在德尔福斯庙宇里做一个受人尊敬的司祭长。

　　先生们，我想停笔，明天再继续写下去；因为现在滋长在我内心里的这种心情，你们也许不容易体会到。

　　莎士比亚的戏剧是个美妙的万花镜，在这里面，世界的历史由一根无形的时间线索串联在一起，从我们眼前掠过。他的构思并不是通常所谈的构思；但他的作品都围绕着一个神妙的点（还没有一个哲学家看见过这个点并给予解释），在这里我们个人所独有的（本性），我们从愿望出发所想要的自由，同在整体中的必然进程发生冲突。可是我们败坏了的嗜好是这样迷糊住了我们的眼睛，我们几乎需要一种新的创作，来使我们从这暗影中走出来。

　　所有的法国人及受其传染的德国人，甚至于维兰也在这件事情上和其他一些更多的事情一样，做得不太体面。连向来以攻击一切崇高的权威为职业的伏尔泰在这里也证实了自己是个十足的台尔西特。如果我是尤利西斯的话，那他的背脊定要被我的王笏打得稀烂！

　　这些先生当中的大多数人对莎士比亚的人物性格表示特别反感！

　　我却高呼：（要）自然（的真实），自然（的真实）！没有比莎士比亚的人物更自然的了！

　　这样一来，于是乎他们一起来扭住我的脖子。

　　松开来，让我说话！

　　他与普罗米修斯竞争着，以对手做榜样，一点一滴地刻画着他的人物形象，所不同的是赋予了巨人般的伟大（性格）——正因为如此，我们才认不出他们是我们的兄弟——然后以他的智力吹醒了他们的生命。他的智力从各个人物身上表现出来，因此大家看出他们之间的亲属关系。

　　我们这一代凭什么敢于对自然加以评断？我们（又能）从什么地方来了解它？我们从幼年起在自己身上所感到的以及在别人身上所看到的，这一切都是被束缚住的和矫揉造作的东西。我常常都在莎士比亚面前而内心感到惭愧：因为有时发生这样的情形：在我看了一眼之后，我就想到：要是我的话，一定会把这些处理成另外一个样子！接着我便认识到自己是个可怜虫，从莎士比亚（的笔下）描绘出的是自然（的真实），而我所塑造的人物却都是肥皂泡，是由虚构狂所吹起的。

虽然我还没有开过头，可是我现在却要结束了。

那些伟大的哲学家们关于世界所讲的一切，也适用于莎士比亚：我们所称之为恶的东西，只是善的另外一个面，对善的存在是不可缺少的，与之构成一个整体，如同热带要炎热，拉普兰要上冻，以致产生了一个温暖的地带一样。莎士比亚带着我们去周游世界；而我们这些娇生惯养、无所见识的人遇到每个没见过的飞蝗却要惊叫起来：先生，它要吃我们呀！

先生们，行动起来吧！请你们替我从那所谓高尚嗜好的乐园里唤醒所有的纯洁心灵，在那里，他们饱受着无聊的愚昧，处于半睡半醒的状态，他们内心里虽充满激情，可是骨头里却缺少勇气，他们还未厌世到致死的地步，但是又懒到无所作为，所以他们就躺在桃金娘和月桂树丛中，过着他们的萎靡生活，虚度光阴。

（二）作者简介

约翰·沃尔夫冈·冯·歌德（Johann Wolfgang von Goethe）（1749～1832年），是18世纪中叶到19世纪初德国和欧洲最重要的剧作家、诗人、小说家、思想家。歌德除了诗歌、戏剧、小说之外，在文艺理论、哲学、历史学、造型设计等方面都取得了卓越的成就。2005年11月28日，德国电视二台投票评选最伟大的德国人，结果歌德名列第七位。早在莱比锡求学期间，歌德就接触到了莎士比亚。他最早接触的是《莎翁选粹》，歌德后来一直认为这是他生平最快乐的时期。莎士比亚的剧作，使歌德的精神视野大为展开，让他感到有一个重大的题材要写，而且这题材又不能在狭隘的舞台上以及只适合于一出简单戏剧的短暂时间中演出。

在阅读了出版于1731年的《葛兹自传》之后，歌德在这个骑士身上找到了自己的理想人物。他决定将有关材料重新作历史性的处理，同时又欲充分发挥个人的艺术想象力，从而使戏剧在形式上能够超越舞台的限制，且力求使情节生动鲜活起来。

《葛兹》完成后，歌德找到好友默尔克，让他看了看稿子。默尔克很赞赏，给予了较高的评价。年底，歌德又把它寄给了赫尔德，赫尔德给他提出了一些较苛刻的意见。于是，歌德又对剧作进行了修改（基本上是重写一遍），改写本于1733年完成。

改写本《葛兹》更为深刻地揭示出了剧中主要人物的内心冲突，着重刻画了骑士葛兹的自救者形象，而不是像初稿那样着重描写被压迫农民自发的强大斗争。这部作品一面世，立即轰动了德国，成为文坛上的一件大事，并引起广泛而巨大的反响。魏兰特则撰文说它是一个"美丽的怪物"，进而指出："要是我们有更多这样的怪物就好了。"

（三）演讲背景

这是歌德在莎士比亚纪念日的讲话。1771 年 10 月 14 日，歌德在他的家乡法兰克福为英国文艺复兴时期伟大的作家、诗人莎士比亚举行了一个纪念日活动，歌德在这次纪念日上作了热情洋溢的演讲。

（四）成文技巧

这是歌德的一次著名的演讲，这次讲话自始至终都回荡着汹涌澎湃的激情，强烈的感情是全篇讲话的主题曲。在通篇的演讲稿中无处不存在发自内心的呼喊，"在什么样的心灵里啊！""小小的法国人，你要拿希腊的盔甲来做什么？""莎士比亚，我的朋友啊！""松开来，让我说话！""先生们，请踏上这一征途！""我就是我自己的一切，因为我只有通过我自己才了解着一切。"在整篇激情荡漾着的演讲稿中，这呐喊就像一个个沉重的铁锤，敲打着人们沉寂的心扉，让人们清醒过来，清晰地认识这位文化巨人的伟大。正是这样澎湃的激情，使这篇演讲稿光芒四射。

情感是文章的灵魂，用至情之心写至情之文，讲至情之语。情感的真实，才使人们觉得文章的真实，讲话的真实，引起人们内心深处的共鸣。歌德是德国的大文豪，对德国的文学产生过巨大的影响。莎士比亚是英国的文化巨人，他的光芒照耀整个英国文坛。歌德在演讲中根据自己的体会来表达对莎士比亚的敬仰，知道莎士比亚创作的伟大性，痛恨现实中的枯燥文学。歌德深刻理解文学创作的艰难，知道文学创作手法的重要性，懂得如何创作值得人们一读的作品。当两位文学家的心跨越时空在语言上相遇时，便爆发了共同的创作思想火花。对语言的熟练运用，对文学的深刻认识，使歌德看到了莎士比亚的伟大，看到了莎士比亚灵活地运用语言文字，利用不同的创作技巧，写出一部部鬼哭神泣的巨著，号召人们向这位文学巨人学习。"莎士比亚，我的朋友啊！""当我首次读完他的一部作品时，我觉得好像原来是一个先天的盲人"，这是歌德发自内心的对这位文学巨人的仰慕，没有虚假，没有造作。歌德也是一位作家，他能透彻地理解莎士比亚。他看到当时的文学弊端，呼吁人们大刀阔斧地改革，突破单一的创作规律的框架，学习莎士比亚灵活真实的创作手法。在当时沉闷的创作环境中，只有用强烈的呼喊，才能唤醒被规律封闭的人们的心，怀着对莎士比亚崇敬的心情，呼吁人民向他学习，返璞归真。在这次演讲中，歌德高度地赞扬了莎士比亚，说他读莎士比亚的作品是"跳进了自由的空气里"，"生活被无限地扩大了"以及"一生都属于他了"。而当时，古典主义戏剧创作遵循从时间、地点、情节统一的"三一规律"，严重束缚了作家才能的自由发挥，模仿希腊使语言丧失了新鲜的生活气息，歌德对这种单一的创作规律和简单的模仿作了深恶痛绝的抨击。歌德对莎士比亚作了热情洋溢的赞美，推崇至极，但是对古典主义进行了毫不留情的批判，驳得体无完肤。通过对比，展现了两种截然不同的态度，使人们认识到莎士比亚的伟大。通过对比，使人们认识到孰优孰劣，引起人们的深思，更具有鼓动性，让人们认识到古典主义的错误。

整个演讲体现了歌德的语言功力，驾轻就熟，挥洒自如。演讲中回荡着汹涌澎湃的激情的同时，又沉淀着深厚的哲理，比喻贴切，说法国的戏剧"如同鞋子一样，只是大同小异"，说莎士比亚的作品像"一只神奇的手赋予了我双目的视力"。从中也可以看出演讲者歌德的苦心、诚心与唤醒民众的拳拳爱心，正是这真诚之心给这次演讲赋予了极大的魅力，使这次演讲获得了极大的成功。

第十篇　礼仪演讲词

一、礼仪演讲词概述

（一）礼仪演讲词的内涵

礼仪演讲词，也叫社交演讲词，是指演讲者在各种社会交往和人际交往过程中，为更好地进行联系、协调和沟通而在一定礼仪仪式上所发表的演讲。如尼克松的1972年首次访华答谢词、国民党主席连战访问大陆时的答谢词、国际残奥会主席克雷文在2008年北京残奥会开幕式上的致词等。

（二）礼仪演讲词的特点

1. **情感性**　社交活动的最大特点是表达情感，礼仪演讲词能够最大限度地表达演讲者的情感。所以，通过演讲者的礼仪演讲词，可以表达出演讲者对表达对象的欢迎、欢送、庆贺、祝福、赞美、感谢、惜别、纪念以及凭吊、悼念等情感。

2. **简短性**　礼仪演讲词一般都短小精悍，短则三五分钟，长则十几分钟。

3. **精彩性**　由于礼仪演讲词带有明显的情感色彩，所以，礼仪演讲词大都表现为内容精彩、形式精彩、语言精彩。无论是直抒胸臆还是含蓄隽永，都要有精彩的段落或句子，令人难以忘怀。

4. **文雅性**　礼仪演讲词注重礼节、语言文雅、内容自然。

5. **相对性**　一般地说，礼仪演讲词都是相对接受礼仪的人所讲的，这是礼仪演讲词与其他演讲词的不同。其他类型的演讲词，可以是确定的人群，也可以是不确定的人群。而礼仪演讲词一般都有明确的表达对象。如江泽民的《我的心永远同人民军队在一起》，这篇演讲词表达的是江泽民对军队干部官兵的情感，他的表达对象就是人民军队。

（三）礼仪演讲词的类型

礼仪演讲词包含许多类型。

1．从礼仪演讲词的范围划分 大致分为政务礼仪演讲词、商务礼仪演讲词、服务礼仪演讲词、社交礼仪演讲词、涉外礼仪演讲词等五大分支。

2．从礼仪演讲词的形式划分 大致包括在欢迎会、欢送会、告别仪式、庆祝会、喜庆仪式、纪念会、追悼会、纪念仪式或各种酒会、茶话会、联欢会、舞会等社交活动中发表的演讲词等。

（四）礼仪演讲词的作用

1．表达情感 礼仪演讲词的核心是表现礼仪，所以，通过演讲者的演讲，能够表达出演讲者及其所代表的人的真诚情感，可以让对方感到演讲者的真诚，能够拉近演讲者与听众的距离。

2．传递信息 礼仪演讲词表面上看是为了表达情感，但是，在许多情况下，往往成为传递信息的手段和媒介。双方在正式场合可能无法表达的真实意图和想法，有时候可以通过礼仪演讲词的形式表达出来，即所谓的"醉翁之意不在酒"，如尼克松在 1972 年首次访华欢迎宴会上的答谢词就是如此。

二、礼仪演讲词的写作艺术

◎模块一：

（一）阅读礼仪演讲词的经典范文

【范例 46】

我的心永远同人民军队在一起（节选）

〔中国〕江泽民

（2004 年 9 月 20 日）

昨天，党的十六届四中全会已经同意我辞去中共中央军事委员会主席的职务，决定由锦涛同志挑起这副担子。在筹备党的"十六大"期间，从党和国家的长远发展和长治久安出发，我就提出不再担任中央领导职务，并退出中央委员会。在党的"十六大"上，我把总书记的班交了；在 2003 年的人大会议上，我把国家主席的班交了。当时，中央决定我留任党和国家的军委主席。自那时以来，我一直期望着在适当时候从领导岗位上完全退下来。现在，这个愿望终于实现了。

把党的总书记、国家主席、军委主席这个班交给锦涛同志,有利于党和军队事业的长远发展,有利于国家的长治久安,也有利于坚持党对军队的绝对领导的根本原则和制度。从党的"十六大"到这次全会,我们党、国家、军队的高层领导完整地实现了新老交替和平稳过渡。现在,我完成了自己的历史任务,尽到了自己的历史责任。看到党、国家、军队的事业后继有人,我的心情是十分愉快的。

锦涛同志任军委主席是完全合格的。锦涛同志是党的总书记、国家主席,接任军委主席的职务顺理成章。党的总书记、国家主席、军委主席三位一体这样的领导体制和领导形式,对我们这样一个大党、大国来说,不仅是必要的,而且是最妥当的办法。党的"十六大"以来,我在军委主席的岗位上,工作抓得很紧,就是要把军队建设的一些大事定下来,为交班打下更好的基础、创造更充分的条件。锦涛同志年富力强,在多个重要领导岗位上工作过,任中央政治局常委已有十多年。担任党的总书记、国家主席以来,在国际形势复杂多变和国内改革发展稳定任务艰巨繁重的形势下,他带领新的中央领导集体继往开来、与时俱进、勤奋努力,卓有成效地开展工作,推动党和国家各方面事业取得了新的成绩,赢得了广大干部群众的支持和信任。从1999年担任军委副主席以来,他直接参与了军队建设的一系列重大决策。他既经受过艰苦地区和复杂环境的考验,又经历过长期高层领导工作实践的锻炼,积累了丰富的领导经验,综合素质很好,作风稳健,工作细致。我坚信,党中央决定由锦涛同志接任军委主席,是一个正确的选择。锦涛同志是中央领导集体的领头人、班长,也是军委领导集体的领头人、班长。大家都要拥护党中央的决定,坚决支持他的工作。

回顾我担任军委主席15年的历程,感慨万千。当年小平同志把军委主席这个班交给我,我真是感到千钧重担在肩啊!这15年间,世界上重大突发事件接连不断。科技进步日新月异,世界新军事变革蓬勃兴起。国内改革发展稳定,出现许多新情况新问题。这15年来,重大自然灾害也不少。军队使命艰巨、任务繁重。15年来,对小平同志的重托,我是尽心尽力、尽职尽责的。对军委主席这份责任,我是抱着鞠躬尽瘁、死而后已的精神来对待的,从不敢懈怠。对国家的主权和安全,对军队的建设和发展,可以说是夙夜在心。我这些年集中精力抓的问题,一言以蔽之,就是我军能否打得赢、不变质。15年来,我们大家一起经历了许多风风雨雨,经受了许多复杂而严峻的考验。我们团结奋斗,在毛主席、小平同志打下的基础上,把我们这支军队的建设向前大大推进了一步。15年来,我同军队结下了深厚的感情,同全军官兵结下了深厚的感情,与几届军委班子的同志也结下了深厚的感情。我虽然退下来了，但我的心永远同军队连在一起，同全军官兵连在一起，同军委的同志们连在一起。

我军建设已经进入一个新的发展阶段，军队建设形势很好，今后发展大有希望。这令我十分欣慰。我还是一名共产党员，我还会关注军队的建设和发展。此时此刻，我作为一名老共产党员，想给大家提几点希望。

一是希望军队始终坚定地听党的话、跟党走、服从党指挥。接受党的绝对领导，是我军的立军之本，是我军永远不变的军魂，关系我军的性质，关系党的兴衰成败，关系社会主义的前途命运，关系国家的长治久安。我们党是代表最广大人民根本利益的，是马克思主义执政党。我军是党的军队，在任何时候任何情况下都必须坚持党对军队的绝对领导，确保军队政治上合格，确保军队永远忠于党、忠于社会主义、忠于祖国、忠于人民。在这个根本政治原则问题上，全军同志头脑要十分清醒，立场要十分坚定，旗帜要十分鲜明。

二是希望军队永远保持老红军的政治本色。我军是有光荣革命传统的人民军队，自红军时期起就逐步形成了一整套光荣传统和优良作风。这些光荣传统和优良作风集中反映了我军的性质和宗旨，体现了我军的政治本色，是我军的宝贵精神财富。在新的历史条件下，如何继承和发扬我军的光荣传统和优良作风，是必须长期抓住并认真解决好的一个重大课题。在积极推进中国特色军事变革、加强我军现代化建设的历史进程中，全军官兵要始终珍惜我军的光荣历史，继承和发扬我军的革命精神和革命作风，身体力行地把我军的光荣传统和优良作风一代一代传下去。

三是希望军队努力站在世界军事发展潮流的前列。坚持解放思想、实事求是、与时俱进，是我们党和军队工作开创新局面的必由之路。军事领域作为竞争和对抗最为激烈的领域，是最具创新活力也是最具创新精神的领域。我们一定要有开阔的视野和前瞻的眼光，坚持创新、创新、再创新，积极迎接世界新军事变革的严峻挑战，以时不我待的紧迫感推进中国特色军事变革，努力完成机械化、信息化建设的双重历史任务，坚定不移地实现建设信息化军队、打赢信息化战争的战略目标。

四是希望军队不断巩固和发展高度的团结统一。高度的团结统一，是我军发展壮大、战胜艰难困苦和强大敌人的重要条件。全军同志都要像爱护自己的眼睛一样爱护军队的团结统一。要在以胡锦涛同志为总书记的党中央领导下，在马克思列宁主义、毛泽东思想、邓小平理论和"三个代表"重要思想的政治基础上，更加紧密地团结起来，同心同德地为党和军队的事业而奋斗。各级党委都要发挥领导核心作用，搞好自身团结。各级领导干部特别是高级干部都要坚持党关于团结的基本原则，做团结的模范。还要大力加强军政军民团结、密切军政军民关系。只要军队听党的指挥，军队内部是团结的，军队同人民是团结的，我们就没有克服不了的困难，就能经受住任何险风恶浪的考验。

（二）作者简介

江泽民，生于 1926 年 8 月 17 日，江苏省扬州市人。1943 年起参加地下党领导的学生运动，1946 年 4 月加入中国共产党，1947 年毕业于上海交通大学电机系。1985 年后，任上海市市长，中共上海市委副书记、书记。1982 年 9 月在中共第十二次全国代表大会上当选为中共中央委员。1987 年 11 月在中共十三届一中全会上当选为中共中央政治局委员。1989 年 6 月在中共十三届四中全会上当选为中共中央政治局常委、中共中央委员会总书记。1989 年 11 月在中共十三届五中全会上任命为中共中央军事委员会主席。1990 年 3 月在第七届全国人大第三次会议上当选为中华人民共和国中央军事委员会主席。1993 年 3 月在第八届全国人民代表大会第一次会议上当选为中华人民共和国主席、中华人民共和国中央军事委员会主席。2004 年 9 月中共十六届四中全会决定同意江泽民同志辞去中共中央军事委员会主席的职务。2005 年 3 月，十届全国人大三次会议第二次全体会议，通过了十届全国人大三次会议关于接受江泽民辞去中华人民共和国中央军事委员会主席职务的请求的决定。

（三）演讲背景

江泽民于 2004 年 9 月 1 日向中央请求辞去担任的中共中央军事委员会主席职务。2004 年 9 月 20 日，江泽民辞去中共中央军委主席的职务后，在经过调整充实的中央军委举行的第一次扩大会议上发表了这篇讲话。选自《江泽民文选》第三卷最后一篇。

（四）成文技巧

这篇讲话是在新老交替时的讲话，具有重要的意义。主要特点是真诚。

1. **真诚表达了期望在适当时候从领导岗位上完全退下来的愿望**　2004 年 9 月 19 日，"党的十六届四中全会已经同意我辞去中共中央军事委员会主席的职务，决定由锦涛同志挑起这副担子"，"期望着在适当时候从领导岗位上完全退下来"的"愿望终于实现了。"

2. 真诚表达了对胡锦涛担任中央军委主席的信任和支持 "把党的总书记、国家主席、军委主席这个班交给锦涛同志，有利于党和军队事业的长远发展，有利于国家的长治久安，也有利于坚持党对军队的绝对领导的根本原则和制度。"因为，"锦涛同志任军委主席是完全合格的"。

3. 真诚表达了同人民军队结下的深厚的感情 表达了同全军官兵结下的深厚的感情，与几届军委班子的同志也结下的深厚的感情。当年小平同志把军委主席这个班交给我以后，"我是尽心尽力、尽职尽责的。对军委主席这份责任，我是抱着鞠躬尽瘁、死而后已的精神来对待的，从不敢懈怠。对国家的主权和安全，对军队的建设和发展，可以说是夙夜在心。"

4. 真诚表达了对新的军队领导班子所寄予的厚望 "一是希望军队始终坚定地听党的话、跟党走、服从党指挥。""二是希望军队永远保持老红军的政治本色。""三是希望军队努力站在世界军事发展潮流的前列。""四是希望军队不断巩固和发展高度的团结统一。"

江泽民的讲话，不是简单地礼节性地客气客气，而是立意高远，高屋建瓴。可以说是发自内心，语重心长，感人肺腑，沁人心脾。每一个听了讲话的人无不为之动容。

◎模块二：
（一）阅读礼仪演讲词的经典范文

【范例47】

我为新中国而无比自豪
〔中国〕爱泼斯坦
（1995年4月20日）

我感到非常荣幸，承蒙大家今天光临为我80岁生日举行的这次聚会。这已是我第二次享受这样的殊荣，第一次是在我70岁生日的时候。在这两次会上，关于我个人的许多热情洋溢的讲话，都是我愧不敢当的。我所做的只是把中国人民在中国共产党领导下经过无比英勇的斗争所取得的成就——胜利地推翻压在他们头上的三座大山、保卫新生的人民共和国和建设社会主义——报道给外国读者。行动是第一位的，记述这些行动是第二位的。如果没有中国人民的战斗和建设，我就不可能有记述和报道——而且我们今天也根本不可能在这里聚会。

中国抗日战争和世界反法西斯战争（前者是后者的重要组成部分）胜利50周年即将来临。我感到幸运的是，在这场斗争中我一直同中国人民在一起，并且在延安和解放区看到了新中国的曙光。当1949年中国人民站起来了的时候，正值我们所处的这个世纪的中心点、也是光辉顶点。我以崇敬和自愧的心情，缅怀中国人民和所有其他各国人民为打败法西斯、为开辟通向未来的道路而作出的巨大牺牲。他们所走过的不是一条像北京新修好的"三环路"那样宽敞平坦的道路。让我们不要忘记这一点。最重要的是，让我们不只是通过言教、还要通过身教，去帮助那些将要建设21世纪的中国男女青年。要帮助他们真正懂得永远不能再让法西斯和反动势力重新抬头的必要性，认识到他们必须担负起这个任务，因为只有这样，他们才能在他们的前辈所开辟的道路上前进，而不必去重复前辈们所经受的艰苦考验和牺牲——对这些考验和牺牲，不应该允许任何人加以缩小、轻蔑和玷污。

请允许我在这里公开宣布，我成为革命前辈所创建的新中国的公民，感到无比自豪，正是因为我亲眼看到一个古老的国家重新焕发出壮丽的青春，我自己即使现在年已80而仍然感到年轻，并且迫切地想要做更多的工作——这不是因为我服用了现在到处吹得天花乱坠的那些神奇的保健品和灵丹妙药。

我还欠下许多文债。在70岁生日时，我曾保证要再写3本书。现在，10年过去了，我只完成了一本。尽管这是一部重要的书——宋庆龄的传记，仍然是不够的。第二本书我还只写了一半。这是一本回忆录，记录在这80年中我认为有意义的观感和经历。

今天在这里发送给各位的是我早年一些作品的中译本。有一本是《今日中国》出版社出版的，是同事们为了我今天这个生日而编集的，其中有多年来我的一些有代表性的新闻作品以及关于对外宣传工作的论述。另外一本记述了1944年突破国民党封锁访问延安的情况，是中国国际友人研究会主编的一部系列丛书之一，由人民日报出版社出版。这本书同世界反法西斯战争胜利50周年的关联更直接一些。我感谢有关的出版者、翻译者和编辑者，希望这两本书对当代读者有用。

我多年来一直在对外宣传战线上工作，所以我想就对外宣传谈一点想法，供大家评论和考虑。

今天，在西方传媒中，对中国的攻击多于赞扬。抓住缺点——不管是真实的或是捏造的——就大做文章、无限夸张。对成就视而不见，或者只是勉勉强强地、酸溜溜地稍加承认。中国不论做什么总是错的，这成了现在一种时髦的风气——中国人口增长，就说世界人口要爆炸了；中国实行计划生育，又说剥夺了没有出生的小生命的生存权。中国遇到了一点经济上的困难，说中国整个体制不对头；中国经济向前发展，又说中国要成为全世界第三号、第二号、甚至于头号强国——步步成为一个危险的军事超级大国了！所有这一切不必使我们感到无谓的烦恼。真正重要的是我在做什么，不是别人在说我们什么，甚至于不是我们自己说了些什么。但我们自己怎样说，如果说的是合理和真实的，是会产生效果的——即使不是立竿见影的效果，以后当人们回顾的时候效果也会显示出来。如果我们把自己描绘得完美无缺，那么人们来中国回去后就会有这样的印象："不像他们说得那样好"，但是那些受西方传媒影响，以为中国一片黑暗的人，他们来中国后回去却会说："比他们说的好得多。"因此，只要我们做得对（如果做错了就改正），我们不必为所谓"形象"过分担心。我们的工作是阐明我们的作为和信念，而不是像推销化妆品那样去抓住眼前的买主。我们当然也不能对那些不怀好意的人为我们制造的虚假"形象"置之不理。我们不必去回答每一条谰言而是要在根本问题上下工夫。我们必须突出我们的长处，并学会用新鲜活泼的手法去做，而不是"开中药铺"或翻来覆去老一套。对于确实存在的缺点，我们应该用实实在在的改正措施和取得的效果去说服人们。我们要旗帜鲜明地显示出我们珍爱自己的最优良的准则。尊重自己的人才能赢得别人的尊重，相信自己的人才能获得别人的信任。

最后，我想简单地归纳一下我有幸在一生工作中所见到的、在未来所希望见到的一切意义所在，我认为中国的进步是由于1949年的革命胜利——这一伟大的高潮为人类的1/5开辟了前进的道路，提出了新的理想。中国一向幅员辽阔、人口众多、文化悠久，但仍不免于在近百年来备受欺凌和侮辱——正如另外一些有着悠久光荣历史的国家一样。使中国在当今世界中获得崇高地位的是由于中国进行了为民族独立和社会主义的革命斗争，但在赢得独立和真正的国家平等地位之后，中国面临着争取经济和教育平等的漫长路程——因为只有这样，中国才能充分显示和发挥社会主义所提供的可能性和优越性。为了增强国力，中国需要利用每一种可以得到的经济杠杆。在这一点上，它已取得了十分突出的、前所未有的成功。但正如我们的领导人所一再强调，物质文明必须与社会主义精神文明相辅而行，要"两手抓"。因此，我希望为反对败坏思想和行为准则而进行更加协调一致的努力——反对腐败，反对"一切向钱看"，反对摆阔比富。当我看到在我们的传媒中登那些以"皇家"、"贵族"等等命名的住宅区、学校、服装、化妆品、食品、饮料、香烟等等广告时，我心里是很不舒服的，因为它们似乎成了人们追求的目标以及衡量个人价值的尺码。在一个发展中国家，有些人比别人先富起来是不可避免的，在某些方面也是可取的。但这些人不应该自以为他们是"人上人"并且把这一点表现出来。只靠财富并不能给人以地位。当然，只有精神上的自我满足是阿Q主义，但没有有效的精神准则，财富和力量是不足以立国的，这已为历史所反复地证明。只有牢牢抓住物质和精神两方面的进步，前进的道路才能确保，自尊心和在世界上受到的尊敬才能提高。

至于我个人的愿望——我要完成所有我认为对人民仍然有益的写作。因此，我要减少一些社会活动，在我完成写作任务之前，有不少会议和活动我将不能参加，在此我谨先致歉意。

我还要尽量多看看各方面的进步。将来在各方面条件具备之后，我还乐于去香港、澳门和台湾进行访问。

同志们、朋友们，你们给予我的荣誉将在我的有生之年激励我前进，我再一次从心灵深处感谢你们。

(二) 作者简介

伊斯雷尔·爱泼斯坦 (Israel Epstein, 1915 年 4 月 20 日～2005 年 5 月 26 日)，犹太裔中国人，中文名艾培，记者、作家。出生于波兰，自幼随父母定居中国。1931 年起在《京津泰晤士报》任新闻工作。1937 年任美国联合社记者。1939 年在香港参加宋庆龄发起组织的保卫中国同盟，负责宣传工作。抗日战争期间，他努力向世界人民报道中国共产党领导人、解放区和中国人民的英勇斗争。日本投降后，他在美国积极参加反对干涉中国内政的斗争。1951 年应宋庆龄之邀，回中国参与《中国建设》杂志创刊工作。1957 年加入中国籍。1964 年加入中国共产党。他是为数不多的几名加入了中国共产党的外国裔人士，信仰马克思列宁主义。他被誉为中国共产党的优秀党员、杰出的国际主义战士。曾任全国政协常委、《今日中国》杂志（原《中国建设》）名誉总编辑、中国工业合作协会国际委员会副主席、中国福利会理事等职。著有《人民之战》《中国未完成的革命》《中国劳工状况》《西藏的转变》以及三十余万字的英文自传体回忆录《见证中国》。

（三）演讲背景

这是爱泼斯坦同志 1995 年 4 月 20 日，在祝贺爱泼斯坦 80 岁生日的茶话会上的答谢词。这个答谢词受到特殊的重视，第二天的《人民日报》全文加框发表。并加了编者按："他的讲话思想深邃，热情洋溢，提出了许多值得我们深刻思考的问题，希望广大读者认真一读。"

（四）成文技巧

其一，按照常理，爱泼斯坦的答谢词，一定会豪情满怀地回顾他在中国六十多年波澜壮阔的新闻生涯，追述自己在中国人民最艰难的岁月，如何通过打字机和照相机向全世界真实地报道这个国家艰苦卓绝的斗争；在新中国成立后，又如何不辞艰危，满腔热情地大量报道这个国家五十多年来走过的光辉而曲折的道路。可是，他却开门见山就讲："我所做的只是把中国人民在中国共产党领导下经过无比英勇的斗争所取得的成就——胜利地推翻压在他们头上的三座大山、保卫新生的人民共和国和建设社会主义——报道给外国读者。行动是第一位的，记述这些行动是第二位的。如果没有中国人民的战斗和建设，我就不可能有记述和报道——而且我们今天也根本不可能在这里聚会。"他把自己的工作成绩与中国人民在中国共产党领导下经过无比英勇的斗争所取得的成就紧紧连在一起，他是从这个角度提到自己，并且公开宣布，"我成为革命前辈所创建的新中国的公民，感到无比自豪。"

其二，按照常理，爱泼斯坦一定会追述从毛泽东、周恩来、朱德、宋庆龄、邓小平以至江泽民、胡锦涛等中国领导人给予他的关怀和荣誉，以及和他们之间的亲密友谊。可是他一句未提这些值得人们羡慕的殊荣，而是调转笔锋，谈到纪念中国抗日战争和世界反法西斯战争的现实意义，"最重要的是，让我们不只是通过言教、还要通过身教，去帮助那些将要建设 21 世纪的中国男女青年。要帮助他们真正懂得永远不能再让法西斯和反动势力重新抬头的必要性，认识到他们必须担负起这个任务，因为只有这样，他们才能在他们的前辈所开辟的道路上前进，而不必去重复前辈们所经受的艰苦考验和牺牲——对这些考验和牺牲，不应该允许任何人加以缩小、轻蔑和玷污。"这个立意是非常高的，也是非常重要的。

其三，按照常理，爱泼斯坦的答谢词一定要对今天的新中国的成就以及他所毕生奋斗的宣传工作美化一番，但出人意料，当着中央领导人江泽民、李瑞环的面，老寿星的答谢词没有半句客套话，却是语惊四座地对我们国家目前对外宣传中存在的问题的批评和建议。"当我看到在我们的传媒中登那些以'皇家'、'贵族'等等命名的住宅区、学校、服装、化妆品、食品、饮料、香烟等等广告时，我心里是很不舒服的，因为它们似乎成了人们追求的目标以及衡量个人价值的尺码。"这些都反映了爱老坚持正确方向的执著精神。任何时候，他都不能容忍因为我们工作中的缺陷而影响了新中国在全世界的形象。

其四，按照常理，爱泼斯坦一定会热情洋溢地用诗一般的语言感谢中国朋友为他在人民大会堂举行这个隆重的生日聚会。可是他依然只是平静地说："至于我个人的愿望——我要完成所有我认为对人民仍然有益的写作。因此，我要减少一些社会活动，在我完成写作任务之前，有不少会议和活动我将不能参加，在此我谨先致歉意。"

这么平静，这么谦和，这么理智，只有把个人的一切成就、贡献、荣辱、喜忧都放在历史和时代的大背景——他所说的"更开阔一些的背景"——之下来审视，才能拥有内心世界的如此一片纯净，没有自矜，没有自卑，没有个人的恩恩怨怨，有的只是对人类前途的乐观和信心，对整个世界的清醒认识和理性判断。这篇答谢词表现了爱泼斯坦坚持原则、实事求是，任何时候都敢于说真话的品格。

本文有许多经典的名句，像格言一样值得我们学习和勉励自己："真正重要的是我在做什么，不是别人在说我们什么，甚至于不是我们自己说了些什么。""尊重自己的人才能赢得别人的尊重，相信自己的人才能获得别人的信任。""只要我们做得对（如果做错了就改正），我们不必为所谓'形象'过分担心。"

◎模块三：

（一）阅读礼仪演讲词的经典范文

【范例48】

访问大陆答谢词

〔中国〕连战

（2005年4月29日）

胡总书记、各位女士、先生：

今天本人跟内人以及中国国民党三位副主席，率同很多的朋友，大家一起应胡总书记的邀请能够来访问大陆，访问北京、南京、西安、上海，我要在这里首先表示最由衷的感谢。

过去这几天，所有的工作的同仁们，大家都尽心尽力，让我们旅程非常顺利，非常的愉快，也特别地感谢他们。诚如总书记刚才所讲，今天的聚会是国民党和共产党60年来的头一次，也是在两岸的情况之下56年来党和党见面交换意见最高层次的一次，难能可贵。我也很坦诚地来跟各位提到，那就是这一趟来得并不容易。我一再讲台北、北京，台北、南京距离不远，但是因为历史的辛酸，让我们曲曲折折，一直到今天才能够见面。所以我说，有点相见恨晚的感觉。

当然，中国国民党、中国共产党，我们过去曾经有过冲突，我们都知道这些历史的过程。但是历史毕竟已经是过去的事情，我们没有办法在此时此刻再来改变历史，但是未来却是掌握在我们的手里。当然，历史的进程不会是很平坦的，但是这个不确定的时代，不确定的未来，尤其给我们提供了很多很多的机会，假如我们都能够以正面的态度勇敢地来面对，以迎接未来这种主导的理念，来追求未来，我相信"逝者已矣，来者可追"。这是今天我们怀抱着非常殷切的期望，能够来到这个地方，亲自跟总书记，跟各位女士、先生交换意见。

我个人觉得，两岸今天形势的发展，实在是让我们非常的遗憾，因为在1992年，各位都知道，经过双方的努力，不眠不休，日以继夜的努力，当时参与的很多位都在场，我们终于能够建立一个基本的共识。在那个基础之上，我们在1993年进行了辜振甫先生和汪道涵先生的会谈，打破了四十多年来的一个僵局。两岸的人民同声叫好，对未来充满了希望。我那个时候主持行政的工作，也是全力地在配合，表达我个人以及国民党坚定的一个意向，辜汪两位先生会谈之后，事实上带来两岸大概有八年之久的非常稳定的、发展的、密切交流的时间，非常正面的发展。

但是遗憾的是，过去这十多年来所发生的事情，大家都很了解。离开我们这样一个共同塑造愿景的进程受到了很大的挫折。

但是，我也感到一个非常令我们欣慰的事情，那就是胡总书记在一两个月前所提到的对和平的一个呼吁，和平的一个愿景，可以说给我们一个很大的正面的思考方向。今天，我个人虽然是国民党的主席，也是带着一份人文的情怀，一种和平的期盼，同时也是身为民族的一分子，来到这个地方。我觉得我们来到这里，有几项意义，可以跟各位做一个报告：

第一，今天有人还只在从五十年前甚至于六十年前国共之间的关系、思维、格局来思考这个问题，来评断我们的访问，但是我觉得，我们已经远远超越了那个时代，已经远远超越了那个格局。

今天诚如刚才总书记讲的，我们是以善意为出发，以信任为基础，以两岸人民的福祉做依归，以民族长远的利益做目标。我相信，我们在这样的基础之上，绝对应该避免继续对峙、对抗，甚至于对撞，要的是和解，要的是对话。所以，我们也相信，这样的做法有民意的基础，有民意的力量，我在这里不必再麻烦大家举很多的数据。

第二，和平都是大家所希望的，但是和平必须要沟通，沟通必须要有架构。什么是架构？国民党跟中国共产党，我们在1992年是经过了非常辛苦的一个沟通的过程，提到了"一中各表"的基础，当然不幸的是这几年来这样的一个基础被曲解、被扭曲，成为其他的意义，这个我们大家也都很了解。

但是我们本身国民党从来就没有任何的改变，我们也希望能够继续在这样的基础之上建构两岸共同亮丽的未来和远景。

第三，我想借这个机会特别指出，我们很希望，这次国民党可以说是来得不易，既然有这样良好的契机，现在是我们可以总结过去历史的一个契机，让我们把握当前，让我们共同来开创未来。所以，在这样的一个理念之下，我非常盼望，过去那种恶性的循环不要让它再出现，我们尽我们的力量能够建立一个良性的循环，从点到面，累积善意，累积互信，我相信这种面的扩充会建立一个非常坚实的基础，而不是像这种恶性的循环，冤冤相报，由点而线而面，其结果互信完全崩盘，善意不在，结果是我们大家都受到损害。

所以，今天我以这些心情很坦诚地跟总书记和各位女士先生提到我个人亲历的一个历程。这次56年以来头一次国民党主席和副主席，党的干部能够到南京紫金山中山陵向中山先生致敬，心情感伤、复杂，但是我们也非常的感谢。中山先生弥留的时候一再要大家和平奋斗来救中国，和平奋斗事实上不是那个时候的一个专利，而是大家要共同努力，一直到今天，我都信奉不渝。

秉持这样的精神，我相信双方假如继续加强我们相互的理解和信任，我相信一定会给我们两岸所有的人民带来更好的、更多的安定，更好的、更多的繁荣，同时更重要的是给两岸带来亮丽光明的希望和未来，这是我今天在这里首先跟总书记和各位表达的一些意见。谢谢。

（二）作者简介

连战，字永平，台湾台南人，祖籍福建漳州，1936年8月出生于陕西西安。

其祖父连横为晚清民初一代大儒，早年加入同盟会，著有《台湾通史》。1957年毕业于台湾大学政治系。1966～1967年在美国任教，1968年任台湾大学政治系客座教授、政治系暨研究所主任。1975年，连战步入政坛，历任国民党"中央青年工作会主任"，台湾"行政院青年辅导委员会主任委员"、"交通部长"，国民党中常委，台湾"行政院副院长"、"外交部长"，"台湾省政府主席"。1993年，当选国民党副主席，同年出任台湾"行政院长"。1996年当选台湾地区领导人，并一度兼任台湾"行政院长"。2000年3月，连战作为国民党候选人参与台湾地区领导人选举落败。2001年6月17日，国民党召开第十五届党员代表大会临时会议，连战以国民党代理主席的身份当选国民党主席。

在两岸关系上，连战认同"九二共识"，反对"台独"，主张发展两岸关系，致力台海和平。应中共中央和中共中央总书记胡锦涛的邀请，连战于2005年4月26日～5月3日，以国民党主席身份率国民党大陆访问团访问大陆。这是两党自1945年重庆谈判后再度举行的最高领导人会谈。会谈后，胡锦涛与连战共同发布了"两岸和平发展共同愿景"，提出两党共同体认到：坚持"九二共识"，反对"台独"，谋求台海和平稳定，促进两岸关系发展，维护两岸同胞利益，是两党的共同主张；促进两岸同胞的交流与往来，共同发扬中华文化，有助于消弭隔阂，增进互信，累积共识；和平与发展是21世纪的潮流，两岸关系和平发展符合两岸同胞的共同利益，也符合亚太地区和世界的利益。

2005年8月，连战在中国国民党第十七次党员代表大会上被推举为荣誉党主席。

（三）演讲背景

应中国共产党中央委员会总书记胡锦涛邀请，中国国民党主席连战率国民党大陆访问团，于2005年4月26日～5月3日访问大陆。4月28日，中共中央政治局常委贾庆林会见了国民党访问团全体成员。两党工作机构负责人进行了工作会谈，这是国共两党一次重要的交流与对话。在两党"正视现实，开创未来"的共同体认下，4月29日，胡总书记与连主席在北京举行会谈，双方就促进两岸关系改善和发展的重大问题及两党交往事宜，广泛而深入地交换了意见。这是60年来国共两党主要领导人首次会谈，具有重大的历史和现实意义。基于两党对促进两岸关系和平稳定发展的承诺和对人民利益的关切，胡总书记与连主席决定共同发布"两岸和平发展共同愿景"。这是连战在胡锦涛主席首先致欢迎词之后的答谢词。

（四）成文技巧

连战先生的答谢词写得很美，也许是由于60年来的第一次答谢，"酒逢知己千杯少"，其篇幅稍显长了些，倒很适合当时的情境。主要是以下关系处理得较好。

1. 友谊与原则 连战的答谢词，必然要谈到双边关系，难度在于如何既要充分表达友好之情、友谊之愿，又不可丧失原则立场。连战对于敏感性的回避不掉的矛盾与分歧，以坦诚的态度、温和的口吻、委婉的言辞作出了恰当得体的表达，只用了一句话一笔带过："中国国民党、中国共产党，我们过去曾经有过冲突，我们都知道这些历史的过程。但是历史毕竟已经是过去的事情，我们没有办法在此时此刻再来改变历史，但是未来却是掌握在我们的手里。"高明之处是"未来掌握在我们的手里"，这就符合我们经常说的"向前看"这一两岸都可以接受的观点。

2. 过去与未来 连战先生巧妙地引用了春秋·接舆《凤歌》的"逝者已矣，来者可追。"对于昔日的矛盾与分歧，不念念在口、耿耿于怀，而是面向未来，化干戈为玉帛。故而，致辞中不讲昔日之"辛酸"，而大谈未来之"亮丽"。在这里，连战先生的致辞堪称典范。

3. 现实与设想 也许，"现实"的双边关系不那么尽如人意，甚或存在着较大的矛盾与分歧。对于这种情况，致辞中可稍作点示，而应集中笔墨去作较完美的"设想"，因为"设想"的本身就是"面向未来"。但是，"设想"毕竟不是"现实"，不宜说得那么实在，忌用"一定""必然"等副词修饰，宜用"虚笔"出之，比如可采用假设连词以及带有"感觉""希望"意义的意念性动词加以表达。在这方面，连战先生做得很出色，请看他的惯用字眼："假如"用了2次，"我相信"用了5次，"我觉得"用了2次，"我个人觉得"用了1次，"我也感到"用了1次，"我非常盼望"用了1次，"我们也相信"用了1次，"我们很希望"用了1次，"我们也希望"用了1次。这些模糊的字眼，实际上只能是一种希望而已。

4. "己见"与"人见" "己见"，即自己的见解与意见；"人见"，指别人的、对方的见解与意见。虽然，答谢词所表述的主要是"己见"，但是当自己的答谢处于对方的"欢迎词"或"欢送词"之后时，最好能将对方的意见引述过来，融入自己的意见之中。这样做，不仅可以丰富致辞的内涵，而且也可巧妙地融洽双方关系，增强和悦气氛。连战先生在这里就曾两次引述胡锦涛总书记的话："诚如总书记刚才所讲，今天的聚会是国民党和共产党60年来的头一次，也是在两岸的情况之下56年来党和党见面交换意见最高层次的一次，难能可贵。""今天，诚如刚才总书记讲的，我们是以善意为出发，以信任为基础，以两岸人民的福祉做依归，以民族长远的利益做目标。"这种引述，表明了对"对方"意见的认可，也是双方的一种"共识"，十分明显地带有一种善意的色彩。

5．"言谢"与"行谢"　"言谢"，即以言语致谢；"行谢"，指以实际行动致谢。孔夫子就主张要"听其言而观其行"（《论语·公冶长》），可见"行"是取信于人的一个最重要的方面。"谢恩型"答谢词一般要把"如何以实际行动感谢对方的帮助"明确地表白出来；而"谢遇型"答谢词则常将"行谢"的内容隐含在对未来的期望中，而且，一般不说自己将如何做，而是常以"我们……"来代指双方的共同行动。且看连战先生的致语："假如我们都能够以正面的态度勇敢地来面对……来追求未来，我相信……""我们尽我们的力量能够建立一个良性的循环……""让我们把握当前，让我们共同来开创未来……"

6．"直"与"曲"　这是对"章法"以及"表达"形式的辩证要求。对于"谢恩型"答谢词来说，无论是章法结构还是表达形式，都应求"直"不求"曲"，也就是说，应依照其结构常式及逻辑层次平直地写来，无需章法上的起伏或者曲折，文字表达也应直来直去，排斥任何形式的婉言曲语。而"谢遇型"答谢词则不尽然，它要求"章法求直，表达求曲"。请看连战先生的一段表达："当然，中国国民党、中国共产党，我们过去曾经有过冲突，我们都知道这些历史的过程。但是历史毕竟已经是过去的事情，我们没有办法在此时此刻再来改变历史，但是未来却是掌握在我们的手里。当然，历史的进程不会是很平坦的，但是这个不确定的时代，不确定的未来，尤其给我们提供了很多很多的机会……"似乎半吞半吐、欲言又止，却能婉转逶迤、曲折尽意，可谓抑扬顿挫、一波三折！

◎模块四：

（一）阅读礼仪演讲词的经典范文

【范例49】

1972年首次访华答谢词

〔美国〕尼克松

（1972年2月21日）

尊敬的总理以及各位来宾：

我谨代表我国出访人员感谢贵国的盛情款待，同时我还要特别感谢那些准备晚餐以及演奏音乐的工作人员。我从未在外国听到如此优美的美国本土音乐。

总理先生，非常感谢您之前激情洋溢、鼓舞人心的演讲。此时此刻，我们受到前所未有关注。通过神奇的电信科技，关注我们的人比以往历史上任何一个场合的人都要多。

我们所说的不会被长久地记住，我们所做的一切却在改变着这个世界。

正如总理在祝酒词中所说的那样，中国是一个伟大的民族，美国也是一个伟大的民族。如果两个民族成为敌人，那么我们所共有的这个世界的未来必将是一片黑暗。如果我们能够在共同利益的基础上团结协作，那么世界和平的机会将会大大增加。

希望在接下来的会谈中，双方能够秉承坦诚相见的原则，让我们首先明确以下几点：

我们在过去的一段时间内曾经是敌人，我们今天仍存在着巨大的差异。把我们聚集在一起的是超越这些差异的共同利益。当我们讨论彼此之间的差异时，双方都不会在原则上进行妥协。即使我们无法超越横亘在我们之间的鸿沟，我们也可以在鸿沟上搭起一座桥梁，这样我们便可以交流沟通。

让我们在接下来的五天中，携手共进。即使步伐不一致，相信在不同的道路上我们会达到共同的目标，那就是构建一个和平正义的国际社会。在这个国际社会中，所有的人都能够以平等的尊严站在一起，不论是大国还是小国都有权利决定他们的政体，有权利不受外国势力的干涉和统治。世界在关注着我们、在倾听者我们、在期待着我们的所作所为。什么是世界？就我个人角度而言，今天是我大女儿的生日，我一想到她，我便会想到世界上所有的孩子，亚洲的、非洲的、欧洲的、美洲的。他们绝大部分都出生在中华人民共和国成立之后。

我们该为我们的子孙后代留下什么遗产？

难道因为仇恨在这个世界不断蔓延，他们就注定为之而亡？难道因为我们构建新世界的远见卓识，他们就注定为之而活？

我们没有理由成为敌人，双方都没有侵犯对方领土的企图，都没有试图控制对方，也没有试图延伸自己的势力以称霸世界。

就像毛主席所说："多少事，从来急；天地转，光阴迫。一万年太久，只争朝夕。"今天便是这个只争朝夕的时候，两个民族以自己崇高的精神去构建一个美好灿烂的明天。

在这种精神下，希望各位能够举起手中的酒杯，向毛主席、向周总理以及中美之间的友谊致敬，是他们让这个世界充满和平和友谊。

（二）作者简介

理查德·米尔豪斯·尼克松（Richard Milhous Nixon，1913 年 1 月 9 日～1994 年 4 月 22 日），美国第 37 任总统。因 1972 年 6 月 17 日发生水门事件被迫辞职。尼克松是登上《时代周刊》封面次数最多的人物，共43次成为《时代周刊》封面人物，并于 1968 年和 1972 年两度荣登"时代周刊年度风云人物"。尼克松于 1972 年 2 月首次访华，成为访问新中国的第一位美国总统。访华期间中美两国政府发表了著名的《上海公报》。尼克松为打开中美关系大门并为改善和发展中美两国关系作出了重要贡献。尼克松 1962 年写了《六次危机》一书，记叙他自己的生活经历，自道短长，自言甘苦。退出政坛后，他在隐居式生活中大量读书，尤其偏爱政治家的著作。读书之余以笔耕为乐，于 20 世纪 70 年代末和 80 年代先后出版了《尼克松回忆录》《真正的战争》《领袖们》《别再有越南》和《1999：不战而胜》《超越和平》。

（三）演讲背景

20世纪60年代末，美国总统尼克松入主白宫后，想通过改善中美关系，开展"均势外交"，增强美国对付苏联的力量，并调整其亚洲政策，多次作出寻求"与中共改善关系"的姿态，包括主动建立了通过巴基斯坦和罗马尼亚与中国互传口信的渠道。70 年代初，毛泽东主席和周恩来总理从调整中、美、苏大三角关系的外交战略需要出发，通过请美国作家斯诺传话、邀请美国乒乓球队访华等方式，发出愿与美方接触、争取打开中美关系僵持局面的信息。1972 年 2 月 21 日，美国总统尼克松抵达北京，受到周恩来总理等中国领导人的欢迎。当晚，周恩来为尼克松举行了欢迎宴会，周恩来出席并致祝酒词，尼克松总统在周恩来致祝酒词之后，发表了这篇答谢词。

（四）成文技巧

尼克松的这篇答谢词不是一般的礼节性的答谢词，而是经过精心设计的，可以说是做到了字斟句酌，语言精练，内容深刻。

其一，真诚地表达了以尼克松为首的美国客人对中国人民的友好款待的感谢之情。这是发自尼克松内心的真诚语言。因为，为了接待尼克松到访，毛泽东、周恩来可以说是做了精心的准备和安排。从宴会的食谱到军乐团演奏的音乐，都令尼克松感到非常细致和周到。中国人民解放军军乐团现场演奏的《美丽的亚美利加》和《牧场上的家》两首美国乐曲，将宴会的气氛推向了高潮。这两首曲子是周恩来事先安排好的，尼克松在国宴结束后，特意在周恩来的陪同下到军乐团乐手面前，对他们表示衷心祝贺和感谢，并对中方周到的安排赞不绝口。尼克松在晚年撰写回忆录时，曾这样描述当时的情景："当我听到这首我熟悉的美国民歌时，心头不禁涌起一股暖流。因为这首曲子正是我在就职仪式上选择演奏的乐曲。"中国方面除了在宴会流程上做了细致、周到的安排之外，为招待好来自大洋彼岸的贵宾，此次国宴排菜更多达几十道，从规格上讲，也是新中国成立后所少有的。所以，尼克松的答谢词是联系当时的情景有感而发的。

其二，真诚地表达了美国政府和人民对中国政府和人民的友情，表达了希望两国人民不要互相为敌，而是进行互助合作的良好愿望。

其三，真诚地表达了两国存在的巨大的分歧，同时，真诚地表达了两国应该建立设法消除分歧的桥梁的愿望。"我们没有理由成为敌人，双方都没有侵犯对方领土的企图，都没有试图控制对方，也没有试图延伸自己的势力以称霸世界。"尼克松引用了毛主席诗词中的一句话："多少事，从来急；天地转，光阴迫。一万年太久，只争朝夕。"今天便是这个只争朝夕的时候，两个民族以自己崇高的精神去构建一个美好灿烂的明天。这句话，将尼克松的答谢词推向了高潮。

据尼克松访华时总统首席翻译傅立民回忆说，当时他在晚宴上为尼克松的答谢词做翻译。但是总统事先却不肯给他发言的书面稿，还告诉他没有书面稿。傅立民坚持要书面稿的原因，是他知道白宫有人临时在上面加了一些毛主席的诗词，是英文的，傅立民想知道是什么，不然会在欢迎晚宴上贻笑大方。但尼克松还是没有给他稿子。后来到了杭州，尼克松专门为这件事向傅立民道歉，但仍然没有跟他说为什么坚持不给书面稿。所以，尼克松为了这个答谢词是颇费了一番工夫的。

◎模块五：

（一）阅读礼仪演讲词的经典范文

【范例50】

在北京残奥会开幕式上的致词
〔英国〕克雷文
（2008年9月6日）

尊敬的胡锦涛主席及夫人，各位运动员、各位官员，尊敬的各位来宾，来自世界各地的残奥运动支持者们：

晚上好，欢迎你们！

今晚，我们在此相聚，共同庆祝北京2008年残奥会隆重开幕。

本届残奥会的规模空前，无论是运动员人数、参赛国家数量还是体育项目数量，都超过往届残奥会。

这是残奥运动史上的一座里程碑。我们为此感到欢欣鼓舞，我们的心也与今年上半年接连遭受自然灾害的数百万中国人民在一起。

灾难没能阻挠中国，没能阻挠北京奥组委和刘淇主席继续筹办奥运会。北京奥运会精彩绝伦，相信北京残奥会也一定会圆满成功。

我想对你们致以谢意，感谢你们的出色工作。七年以来，我们的合作一直是友善、坦诚、稳健、互敬和富有建设性的。

我还要感谢国际奥委会给予我们的支持，感谢雅克·罗格主席，感谢终身名誉主席胡安·安东尼奥·萨马兰奇先生，今晚他也与我们在一起。

毋庸置疑，今晚以及此后的11天当中，运动员们将是真正的英雄。

残奥运动员们，你们为了来到这里，历经了无数个春秋的苦练。你们一定要淋漓尽致地发挥，一定要尊重公平竞赛的精神。谁人都无法预知，你们将如何超越最大胆的梦想。

你们来到这里，也是为了愉悦身心，结交朋友，将北京、青岛和香港留存为永恒的记忆。这不是关于希望，而是关于远见卓识和你们所代表的一切。无论你们在运动场上展现风采，还是在国际残奥会运动员委员会选举中坦陈意见，我们都想从中领略你们的自信与独立。"鸟巢"是一个活生生的例证，象征着中国对于建设现代化世界的承诺。

　　我们都可以看到，这座由钢筋、混凝土、玻璃和其他高科技材料建造而成的建筑气势恢宏。然而在今夜，当你们大家，观众们、演员们和运动员们置身于这座极富建筑美感的体育场时，它才真正被赋予了生命。而当随队官员、赛事官员、媒体、赞助商以及中国无与伦比的志愿者们也来到这里时，你们将共同创造独一无二的残奥经历。

　　从明日起，我们将看到一幕幕的好戏，我们将看到胜利，我们将看到失望。然而，最为重要的是，当我们相聚在一起，我们将融入那独特的力量之源，它似乎触手可及，又的确可被呼吸，它存在于残奥运动的核心，我们称之为残奥精神。它一旦占据你的心灵，你将难以割舍。它将伴随你的一生！

　　在北京 2008 年残奥会的 12 天当中，你将会发现，那些你本以为存在于世上的差别其实远非那么明显。

　　你们将会看到我们共处同一个世界。

　　谢谢！

　　下面，我非常荣幸地邀请中华人民共和国主席胡锦涛先生宣布北京 2008 年残奥会开幕。

（二）作者简介

　　菲利普·克雷文（Philip Craven），国际残奥委会主席。一个总是面带微笑，精力充沛的英国人。1950 年出生于英国。1966 年在他 16 岁那年，因为一次攀登事故致残，从此坐上了轮椅。在坐上轮椅之前，克雷文是个狂热的运动迷，喜欢游泳、板球、网球、足球。受伤之后，他又将兴趣寄托在轮椅篮球上，参加过 5 届残奥会。在世界轮椅篮球锦标赛和欧洲轮椅篮球锦标赛上屡获奖项。2006 年获得萨马兰奇最杰出残疾运动员奖。2001 年被选为国际残疾人奥林匹克委员会主席，并在 1998 ～ 2002 年担任国际轮椅篮球联合会主席。2003 年当选为国际奥林匹克委员会委员。2002 ～ 2005 年，先后当选为国际奥委会体育与环境委员会、北京 2008 年奥运会协调委员会、文化和奥林匹克教育委员会委员。

（三）演讲背景

　　北京 2008 年残奥会开幕式于 2008 年 9 月 6 日晚在国家体育场隆重举行，国家主席胡锦涛出席开幕式并宣布北京残奥会开幕。来自 147 个国家和地区的 4000 多名残疾人运动员，在 11 天里参加了 20 个大项的比赛。党和国家领导人江泽民、吴邦国、温家宝、贾庆林、李长春、习近平、李克强、贺国强、周永康等，国际残奥委会主席克雷文，国际奥委会终身名誉主席萨马兰奇，以及来自世界各地的贵宾出席开幕式。国际残奥委会主席克雷文在开幕式上致辞。

（四）成文技巧

面对一个朝气蓬勃的国家，面对跃跃欲试的几千名运动员，面对到场的几万和在电视机前的几亿乃至几十亿观众，致辞是一项最重要的内容。既要热烈又要简短，既要祝福又要鼓劲，这才是受人欢迎的祝词。这一切，国际残奥委会主席克雷文做到了，并且做得如此完美。整篇祝词用六个字就可以概括，即：感谢、鼓励、祝愿。

1. **感谢**　对主办方——中国，当然需要感谢。因为，"本届残奥会的规模空前，无论是运动员人数、参赛国家数量还是体育项目数量，都超过往届残奥会。"这是残奥运动史上的一座里程碑。这是在今年上半年接连遭受自然灾害的中国人民一起承办的。灾难没能阻挠中国，没能阻挠北京奥组委筹办奥运会。北京奥运会精彩绝伦，北京残奥会也一定会圆满成功。同时，不仅感谢中国人民为筹办北京残奥会所做的出色的工作，也要感谢七年以来，一直是友善、坦诚、稳健、互敬和富有建设性的合作。

2. **鼓励**　对所有参赛的残疾人运动员加以鼓励。因为，"今晚以及此后的11天当中，运动员们将是真正的英雄。"残奥运动员们"为了来到这里，历经了无数个春秋的苦练。"所以，"你们一定要淋漓尽致地发挥，一定要尊重公平竞赛的精神。谁人都无法预知，你们将如何超越最大胆的梦想。"

3. **祝愿**　祝愿所有参加残奥会的观众们、演员们和运动员们，随队官员、赛事官员、媒体、赞助商以及中国无与伦比的志愿者们，共同创造独一无二的残奥经历。"在北京2008年残奥会的12天当中，你将会发现，那些你本以为存在于世上的差别其实远非那么明显。你们将会看到我们共处同一个世界。"

整篇祝词，篇幅短小、感情真挚、语言优美、主题突出，堪称典范之作。